Classical | 经典译文

小男子汉

[美] 路易莎·梅·奥尔科特　著

黎培荣　译

四川文艺出版社

图书在版编目（CIP）数据

小男子汉/（美）路易莎·梅·奥尔科特著；黎培荣译.
—2版. —成都：四川文艺出版社，2016.11
ISBN 978-7-5411-4481-3

Ⅰ. ①小… Ⅱ. ①路… ②黎… Ⅲ. ①儿童小说—长篇
小说—美国—现代 Ⅳ. ①I712.84

中国版本图书馆 CIP 数据核字（2016）第 268418 号

XIAONANZIHAN
小男子汉

[美] 路易莎·梅·奥尔科特　著
黎培荣　译

翻译统筹　刘荣跃　刘文翔
责任编辑　朱　兰　蔡　曦
责任校对　文　诺
责任印制　喻　辉
封面设计　叶　茂
版式设计　史小燕

出版发行　四川文艺出版社（成都市槐树街2号）
网　　址　www.scwys.com
电　　话　028-86259285（发行部）　　028-86259303（编辑部）
传　　真　028-86259306

邮购地址　成都市槐树街2号四川文艺出版社邮购部　610031
排　　版　四川胜翔数码印务设计有限公司
印　　刷　成都东江印务有限公司
成品尺寸　145 mm×210 mm　1/32
印　　张　10.5　　　　　　　　字　　数　250 千
版　　次　2017 年 1 月第二版　　印　　次　2017 年 1 月第一次印刷
书　　号　ISBN 978-7-5411-4481-3
定　　价　28.00 元

小男子汉

编者的话

著名丛书"美国文库"向来只给美国最优秀的作者结集出版他们的代表作，这对于选中的作者和作品来说，是一种殊荣。2005年。"美国文库"收入19世纪女作家路易莎·梅·阿尔科特的《小妇人》《小男子汉》以及《乔的男孩子们》合集。

在《小男子汉》中，乔和她的丈夫巴尔教授在家里办了一个学校，主要的学生是十几个精力旺盛、性格各异的男孩子。年龄最大的16岁，小的只有四五岁，大多数都在十岁上下，其中有巴尔夫妇自己和亲戚家的孩子，有流浪的孤儿，有特别淘气的孩子，有身体残疾自卑的孩子，还有家长因自己无法管教而送来的孩子。这些孩子生活、学习都在一起。乔和她的丈夫给他们安排课程，设计游戏，培养他们的品格。巴尔夫妇从不压制男孩们的个性，同时又会潜移默化地教育这些孩子养成健全的品格。男孩们在乔家健康快乐地成长，中间发生了很多奇怪、感人或让人捧腹大笑的事情，日子一天天过去，小男子汉们逐渐在成长。

本书专讲男孩子成长和教育的故事，洋溢着顽强、勇敢、豁达大度的阳刚之气，是一本能令男孩子喜爱的书。因为这里有他们自己的故事。对于拥有童心的成年人，你也一定会喜欢它。如果你是一个男孩子的家长，那么这本书也会引起你的兴趣和共鸣，家长和老师会因为阅读这些书而更理解孩子。

CONTENTS

目录

1 纳 特

"请问，先生，这是梅园吗？"马车停在院子的大门口，一个小男孩被放了下来，随后马车开走了，这个衣着破烂的男孩子向开门的男人问道。

"是的，谁送你来的？"

"劳伦斯先生。我送来了他写给夫人的一封信。"

"好的，到屋里去吧！小家伙，把信交给夫人，她会关照你的。"

开门的男人说话很和气，男孩听了后心里乐滋滋的，便往里走去。柔和的春雨飘落到正在萌芽的草地上和树梢上，透过蒙蒙的细雨，纳特看见前面有一座十分宽敞的方形房子，房子看上去很好客的样子，有老式的门廊，宽大的台阶，许多窗子都闪耀着灯火，无论是窗帘还是百叶窗都挡不住那欢快的灯光。纳特在敲门前有些犹豫，因为他看见许多小身影在墙上雀跃，听见了欢快而稚嫩的歌声。他觉得像他这样一个无家可归的"小家伙"，就根本不可能享受到屋里绚丽的灯光，享受到温暖的住所和舒适的生活。

"但愿夫人肯关照我。"他一边想，一边小心翼翼地敲了一下青铜大门环，铜环嵌在笑面狮身鹰首①上。

---

①　西方神话中一种常见的怪物。

一个面色红润的女用人打开了门，纳特默默地拿出信来，那个女用人微笑着把信接了过去。她似乎对接待陌生的孩子已经习以为常，她指着大厅里的一个座位点了一下头说：

"坐那儿吧，把鞋上的水滴在脚垫上。我把信送给太太。"

纳特等待的时候，他发现了许多有趣的事儿，他好奇地环顾周围，欣赏着这些有趣的事儿。他乐意躲在门边这种灯光昏暗，又不惹人注意的地方，观察着周围。

这栋房子里似乎住了许多的男孩子，他们自娱自乐，消遣着雨天的黄昏时光。屋子的楼上、楼下，甚至太太的卧室里都是孩子，从许多开着的门里可以看到一群群充满欢乐的大孩子、小孩子和半大不小的孩子，他们都在黄昏的时光中尽情地玩乐。右边的两间大屋子显然是孩子们上课的教室，里面有课桌、地图和黑板，到处都摆着课本。壁炉上燃着炉火，几个懒洋洋的孩子躺在壁炉的前面，正在讨论一个新板球场地，他们谈得高兴时，兴奋得把靴子举在空中挥舞。一个高个的孩子不为四周的喧闹所动，在角落里练习吹长笛。还有两三个孩子在书桌上跳来跳去，他们不时地停下来喘气，看着黑板上的滑稽漫画大笑——一个小家伙正在黑板上画他们这个大家庭。

左边的屋子里，摆放着一排很长的餐桌，餐桌上堆放着晚餐的食物，大罐的鲜牛奶，许多黑面包和白面包，还有许多男孩子喜欢的色泽光鲜的姜饼蛋糕。空气中散发着烤面包的香味，也有烤苹果的香味，对这个感到饥饿的小孩子来说真是充满了十分的诱惑。

然而，大厅里还有更吸引人的游戏，楼梯的入口处孩子们正在进行一场欢快的"捉猫"游戏。楼梯的一个平台用来打弹子游戏，另一个平台用来下跳棋。连楼梯也派上了用场，一个男孩在那儿读书，一个女孩在为她的洋娃娃、两只小狗和一只小猫唱摇篮曲。一群小男孩一个接一个连续不断地顺着楼梯扶手往下滑，丝毫不担心会磨破了衣服，或者摔坏了胳膊和腿儿！

　　纳特完全被这些令人兴奋的游戏给迷住了，他鼓起勇气一步一步地从角落里走了出来。这时，一个可爱的小男孩飞快地从楼梯的扶手上滑了下来，他滑得太快，没有停住，从楼梯的扶手上摔了下来。噢，幸好他有一颗铁脑袋，那可是经过十一年的摔打才练成的，不然的话，早就摔破了！纳特不顾一切地向摔倒的孩子跑了过去，以为他会被摔得半死。可是，那个男孩只是眨巴了几下眼睛，若无其事地躺在地上，抬起头来惊奇地看着这位新面孔说："你好！"

　　"你好！"纳特回答，他不知道该说些什么话，只是认为回答简单易懂就行。

　　"你是新来的孩子吗？"那个孩子躺在地上问，他并没有从地上爬起来。

　　"还不知道。"

　　"你叫什么名字？"

　　"纳特·布莱克。"

　　"我叫汤米·班斯。过来一起玩，好吗？"汤米从地上站了起来，好像突然记起殷勤待客是他的职责一样。

　　"恐怕不行，我还不知道我是否能留下来。"纳特回答，他觉得自己越来越想留在那里了。

　　"喂，德米，这儿有一个新来的，过来照顾一下。"活泼好动的汤米又兴趣盎然地回去滑他的楼梯了。

　　听到他的喊叫声，在楼梯上读书的男孩抬起头来，一双棕色的大眼睛往这边看了看，他似乎有一点害羞，迟疑了一会儿，然后他把书夹在腋下，严肃地走下楼梯迎接这位新来的孩子。他高高瘦瘦的，长着一双温和的大眼睛，纳特发现他那快乐的脸上有着某种吸引人的东西。

"你见过乔姨了吗?"他问,仿佛那是一种重要的礼仪。

"除了你们,我没有见到任何人,我正在等待。"纳特回答。

"是劳里叔叔叫你来的?"德米有礼貌地继续问,但语气很严肃。

"是劳伦斯先生让我来的。"

"他就是劳里叔叔,他经常送一些可爱的小孩过来。"

听了这话,纳特显露出感激的神色,他笑了,一张瘦削的小脸快乐极了。他不知道接下来该怎么说,于是这两个孩子就站在那里友好地看着对方,没再说什么话,直到那个小女孩抱着洋娃娃走了过来。她长得非常像德米,个子不是很高,圆圆的脸蛋,蓝蓝的眼睛,脸颊上泛着粉红色的光彩。

"这是我妹妹,黛西。"德米说,他好像是在介绍什么珍稀动物一样。

两个孩子相互点了点头,小姑娘的笑脸上露出了小酒窝,她友好地说:

"我希望你能留下来,我们在这里过得很愉快,是不是,德米?"

"当然,这就是乔姨办梅园的原因。"

"看起来这里的确是一个不错的地方。"纳特说,他觉得对这两个友好的小伙伴说的话,他得作出回应。

"这里是世界上最好的地方,是不是,德米?"黛西说,显然,她认为在所有的问题上,她的哥哥最有发言权。

"不是,我认为是格陵兰岛,那里有冰山和海豹,是最有趣的地方,不过,我喜欢梅园,在这里非常快乐。"德米回答,他刚才对一本有关格陵兰岛的书产生了兴趣。他正要把书中的一些画拿给纳特看,并讲给他听,这时,那个女用人回来了,她朝客厅点点头，说道：

"行了，你可以留下来了。"

"我真高兴，现在去见乔姨吧。"黛西牵着他的手，带着一点保护的姿态说，这立即就让纳特感觉像回到了家里一样。

德米又去读他心爱的书去了，由他的妹妹领着纳特走进了一间里屋，屋里有一个矮胖的绅士和两个小孩正在沙发上闹着玩，还有一个身材瘦小的太太刚刚读完了那封信，她似乎还在重读那封信。

"姨妈，他来了！"黛西叫了起来。

"这就是我新来的孩子，亲爱的，见到你我很高兴，希望你在这里会感到快乐。"那位太太说，她把纳特拉到身边，用温暖的手将他前额的头发往后梳理，脸上露出母亲般的神情，这使纳特那颗孤独的心向她贴近了。

她一点都不漂亮，但是她的脸上却充满了快乐，这张脸，和她的言行一样，似乎总是带着一点孩子气，虽然这难以用语言表达，却能清清楚楚地看得见，感觉得到。这让她和蔼、善良、容易相处，就像孩子们说的，她是一个"快活"的人。她抚摩着纳特的头发，看见他的嘴唇在轻轻地战抖，她那敏锐的目光变得更加柔和了，她把这个穿着破烂的小身体搂得更紧了，大声地笑着说：

"我是巴尔妈妈，那位先生就是巴尔爸爸，这两个是小巴尔。孩子们，过来见见纳特。"

他们三个人立即就听从了吩咐，矮胖的绅士把那两个胖乎乎的小孩分别骑在自己的肩膀上，走过来欢迎这个新来的孩子。罗布和泰迪只是咧着嘴冲他笑，巴尔先生同他握了手，指着火炉旁边的一张低矮的椅子亲切地说：

"我的孩子，这个座位是为你准备的，坐下把你湿了的鞋烤干吧。"

"湿了？噢，你的鞋都湿透了！亲爱的，快把鞋脱下来，马上给你拿干的鞋子。"巴尔夫人一边高声叫喊，一边积极地忙碌了起来，纳特还没有来得及对杰克·罗宾逊说他是否想试穿一下，就发现自己坐了一张舒适的小椅子上，脚上已经换上了干袜子和温暖的拖鞋。他只好说："谢谢你，妈妈。"他说得那么诚恳，巴尔夫人很感动，她的眼光又变得柔和起来，并以她一贯的方式，说出了让人感到愉快的话：

"这是汤米·班斯的拖鞋，但他在这屋里从来不记得穿鞋，所以这双鞋就不给他穿了。鞋子虽然太大，但这样更好，比起合脚的鞋子，你穿上它就不容易从我们身边很快地逃走了。"

"夫人，我不想逃走。"纳特伸出了那双肮脏的小手，在舒适的炉火前烤着，一边心满意足地长出了一口气。

"太好了！现在我要让你烤暖和，然后尽量把你的咳嗽病治好。亲爱的，你得了多久的病了？"巴尔夫人一边问，一边在她的大针线篮子里边翻着，想找出一条法兰绒布。

"整整一个冬天，我得了感冒，不知怎么的一直都没有好。"

"那也难怪，住在潮湿的地窖里，他那可怜的小背上几乎就盖着一块破布！"巴尔夫人低声地对丈夫说，他正用机敏的眼睛看着纳特，他注意到了这孩子瘦削的太阳穴，烧得很红的嘴唇，以及沙哑的声音。他一会儿便要咳嗽一阵，打着补丁的夹克衫下面，他单薄的双肩因咳嗽而战抖着。

"罗宾逊，小伙子，快去找阿姨，让她把治咳嗽的药和涂抹剂给你。"巴尔先生和他的妻子交换了一下眼色之后说。

纳特对他们这样的准备有些不安，不过，这时巴尔夫人带着滑稽的表情，悄悄地对他说了下面的话时，便打消了他的顾虑，他露出了开心的笑容。

"听，我那淘气的泰迪在使劲咳嗽——我给你的止咳糖浆里面有蜜糖，他想喝呢！"

等药瓶送来时，小泰迪已经咳红了脸。巴尔夫人在纳特的脖子上围了一条法兰绒布，他大口大口地喝完了糖浆，然后泰迪才得到允许舔了一下汤匙。

治病最初的几个步骤还没有结束，大钟便敲响了，接着大厅里响起了孩子们吵吵闹闹的脚步声，开饭的时间到了。一想到就要见到许多陌生的男孩子，害羞的纳特不禁身体有些战抖。不过巴尔夫人握住了他的手，而罗布也像小主人一样对他说："别怕，我会照顾你的。"

十二个孩子，一边六个，站在他们的椅子后面，急不可待地跳着，那个吹长笛的高个男孩尽量控制着他们的热情。但是没有一个孩子坐下来，这时巴尔太太在茶壶后面她的位子上坐了下来，泰迪坐在她的左边，纳特坐在她的右边。

"这是我们新来的孩子纳特·布莱克。晚饭过后，你们可以互相问好。安静一些，孩子们，安静一些！"

她说话时，每个孩子都注视着纳特，然后他们迅速地坐到了自己的座位上。他们本想做到动作整齐，结果没有成功。巴尔夫妇一直在努力，要让这些孩子们吃饭的时候表现得好一些，通常他们还是做得不错，因为这些规矩不多，又容易理解，而且孩子们都知道，巴尔夫妇定的这些规矩，是要让所有的活动变得轻松愉快，所以他们就尽量遵守。不过，有时不采取强制手段，就对付不了这些饥饿的孩子，放过半天假后的星期六晚上尤其是这样。

"这些可爱的小家伙们，就让他们有这样一天假，让他们尽情地打闹和嬉戏，没有充分的自由和乐趣，假日就不是假日了，就让他们每周放纵一次吧。"当一些古板的人想知道，一向庄重的梅园何以容忍在家里滑楼梯，用枕头打仗以及各种各样荒唐的游戏时，巴尔夫人总是这么说。

有时候，屋顶似乎面临着被掀翻的危险，但这种事从来没有发生过，因为无论什么时候，巴尔父亲只要说一句话就能让大家平静下来。孩子们也知道自由应该是有限度的。因此，尽管有许多不了解情况的猜测，学校仍然办得生机蓬勃，孩子们不知不觉地接受着行为举止和道德规范的教育。

纳特发现自己正好坐在那个高高的罐子后面，汤米·班斯坐在他旁边桌子的角落处，而巴尔夫人就在旁边，所以只要他的盘子和杯子空了，很快就会被添满。

"在对面，挨着那个女孩坐的男孩子是谁？"纳特趁大家笑的时候悄悄地问汤米·班斯。

"那是德米·布鲁克，巴尔先生是他的姨父。"

"好奇怪的名字！"

"他的真名叫约翰，但是他们都叫他德米·约翰，因为他的爸爸也叫约翰。这是笑话，难道你不明白吗？"汤米善意地解释说。纳特不明白，但他有礼貌地笑了，并且饶有兴趣地问：

"他是一个不错的孩子吧？"

"我向你保证他是一个好孩子，他懂得很多，什么书都读。"

"挨着他坐的那个胖孩子又是谁？"

"哦，那是阿呆·科尔，他的名字叫乔治，不过我们叫他阿呆，因为他吃得太多。巴尔爸爸旁边那个小家伙是他的儿子罗布，还有他的侄儿，大弗朗茨。巴尔爸爸教一些课，而且也照顾我们。"

"他会吹长笛，是不是？"纳特问，汤米正把一大块烤苹果塞进他的嘴里，说不出话来。

汤米点了点头，他嘴里有一大块苹果呢，你可以想象当时的情形，过了好一会儿他才说出话来："哦，可不是吗？我们有时候跳舞，跟着音乐做体操。我自己喜欢击鼓，我打算尽快地学会它。"

"我很喜欢小提琴，我会拉琴。"纳特说，在谈到这个有趣的话题时，他把他的秘密说了出来。

"你会吗？"汤米瞪着双眼，隔着杯子颇有兴趣地看着纳特，"巴尔先生有一把旧的提琴，如果你想拉，他就会让你拉的。"

"可以吗？哦，我太想拉了，要知道，以前我和爸爸，还有另外一个人，直到爸爸死前，我们一直拉琴，到处流浪。"

"那不是很快乐吗？"汤米觉得很有趣，叫了起来。

"不，过去的日子真难过，冬天冷，夏天热。我很累，有时候他们还向我发脾气，我还经常吃不饱。"纳特咬了一大块姜饼蛋糕，好像要确信他的苦难日子已经结束，然后他又遗憾地说，"可是，我真爱我的小提琴，我想念它，爸爸死后，尼科洛就把琴拿走了，因为我生病了，他也不再要我了"

"如果你的小提琴拉得好，你就是乐队的成员了，就看你行不行了。"

"你们这儿还有一个乐队？"纳特的眼睛一亮。

"估计我们有吧——一个快乐的乐队，所有的孩子都参加，举办音乐会和其他的活动。明天晚上你就可以大开眼界了。"

说完这些愉快的，让人激动不已的话，汤米又吃起饭来了，纳特望着他那盛满食物的餐盘，沉浸在一片愉快的遐想之中。

巴尔夫人表面上在全神贯注地往杯子里倒饮料，同时照看着小泰迪，实际上她全都听到了他们的谈话。小泰迪这时已经困得不行了，汤匙都往自己眼睛上送，像一朵玫瑰色的罂粟花不停地点着头，最后他把脸贴在一个松软的面包上就睡着了。巴尔夫人让纳特坐在汤米旁边，因为这个矮胖小子性格坦诚，喜欢交际，这对胆怯的人是有吸引力的。纳特也感觉到了这一点，晚饭时，他就说出了几个小秘密，这样更能使巴尔夫人了解这个新来的孩子，比她亲自和他谈话的效果更好。

劳伦斯先生在他让纳特送来的信中说道：

亲爱的乔：

这儿有一件事要让你费心了，这个可怜的孩子是一个孤儿，现在他生病了又无依无靠。他是一个街头小乐手，我在一间地下室里发现了他，他正在为他死去的父亲和失去的小提琴伤心。我认为这个孩子有一种潜在的气质，总觉得我们应该给他一些帮助。你要调养这孩子疲惫的身体，弗里茨要帮助他开发未经训练的智力，等一切完毕，我就要看看他是否是一个天才，或只有一点替自己挣面包维持生活的能力。在他身上费点心吧，为了你自己的男孩。——泰迪。

"当然我们愿意了！"巴尔夫人读完这封信时叫了起来。她看到纳特时，立即就能感觉到，无论他是不是天才，这个孤独的、多病的孩子的确需要一个家，需要母亲的慈爱，而这正是她乐于给予的。她和巴尔先生不动声色地观察他，虽然他的衣衫破烂，举止胆怯，小脸肮脏，但他们还是认为纳特的身上有让他们感到满意的东西。他十二岁，身体单薄，脸色苍白，长着一双蓝色的眼睛，邋遢蓬松的头发下显露出漂亮的前额。他的脸上时而流露出忧虑和畏惧的神色，仿佛感觉到又要被责骂或被殴打。当亲切的目光落在他身上时，他那敏感的嘴唇就会忍不住战抖，而听到温和的话语，他就会显露出感激的神情，看起来非常的可爱。

"保佑这个可怜的小家伙，如果他愿意，整天都可以拉琴。"

巴尔夫人自言自语地说。汤米说到乐队时，她看见纳特的脸上显露出渴望的、开心的表情。

晚饭后，孩子们都拥进了教室，还想寻求一些"喧闹的玩乐"。乔太太拿着一把小提琴出现了，她和丈夫说了一句话，就向纳特走了过去。他坐在一个角落里，带着浓厚的兴趣观看着这些情景。

"好啦，孩子，给我们拉一曲吧，我们的乐队里需要一个小提琴手，我相信你会拉得很好。"

她以为纳特要犹豫一阵，但是他立即就抓住了那把很旧的小提琴，深情地抚摩着它，显而易见，音乐让他富有激情。

"夫人，我会尽我所能拉得最好。"然后他用琴弓拨弄了一下琴弦，似乎急于再次听到那悦耳的音符声。

屋里一片喧闹声，可是除了琴声，纳特什么都听不见，他轻柔地拉着小提琴，完全沉浸在欢乐之中，忘掉了一切。这是一首简单的黑人歌曲，诸如街头音乐家演奏的曲子一样。琴声立即就飘入了孩子们的耳里，他们顿时变得鸦雀无声，都惊奇地站着倾听这首让人感到愉快的乐曲。他们渐渐地越靠越近，巴尔先生也走过来观看，此时的纳特进入了忘我的境界，不停地拉着琴，完全忘记了周围的人，他的眼里放着光芒，面颊红润，他抱着那把旧提琴，修长的手指飞快地拨动着琴弦，用他热爱的琴声向所有的人诉说他的心声。

当他停下来时，一阵热烈的掌声响起，这是对他最好的奖励，胜于阵雨般的便士。他环顾周围，仿佛在说：

"我已经尽力了，愿你们喜欢。"

"喂，你的演奏是第一流的！"汤米叫了起来，他把纳特当做自己的保护对象。

"你将是我们乐队里的首席小提琴手。"弗里茨满意地笑着补充说。

巴尔夫人小声对丈夫说："泰迪说得对，这孩子是有一种潜在的气质。"巴尔先生用力地点着头，他拍着纳特的肩膀，认真地说：

"孩子，你拉得不错，再拉一些我们会唱的歌吧。"

他被带到钢琴旁那个令人尊敬的位子，这是这可怜的孩子一生中最骄傲，最幸福的时刻，孩子们围在他的身边，根本不去注意他那破烂的衣服，而是恭敬地看着他，急切地等待着听他重新演奏一首曲子。

他们挑选了一首他熟悉的歌，开始一两遍没有起好头，但很快，他们就合奏起了，在小提琴、长笛和钢琴的伴奏下，男童声合唱的歌声又在这所老房子里回响起来。纳特非常激动，他没想到自己这么脆弱，欢叫声刚平静下来，他的脸开始抽动起来，他放下手中的琴，转身向着墙壁，小孩一样哭了起来。

"亲爱的，怎么啦？"巴尔夫人问，她一直在起劲地唱歌，一边努力阻止小罗布用他的靴子打拍子。

"你们都这么好，这么美的环境，我实在忍不住了。"纳特呜咽着说，一边咳嗽起来，直咳得喘不过气来。

"亲爱的，随我来，上床休息去吧，你累坏了，这儿对你太吵了。"巴尔夫人低声说，她将纳特带到了自己的起居室里，让他在那里痛快地哭，直到安静下来。

于是，她得到了纳特的信任，他把自己的痛苦经历讲了出来，她流着眼泪听他的故事，虽然对她来说，这并不是很新鲜的事了。

"我的孩子，现在你已经有爸爸妈妈了，这儿就是你的家。不要再去想过去那些悲伤的日子了，生活会好起来，会幸福的！只要我们能帮助你，你再也不会遭受痛苦了。这里有许多孩子，我希望你们生活得愉快，学会自立，成为有用的人。你可以尽情地学习音乐，但是首先得把身体养好，现在去阿姨那里，洗个澡，然后上床睡觉，明天我们一起制定一个有趣的小计划。"

纳特紧紧地握着她的手，一句话也说不出来，双眼充满了感激。巴尔夫人领着他来到了一间大屋里，那里有一个身体结实的德国女人。她的脸非常非常的圆，笑眯眯的，看上去像圆圆的太阳，头上帽子的宽褶边亮亮的，就像太阳发出的光芒！

"这是胡默尔阿姨，她会给你好好地洗个澡，给你理发，像罗布说的，让你感觉'舒服'。那儿是浴室，星期六晚上，在大孩子们唱完歌之前，我们都要先把那些小家伙们洗干净，然后把他们送到床上去。好啦，罗布和你进去吧！"

巴尔夫人一边说话，一边迅速地脱下了罗布的衣服，然后把他放进小浴室里的一个长浴盆里，浴室通向儿童室。

浴室里除了洗脚盆，洗脸盆，冲洗的水管子和各种打扫清洁的用具之外，还有两个浴盆。纳特很快就泡在另一个浴盆里尽情地享受了，这时他看见两个阿姨在忙碌着，她们在给四五个小孩子洗澡，给他们换上干净的睡衣，然后把他们抱到床上。在这个过程中，孩子们不停地打闹着，高兴得不得了，直到筋疲力尽地倒在床上！

阿姨给纳特洗完澡，用一条毯子裹着他，让他坐在火炉边，开始给他理发，这时又进来一群孩子，他们被关进浴室，在里面弄得水花四溅，大声叫喊着，就像一群小鲸鱼在嬉水。

"纳特最好睡在这儿，如果他夜里咳得厉害，你可以让他喝一杯亚麻子茶。"巴尔夫人说。她就像一只母鸡，带着一大群活泼好动的小鸡东奔西走，每只小鸡可都得小心照看着！

阿姨听从了安排，她给纳特穿上法兰绒睡衣，给他喝了点什么暖暖的甜甜的东西，然后让他睡在屋里三张小床的其中一张上。纳特躺在床上，心里无比的满足，他觉得世间最奢侈的享受，也不过如此。全身洗得干干净净的，这让他觉得又新奇又快乐，法兰绒睡衣原来是这么的舒服，什么"好东西"喝了就没那么咳嗽了，还有那温暖的话语，都在安慰着他那颗孤独的心。这种被呵护的感觉让这个无家可归的孩子觉得，这里就是天堂！这就像是一个美梦，他一会儿又闭上眼睛，然后又睁开，想看看他睁开双眼时，这一切会不会突然消失了。他兴奋得不想睡觉，即使想睡，也睡不着，因为几分钟后，只有梅园才有的游戏大战开始了，对他来说是那么的新奇，他兴致勃勃地欣赏着眼前的一切。

浴室里的水上游戏刚刚结束，无数的枕头突然从四面八方飞了出来，身穿白色睡衣的小精灵们冲下床来，开始了"枕头大战"！战斗在几个屋里展开，然后打到了大厅，很快就蔓延到了儿童室，有几个处于困境的"勇士"跑进了儿童室避难。似乎没有人介意这种骚乱，也没有人出来制止，甚至一点都不感到惊奇，阿姨继续晾着毛巾，巴尔夫人整理着干净的衣服，显得十分的平静，仿佛这一切都是正常的！不仅如此，连巴尔夫人也参加了战斗，她将一个胆大的男孩子赶出了屋子，那个男孩冷不防向她扔了一个枕头，她又把这个枕头向他的背后扔了回去。

"枕头不会伤着他们吗？"纳特问，他躺在床上哈哈大笑。

"哦，亲爱的，根本不会！我们允许在星期六的晚上进行枕头大战，枕套明天就换掉，孩子们洗完澡后，玩这个游戏，特别开心，我自己也喜欢这样玩。"巴尔夫人说，她又忙着去收拾那十几双袜子了。

"这真是一所令人感到愉快的学校！"纳特称赞说。

"这是一所特别的学校，"巴尔夫人笑了起来，"但是你知道，太多的规矩和太大的学习压力，就会让孩子们感到痛苦，我们不相信这种教育方法。起初，我也不允许他们穿着睡衣参加晚会，可是，我的天，一点都没有用！我没办法让孩子们过多地躺在床上，就像不可能把许多男孩子关在箱子里一样。因此，我和他们定了协议，我允许每个星期六的晚上进行十五分钟的枕头大战，他们答应其余的晚上按时睡觉。我尝试了一回，游戏进行得很顺利。如果他们不遵守承诺，就不能享受到快乐；如果他们愿意，我就把镜子转过来，把灯放在安全的地方，任由他们打闹。"

"这是一个很棒的计划！"纳特说，他很想参加到打闹中去，可是，这是他来的第一个晚上，他没有胆量把这个想法说出来。因此，他只好躺在床上欣赏这热闹的场面。

汤米·班斯带领的是进攻的一方，德米以顽强的勇气保卫着自己的屋子，只要有枕头扔过来，他就赶快收集在身后，直到围攻者的弹药用完，然后他们一拥而上，要把武器都抢回去。发生了一点小的意外事故，但没有人在意。攻击对方或被对方击中，枕头像大片的雪花在空中飞舞，喊叫声不绝于耳，让人感到愉快极了！巴尔夫人看了看手表，叫了起来：

"时间到了，孩子们，都上床了，要不然就要受处罚。"

"罚什么？"纳特问，他急忙坐了起来，想弄清楚，要是不听这个最特别最热爱学校公益事业的妈妈的话，会发生什么事。

"下次不要他们玩了！"巴尔夫人回答，"我让他们在五分钟之内安静下来，然后把灯关掉，而且希望要有秩序。他们都是一些讲信用的孩子，不会食言的。"

的确如此，战斗像突然开始那样突然结束了，德米将第七个枕头扔向了退却的敌人，对方也回敬了两个枕头，说了几句下次挑战的话，最后大家一起欢呼，一切都恢复了正常。只有偶尔哧哧的笑声，或耳语声，再没有什么打破星期六夜晚狂欢之后的寂静。巴尔夫人吻了她新来的男孩，留下他去做梅园生活的美梦。

2 男孩们

趁纳特熟睡的时候，我把孩子们的情况给小读者们介绍一下，纳特醒来时会发现自己是他们其中的一个了。

从我们的老朋友开始说起吧。弗朗茨是一个高个子男孩，今年十六岁，德国人，金色的头发，一副书卷气，他热爱家庭生活，为人和善，喜欢音乐。他的舅舅要培养他上大学，而他的舅妈则是为了他将来建立一个幸福的家庭，她一直精心培养他的绅士风度，对孩子的爱心，以及对老人和妇女的尊重，教给他许多有益于家庭生活的东西。在任何场所，他一直都是她的得力助手，他不仅踏实，善良，而且有耐心，他就像爱母亲一样爱他这个乐观的舅妈，而舅妈也努力像母亲一样关怀他。

埃米尔完全是另一个人，急性子，不甘寂寞，有进取心，热衷于海上的活动，因为他的血管里似乎流淌着北欧海盗的血，不安分守己。舅舅答应他，等他到了十六岁就可以让他离开家。作业做完了，就让他学一些航海知识，读一些著名的海军将军和英雄人物的故事，听凭他去河里、池塘里和小溪里玩，过青蛙一样的生活。他的房间看起来就像一艘军舰的舰舱，而且每样东西都与航海和军事有关，井井有条。他喜欢船长基德，他最喜爱的娱乐就是把自己装扮成海盗先生，高声吼唱带有血腥味的海盗歌曲。他别的舞都不会跳，只会旋转着身体跳水手们喜欢的号笛舞。只要舅舅允许，他说话都带着海员的腔调。孩子们都叫他"海军准将"，并且为他的船队感到自豪，他的船队可以摆满整个池塘的水面，而且也遭到过足以让任何一个指挥员感到气馁的损失，但这个对大海痴迷的孩子却没有泄气。

德米是这样一个孩子，费心的关爱在他身上会有明显的效果，因为精神状态和身体可总是互相影响，协调发展的。受家庭教育的熏陶，他自然就养成了高尚的品质，这种品质让他的举止变得既迷人又单纯。妈妈培养了他天真无邪的爱心，爸爸则呵护着他健康成长，通过有益于身体的饮食、锻炼和睡觉的合理搭配，他的小身体长得可结实了！爷爷马奇用现代毕达哥拉斯①敏锐的智慧来开启他的小脑袋瓜，并不是给他灌输冗长的、难学的功课，或死记硬背的学习方法，而是帮助他自然地、健康地成长，就像太阳和露珠儿帮助玫瑰花绽放一样。当然，他并不是一个完美的孩子，不过，他的缺点也只是一些小毛病。他从小就接受了自我控制的教育，经得住食欲的诱惑，不轻易冲动，不像一般的小家伙那样，抵制不住诱惑而受到惩罚。德米是一个很安静很特别的孩子，他严肃又活泼，完全没有意识到自己相当聪明，而且很英俊，可是他乐于看到并十分欣赏别的孩子的聪明与漂亮。他非常喜欢读书，充满着各种各样的幻想，天生具有丰富的想象力和精神世界。这让家人非常担忧，他们希望通过有用的知识和健康的社会来平衡这些特质，以免他成为那种苍白而早熟的孩子，这样的孩子虽然有时也会给家庭带来惊奇和快乐，但就像温室里的鲜花一样容易凋谢，因为心智的花朵如果绽放过早，而没有强健的身体，是无法在社会这片沃土中扎根的。

于是，德米被送到梅园来了，他在这里过得很开心，梅格、

---

① 古希腊哲学家、数学家和音乐理论家，勾股定理的首先发现者。

约翰和爷爷都觉得他们做得好，感到很满意。和男孩子们相处，他受到现实影响的一面就表现出来了，精神也振作起来，也不再像以前那样沉迷于在他的小脑袋里编织的幻想的网。他回家时把门关得砰砰地响，嘴里高声地说着"天啊"，还嚷着要穿厚底长筒靴，"像爸爸的靴子那样发出沉重的声响"，这让妈妈吓了一大跳。不过约翰却为他的变化感到高兴，对他粗鲁的语言付之一笑，他拿出靴子，高兴地说：

"他做得对，就让他穿厚底靴吧。我希望我的儿子有男子汉气概，这种一时的粗鲁不会对他有伤害。不久，我们就会让他变得文雅起来，至于学习，就像鸽子挑豌豆那样，他会逐渐进步的，所以不要催他。"

黛西总是那么阳光，那么迷人，她的身上已显露出了女性所有的气质，她和她那性情温和的母亲一样，喜爱料理家务。她的洋娃娃可以组成一个大家庭，她仿效大人培养这些洋娃娃。如果没有小针线篮，不做点针线活，她就不知该怎样消磨时光，她的针线活做得那么好，德米经常把他的手帕掏出来，展示她妹妹细致的针线活，黛西还为小宝宝乔西缝制了一条漂亮的法兰绒裙子。她喜欢摆弄瓷器柜里的餐具，准备好盐碟，把汤匙整齐地放在桌上。她每天都要拿着鸡毛掸子到客厅里转转，把椅子上和桌上的灰尘掸掉。德米叫她"贝蒂"，她把他的东西料理得井井有条，他非常高兴，在所有的事情上，她都帮着德米做，还帮助他做功课，他们总是一起进步，从没有想过要把对方当做对手。

他们兄妹之间的感情总是那样的深厚，没有人笑话德米对妹妹的亲密。德米时刻都会为妹妹挺身而出，保护她。他无法理解，男孩子们总是羞于"坦率地说出"他们爱自己的姐妹。黛西崇拜她的孪生哥哥，认为"我的哥哥"是世界上最优秀的孩子。每天早上，她穿好小晨衣，就去敲哥哥的房门，像母亲一样地说"亲爱的，起床了，该吃早饭了，这儿是你的干净衣服。"

罗布是一个精力充沛的孩子，他从来就安静不下来，仿佛发现了永久运动的秘密，幸好，他既不淘气，也不太勇敢，所以他也没有找什么麻烦。罗布是一个小话匣子，就像一个充满深情的小钟摆，发出活泼的滴答声，在爸爸和妈妈之间来回摇摆。

泰迪还很小，他在梅园的事务中起不了太大的作用，可是，他仍然有一个小小的活动范围，在这个范围内，他十分得心应手。有时候，人人都想要个宠物，小宝宝泰迪很乐意成为这个宠物，因为他喜欢别人的亲吻和拥抱。乔姨总是把他带在身边，因此，所有的家务事他都要插一手，大家觉得他做这些事带来了很多的好处，大家都相信梅园里的宝宝们。

迪克·布朗和阿道弗斯，阿道弗斯也叫多利·佩廷吉儿，他们两个都是八岁的孩子。多利患了严重的口吃病，但正在逐渐地克服这个毛病，因此巴尔先生不允许任何人嘲笑他，试图通过让他慢慢说话来医治好他的病。多利是一个好孩子，没有什么特别的爱好，总是老老实实的，他在这里茁壮成长，每天很有规律地忙自己的事，从平静的生活中获得快乐。

迪克·布朗的苦恼就是他有一些驼背，但是，他能以乐观的态度来对待这一切。有一次德米很奇怪地问他："驼背能让人脾气变好吗？要是这样，我也想驼背。"迪克总是乐呵呵的，而且尽力做到和别的孩子一样，因为在他那虚弱的小身体里蕴藏着勇敢的精神。刚到梅园时，他对自己的不幸非常敏感，但后来他就慢慢地忘掉了，曾经一个男孩嘲笑他，巴尔先生对那个孩子进行了处罚，从那以后，就没有孩子敢嘲笑他了。

"上帝才不在乎，我的背虽然不是直的，我的心灵却是坦诚的。"当时的迪克，对折磨他的人呜咽着表达了自己的想法。巴尔夫妇很是赞赏他的这种想法，不久就让他相信，大家都喜欢他的心灵，不介意他的身体，都理解他身体的不便，并愿意帮助他。

有一次，迪克和别的孩子们一起玩装扮动物的游戏，有一个孩子说：

"迪克，你愿意扮什么动物？"

"哦，我就是那单峰骆驼，难道你没有看见我背上隆起的驼峰吗？"他笑着回答。

"你就是单峰骆驼了，动物列队行走时，我可爱的小家伙就不要驮货物了，你就和大象走在队伍的最前面。"德米说，他在布置活动场所。

"但愿别的人能像我的男孩子们那样学会善待这个可怜的小家伙。"乔姨说，她对自己成功的教育感到相当的满意。这时，迪克缓缓从她的身边走过，尽管是一头非常虚弱的小骆驼，但迪克看上去十分的快乐。旁边是肥胖的阿呆，阿呆迈着笨重的步伐，他最适合装扮大象。

杰克·福特是一个精明的孩子，可以说相当的狡猾。他被送到这所学校来，是因为这里的收费低。可能许多人都会认为他是一个机灵的孩子，可是巴尔先生却不喜欢他做事的"机灵"方式。他认为，杰克身上那种男孩子不应具有的敏感，以及对金钱的热爱，也是一种病，与多利的口吃和迪克的驼背没有什么两样。

内德·巴克像无数个十四岁的孩子一样，长得又高又瘦，笨手笨脚，好说大话。实际上，大家都叫他"笨瓜"，因为经常看到他不是从椅子上摔下来，就是碰到桌子了，或打翻他身边的小东西。他夸口说自己能做很多事情，却又不愿用实际行动去证明，而且也不勇敢，还爱搬弄是非，欺负比他小的孩子，极力讨好比他大的孩子。他虽算不上坏，却是那种最容易被引入歧途的孩子。

乔治·科尔被过分溺爱他的妈妈惯坏了，她给他吃太多的糖，都吃出病来了。然后他妈妈又认为，他的身体太弱，不能上学。他的脸色苍白，身体虚胖，目光呆滞，烦躁不安，懒懒散散。一个朋友说服了他妈妈把他送进梅园。不久，他就活跃起来了，因为学校里很少允许吃糖果，而且还要进行大量的运动，学习也变得如此的快乐！阿呆喜欢这里，逐渐有了进步。他的变化让他焦虑不安的妈妈格外惊讶，她相信，梅园的确是一个不同凡响的地方。

比利·沃德就是被苏格兰人温和地称为"头脑简单的人"，虽然他已经十三岁了，却像一个六岁的孩子。他本来是一个异常聪明的孩子，可他爸爸拔苗助长，让他学习许多深奥的功课，每天读六个小时的书，希望他接受大量的知识，就像斯特拉斯堡的鹅一样，食物都填到它的喉咙了。爸爸以为他这是在尽职责，但几乎要了这孩子的命。一次高烧让这个可怜的孩子度过了一个悲伤的假期，病愈后，大脑因过度劳累而受到了损伤，就像用海绵擦干净的石板，留下了一片空白。

这件事对比利雄心勃勃的父亲是一次惨痛的教训，他不忍看着一个大有前途的孩子变成弱不禁风的白痴。于是，他就把比利送进了梅园，根本不指望对他还有什么帮助，只是相信比利在这里会受到很好的照顾。比利既温顺又不惹事，看到他那么费劲地学习功课，仿佛是在黑暗中寻找着丢失的知识，真让人同情。这些知识曾经让他付出了沉重的代价。

他天天专心致志地学习字母表，得意地念着字母 A 和 B，以为他已经认识这两个字母了，等到第二天他又忘了，于是又得从头开始，尽管这项工作看不到希望，但巴尔先生还是很有耐心，继续让他练下去。巴尔先生并不关心他是否学到了书本知识，而是想驱散他昏暗大脑中的迷雾，恢复他原有的聪明才智，减轻这孩子的负担和痛苦。

巴尔夫人想方设法增强比利的健康，男孩子们也对他充满了同情和友爱。比利不喜欢和他们玩活跃的游戏，他喜欢坐着观看那些小鸽子，一坐就是几个小时；要么就帮泰迪挖洞，直到特别喜欢挖洞的泰迪满意为止；或是跟着男仆塞拉斯转来转去，看他干活，因为诚实的赛拉斯对他非常好，比利记不住字母，却记得住那张友好的脸。

汤米·班斯是学校里的淘气鬼，也是最让人感到头痛的捣蛋鬼。他像猴子一样有许多鬼把戏，但没有坏心眼，大家也都会原谅他的恶作剧。而且他的注意力特别不集中，对他说话就像是吹耳旁风。不过，他对自己做的每一件错事又表示忏悔，赌咒发誓要改掉坏毛病，或提议对自己施以各种稀奇古怪的处罚，弄得大家又不能当真。巴尔先生和巴尔夫人随时准备着应对一些不幸的事件，担心汤米折断自己的脖子，甚至用炸药炸掉整个家庭。阿姨有一个特别的抽屉，里面装满了各种绷带和膏药，是专门为汤米准备的，因为汤米经常被半死不活地抬进来，但他每次也没什么大事，好起来后，精力更加充沛！

汤米来的第一天，他就被切草机割掉了一个手指尖。在那个星期内，他又从棚屋顶上掉了下来；还被一只愤怒的母鸡追赶，要啄他的眼睛，因为他去看了它的小鸡崽，他急忙从母鸡那里逃跑了。然后他又被阿西娅狠狠地打了一个耳光，因为他从奶油锅舀奶油，奢侈地往偷来的半个馅饼上抹时，正好被阿西娅撞见了。然而，无论遇到失败还是挫折，这孩子依然不屈不挠，他继续玩弄各种伎俩来取乐自己，弄得人人都有了危机感。如果有不懂的功课，他总是找一些让人哭笑不得的借口。不过他非常聪明，常常能够自己编答案，所以在学校的表现还算不错。但出了学校，鬼才知道汤米会不会闹翻天啊！

一个忙碌的星期一早上，汤米用阿西亚的晾衣绳，将肥胖的阿西亚绑在柱子上，让她在那里叫骂了半个小时。有一天，漂亮的女用人玛丽·安在餐桌旁伺候来家访的几位先生用餐，他把一枚发烫的硬币放进了玛丽·安的后背，害得可怜的女用人打翻了汤，惊慌失措地冲出了房间，屋里的人都以为她发疯了。他将一桶水放在一棵树上，用一根丝绸系在木桶的把手上，黛西被鲜艳的丝带吸引了，她试图将它拽下来，结果，让她冲了一个淋浴，干净的衣服也被弄脏了，这个小人儿非常伤心。汤米的奶奶来喝茶时，他把不光滑的白色小石子放进糖碗里，可怜的老太太弄不清为什么她杯里的糖块总也化不了，但是出于礼貌她没有说出来。他在教堂里把鼻烟弄得四处飞，让那五个孩子不停地打喷嚏，只得走出了教堂。冬天他把路挖开，偷偷地灌上水，行人从这里经过就会摔倒。他把塞拉斯的大靴子挂在显眼的地方，塞拉斯几乎气得发疯了，因为他长了一双大脚，他为此感到自卑。汤米说服容易相信别人的小多利把一条线拴在他松动的牙齿上，睡觉时将那条线吊在嘴边，这样自己就可以帮他把牙拽出来，一点感觉也没有，根本不会像手术拔牙那样可怕！可是，汤米才使劲拽了一次，可怜的多利就在剧烈的疼痛中从睡梦中醒了过来，而且牙齿也并没有被拽出来，于是，他从此不再信任汤米了。

最近一次恶作剧是他用朗姆酒泡过的面包喂母鸡，母鸡们醉得东倒西歪，把别的家禽吓得够呛，因为这些平时都很有风度的老母鸡走起路来摇摇晃晃，歪歪扭扭，一边硬着脖子东啄一口，西啄一口，一边还咯咯咕咕地乱叫！看到老母鸡的古怪行为，全家人都笑弯了腰，只有黛西同情它们，把它们关进了鸡笼，让它们睡觉醒酒。

以上就是这些孩子们的情况，十二个男孩在一起幸福地生活，他们一起学习，一起玩耍，一起劳动，一起吵闹，用传统的有效方式发现缺点，纠正错误，培养美德。在别的学校读书的男孩们，可能学到的书本知识更多，但是要成为优秀的人，他们没有学到更有用的知识。拉丁文、希腊文和数学虽然是很好的知识，但是巴尔教授认为，自知、自立和自控才是最重要的，他要精心把这些知识教给孩子们。有时人们对他的观点大摇其头，尽管他们承认男孩子们在行为举止和道德品质方面取得了惊人的进步。不过，正像乔夫人对纳特说的那样："这是一所奇特的学校。"

3 星期日

　　第二天早上，起床铃一响，纳特飞快地从床上爬了起来。他发现椅子上有一套衣服，便心满意足地穿起来。衣服不是新的，是一个富裕的孩子穿得半旧的衣服，为了飞入她巢穴里的知更鸟儿们，巴尔夫人保留着所有这样的被抛弃的"羽毛"。纳特还未穿好衣服，汤米就来了，他穿着一件干净的高领衣服，他要护送纳特去吃早饭。

　　阳光照耀在餐厅里一排排的餐桌上，也照耀在一群饥饿的孩子身上，他们精神饱满地围站在桌子的周围。纳特注意到他们比昨天晚上更守纪律，每一个孩子都默默地站在椅子后面，小罗布双手十指交叉，站在桌子首端爸爸身边，恭敬地低着满是鬈发的头，以虔诚的德国方式轻轻地重复着感恩祈祷，这是巴尔先生喜爱的方式，还教会了他的小儿子。然后，他们都坐下来享用星期日的早餐，有咖啡、牛排、烤马铃薯，而不是平常用来填饱小肚子的面包和牛奶。在刀叉热烈的交碰声中，孩子们愉快地交谈着，讨论着今天星期日要学习的某门功课，和去哪里散步的问题，还有下一周的计划。纳特一边听一边想，看起来这一定是非常愉快的，他喜欢安静，而今天的每件事情都带着一种快乐的安静气氛，这种气氛让他感到非常的愉快，纳特虽然一直都过着艰辛的生活，但他却具有敏感的神经，这就是他热爱音乐的本性。

"好啦，我的孩子们，该做早上的活了，公共汽车到来前，我要看到你们做好了去教堂的准备。"巴尔父亲说，然后他先做出榜样，走进教室准备明天的课本。

于是，大家分头行动起来，每个孩子都有小小的任务，他们都希望忠实地履行自己的职责。一些孩子搬运木材和水，刷洗台阶，或替巴尔夫人跑跑腿，另外的孩子们去喂养宠物，和弗朗茨在谷仓干一些零杂的活。黛西洗杯子，德米擦杯子，这对双胞胎喜欢在一起干活。德米在家就受到教育，要成为这间小屋子里有用的人。即便是宝宝泰迪也有任务，他跑来跑去的，把餐巾纸放好，把椅子放回原位。孩子们一窝蜂似的忙碌了半个小时，这时，车开过来了，巴尔父亲和弗朗茨带着八个大孩子挤进了车里，他们要去离这儿三里路的城里的教堂。

因为令人烦恼的咳嗽还没有治好，纳特宁愿和四个小孩子留在家里。他在巴尔夫人的屋子里度过一个快乐的早晨，听她读故事，学习她教的赞美诗，然后自己安静地把画片贴在一本旧账簿里。

"这是我的周日壁橱，"巴尔夫人说，她把一些架子指给纳特看，架子上装满了图画书、颜料盒、建筑积木、小日记本和写信的材料，"我希望我的男孩们热爱星期天，发现它是一个宁静快乐的日子，这一天他们可以改变一下平时的学习与活动，安安静静地享受快乐，用最简单的方式，学到一些比学校里任何功课都更重要的东西。你懂我的意思吗?"她看着纳特那张专注的脸问道。

"你的意思是要做个好孩子吗?"他迟疑了一会儿说。

"对，是要做好孩子，而且要乐意做一个好孩子。有时候这是一件很难的事，我熟知这一点，但是我们相互帮助，这样我们就有进步，这是我帮助我的男孩子们的一种方法。"她从书架上取下了一个厚记事本，好像有半本都写满了，她翻开一页，这一页的顶端写了一个字。

"哎呀，那是我的名字！"纳特叫了起来，他觉得很奇怪，同时也很好奇。

"对，我为每个孩子准备了一页。我把他一周的表现记录下来，星期天晚上就把这个记录给他看，如果表现得不好，我会难过和失望；如果表现得好，我就会高兴和自豪。但不管怎样，孩子们都知道我是想帮助他们，因此他们就会设法表现得最好，来表达对我和巴尔爸爸的爱。"

"我想他们应该这样。"纳特说，他看到自己名字的对面是汤米的名字，想知道下面记了一些什么内容。

巴尔夫人见他看到了上面的名字，就翻了一页，摇着头说：

"不，我不能把记录给别人看，只能给被记录的人看。我称这是有良知的记录，只有我和你才知道，在你名字下面一页记的内容，下星期天你读了，是高兴还是害臊，就取决于你自己的表现了。不管怎样，我想你能得到一个好的记录，我要设法让你适应新的环境，只要你遵守我们为数不多的规定，和大家一起愉快地生活、学习，我就心满意足了。"

"我尽量吧，夫人。"纳特消瘦的脸激动得红了起来，一副又急切又认真的样子，他要让巴尔太太"高兴和自豪"，而不是"难过和失望"。

"记录这么多的内容肯定是很麻烦的。"纳特补充说，巴尔太太合上本子时，鼓励地轻拍了一下他的肩膀。

"我不嫌麻烦，因为我真的不知道我更喜欢哪一样，是做记录呢，还是男孩子们。"她说，看着纳特的样子，她笑出了声，纳特听了她说的最后一句话，惊奇地瞪圆了双眼。

"对，我知道很多人都认为男孩子很讨厌，那是因为他们不了解男孩，我就很了解他们，只要发现男孩内心脆弱的一面，我就能和他相处得很好。哎呀，如果没有这一群可爱的、爱打闹的、淘气的、冒失的小家伙，我也不可能过得好，是吗，泰迪？"巴尔夫人抱住了那个小淘气，不然那个大墨水瓶就掉进他的口袋里了。

纳特以前从没有听过这样的话，他真的不知道巴尔妈妈是有一些狂热呢，还是他见过的最让人快乐的女人。尽管她的行为有一些特别，他还是宁愿相信后一种看法，因为自己还没有提出要求，她就把他的盘子装得满满的，听他讲笑话时，笑得那么开心，有时还轻轻地拧拧他的耳朵，或拍拍他的肩膀，这让纳特感到非常的亲切。

"好啦，我想你要进教室去练习唱赞美诗了吧，今晚我们都要唱。"巴尔夫人说，她猜对了，他正想这么做。

太阳光从窗户照进了屋里，纳特独自拉着心爱的小提琴，翻开的乐谱放在他的面前。窗外呈现出春天美丽的画卷，屋内一片安宁，只有纳特的琴声，纳特专心练习着那些古老动听的曲子，全身心地享受着这两个小时的快乐时光，这一刻，他终于忘掉了过去的苦难生活！

去教堂的孩子们回来了，午饭过后，大家都去做自己的事了，有的读书，有的写信，有的在说他们周日的功课，有的在互相说着悄悄话，屋子里到处都坐着人。到了三点钟时，全家人都出去散步，因为活跃的小孩子需要运动，在散步的过程中这些小脑袋瓜学会了观察和热爱美丽而神奇的大自然。巴尔先生总是和他们在一起散步，他用朴实的，慈爱的方式，让他的这群孩子"从一草一木中获得启示，从奔流的小溪中获取知识，从万千事物中发现美好的东西"。

巴尔夫人带着黛西和她的两个孩子开车进城去看祖母，这每周一次的拜访就是忙碌的巴尔妈妈的一个假日，而且也是她最高兴做的事情。纳特因为身体虚弱不能走远路，他要求和汤米留在家里，汤米友好地提出带他参观梅园，以尽地主之谊。"房子你已经见过了，那我们去参观花园、粮仓和动物园。"汤米说。他们被单独留下来交给阿西娅照料，以防他们捣乱，因为，虽然汤米是那种喜欢穿灯笼短裤、很善良的孩子，但是，一些可怕的事情总是发生在他的身上，没有人知道这是什么原因！

"你们的动物园是什么样的？"他们沿着房子外面的路走时，纳特问。

"你知道，我们都有宠物，我们把它们养在谷仓里，并且称之为动物园。这儿就是动物园，我的天竺鼠漂亮吗？"汤米得意扬扬地问纳特，这可是纳特见过的最丑的天竺鼠，但看上去非常可爱。

"我认识一个男孩，他有十多只天竺鼠，他说要给我一只，我没有地方养它，于是就没有要，那是一只白色的天竺鼠，身上有黑斑，好玩极了。如果你喜欢，也许我可以给你要来。"纳特说，他觉得这样回报汤米的照顾再好不过了。

"我非常想要，到时我就把这只给你，如果不打架，它们就可以住在一起了。那些白老鼠是罗布的，是弗朗茨送给他的。兔子是内德的。外面那些矮脚鸡是阿呆的。那个盒子似的东西是德米养龟的水池，只是他还没有开始养。去年他养了六十二只，其中有一些龟特别大，他在其中一只龟的背上刻着自己的名字和出生年月，然后，把它放掉了。他说，也许多年之后他能发现并能认出它来，他读过一篇关于一只海龟被发现的故事，海龟背上的记号表明它已经活了几百岁。德米是一个相当有趣的小伙子。"

"这个盒子里面装的是什么东西?"纳特问,他在一个宽大的盒子前停了下来,盒子里面装了一半的泥土。

"哦,那是杰克·福特的蚯蚓小卖店。他挖了许多蚯蚓养在里面,我们要去钓鱼时,就向他买。这就省了很多麻烦,只是价钱太贵了。哎呀,上次我们交易的时候,我给两分钱要买十二条蚯蚓,可是他只给小蚯蚓。杰克有时很吝啬,我就告诉他,如果他不降价,我就自己去挖。现在,我还有两只母鸡,就是那两只灰色的,头顶上长着花结的母鸡,这是最好的母鸡。我把鸡蛋卖给了巴尔夫人,但是我从来都没有收过超过二毛五的价格,绝对没有!我可不好意思这么干!"汤米叫起来,他轻蔑地看了一下那个蚯蚓小卖店。

"这些狗是谁养的?"纳特问,他对这些商业交易显得非常有兴趣,而且他觉得能够支持对汤米·班斯是一种荣幸。

"那条稍大一点的是埃米尔的,它叫克里斯托弗·哥仑布,巴尔夫人给它起的名字,因为她喜欢说克里斯托弗·哥仑布,即使她指的是这条狗也没有人在意。"汤米回答,他用解说员的语气介绍他的动物园,"这条白色的小狗是罗布的,那条黄狗是泰迪的。有个人打算要在我们的池塘里把它们溺死,但是巴尔爸爸不让他这么干。它们很适合这两个小家伙,不过我认为它们并没有那么重要。它们叫卡斯特和帕勒克斯。"

"我最喜欢驴子托比,如果我有什么事,骑上驴子那才叫舒服,它那么小,而且表现还不错,"汤米的话使他想起了曾经四处奔波,疲惫不堪的流浪生活。

"劳里先生把它送给巴尔夫人,我们散步的时候,她就不用把泰迪背在背上了,我们都喜欢托比,知道吧,它是一头优秀的驴子。这些鸽子是属于大家的,我们每人都有一只,等小鸽子孵出来,我们再均分。雏鸟是非常有趣的,可是现在还没有孵出来。我去看科克尔托普和格兰妮①是否生蛋了，你可以上去看看那些老鸽子。"

纳特爬上楼梯，他把头伸出屋顶的活动天窗，观看了好一阵，那些漂亮的鸽子在宽敞的阁楼上唧唧咕咕不停地叫着。一些蹲在鸟巢里，一些在外面跳来跳去，一些站在鸟巢的门边，还有许多鸽子从阳光灿烂的屋顶上飞向撒满干草的院子，那里有六头健壮的奶牛在悠闲地吃着草。

"每个人都有宠物，只是我没有！我希望有一只鸽子，或一只母鸡，哪怕是一只海龟也不错。"纳特想，看了别的孩子那些非常有趣的宝贝，他觉得自己是个穷光蛋。

"你们是怎样弄到这些东西的？"他走进谷仓问汤米。

"一些是捡的，一些是买的，还有一些是别人送的，我的是爸爸送的。等我的鸡下了蛋赚了足够的钱，我还要去买一对鸭子，谷仓后面有一个小池塘可以放鸭子，鸭蛋能卖很多钱，而且小鸭子也非常可爱，看它在水中嬉戏是很有趣的！"汤米说话的样子像个百万富翁。

纳特叹了一口气，他既没有爸爸又没有钱，在茫茫的人世间他一无所有，只有一个空空的旧钱包和会拉拉琴的双手。汤米似乎明白了他的问话，以及听完自己回答后的叹息，认真想了一会儿，他突然说：

"过来，听我说，我最讨厌拾鸡蛋了。如果你愿意替我拾鸡蛋，每拾十二个我就给你一个，你自己记账，等攒够了十二个，你就卖给巴尔妈妈，她会给你二毛五分钱，到时你就有钱买你喜欢的东西了，明白吗？"

"太好了，我愿意干！汤米，你真好！"听了这个慷慨的建

---

① 汤米·班斯喂养的两只母鸡。

议，纳特高声地叫了起来。

"嘿！这不算什么，你现在就开始干活吧，先在谷仓里搜一遍，我在这里等你。格兰妮在咯咯地叫，你一定能在什么地方找到一个鸡蛋。"汤米躺在干草上，心里美滋滋的，他做了一次合算的买卖，同时又做了一件友好的事。

纳特高兴地开始他的寻找工作，他搜遍了阁楼的每一个角落，终于找到了两个大鸡蛋，一个藏在一根横梁下，另一个藏在科克尔托普啄食的破碗里。

"我要一个就行了，另一个给你。我刚好凑够十二个鸡蛋，明天我们按说的办法开始计算。"纳特说。

"你用粉笔记在这里，记在我的旁边，这样我们都不会搞错了。"汤米说，指着一台旧风车给他看，在它光滑的一面记着一排神秘的数字。

拥有了一个鸡蛋的财产，纳特感到非常自豪，带着愉快而庄重的神情，他在汤米那儿开了一个账户，他的朋友也乐呵呵地在那些数字的上方用力地写下了这几个大字：

"T·班斯公司"

小纳特觉得这几个字非常有吸引力，汤米叫了半天他才依依不舍地离开，他把初次获得的财产存放在阿西娅的储藏室里。然后他们继续闲逛，又见到了两匹马、六头奶牛、三头猪和一头奥尔德尼乳牛"波西"①，在新英格兰，这是人们对小牛的爱称。汤米把纳特带到了一棵老柳树下，一条小河在垂柳下潺潺流淌，在柳树的三根大树杈之间形成了一个壁龛一样的地方，宽宽的，踩着篱笆，很容易就能爬上去，这三根大树杈经过年复一年的修剪，又长出了许多小嫩枝，在空中天然地形成了绿

———————————

① 奥尔德尼乳牛产于英吉利海峡中的奥尔德尼岛。

色的伞盖，不时地随风发出沙沙的响声。在这里面摆放着几个小座位，树干上的一个凹洞用作壁橱，放着一两本书，一条可拆装的船和几个没有做好的哨子。

"这是德米和我的秘密地方，是我俩一起开发的，除了黛西，没有人到这里来过，我们的事从不瞒她。"汤米说。纳特兴奋地看着这一切，脚下清澈的河水，发出欢快的哗哗声，头顶是绿绿的伞盖，长长的柳枝儿上开满黄色的小花，甜甜的香味溢满空气，蜜蜂在花丛中尽情地享受着香甜的花蜜，发出快乐的嗡嗡声！

"哦，这里真是太美了！"纳特叫了起来，"我希望你能经常让我到这里来，我从来没有见过这么漂亮的地方，我真愿意让自己变成一只小鸟，永远住在这里。"

"这儿的确是个好地方，如果德米同意你就可以经常来了，我猜他会同意的，因为昨晚他对我说他喜欢你。"

"是吗？"纳特愉快地笑了，因为德米的看法对所有的孩子都重要，不仅因为他是巴尔爸爸的侄子，而且他是一个有理智的、认真的小家伙。

"对，德米是一个喜欢安静的孩子，如果你像他一样爱读书，我想你们会相处得很好的。"

听了最后这句话，可怜的纳特刚才那张兴高采烈的脸一下就涨得通红了，他结结巴巴地说：

"我不识多少字，主要是我没有时间，我要靠拉小提琴挣钱，你是知道的。"

"我不爱学习，但是如果我要学的话，我的成绩肯定不错。"汤米说，他惊奇地看着纳特，好像在说，"都十二岁了，居然不识字！"

"可是我认识乐谱，"纳特补充说，因为不得不承认自己无知，他心里感到十分不安。

"我就不认识乐谱。"汤米带着崇拜的口吻说，这使纳特增强了信心，他坚定地说：

"我打算努力学习，尽最大努力去学习，因为我以前没有机会。巴尔先生的课难不难？"

"不难，巴尔先生的脾气很好，你遇到问题，他会给你帮助或给你一些提示的，一般的老师不会这样做，我就遇到过这样的老师，如果我们漏写一个字，他就打我们的头！"汤米捂着自己的头，好像他挨过很多次打，到现在都还感到痛，这就是他与"一般的老师"学习一年之后留下的唯一记忆。

"我想我会读这页。"纳特一边翻看那些书，一边说。

"那就试着读吧，我会帮你的。"汤米认真地说，俨然一个小大人。

于是纳特十分卖力地读了起来，在汤米的多次帮助下，他勉强地读完了一页。汤米说，他很快就能和其他孩子读得一样好了。然后，他们坐在那里，用男孩子特有的方式聊起天来，他们聊了许多话题，其中也谈到了园艺，因为纳特从他坐的树权往下看时，问起河对岸那么多小块的地都种了些什么。

"那是我们的农场，"汤米说，"我们每个人都有自己的一小块地，可以种自己喜欢的东西，但是每个人必须种不同的作物，而且一直要种到庄稼收获为止，整个夏季我们都必须管理好庄稼。"

"今年你打算种什么呢？"

汤米把帽子往后拉了拉，双手放进口袋里，不自觉地模仿着管家塞拉斯的样子，拖着腔调说：

"哦，我决定种大豆，因为这是最容易种的庄稼了。"

纳特忍不住笑了起来。

"嗨，你别笑，大豆确实要比玉米和土豆更容易种，去年我试着种瓜，可是长了很多的虫子，那些老东西到了打霜的季节都没有长熟。因此，我只收了一个'水瓜'，还有两个'小软瓜'。"汤米说到最后，又模仿起塞拉斯来了。

"玉米好像更好种一些。"纳特有礼貌地说，弥补他刚才嘲笑的错误。

"对，但是你得一遍一遍地翻地，如果种大豆，六个月时间只翻一两次地，而且它们很快就成熟了。种大豆是我先提出来的，阿呆本来也想种，就只得改种豌豆了，豌豆还得摘，不过他适合去摘豌豆，因为他吃得特别的多。"

"不知道会不会有我的菜园？"纳特说，他想即便是给玉米锄地，他也是高兴的。

"当然你会有的。"从树下传来了说话声，那是巴尔先生散步回来了，他来找他们，星期天的时候他总要设法挨个找小家伙们聊聊天，他发现，这些谈话会让孩子们在新的一周开个好头。

有人理解会让人感到很甜蜜，往往会有奇迹发生，因为这样每个孩子都会觉得巴尔爸爸在关心自己。比起女人来说，一些男孩子更愿意和他谈心，尤其是那些年龄稍大一点的男孩子们，他们喜欢用男人与男人交谈的方式，来谈论他们的理想和计划；可是病了或遇到了麻烦，他们又会本能地转向巴尔妈妈，而那些小一点的孩子无论遇到什么事情都会去找妈妈。

从树上下来的时候，汤米不小心掉进了小溪里，他经常发生这种事情，他沉着冷静地从水里爬起来，然后回屋换干衣服去了。这样就留下纳特一人了，巴尔先生正希望如此。他们在菜园里溜达，巴尔先生同意给他一小块"庄稼地"，纳特高兴极了，巴尔先生还认真地谈论起庄稼的事，好像家里的粮食全指望地里的收成一样。他们愉快地从这个话题谈到了那个话题，巴尔先生给纳特灌输了许多新奇的、有益的思想，就像干渴的土地迎来了温暖的春雨一样，纳特满怀感激地接受着这些思想。吃晚饭的时候，他思考着这些问题，不时地用探询的目光看着巴尔先生，似乎在说，"先生，我喜欢听这些话，我们再谈谈好吗？"

我不知道巴尔是否理解孩子无声的语言，不过，当孩子们都集中到巴尔夫人的客厅进行周日晚间谈话时，巴尔先生挑选了刚才在园子里散步时谈到的话题。

纳特环顾四周，他觉得这所学校更像是一个大家庭，孩子们随意地坐在火炉旁，围成了一个大半圆，有的坐在椅子上，有的坐在小垫子上，黛西和德米则坐在弗里茨姨父的腿上，罗布躲在妈妈的太师椅后面，如果听不懂大家的谈话，他就可以在那里打瞌睡，没有人能够看见。

经过了长时间的散步，孩子们盼望着安静下来休息，他们都显得非常的舒心，而且都认真地听讲，因为他们知道人人都要被叫出来谈谈自己的想法，所以个个都开动脑筋，等着回答问题。

"很久以前，"巴尔先生用老方法开始亲切地讲故事，"有一个了不起的园丁，他很聪明，而且他拥有世界上最大的菜园，这是一个奇妙又美好的地方。他用最好的技术精心培育着他的菜园，在园子里种上了很多有用的作物，但是好地容易长草，而土质如果太差，播下再好的种子也不会发芽。于是他请来了许多帮手，有的尽职尽责，他给了他们丰厚的报酬，但另外一些人却玩忽职守，把土地给荒废了，让他很不高兴。但是他很有耐心，几千年来，他一直努力地工作，等待着大的丰收。"

"他一定很老了吧。"德米说，他的眼睛直盯着弗里茨姨父的脸，好像要听清楚每一个字。

"嘘，德米，这是童话故事。"黛西悄悄地说。

"不，我想这是寓言。"德米说，

"什么是寓言?"生性好奇的汤米问。

"德米，你要是明白，就告诉他，千万不要使用连你自己都不理解的词。"巴尔先生说。

"我确实知道，外公告诉我的! 寓言故事就是意味深长的故事，这种故事带有寓意。我的那个《没有结尾的故事》就是一个寓言，因为故事里的孩子其实指的是一种精神，是不是，姨妈?"德米急于要证明自己是正确的，高声地叫了起来。

"亲爱的，你说得对，我敢肯定，姨父的故事也是寓言，好好听着，看它到底是什么含义。"乔姨回答，她不管什么活动都要参加，并且像孩子们一样认真地听。

德米不吭声了，巴尔先生用英语继续讲，这是他五年以来发音最好的一次了，他说是孩子们帮了他。

"这位伟大的园丁把十几块小块的土地分给了他的一个仆人，要他尽自己的努力去耕种，而且要看他种些什么。这个仆人既不富裕，也不聪明，而且也不能干，但由于园丁对他多方面的照顾，他愿意帮忙，于是，他高高兴兴地接受了这些地，开始耕种。这些地的形状和大小完全不一样，有的肥沃，有的贫瘠，肥沃的地里野草长得快，贫瘠的地里有很多小石头，所以这些地都需要精心地照料。"

"除了野草和石头，地里还能生长什么呢?"纳特饶有兴趣地问，他早已忘记了羞怯，在大家的面前开口讲话了。

"小花，"巴尔亲切地看着他，"即便是杂草丛生的，疏于耕作的小洼地也会长出一些三色堇，或者一棵木犀草，其中一块地里还长出了玫瑰花、香豌豆和雏菊花。"他捏了一下黛西的圆脸蛋，她正靠在他的肩膀上。

"还有一块地里长出了各种稀奇古怪的植物，亮晶晶的鹅卵石，还有一种往上爬的藤，像杰克种的豆茎，许多种子开始发芽了。你要知道，这块地一直由一个智慧老人精心地照料，他一生都在这菜园里劳作。"

"寓言故事"讲到这里，德米歪着脑袋，就像一只好奇的小鸟，一双明亮的眼睛盯着他姨父的脸，好像他猜到了什么，正等着答案呢。但是巴尔先生显得格外的平静，他的目光继续扫视着孩子们的小脸，神情严肃，充满期待。巴尔太太能够看出，他多么希望尽心尽职地把孩子们这一块块小菜地都耕种好啊！

"就像我刚才讲过的那样，有些地很容易耕种，就像黛西很容易照料一样，但是有的就难以耕种了。例如，有一块特别向阳的地，本来可以长满水果、蔬菜和鲜花，只是它不愿意吃苦，那个园丁在土地上播种，唔，比如说种瓜吧，却一无所获，因为小园地一点都不关心瓜，园丁难过极了，虽然每次庄稼都一无所获，他还是继续播种，而那块小园地总是说'我忘了'。"

孩子们爆发出一阵欢快的笑声，人人都看着汤米，他听到"西瓜"这个词时便竖起了耳朵，当听到自己最爱找的借口时，又耷下了脑袋。

"我知道他在说我们！"德米拍着手叫了起来，"你就是那个园丁，我们就是小园地。是不是，弗里茨姨父？"

"你猜对了！现在你们每个人都可以告诉我了，今年春天我该在你们这些园地里种什么样的庄稼，等到了秋天的时候，我才能从你们这十二块小园地里获得好的收成，不，是十三块。"

巴尔先生在纠正自己说错的数字时，向纳特点了点头。

"你不会在我们这些园地里种玉米、大豆和豌豆吧，除非你想让我们吃得多，长得胖。"阿呆说，他的脑海里突然冒出了这么一个愉快的想法，那张缺乏活力的圆脸一下子变得活泼起来了。

"他说的不是那些种子，他指的是能培养我们健康成长的某些因素，杂草就比喻的是缺点。"德米叫了起来，他常常在这些谈话中率先发表自己的观点，因为他习惯了这样的谈话，并且非常喜欢这样的谈话。

"对，你们每个人都可以想想你们最需要什么，然后告诉我，我来帮助你们播种它，可是你们必须尽最大的努力，要不然就会像汤米的瓜一样只长叶子，不结果实。我从年龄最大的开始，先问巴尔妈妈，她那块地里要种什么，因为我们每个人都是这个美丽大花园里的一部分，如果我们真心地爱上帝，我们就会获得大丰收。"巴尔爸爸说。

"我需要的是耐心，我要在我的小菜地里种满这种庄稼。"乔姨神情严肃地说，于是所有的小家伙都开始认真思考：轮到自己发言时该怎么说。一些孩子感到了内疚，正是他们让如此有耐心的巴尔妈妈也招架不住了！

弗朗茨挑选的是毅力，汤米选择了沉稳，内德选择了好脾气，黛西挑选了勤奋，德米想要有"外公一样多的智慧"。纳特胆怯地说他想要很多东西，他让巴尔爸爸替他挑选。其他的孩子们也选择了几乎相同的东西：耐心、好脾气和慷慨似乎是最受孩子们欢迎的庄稼了。有一个孩子希望能够早起床，但是他不知道给这种种子取什么名，可怜的阿呆叹息道：

"但愿我像爱吃饭那样爱我的功课，可是我做不到。"

"我们要种上克制自己的种子，还要给它锄草，给它浇水，让它苗壮成长，等到了圣诞节的时候，就没人因为晚饭吃得太多而生病了。乔治，就像你参加了身体锻炼后，肚子会感到饥饿一样，如果你经常锻炼大脑，大脑也会感到饥饿，到那时，你就会和我这个哲学家一样热爱读书了!"巴尔先生一边说,一边摸着德米额头上的刘海,然后又补充说,"孩子,你太贪心了,就像乔治喜欢往他的小肚子里塞满糕点和糖果一样,你喜欢把童话故事和幻想都塞满你的小脑袋瓜,这两样都不好。我要你尝试一些其他更好的东西,我知道,算术没有《一千零一夜》一半有趣,可是它非常有用,现在正是学习它的时候,不然的话,不久的将来你就会感到羞愧和遗憾。"

"可是,《哈里和露西》,还有《弗兰克》并不是童话故事,这些书里全是气压计、砖块、马掌和其他有用的东西,我喜欢读这些书,是不是,黛西?"德米说,他急于要替自己辩解。

"这两本不是童话书,可是,我发现你读《罗兰和五月的鸟》比读《哈里和露西》的时间多;我想,你对《弗兰克》的喜欢程度不及《辛巴德》的一半。来吧,我给你们两人做一个小交易:乔治每天只能吃三顿饭,而你每周只准读一本故事书,这样,我就让你们使用新的板球场,不过,你们必须保证在那里锻炼。"弗里茨姨父循循善诱地说,因为阿呆讨厌跑步,而德米总是在锻炼身体的时候读书。

"可是我们不喜欢打板球!"德米说。

"可能你们现在不喜欢,但一旦了解了板球,你们就会喜欢的;另外,你们不是希望能够大方些吗,别的孩子要想打球,你们可以把新场地借给他们使用呀!"

这正合两个孩子的心意,于是协议达成了,其他的孩子也感到满意。

他们又谈了一些关于菜园的事,然后,他们一起唱起了歌,巴尔夫人弹钢琴,弗朗茨吹笛子,巴尔先生拉低音提琴,纳特自己拉小提琴,这样的乐队让他感到非常的高兴。这是一场简单的小型音乐会,似乎所有的人都喜欢它,年老的阿西娅坐在角落里，不时地加入这甜美动听的合唱。在这个大家庭里，无论是主人还是仆人，年老的还是年少的，黑人还是白人，每个星期天大家都在一起唱歌，美妙的歌声飘得很远很远！唱歌结束后，孩子们同巴尔爸爸握手，巴尔妈妈则从十六岁的大孩子弗兰克到小罗布依次吻了他们。小罗布的亲吻方式与众不同，他让妈妈吻他的鼻尖，然后，他们都去睡觉了。

儿童室里，柔和的灯光透过灯罩照在纳特床尾的那幅画上，墙上还有几幅别的画，但是纳特认为这幅画最特别。画框是用苔藓和松果做成的，非常精美，画框的下面有一个小小的支架，支架上放了一个花瓶，里面插满了刚从春天的树林里采摘的野花。它是所有画中最漂亮的一幅，纳特躺在床上欣赏着它，朦胧中感觉它有什么含义，他希望知道所有关于这幅画的事情。

"那是我的画。"屋里传来了很小的说话声，纳特迅速地抬起头，看见德米穿着睡衣站在自己的面前，原来他去乔姨的卧室弄点纱布，包扎自己划破的手指，回来时正好经过这里。

"他为孩子们做些什么？"纳特问。

"他就是耶稣，品格高尚的人。他正在为孩子们祈福，难道你没有听说过他？"德米好奇地问。

"确实知道得不多，不过他看起来很亲切，我想知道有关他的事情。"纳特回答，他对这个品格高尚的人的了解，主要是经常听到别人提到他的名字。

"他的故事我都知道，而且我非常喜欢，因为他的故事都是真实的。"德米说。

"谁给你讲的？"

"我的外公，他知道很多事情，而且能讲世界上最好听的故事。我很小的时候，我就喜欢和他的那些厚书玩耍，用书搭桥，或者搭铁路、造房子。"德米说。

“你几岁了？”纳特有礼貌地问。

“快要到十岁了。”

“你知道很多事情，是吗？”

“对，你看我的脑袋瓜特别大，外公说要有很多的东西才能把里面填满，所以我要尽快地把大量的智慧装进里面。”德米说，他回答的方式十分有趣。

纳特笑了起来，然后严肃地说：“请继续讲吧。”

接着德米就滔滔不绝地往下讲：“有一天，我找到了一本十分漂亮的书，想要拿去玩耍，可是外公不允许，并且把书里的图画翻给我看，给我讲了他们的故事。听了以后，我非常喜欢这些故事，故事里有约瑟夫①和他的坏哥哥们，有从大海里爬上岸的小青蛙，水中可爱的小摩西，还有许许多多可爱的人物，但是我最喜欢耶稣这个品格高尚的人的故事，外公给我讲了很多遍，我都能倒背如流了，他又把那幅画送给我，以免我忘记。有一次我生病了，我就把画挂在这里，后来我没有取走，把画留下来让那些生了病的孩子们看。”

“是什么让他保佑孩子们的？”纳特说，他觉得这个重要的人物非常有吸引力。

“因为他爱他们。”

“他们都是穷苦的孩子吗？”纳特迫不及待地问。

“对，我想是一些穷孩子，你看画上的一些孩子们穿得十分破烂，他们的妈妈也不像是有钱人。可是他喜欢穷人，对他们很好，他要让他们身体健康，还帮助他们，而且告诫那些有钱人不要欺侮他们，穷人们都深深地爱着他。”德米激动地叫了起来。

---

① 基督教《圣经》中的人物。

"耶稣很有钱吗？"

"哦，不！他出生在一个牲口棚里，他穷得到长大了都没有房子居住，有时还没有饭吃，但人们会给他吃，他四处周游，到处给别人讲道，努力劝他们做好人，直到坏人把他杀死为止。"

"为什么坏人要杀他？"纳特从床上坐了起来，一边看着德米，一边听他讲，他对这个关心穷人的人十分感兴趣。

"我来把这一切都告诉你，乔姨是不会见怪的。"德米在床边坐下了，他很高兴对这个热心的听众讲他最喜欢的故事。

胡默尔探头进来看纳特睡着没有，看到屋里的一切，她又悄悄地退了出去，她找到巴尔夫人，对她说：

"亲爱的夫人，你要过去看看那精彩的一幕吗？纳特正聚精会神地听德米讲耶稣童年的故事，德米就像一个纯洁的天使。"她说话时，慈祥的脸上充满了母亲般的关爱。

巴尔夫人本来也要趁纳特入睡前过去和他说说话，因为她发现这个时候谈一些严肃的话会起到很好的效果。她悄悄走到儿童室的门口，看见纳特正全神贯注地听德米讲故事，德米坐在床边，根据别人给他讲的内容，讲着那个美好而神圣的故事，声音是那么的温和，他那双漂亮的眼睛一直注视着画中耶稣那慈祥的面容。巴尔太太的眼里充满了泪水，她悄悄地走了，心里想：

"德米在不自觉地帮着这个穷孩子，他比我做得更好，我就不用再说什么了，不妨碍他讲故事。"

两个孩子低声地交谈了很长一段时间，就像一颗圣洁无瑕的心在向另一颗宣讲伟大的道义一样，没有人去打断他们。等到最后谈话结束了，巴尔夫人才去把灯拿走。德米已经离开了，纳特也睡熟了，他躺在床上，脸朝着那幅画，仿佛他已经懂得去爱这个深爱孩子们的好人，这个穷人的忠实朋友。巴尔夫人仔细端详着纳特那张熟睡的脸，她想，那个穿着睡衣的小传教士已经播下了最好的种子，仅仅一天的关爱和呵护就取得了这样好的成效，如果耐心耕耘一年，一定会从这块疏于照料的小菜园里获得可喜的收获。

4　台　阶

　　星期一早上，纳特走进了教室，一想到就要在大家的面前暴露自己的无知，他的心怦怦直跳。但是巴尔先生给他安排了一个窗户挡住的不惹眼的座位，坐在那里，他可以转过身来背对着别的孩子，让弗朗茨听他阅读课文，这样，没有人听得到他读错字，或是看到他弄得满是墨迹的作业本。对巴尔先生的安排，他内心非常感激，于是埋头努力地学习起来，巴尔先生看见他脸上冒汗，手指上也沾满了墨水，就笑着对他说：

　　"不要太用功了，孩子，时间还长，别把自己累坏了。"

　　"可是我必须刻苦学习，要不然就赶不上其他的孩子了，他们知道许多的东西，我什么都不知道。"纳特说，他听见别的孩子在背诵语法、历史和地理，他们背得那么轻松、准确，不仅让他惊奇，也让他自卑。

　　"你也知道许多他们不知道的东西。"巴尔先生说着，在他的旁边坐了下来，这时，弗朗茨正领着这些小学生们背诵那复杂的乘法口诀。

　　"我真的懂吗？"纳特完全不相信自己。

　　"对，首先，你有忍耐力。比如杰克，他虽然对数字的反应很敏捷，但他却没有忍耐力，其实这也是一门学问，我认为你在这一点上学得很好。还有，你会拉小提琴，虽然别的孩子们也想拉琴，但是他们没有一个人会拉。此外，纳特，你最可贵的就是喜欢学习，有了这种精神，你就成功了一半。刚开始总要遇到一些困难，你也会感到气馁，但是只要坚持不懈，你就会觉得一切都变得越来越容易了！"

纳特听了这一番话，脸上泛起了光彩，虽然他懂的知识并不多，但是巴尔的这些话给了他莫大的鼓舞，也让他感觉到自己并非是一无所知。他心里想，"对，我能忍耐，那是爸爸用棍子打我，把我培养成这样的，虽然我不知道比斯开湾①在哪里，但是我会拉小提琴。"他感到了莫大的安慰，于是非常认真地大声说：

"我真的想读书，我会努力的，我虽然没有上过学，但我一直都想上学。如果小伙伴们不嘲笑我，你和夫人又对我这么好，我想我的进步会很快的！"

"他们不会嘲笑你，如果他们要嘲笑你，我一定，一定要他们别笑你！"德米听到了纳特的话，他激动地叫了起来，忘了自己在干什么。

孩子们的乘法口诀正念到七乘九，德米的叫声让他们都停了下来，每个人都抬起头来看发生了什么事。

巴尔先生想，教育孩子们学会互相帮助比学算数更有用，于是，他就把纳特的经历告诉了他们。纳特的故事那么生动感人，善良的孩子们受到了感染，他们都愿意伸出手来帮助他，能将学到的知识教给这个小提琴拉得很棒的孩子，他们都觉得是很光荣的事！孩子们的响应创造了很好的氛围，大家都乐意在纳特攀登学习的高峰上助他一臂之力，这样，他在学习的道路上就没有什么障碍了。

然而，纳特的身体还没有恢复，过多的学习对他的身体没

---

① 在伊比利亚半岛和法国的布列塔尼半岛之间。

有好处，所以，其他孩子学习的时候，乔姨就找一些有趣的事情让他做。菜园里的活对他来说是最好的良药，他在这里干得十分卖力，为他的小菜地翻土，播下豆种，急切地盼望它们生长，每一片绿叶，每一棵破土而出的嫩芽，它们在温暖的春季里茁壮成长，这些都让他欣喜万分。没有任何一块小菜地比纳特的小菜地锄得更勤，他不停地翻土，这样，巴尔先生就担心地里什么都生长不出来了。于是，他在花园里或草莓地里找了一些轻松活让纳特干，他在那儿一边劳动，一边哼着歌，就像他身边那些嗡嗡的蜜蜂一样。

"这是我最喜欢的庄稼！"巴尔夫人经常拧着纳特的小脸说，或摸摸他的背，纳特的脸以前那么消瘦，现在逐渐地变得红润丰满起来，因为有了有益健康的劳动和良好的食物。摆脱了贫困这一沉重的包袱，曾经弯曲的背也一天天地挺直起来了。

德米是他的好朋友，汤米是他的保护人，黛西是抚慰他心灵创伤的人，虽然这几个孩子都比他小，可是他性情腼腆，害怕参加大孩子们的粗野活动，因此，他在这个纯真的圈子中找到了快乐。劳伦斯先生并没有忘记他，给他送来衣服、图书、乐谱和亲切的问候。他经常来看他生活得怎么样，有时带他去城里听音乐会，纳特觉得自己走进了天堂，享受到了无比的幸福，因为，劳伦斯先生还带他去了他们家的大房子，见到了他漂亮的妻子和天使般的女儿，他还在那里享用了丰盛的午餐，这一切，都让他感到了非常的快乐，那以后的许多天里，他嘴里说的，夜里梦见的都是这些事。

让一个孩子感到幸福用不着费多大的事，遗憾的是，在这个充满阳光与快乐的世界上，还有许多惆怅的小脸，空空的双手，孤独的小心灵。想想这些，巴尔夫妇把所有的面包屑收集起来，喂养他们那一群饥饿的小麻雀，因为，除了有一颗善良的心之外，他们并不富裕。乔姨有许多朋友在管理幼儿园，他们把幼儿园孩子们玩腻了的玩具送给她。但是，这些玩具需要修补，纳特发现这个活正好适合他干，他那双修长的手指干起活来非常熟练，好几个雨天的下午，他都是和胶水瓶、颜料盒、小刀一起度过的，要么修家具，要么修动物玩具，或是游戏玩具；而黛西这个小裁缝就为破旧的洋娃娃们做衣服。那些玩具很快就修好了，他们小心翼翼地把它们放进了一个抽屉，这些玩具将被用来为邻近所有的穷孩子装扮一棵圣诞树，梅园的男孩子们以这种方式来庆祝上帝的生日——上帝爱穷人，保佑小孩们！

德米讲述他最喜爱的故事，从不知疲倦。他们在那棵老柳树上度过了许多愉快的时光，陶醉于《鲁滨孙漂流记》《一千零一夜》《埃奇沃斯故事集》，以及其他一些经过许多个世纪流传下来，至今仍然让孩子们爱不释手的故事。这些故事为纳特打开了一个崭新的世界，他急于要知道故事的发展，于是不停地读下去，后来他跟别的孩子读得同样好了。这一新的成就让纳特感到如此的富有和自豪，简直有可能让他成为德米那样的书虫！

还发生了一件挺好的事，出人意料，却令人愉快。有几个孩子照他们自己所说的在"忙生意"，他们当中绝大部分都是穷孩子，不久的将来都要自谋生路，于是巴尔夫妇就鼓励他们培养自我独立的能力。汤米卖鸡蛋，杰克投机买卖家禽，弗朗茨帮助辅导孩子来得到报酬。内德开始学木工，巴尔夫妇为他安装了车床，他在车床上做了很多有用的或漂亮的东西，然后把它们卖掉。德米自己做水磨坊、陀螺和一些很奇怪很复杂却没有多大用的东西，然后将它们处理给男孩子们。

"如果他愿意，就让他当一个技工吧，"巴尔先生说，"教会一个孩子学会一门手艺，他就独立了。无论这些孩子有什么样的才能，不管是诗歌，还是种地，如果有可能，都应该加以培养，这样对他们会有用的。"

有一天，纳特满脸兴奋地跑过来问他：

"我可以去小树林为那些正在搞野餐活动的人拉小提琴吗？他们要给我报酬的，这样我也像别的孩子那样赚一点钱，拉小提琴是我赚钱的唯一的方法。"

巴尔先生爽快地回答：

"去吧，这工作既容易又愉快，我很高兴你有这样的机会。"

纳特去了，而且收获不小，他回来的时候，口袋里已经装了两个美元，他很自豪地把他的收获给大家看，并告诉大家整个下午他过得多么的愉快，那些年轻人对他多么的友好，他们怎样称赞他拉的舞曲，并答应下一次还邀请他去。

"这要比在大街上拉琴好多了，那时我一分钱都挣不到，现在我能挣钱了，并且还过得很开心。我和汤米、杰克一样，也开始做生意了，我非常喜欢做这样的买卖。"纳特说完，骄傲地拍了拍那个破钱包，觉得自己已经是一个百万富翁了。

他真的做上生意了。夏天到了，来小树林搞野餐活动的人越来越多，纳特琴拉得好，很多人都请他拉，只要不影响功课，只要那些搞野餐的人是受尊敬的年轻人，他就要去为他们拉琴。巴尔先生告诉他人人都应该坦率诚实，如果让他去干坏事，给再多的钱也不能去，纳特非常赞同这种看法。看着天真无邪的纳特坐上停在大门口迎接他的华丽的马车奔驰而去，或听到他拉着琴回到家，疲惫但非常快乐，口袋里还装着不少钱，还从宴会上带回"甜点"，给他永远都会想着的黛西和小泰迪，这让人感到非常欣慰，非常高兴！

"我想存足够的钱，为自己买一把小提琴，然后就自己挣钱养活自己，你说行吗?"他把钱交给巴尔先生替他存起来时，经常这么说。

"我希望这样，纳特，可是我们首先要让你身体强壮，精神饱满，还要在你那满是音乐细胞的脑袋瓜里灌输更多的知识。然后，劳伦斯先生会为你在什么地方找一份工作，几年以后，我们都去听你拉小提琴。"

有了自己喜欢的活儿干，加之鼓励和希望，纳特发现生活越来越轻松愉快了。他的音乐课取得了巨大的进步，老师倒也能原谅他在其他方面的缓慢进步，因为老师知道，他的心思全都在音乐上。但如果他耽搁了更重要的功课，惩罚就是让他把琴和弓挂在墙上一整天。他担心失去最心爱的朋友，于是发奋学习，既然已经证明他能够掌握这些功课，还有必要说"我不能"吗?

黛西非常喜爱音乐，也非常崇拜那些会演奏音乐的人，纳特练琴时，她总是坐在他门外的阶梯上，这使纳特感到十分高兴，为了这个静静的小听众，他尽最大的努力要拉得最好听。她从不进屋，宁愿坐在外面，缝她那些鲜艳的小布片，或是照料着某一个洋娃娃，她的脸上表现出痴迷的快乐神情，乔姨看到这种情景，经常被感动得热泪盈眶，她说:"真像我的贝丝。"然后，轻手轻脚地离开，担心自己的出现会打乱孩子的甜美心情。

纳特非常喜欢巴尔夫人，不过，他发现教授身上还有更多吸引人的东西，他总是像父亲一样关爱着这个身体虚弱，羞于言表的孩子。十二年来，纳特的命运就像一叶孤舟，在汹涌澎湃的大海上随波逐流，现在终于逃离了苦海，这一定是有个善良的天使在庇护他，因为，尽管他的身体遭受到了创伤，但是他的心灵一点都没有受到伤害，当小船靠岸时，他就像一个经受了海难事故而又安然无恙的婴儿。也许是他热爱音乐的缘故，他在周围不调和的氛围中，始终保持了一颗美好的心灵，劳伦斯先生经常这么说。他可能说得不错，不管情况是不是这样，巴尔爸爸仍然乐于为可怜的纳特培育美德，帮他克服缺点。他发现他的新学生就像一个小女孩，既温顺又感情细腻，他和乔姨说话提到纳特时，经常称他为"女儿"。乔姨听他这样说总是要笑，她更喜欢有男子汉气概的男孩子，不过她认为纳特非常可爱，只是有一点柔弱，但是你永远都不会猜到乔姨心里的这种想法，因为她就像爱黛西一样爱他，而纳特也认为她是一个让人感到轻松愉快的女人。

纳特的一个缺点让巴尔夫妇感到忧虑，他的胆怯和无知使这个缺点更加突出。说起来令人感到遗憾，那就是纳特有时候要说谎话。虽然并不是很恶劣的谎言，也没有中伤别人，常常是为一些小事撒谎，但这并不能改变撒谎的性质，撒谎就是撒谎，虽然生活在这个奇怪的世界上，出于礼貌我们都说过一些不真实的话，但毕竟这是不对的，我们人人都知道这一点。

"你应该非常小心，管好你的舌头、眼睛和手，因为舌头容易说谎，眼睛容易看不到事实，而手也容易做虚假的事。"一次巴尔先生在和纳特谈到他这个主要的毛病时，他说。

"我知道，我也不是有意要撒谎，如果讲真话，别人就不会对你说三道四了，这样该多好啊！我过去撒谎，是因为我害怕爸爸和尼科洛；现在我有时候撒谎，是因为害怕其他的孩子嘲笑我。我知道这样不好，可是我总记不住！"纳特因为自己的过失，显得很沮丧。

"我小的时候也经常撒谎！哈！那些谎言根本不算什么，是我的祖母替我医治好了这个坏毛病，你猜她是怎么医治的？我的父母给我讲道理，而且为之痛哭，甚至惩罚过我，但是我仍然像你一样总是记不住。后来，我那亲爱的老祖母对我说，'我来帮你长长记性，管住你那不听话的地方'，她拽出我的舌头，用剪刀把舌尖剪了一下，当时鲜血直流。你可以相信，那真是可怕极了，可是这对我有好处，我痛了好几天，每说一句话，都很缓慢，这样我就有时间思考了，从此以后，我变得更加慎重了，我害怕那把大剪刀，就不再说谎了。我那亲爱的祖母在各方面都对我很好，她远住在纽伦堡，临终时，她还为小弗里茨祈祷，期望他热爱上帝，要讲真话。"

"我从来就没有见过祖母，不过，如果你认为那样能治好我的坏毛病，你就来剪我的舌尖吧！"纳特勇敢地说，虽然他害怕疼痛，但是他不想以后再撒谎了。

巴尔先生笑了，可是他摇了摇头。

"我有一个更好的办法，我以前试过了，效果还很不错。从现在起，你撒谎，我不会惩罚你，可是你要惩罚我。"

"怎么可以呢？"纳特问，他听了这个主意吃了一惊。

"你要用戒尺来打我，这是过去教育人的好办法，我自己也很少这么做；不过，让我疼痛比你自己忍受疼痛，也许更能让你记得住。"

"打你？哦，我不可能！"纳特叫了起来。

"那就看好你爱说谎的舌头，我才不想挨打；不过，假如我受一点苦，就能医治你的缺点，我倒是很乐意！"

巴尔先生的建议给纳特留下了深刻的印象，很长一段时间他都管住了自己的舌头，尽量做到了说实话。巴尔先生的判断没错，纳特对他的爱胜过了他自己对受到惩罚的惧怕。唉，遗憾的事到底还是发生了，在一个灰暗的日子里，纳特放松了警惕，脾气暴躁的埃米尔威胁他说，如果是他踩坏了自己最好的玉米，就要揍他。纳特当时声明不是他干的，过后他又羞于承认的确是在前一晚上，杰克追赶他时，他踩坏的。

他以为没有人知道这件事，可是汤米碰巧看见了。一两天后，埃米尔问起这事时，汤米做了证，巴尔先生听见了。这时已经放学了，大家都在大厅的四周站着，巴尔先生正要在长靠背椅子上坐下，准备和泰迪玩耍，他听到了汤米的话，又看见纳特涨红了脸，带着惊恐的神色看着他。于是，巴尔先生放下小泰迪，对他说："宝宝，到你妈妈那里去，我一会儿就过来。"然后，他拉着纳特的手走进教室，随手把门关上。

孩子们默不作声地互相看了看，汤米溜出了大厅，从教室半掩着的百叶窗往里面窥视，他看到的情景让他十分迷惑，巴尔先生从他的讲台上方取下了那把很长的戒尺，尺子很少使用，上面沾满了灰尘。

"天哪！这次纳特要受到重责了，要是我没有多嘴才好。"好心肠的汤米想，因为，在这个学校里受到戒尺责打，是最大的耻辱。

"你还记得我上次给你说的话吗？"巴尔先生难过地说，但他并没有生气。

"记得，可是你别让我这么做，我受不了。"纳特哭了，他把双手背在身后，背紧紧地靠在门上，一脸痛苦的表情。

"他为什么不走向前去，像一个男子汉那样接受惩罚呢？如果是我，我就会。"汤米想，看到这个情景，他的心都要跳到嗓子眼上了。

"我要遵守诺言，你也应该记住讲真话。纳特，听我的话，拿着尺子，狠狠打我六下。"

听了巴尔先生说的后面这一句话，汤米大吃一惊，差一点从窗台上摔了下去，幸亏他抓住了窗檐。他的眼睛瞪得像壁炉上那只标本猫头鹰的眼睛一样圆。

纳特拿起了尺子，因为，巴尔先生用那种语气说话时，人人都得服从，他又恐惧又内疚，仿佛要去刺杀他的老师。他在那只伸出来的大手上轻轻地打了两下，然后，他停住了手，抬起头来，泪水挡住了他的视线，可是巴尔先生坚定地说：

"继续打，打重一些。"

纳特仿佛明白这事已经躲不过去了，他急于要结束这个艰难的任务，于是，他用衣袖遮住眼睛，动作迅速，重重地打了两下，那只手被打红了，然而，纳特的心里却受到了更大的伤害。

"这还不够吗？"他气喘吁吁地问。

"还有两下。"巴尔先生回答，纳特又打起来，根本不知道尺子打在什么地方，然后他把尺子扔了出去，双手抱住那只亲切的大手，心里充满了敬爱，同时又感到很羞愧很懊悔，他把自己的脸贴在大手上面，哭泣起来：

"我会记住的！噢！我会的！"

巴尔先生将他搂进怀里，一改刚才坚定的语气，带着怜悯的语调说道：

"我想你会记住的，请亲爱的上帝帮助你吧，不要让我俩再受到这样的惩罚了。"

汤米没有再看下去了，他轻手轻脚地走回大厅，表情显得既激动又严肃，孩子们围过来问纳特受到了什么样的处罚。

汤米压低嗓音把情况告诉了他们，他们的表情就像是天都要塌下来了——噢，怎么可能呢，这不是弄颠倒了吗！孩子们几乎喘不过气来。

"有一次，他也让我这样做过。"埃米尔说，他仿佛在坦白自己犯下的丑恶的罪行一样。

"你打他了吗？你打了亲爱的巴尔爸爸？岂有此理！我倒要

看看你现在去打他!"内德说,他气愤地抓住了埃米尔的衣领。

"那是很久以前的事了,现在我宁愿把脑袋砍了也不做这样的事。"埃米尔只是轻轻把内德推倒在地上,没有打他,要不是今天这么严肃的气氛,他早就动手了。

"你怎么能那样?"德米听了埃米尔的话吓坏了。

"当时,我气得跳了起来,我满以为我一点都不会放在心上,也许还喜欢那样;可是当我狠狠打了舅舅一下后,不知怎的,他为我做的每一件事都闪现在我的脑海里,我不能再打了,不,先生!即使他把我放倒在地,踩在我的身上,我也不会在乎,我觉得自己太卑鄙了!"埃米尔用手使劲捶打自己的胸部,来表达他对往事的悔恨。

"纳特哭得那么伤心,难过得要命,我们就不要对他提起这事了,好吗?"善良的汤米说。

"当然,我们不能提起这事了,不过说谎是很糟糕的!"德米的表情似乎表明,在他看来,惩罚没有落在犯错误的人的身上,而是落在了他最亲爱的姨父身上,这就更加糟糕了。

"我们大家都离开吧,这样,纳特要想上楼,就可以很快跑上去。"弗朗茨提议道,然后他领着大家去了谷仓,那里是大家遇到烦恼时的庇护所。

纳特没有下来吃晚饭,乔姨给他送了一些饭菜,对他说了些安慰的话,这让他的心情好了一些,但是他没敢抬头看乔姨一眼。过了一会儿,在外面玩耍的孩子们听到了小提琴声,他们都说,"他现在好了。"他的确没事了,只是不好意思走下楼,后来他开了门,想溜进小树林里去,结果发现黛西独自坐在台阶上,手里既没有针线活也没有洋娃娃,只拿着一条小手帕,仿佛她一直在为这个关在屋里的朋友伤心。

"我要去散步,你想去吗?"纳特问,他尽量装着什么事都没有发生过的样子，可他心里还是很感激黛西无声的同情，他以为人人都把他当作是一个小坏蛋。

"噢，当然！"黛西跑去拿帽子，并为纳特这样一个大孩子选中自己做陪伴而自豪。

其他的孩子看着他们走了，但是没有一个人跟着去，因为男孩子要比人们想象的脆弱得多，尤其是感到丢人时，他们本能地认为温柔的小黛西是最惬意的朋友。

散步对纳特是有好处的，回来时，他比平时更加安静了，而且心情又好了起来，他在四处挂着雏菊花环，这些花环是他躺在草地上讲自己的事儿时，他的小玩伴一边听一边编的。

没有人再提起上午发生的事了，但是，也许这样一来，它产生的效果会更加持久。纳特尽着最大的努力，同时得到了许多帮助，这些帮助不仅来自他向天国的朋友所做的诚恳祈祷，也来自世间的朋友——巴尔爸爸的耐心关怀，每当纳特碰到巴尔爸爸那只慈爱的手，就想起了那只手曾因为他甘愿忍受过痛苦。

5 馅饼锅

"黛西，怎么啦?"

"男孩子们不让我和他们一起玩。"

"为什么呢?"

"他们说女孩子不会踢足球。"

"会，我以前就踢过足球!"巴尔夫人回想起自己年轻时的快乐时光，不禁笑了起来。

"我知道我会踢球，以前我和德米在一起踢过，而且玩得很开心，那些男孩子们嘲笑他，他就不让我和他一起踢了。"一想到哥哥如此狠心地对待她，黛西就很难过。

"总的来说，我想他没有做错。亲爱的，你俩单独在一起玩的时候，不算什么，可是和十几个男孩子一起玩，这就显得太粗野了，根本不适合你。要是换作我，我就去玩一些轻松的游戏。"

"我不喜欢一个人玩耍!"黛西说话的语气有些伤感。

"等一会儿我倒是可以陪你玩，可是现在我很忙，为去镇上做好准备。你和我一起去看你的妈妈，如果你愿意，你可以在那里住几天。"

"我想去看妈妈和宝宝乔西，但是我愿意回来，德米会想我，我也喜欢留在这里，姨妈!"

"没有德米，你就不知道怎么办了，是吗?"乔姨似乎非常理解这个小女孩对他唯一的哥哥的爱。

"当然不能，我们是双胞胎，所以比一般的人更加亲密。"黛西回答，脸上洋溢着喜悦，她认为能成为双胞胎的一个，是她得到的最高荣誉。

"好啦，我忙的时候，你这小家伙怎么玩？"巴尔夫人一边问，一边迅速地把一叠被单放进了一个大衣柜里。

"我不知道，我厌烦了洋娃娃和别的玩具了，乔姨，我希望你给我想个新的游戏！"黛西一边说，一边无精打采地在门口走来走去。

"我是得想出一个新的玩法，不过要花一些时间，我建议你先下楼，看看阿西娅午饭做了什么吃的。"巴尔夫人说，她想这是一个好办法，可以暂时摆脱这个小麻烦的纠缠。

"好，如果她不发脾气，我倒是很愿意去看她。"黛西慢腾腾地向厨房走去，她看见阿西娅，那个黑人厨娘正在那里安静地干活。

五分钟后，黛西又回来了，一脸的兴奋，手里拿着一块生面团，小鼻尖上沾着一点面粉。

"噢！姨妈，我去帮忙做姜汁饼和别的东西，好吗？阿西娅不会生气，她愿意让我去跟她学，这一定是很有趣的，让我去吧！"黛西一口气地大声叫着。

"这样正好，你去吧，想做什么就做什么，只要你高兴，想玩多久就多久。"巴尔夫人回答，心里感到轻松了许多，有时要一个小女孩开心，要比让那群男孩子开心难得多。

黛西跑着去厨房了，乔姨一边干活，一边动脑筋考虑新的游戏。忽然，她似乎想到了一个主意，情不自禁地笑了起来，然后关上大衣柜的门，兴高采烈地走了，嘴里还说："如果可行的话，我就这么做了！"

究竟是什么新游戏，那天谁也弄不明白，不过，乔姨告诉黛西，她已经想到了一个新游戏，要去买道具时，她的眼睛闪着光，这使黛西非常激动，在去镇上的路上，黛西问个不停，但是并没有问出结果来。乔姨去了商店，她就被留在家里和刚出生不久的宝宝乔西一起玩，妈妈看看自己的女儿，很是高兴。乔姨回来时，手中的大提包里装满了各种各样奇形怪状的小包，黛西对这些东西充满了好奇，恨不得立即就回到梅园，可是她的姨妈并不着急，而是在妈妈的屋里谈个没完。姨妈坐在地板上，把宝宝放在膝盖上，讲述着男孩子们的恶作剧和各种滑稽的故事，逗得布鲁克太太笑个不停。

黛西想象不出姨妈是怎样说出新游戏的秘密的，但妈妈显然是知道了，妈妈为她戴上小帽子，亲吻着她那红润的小脸蛋时，对她说："黛西，要做好孩子，好好学姨妈给你准备的新游戏。这个游戏不仅有用，而且还有趣，其实姨妈并不太喜欢这个新游戏，可她愿意和你一起玩，对你真是太好了！"

说完最后的这句话，两个夫人都会心地笑了，这更增添了黛西的迷惑。她们驾车往回赶的路上，装在马车后面的东西发出了咯咯的声音。

"那是什么在响？"黛西问，一边竖起耳朵听。

"新游戏用的道具。"乔夫人严肃地回答。

"是什么做的？"黛西叫了起来。

"铁、锡、木头、铜、糖、盐、煤，还有一百种其他的东西。"

"好奇怪啊！什么颜色的？"

"五颜六色的。"

"有多大？"

"有大的，也有小的。"

"我过去见过吗？"

"有许多是你见过的，但没有哪一个有这里面的那么好。"

"噢！那到底是什么呀？我都等不及了，我什么时候才能见到它？"黛西急得跳了起来。

"明天上午，下了课之后。"

"男孩子们也能玩吗？"

"不让他们玩，只允许你和贝丝两人玩。男孩子们肯定也想看看，也想加入进来，不过，让不让他们参与，全由你做主。"

"如果德米想参与，我就让他来玩。"

"不用担心，他们并非都喜欢这个游戏，尤其是阿呆。"巴尔夫人拍了拍放在她腿上那包奇奇怪怪、鼓鼓囊囊的东西，眼神显得异常兴奋。

"就让我摸一下吧。"黛西请求说。

"一下也不行，摸了你就会猜出来，那就不好笑了。"

黛西哼了一声，不过，她透过纸包的一个小洞，瞥见一个闪亮的东西，她的脸又露出了笑容。

"怎么要等那么长的时间？我今天就不能看到吗？"

"哦，亲爱的，今天不行！我需要安排一下，还有很多部件没有装好。我答应过泰迪叔叔，只有等到所有部件都安装好了，才能让你看。"

"连泰迪叔叔都知道了，那一定是很棒的事儿！"黛西拍着手叫了起来，泰迪叔叔不仅和蔼可亲，富有智慧，而且热情乐观，他就像神话故事中孩子的保护神一样，时刻关爱着孩子们，总是给他们带来一些意想不到的惊喜和漂亮的礼物，还讲一些滑稽可笑的故事。

"对，泰迪和我一起去买的，在商店里挑选各种不同的部件时，我们就笑个不停！每样东西他都挑选好的和大的，我的小计划有他的参与就变得完美了。等他再到梅园来时，你一定要好好地亲吻他，他是你最好的叔叔，到处去买那可爱的小咕……哎呀！我差点把秘密说出来了！"巴尔夫人说到最让人感兴趣的地方，就闭口不说了，低下头来开始检查她的账单，仿佛害怕再说下去就会泄露秘密。黛西只好乖乖地坐在那里，双手握在一起，一言不发，使劲想啊想，什么游戏名带"咕"字呢？

她们回到家，黛西看着从车上拿下来的每一包东西，其中有一包又大又重，弗朗茨拿起它直接就上了楼，并且把它藏在了儿童室里，这让黛西更加好奇了！那天下午，楼上一直进行着神秘的事儿，弗朗茨用锤子在敲敲打打，阿西娅跑上跑下，乔姨也像个快乐的小精灵一样不停地奔忙着，她的围裙下藏着各种各样的东西。只有小泰迪是唯一知道秘密的孩子，可是他连话都说不清楚，他一边笑，一边不知所云地讲着什么，好像想说出这"有趣的东西"是什么。

看到这样的场面，黛西急得快要发疯了，这让男孩子们也充满了好奇，他们纷纷向巴尔妈妈请愿，表示愿意帮她的忙，可是妈妈没有同意，她引用了男孩子们自己对黛西说的话来拒绝他们：

"女孩子是不能和男孩子一起玩的！这个游戏是为黛西、贝丝和我自己安排的，用不着你们参加。"于是，小绅士们只好顺从地退了出来，并且邀请黛西去玩弹子球、骑大马、踢足球，还有她喜欢的任何游戏，男孩子们突如其来的热情和礼貌，让纯真的小黛西感到十分惊奇！

不过，这些游戏让黛西熬过了下午，然后，她很早就上床睡觉了。第二天上午，她精神饱满地投入到学习中，见到这样的情景，弗里茨姨父心里想，如果每天都能发明一个新游戏那该多好！上午十一点钟，黛西提前下课了，教室里一阵骚动，因为大家都知道她现在就要去玩那个新的、神秘的游戏了！

许多双眼睛盯着她走出了教室，德米被弄得心不在焉，弗朗茨问他撒哈拉沙漠位于什么地方，他沮丧地回答："在儿童室里。"孩子们哄堂大笑。

"乔姨，我的功课已经做完了，我一分钟都等不及了！"黛西叫了起来，飞快地跑进巴尔夫人的屋里。

"一切都准备好了，跟我来吧。"巴尔夫人一只手抱着小泰迪，一只手端着针线筐，立即就领着黛西上楼去了。

"我什么也没看见。"黛西走进儿童室，一边巡视着四周，一边说。

"你听到什么声音了吗？"乔姨问，泰迪正要向房间的另一头跑去，她抓住他背后的衣服，把他拽了回来。

黛西确实听到了一种奇怪的噼啪声，然后是一阵低低的呜呜声，就像是水壶欢唱的声音。这些声音是从一幅垂帘后传来的，垂帘后是一个很深的凹型窗户，黛西掀开窗帘，兴奋得大叫了一声："啊！"一双充满喜悦的眼睛直愣愣地注视着眼前的一切，你猜她看到了什么？

沿着窗户的三面，摆了一排宽敞的台子，台子的一方，挂着或摆放着各种样式的小罐子、盘子、烤肉架和长柄的小煎锅，另一方，摆放着餐具和茶具，中间放了一个烤炉。烤炉并不是锡制的，那可没法用，而是真正的铁炉子，大得足以为一大家饥肠辘辘的小宝宝们做饭！最绝妙的是炉子里面真的燃烧着火焰，真正的水蒸气从小茶壶嘴里冒出来，小茶壶盖在水蒸气的冲力下一动一动地，像跳着快步舞，壶里的水不停地沸腾！窗户上的一面玻璃被取了下来，用一张锡片代替，上面开了一个洞，安装着小小的烟囱，看着煤烟通过小烟囱飘到了屋外，真让人开心。旁边放着一个木头盒子，里面装满了木炭，木盒的上方挂着畚箕、刷子和扫帚，在黛西经常玩的那张矮桌子上放了一个小菜篮，她的小椅子后背挂着一条白色围裙，还有一顶很有意思的女式帽子。太阳照射进来，好像它也喜欢这些有趣的东西，小炉子的火焰欢快地燃烧着，小壶冒着蒸气，崭新的锡片在墙上闪着亮光，漂亮的瓷器摆成一排，所有这一切组成了一个欢快而舒适的小厨房，真是太有意思了，任何一个孩子都会立刻喜欢上它的！

黛西见到小厨房，兴奋得大叫一声后，便一动不动地站在那里，眼睛里闪着光芒，飞快地扫视了那些迷人的物品，最后，她的目光落在了乔姨快乐的脸上，幸福的小黛西跑了过去，紧紧地抱住她，充满感激地说：

"哦，姨妈，这真是太棒了！我真的可以在这个可爱的炉子上做饭，招待客人，把它弄得乱七八糟，又把它打扫干净？真的可以生起火来吗？我太喜欢它了！你是怎么想出这个主意的？"

"你喜欢和阿西娅一起做姜饼，于是我想出了这个主意。"巴尔夫人抓住黛西说，黛西欢跳着，开心得都快要飞起来了！

"我知道阿西娅不让你在她的厨房里捣乱，在那里玩火又不安全，所以我想，最好给你找一个小炉子，教你做饭，那倒是很有趣，也很有用。我就去了玩具商店，可是每样大的东西都要很多钱，我正想我只得放弃了，这时遇见了泰迪叔叔，他知道了我要干什么，就来帮我，他坚持要买我们想要的那个最大的玩具炉子。我责备他，他只是笑，还拿我们小时候我的厨艺来取笑我，他说我一定得教贝丝和你学会做饭，接着，他又买了各种可爱的小东西，还说这是为我的'烹饪课'准备的。"

巴尔夫人回忆起和泰迪叔叔愉快的经历，她忍不住笑了。

"真高兴你遇见了他！"黛西说。

"你得努力学习，学会做各种东西，他说他要经常过来喝茶，希望品尝到一些与众不同的美味。"

"这是世界上最惬意，最可爱的厨房，我愿意在这里学习，别的什么都不干。我能不能学做馅饼、蛋糕、通心面和其他所有的东西？"黛西大声地说，她一只手拿着崭新的平底锅，另一只手拿着小拨火棍，在屋子里手舞足蹈。

"不要着急！这是一个很实用的游戏，我来帮你，你来做我的厨师，我会告诉你做什么，怎么做。首先我们需要准备一些做饭的材料，然后，你就可以真正学习怎样做菜啦。我要叫你'莎莉'，你就是新来的女用人！"乔姨补充说，她开始干活，泰迪坐在地上吮吸着他的大拇指，眼睛盯着火炉，仿佛那是一个有生命的东西，它的样子引起了泰迪的极大兴趣。

"这太美妙了！我先做什么呢？""莎莉"问，一脸的快乐和期待，乔姨想，要是所有的新厨师有她一半的漂亮和可爱就好了。

"首先，戴上这个干净的帽子，系上围裙。我是个很传统的人，我喜欢我的厨师干净、整洁。"

"莎莉"将自己的鬈发塞进圆帽子里，虽然她平时讨厌系围裙，这一次却没有多说就照做了。

"好啦，你可以整理东西了，先把这套新的餐具洗干净，那套旧的也需要洗，我以前那个女用，每次吃完饭后，都没有把碗洗干净。"

乔姨认真地说，可是"莎莉"却笑了，因为她知道那个不爱整洁的女用人，她经常把杯子弄得黏糊糊的。然后她挽起衣袖，满足地舒了一口气，在她的厨房里忙碌起来，不时地为那"漂亮的擀面杖""可爱的洗碗盆"和"精巧的胡椒瓶"欢呼雀跃。

"莎莉"把盘子叠好后，乔姨对她说："好啦，'莎莉'，带上菜篮子，去菜市场，这是我晚餐用的菜单。"她把一张小纸条交给了"莎莉"。

"菜市场在哪里?"黛西问,她觉得这个新游戏越来越好玩了。

"阿西娅那儿就是菜市场。"

"莎莉"去菜市场了,她穿着新服装经过教室门口时,又引起了一阵骚动,她满脸喜悦,悄悄地对德米说:"这个游戏简直太有趣了!"

老阿西娅和黛西一样喜欢这个游戏,小女孩向她的屋里飞奔而来,歪戴着帽子,手中菜篮子的盖子有节奏地发出声响,像敲快板一样,简直就是一个狂热的小厨师,阿西娅高兴地笑了起来。

"乔姨要这些东西,我必须马上拿到。"黛西庄重地说。

"小宝贝,我来看看,两磅牛排、土豆、南瓜、苹果、面包和黄油。肉还没有送到,等肉送来了我就给你送过去,其他的东西都在这里了。"

阿西娅将一个土豆、一个苹果、一块南瓜、一块黄油和一卷面包放进菜篮里,警告"莎莉"要提防那个屠夫的儿子,他有时候要捉弄人。

"他是谁?"黛西希望那是德米。

"你就会知道的。"阿西娅只是这么回答,"莎莉"兴致勃勃地走了,她唱起了玛莉·豪伊特那首美妙的韵文叙事诗歌中的一节:

小梅贝尔走了,
带着可口的小麦饼,
一锅新制的黄油,
还有一小瓶葡萄酒。

当小厨师回到家里时，乔姨说："除苹果之外，其他所有的东西都放在储藏室里。"

中间的架子下面有一个橱柜，黛西打开橱柜的门，又发现了新的惊喜！橱柜的一半显然就像一个地窖，里面装满了木材、煤和火柴；另一半放满了小坛子、小盒子和各式各样样子很奇特的小器皿，这些器皿里装着面粉、肉、糖、盐和其他烹饪用的作料。这里还有一罐果酱、一小盒饼干、一个用科隆香水瓶装满的醋栗酒和一小罐茶叶，而最吸引人的是给那两个洋娃娃煮鲜牛奶用的锅，锅里的牛奶漂浮着奶油，还有一个随时用来撇奶油的袖珍撇沫器。真是太有趣了，黛西高兴得拍起手来，立刻伸手去拿撇沫器想撇出锅里的奶油，可是乔姨说：

"现在还不行，吃晚饭的时候，你还要把奶油抹在苹果馅饼上吃的，要等到那时才可以动。"

"我能吃上苹果馅饼？"黛西叫了起来，几乎不相信还会有自己最爱吃的东西！

"对，要是你的烤炉好用，我们将有两块馅饼：一个苹果馅饼，一个草莓馅饼。"乔姨说，她和黛西一样对这个新游戏充满了兴趣。

"哦，接下来又做什么呢？""莎莉"忍不住问。

"关上炉子下面那个通风口，这样炉子里的烤箱就可以加热了。然后，把手洗干净，把面粉、糖、盐、黄油和桂皮拿出来。再检查一下烤饼板是否干净，去掉苹果的皮，准备放进烤箱里。"

黛西把这些东西放到了一起，她没有弄出声响，也没有把东西撒在地上，对这么个小厨师而言，我们也只能要求这么多了。

"做这个小馅饼，我真的不知道要多少面粉，我只有估计了，如果一次做不好，我们只好再做第二次。"乔姨做出很困惑的样子，让旁边的小家伙很是担心，这把乔姨给逗乐了，"拿着那个装满面粉的小锅，放一点盐，然后在那个盘子上抹一些黄油。记住先放干东西，再放湿的，这样，它们就能很好地混合在一起了。"

"我知道怎么做，我见过阿西娅做过馅饼。要不要在装馅饼的盘子里抹上一些黄油？她第一件事就是这么做的。"黛西一边说，一边飞快地搅拌面粉。

"很不错！我相信你有烹调的才能，你刚开始就知道怎么做了。"乔姨赞许地说，"现在，在面粉里加一点凉水，弄湿就行了，然后，在面板上撒一点面粉，轻轻抹一抹，然后擀馅饼皮，对，就是这么做的。现在给面皮抹一遍黄油，再继续擀。我们别把馅饼皮做得太油腻了，那些洋娃娃们会消化不良的。"

黛西听到乔姨的话笑了起来，她在馅饼皮上抹了很多黄油，然后，她用可爱的小擀面杖反复地擀，馅饼皮擀好后，把它放在盘子上。接着她把苹果切成片放在馅饼皮上，又在上面撒了许多糖和桂皮，最后，她非常认真地放上了上面一块馅饼皮。

"我总想把馅饼切成圆形的，可是阿西娅不同意，如果随我的意，想怎么切就怎么切，那该多好！"黛西说，她端起洋娃娃用的那个盘子，用小刀把多出盘子边沿的馅饼皮切掉。

所有的厨师，即便是最优秀的，有时候也会出错，"莎莉"第一次做饭就发生了这样的事情，因为小刀切得太快，盘子脱了手，在空中翻了一个筋斗，可爱的小馅饼被打翻在地上。"莎莉"尖叫起来，乔姨笑了，泰迪爬过去把它捡起来，顿时，新厨房里一片混乱！

"没摔破，馅儿也没有撒出来，幸好我把馅饼皮的边捏得很紧，一点也没有损坏！现在我要在馅饼上戳几个眼，然后馅饼就算做好了。"莎莉"一边说，一边捡起掉在地上的宝贝，虽然馅饼掉在地上沾了灰尘，可是她毫不在乎，将它重新摆放好。

"我看到新厨师的脾气这么好，心里宽慰极了！"乔夫人说，"现在打开草莓酱罐子，将草莓酱填进那没包馅的饼里，然后，像阿西娅那样，把面团做成条状，盖在果酱上面。"

"我要在中间做一个'D'字，在馅饼周围做一圈花边，等到我们吃的时候，那就更加有趣了。"莎莉"一边说，一边在馅饼上做起花边来，噢，天啦，她做的花边一定会让真正的面包师发疯的！"现在，我要把它们放进烤箱了！"最后一个脏兮兮的面团被小心翼翼地放进了红色果酱里，她高声叫了起来，然后得意扬扬地把馅饼放进了小烤箱里。

"把你使用过的用具洗刷干净，一个好的厨师一定要让厨具保持整洁。然后再把南瓜和土豆的皮削掉。"

"只有一个土豆。"莎莉"咯咯地笑着说。

"把土豆切成四片，这样小的土豆片就可以放进小水壶里煮了。先把小土豆片放进凉水里泡，到煮的时候再把它捞起来。"

"南瓜也需要泡吗？"

"不，不用泡！把皮去掉就行了，然后把它切成小块，放进锅里的蒸笼里，虽然这样花的时间要稍微长一些，但南瓜会干爽一些。"

这时传来什么抓门的声音，"莎莉"跑过去把门打开，看见那只叫基特的小狗站在门口，嘴里叼着一个盖着盖子的篮子。

"屠夫的儿子来了！"黛西叫了起来，她觉得这样让狗送东西真好玩。她取下小狗口中的篮子，小狗却舔了舔嘴，开始要吃的，小狗以为篮子里装的就是它的午餐，因为它经常以这种方式把东西送到主人这里来，然后得到吃的。可是小狗什么也没有得到，它发现自己被骗了，于是愤怒地跑下了楼，一路叫个不停，以此来发泄它受到伤害的情绪。

篮子里有两块小牛排（和洋娃娃一样的重量）、一个烤梨、一个小蛋糕，还有一张纸，纸上是阿西娅写得潦草的笔迹。

"如果莎莉小姐做不好饭，就拿这些东西当午饭。"

"我才不想吃她的老梨和别的东西，我做的午饭会更好的，我一定要吃一顿丰盛的午餐，你们就瞧着吧！"黛西怒气冲冲地叫了起来。

"如果有人来，我们也许会喜欢这些东西，储藏室里有些东西总不错吧。"乔姨说，经过几次家庭饥荒，她积累了很多有价值的经验。

"我的肚子饿了。"泰迪说，他想煮了那么多的东西，该是有人吃东西的时候了。他的妈妈让他去玩针线筐，希望他在午饭之前保持安静，然后又回去指导"莎莉"做饭了。

"把蔬菜放下，摆好桌子，然后把煤燃起来准备烤排骨。"

这真是很热闹的场面，既要照顾到小锅里翻滚的土豆，又要看小蒸笼里的南瓜是不是变软了，每隔五分钟还要打开烤箱的门检查馅饼的情况，最后，等煤块烧红了，冒出火焰，再把两块真正的排骨放在一根手指长的烤架上，不时地用刀叉翻弄它几下，多有成就感啊！土豆一直在热烈地翻滚着，毫无疑问它是最先被煮熟的，"莎莉"用小锤把它们捣碎，加上一些黄油，但没有加盐（在这激动人心的时刻小厨师忘了加盐），然后，把土豆泥放进一个红色的盘子里，做成小丘状，用一把蘸过牛奶的小刀把表面抹光滑，再放进烤箱里烤成棕色。

"莎莉"的全部注意力都集中在土豆泥上了，等她打开烤箱的门把土豆泥放进去时，才想起了小馅饼，她大声尖叫起来，天哪！天哪！小馅饼烤糊了！

"噢，我的馅饼！我可爱的小馅饼！它们全都被烤糊了！"

可怜的"莎莉"看到自己的劳动果实被毁，忍不住哭了起来，两只脏脏的小手不停抹着眼泪。苹果馅饼看上去特别让人心疼，那些弯曲的花边在烤糊了的馅饼上凸了出来，就像一间房子被烧毁后，烟囱和残壁断垣就露了出来一样。

"亲爱的，亲爱的，我忘了提醒你把它们拿出来，都怪我，"乔姨极为懊悔地说，"亲爱的，别哭了，这是我的错，吃了午饭我再做一次。""莎莉"哭得很伤心，一大滴泪珠儿落在滚烫的馅饼上，发出哧哧的声音。

要不是牛排烤着了火，"莎莉"还会继续伤心下去，牛排转移了这个小厨师的注意力，她很快就忘了馅饼的事了。

"把南瓜捣烂，往上面加一点黄油、盐和胡椒粉，再把那个装肉的盘子和你自己的盘子拿下来，热一热。"乔姨真心希望这顿午饭不要再出乱子了。

"精致的胡椒瓶"让"莎莉"的心情好多了，她把南瓜装在盘子里，摆得漂漂亮亮的。午饭终于平安地端上了餐桌，六个洋娃娃分坐两边，一边三个，泰迪坐在桌尾，"莎莉"则坐在上首，这是多么动人的情景啊！一个洋娃娃一身参加舞会的装束，一个穿着睡衣，绒线娃娃杰瑞穿着红色的冬装，而没有鼻子的宝贝安娜贝拉则一身轻松，什么都没有穿。作为这个大家庭的爸爸，小泰迪举止大方，一直微笑着享用给他的东西，一点都不挑剔。黛西面带微笑，她像这个家里劳累却又非常热情好客的女主人，这跟其他大餐桌上的女主人没什么两样，可这位小女主人招待客人时的笑容是那么的纯真可爱，那么的开心满足，在另外的场合可就不多见啦！

牛排太生，小餐刀根本就切不动，土豆泥太少，不够分，南瓜里有许多小硬块，但是客人们很有礼貌，根本不在乎这些小事。两个小主人也是胃口大开，把餐桌上的东西吃得精光，胃口好得真让人羡慕！他们兴奋地从有许多奶油的罐子里撇着奶油，这就减轻了失去馅饼的痛苦，而阿西娅送来的那块不起眼的蛋糕倒成了最宝贵的甜点。

"这是我吃得最好的一顿午饭，我能不能每天都自己做饭？"黛西把盘子里剩下的东西全都弄在一起，一边吃，一边问。

"你每天完成功课就可以，但是我认为你还是应该和大家一起按时吃饭，午餐时只能做一小块姜饼。今天是第一次，我并不介意，可是以后必须遵守我们的约定。如果你愿意，今天下午可以做一些茶点。"乔姨说，尽管没有人邀请她参加，但她仍然非常喜欢这个宴会。

"就让我给德米做煎饼吧，他那么爱吃煎饼；而且来回翻饼，在里面加糖很有趣！"黛西大声说，一边轻轻地为安娜贝拉擦去破鼻子上黄糊糊的污迹，那是她强行给她吃南瓜时弄上的，说这对她的"风湿病"有好处；可是安娜贝拉拒绝了，她没有穿衣服，难怪黛西会认为她有这样的病呢！

"如果你给德米好吃的东西，别的孩子都想吃，你就忙不过来了。"

"这次，我能不能单独叫德米来喝茶？以后，如果其他的孩子们表现得好，我就给他们做东西吃。"黛西灵机一动，提议道。

"小丫头，你的主意太妙了！我们就把你做的小点心拿去奖赏那些表现得好的男孩子们，没有哪个孩子不愿意吃好吃的东西，他们爱吃的可胜过了一切。如果这些小男子汉像大男子汉一样，美食就会让他们心动，让他们的脾气变得很好！"乔姨最后又补充了一句，一边笑着向大门口点了点头，巴尔爸爸就站在那里，满怀兴致地看着这里发生的事情。

"好机灵的女人，你最后一句话是说的我，我承认，你说得一点都不错，亲爱的。不过，如果我娶你只是为了你的厨艺，那么这些年来我的生活简直就糟糕透了。"教授笑着回答，他把小泰迪往空中抛了起来，小家伙正咿咿呀呀很卖力地叙述着他享用的午餐。

黛西得意扬扬地展示着自己的小厨房，还冒失地答应了弗里茨姨父，他能吃多少煎饼就给他做多少。她正在说要给男孩们奖励的事情，德米就带领一群孩子冲了进来，就像一群饥饿的猎犬嗅到了空气中的香味，他们已经下课了，午饭还没有准备好，黛西烤的牛排香味直接把他们吸引来了。

"莎莉"向大家展示自己的宝贝，告诉小家伙们还为他们准备了什么，此时，再没有比她感到更自豪的小姑娘了！有几个孩子表示怀疑，她怎么可能做出可以吃的东西来呢，可是阿呆立即就被征服了，纳特和德米对她做饭的手艺也坚信不疑，别的孩子们则说要等着看。不过，大家都很欣赏这个小厨房，对这里的火炉特别感兴趣，兴致勃勃地观看了半天。德米马上就提出要买那个水壶，他在安装蒸汽发动机，正好需用一把壶；内德说他制造子弹、斧头和其他的小东西时，那口又好又大的平底锅正好可以用来熔化铅。

听了这些议论，黛西心里感到十分紧张，于是，乔夫人当众宣布了一条规定，未经这里主人的许可，任何男孩子都不许触摸和使用这些厨具，甚至不能靠近这些神圣的炉具，于是在这些小绅士的眼里，这些小厨具的价值不断上涨，尤其是违反了这条规定，就要受到惩罚，就会失去品尝精美食品的权利——黛西为那些表现好的孩子们做的食品，这条惩罚更是让那些厨具价值倍增。

开饭的铃声响了，大家都去吃饭了，在饭桌上，每个孩子都给黛西开出了菜单，而且他们都希望能尽快地按照他们的菜单做出食物来。黛西非常信任她的炉子，都一一答应了下来，她说只要乔姨告诉她怎么做，她就能把所有的东西做出来。黛西说的大话让乔姨大吃一惊，因为菜单上的菜已经完全超过了她的技术范围，什么婚礼蛋糕啊，牛眼糖啊，就连巴尔先生也开出了他最喜爱的菜，鲱鱼樱桃白菜汤，更是弄得巴尔夫人不知所措，因为她不会做德国菜。

午饭刚结束，黛西又想去做饭了，但是巴尔夫人只同意她去清洗厨具，给壶里灌满水准备烧茶，洗自己的围裙，就好像她刚结束了圣诞晚宴一样。接着，就让她到外面去玩，一直玩到了五点钟，就像弗里茨姨父说的那样，过多的学习，即便是学做饭，对小孩的大脑和身体都会带来不好的影响，由于积累了丰富的教学经验，乔姨知道，如果对新游戏不加以节制，很快就会失去它的魅力。

那天下午，大家都对黛西非常友好。虽然在汤米的小田地里还只能见到苋菜，可是他答应要把田里最早收获的水果送给她，纳特要免费替她供应木料，阿呆说十分崇拜她，内德立即着手为她的厨房做一个小冰箱，德米在五点钟时准时护送她回到了儿童室，这么小的人儿就这么守时，可真够难得！虽然还不到吃饭的时间，但德米还是强烈要求进厨房里帮忙，他得到了同意，这样的特殊待遇是很难争取的。德米的任务是点火，然后听从差遣，他满怀兴致地看着做晚饭的过程。乔夫人一边指点着干活，一边忙于给各房间换上干净的窗帘。

"去向阿西娅要一杯酸奶，我不喜欢加太多的苏打，没有加苏打的煎饼吃起来就会很松软。"这是巴尔夫人给德米的第一道命令。

德米跑下了楼，拿着酸奶回来的时候他紧锁着眉头，因为他在半路上尝了一点酸奶，发现它太酸了，就预测这种煎饼不会好吃。乔姨站在楼梯上，趁此机会就把苏打的化学特征进行了一番简短的讲解，黛西根本没有听，可是德米听了，而且理解了，他用简洁明了的回答证明了这一点：

"对，我明白了，苏打可以使酸东西变甜，并发出咝咝的声音，就会让它们变得松软。黛西，我们来看你做吧。"

"在那个碗里装一些面粉，不要装得太满了，再加一点盐。"乔姨继续说。

"噢，天啦，怎么每样东西都加盐。""莎莉"说，她极不耐烦地打开那个装盐的药片盒。

"亲爱的，盐就像一种好心情，几乎样样东西里都要放一小撮，这样更好，宝贝。"弗里茨姨父手里拿着锤子，从这里经过，他要在墙上钉两三个钉子来挂"莎莉"的小锅。

"你没有请我喝茶，但是我会给你几个煎饼，我不会生气的。"黛西说，她抬起沾着面粉的小脸，用亲吻感谢弗里茨姨父。

"弗里茨，不要干扰我上烹饪课，否则，你上拉丁文课的时候，我就进去讲思想品德课。你觉得怎么样呢？"乔姨说，她往下将一大块印花棉布窗帘罩在他的头上。

"好哇，我们就试试吧。"和蔼的巴尔爸爸一边哼着歌，一边用锤子在墙上敲打着，像一只巨大的啄木鸟。

"把苏打放进奶油，像德米说的那样，发出'咝咝'的声音时，和进面粉，并使劲搅匀。等煎饼锅烧热后，在锅底抹上黄油，就开始煎饼，直到我回来为止。"乔姨说完就走了。

小汤匙使劲搅拌着面粉，一会儿咔嗒咔嗒地响，一会儿啪啪地响，像击球手击球时发出的拍打声，我向你保证，最后果真起泡了。黛西在煎锅里倒了一点稀面糊，它立刻神奇地变成了一个膨胀的煎饼，德米的口水都流出来了。但是，第一张煎饼被烤焦了，因为黛西忘了放黄油，不过，有了第一次失败的教训，以后的煎饼就做得很好了，六张精制的小煎饼平安出锅了，装在盘子里。

"我想枫叶糖比白糖更好。"德米说，他把桌上的煎饼摆了一个新奇的形状，然后就在椅子上坐了下来。

"那我就去找阿西娅要一些枫叶糖。"黛西一边回答，一边走进卫生间洗手去了。

这时，儿童室里就没有人了，一件可怕的事情发生了。要知道，小狗基特平安地送来了肉，并没有得到任何奖赏，它一整天都感到受到了伤害。它不是一条坏狗，但是，就像我们人一样，它有时也会犯一点小错误，也会抵挡不住某种诱惑。恰好这时它溜进了儿童室，闻到了煎饼的香味，而且看见它们放在小桌子上没有人看管，它就不顾后果了，一口气就把那六张小煎饼全吞到肚子里去了。可是，我还是很高兴地说，煎饼很烫，把基特烫坏了，它忍不住惊叫了一声。黛西听到了狗叫声，急忙从卫生间里跑了出来，看见桌上的空盘子和床下正在消失的黄尾巴，她二话不说，一把抓住那条尾巴，从床底下把那个偷煎饼的"贼"拽了出来，使劲地在空中甩动，甩得狗耳朵吧嗒吧嗒不停地扇动，然后黛西把它撵到了楼下的货仓里，让它在煤箱里度过了一个孤独的夜晚。

德米给予了黛西极大的同情，她又振奋起来了，重新和了满满一碗面糊，做了十几个煎饼，这些煎饼比刚才做的还要好。弗里茨姨父吃完了两个煎饼，马上就传话来说他从来没有吃到过这么可口的煎饼。坐在楼下餐桌旁的每个男孩都非常嫉妒在楼上享用煎饼的德米！

这顿晚餐愉快极了，小茶壶盖只掉了三次，牛奶罐也只被打翻了一次，煎饼上抹着枫叶糖，烤面包吃起来还有牛排的香味，因为那可是在烤肉架上烤出来的！在这样的盛大宴会上，德米把平时学的规矩全忘记了，他使劲地往肚子里塞东西，黛西在照顾着她的宴席，洋娃娃们则友好地看着他们，一个个都笑眯眯的！

"哎，宝贝们，你们玩得高兴吗?"乔姨肩上驮着泰迪，走上楼来问。

"太高兴了，我很快会再来的！"德米强调说。

"一看桌子上，我就知道你吃了很多的东西。"

"不，我吃得不多，我只吃了十五个煎饼，都是小煎饼。"德米辩解说，他刚才还不停地让妹妹往他的盘子里送煎饼。

"煎饼很好吃，不会撑坏他的！"黛西说，她的表情有趣极了，既有母亲般的慈爱，又带有家庭主妇的自豪，乔姨只好笑着说：

"唔，总的来说，这个新游戏还是成功的?"

"我喜欢这个游戏！"德米说，仿佛他的回答很有必要。

"这是我玩过的最好的游戏！"黛西大声说，她端着小洗碗盆准备去洗杯子，"我希望每个人都像我一样有一个可爱的烤炉。"她又补充说，提到她的炉子时，黛西眼里充满了爱意！

"这个游戏应该有个名！"德米严肃地说，他满嘴都糊着糖，正用舌头舔着。

"有名字啦！"

"噢，叫什么?"两个孩子都迫不及待地问。

"哦，我想我们应该把它叫着'馅饼锅游戏'！"说完，乔姨就离开了。这个新游戏给孩子带来了快乐，她感到非常高兴！

6 煽动闹事者

"夫人，我和你说句话，好吗？这件事非常重要。"纳特说，他站在巴尔夫人房间的门口，把头往屋里伸。

这是半个小时里第五个来探门的，巴尔夫人习以为常，她抬起了头爽快地问：

"孩子，有什么事？"

纳特进了屋，小心翼翼地掩上门，急切地说：

"丹来了。"

"谁是丹？"

"我在大街上认识的一个男孩，我拉小提琴，他卖报，他对我很好。有一天我在镇上遇见了他，我告诉他这儿有多好，他就来了。"

"哎，我亲爱的孩子，这样的来访有一点突然。"

"哦，不是来访，如果你答应，他就想留下来！"纳特天真地说。

"可是，我还不了解情况。"巴尔夫人说，这个冷不丁让她感到很突然。

"哦，我以为你喜欢让穷孩子来和你一起生活，对他们会像对我一样好。"纳特说，表情有一些惊慌失措。

"当然会的，可是我首先要了解他们的情况，要有所选择，因为穷孩子很多，而我的房子有限，我倒希望我有很多的房子。"

"我让他来，因为我以为你会喜欢的。如果这里没有宽余的房子，就让他离开好了。"纳特伤心地说。

纳特这么信任她的热情好客，巴尔夫人很是感动，她不忍心让一个孩子失望，不忍心破坏他那善良的小计划，于是她说：

"你把这个丹的情况告诉我吧。"

"我不了解他的情况，只知道他没有亲人，非常穷；可是他一向都对我很好，如果有可能，我也要对他好。"

"你说的每句话理由都很充分，纳特，可是房间真的都很满了，我不知道把他安在哪里。"巴尔夫人说，她想要证明自己就是纳特心目中的庇护神！

"他可以睡我的床，我可以睡在谷仓里，现在天气又不冷，我不在乎，以前我跟着父亲什么地方都睡过！"纳特急切地说。

他的语气和眼神让人有某种说不出来的感觉，乔姨拍拍他的小肩膀，非常亲切地说：

"纳特，把你的朋友带来吧，我想，他不用占你的床，我们肯定会给他安排一个住的地方。"

纳特高兴极了，转身就跑，一会儿就回来了，身后跟着一个不怎么招人喜欢的男孩子：这个男孩看上去满不在乎，又有些怏怏不乐，他无精打采地进了屋，站在那里东张西望。巴尔夫人看了他一眼，心里想：

"恐怕是一个坏坯子。"

"这是丹。"纳特指着那孩子说，仿佛他肯定要受到欢迎。

"纳特对我说你愿意和我们住在一起。"乔姨和蔼地说。

"是。"他粗声粗气地回答。

"你没有朋友照顾你吗？"

"没有。"

"说，'没有，夫人。'"纳特悄悄对他说。

"都说得没错。"丹低声嘟囔道。

"你多大了？"

"十四岁了。"

"你看起来比实际岁数更大一些。你能做什么？"

"很多都会。"

"如果你要留在这里，我们就要求你像别的孩子那样做事，比如劳动、学习，当然还有玩耍。你同意这样的安排吗？"

"我就试试吧。"

"那好吧，你可以先在这里住几天，看看我们处在一起的情况怎么样。纳特，带他出去玩吧，等巴尔先生回来，我们再决定这个问题。"乔姨说，她觉得很难与这个冷漠的年轻人相处，他那双又大又黑的眼睛一直盯着她看，冷冰冰的脸上充满了疑问，这种神情不是一个男孩子应该具有的，让人感到有些难过。

"纳特，走吧。"他说，无精打采地走出了屋。

"谢谢你，夫人。"纳特补充说，他跟在丹的身后，没有完全理解对他和他那个不懂礼貌的朋友受到的欢迎有什么不一样。

"那些小伙伴们在谷仓里玩马戏游戏，你要去看吗？"他问，这时他们走下了宽大的台阶来到了草坪上。

"他们都是大小伙子吗？"丹问。

"不是，大孩子们去钓鱼了。"

"那就去吧。"丹说。

纳特带着丹去了那个大谷仓，并且向他的同伴们做了介绍，这些小家伙们正在阁楼上没有存放东西的地方玩游戏，他们在宽敞的楼板上用干草隔了一个大圆圈，德米手里拿着一条长鞭，站在圆圈的中间，而汤米装扮着猴子，骑着有忍耐力的托比绕着圆圈行走。

"你们每人要支付一个大头针，要不然你们就不能看表演。"阿呆说，他站在手推车旁，车上坐着乐队。这个乐队仅有两个人，内德把一把小梳子当口琴吹，罗布则断断续续地敲打一面玩具鼓。

"他是我的同伴，都由我来付费。"纳特大方地说，他把两枚弯曲的大头针插在当做存钱盒的干蘑菇上。

纳特向他的同伴点了点头，他们就在几张木板上坐了下来。这会儿，表演还在继续进行，耍猴的节目刚演完，内德立即给大家展示了他的敏捷身手，他纵身一跳，跃过一把旧椅子，然后像水手那样，在楼梯上跑上跑下；接着，德米跳起了优美的基格舞；纳特在大家的要求下和阿呆摔跤，他很快就把这个矮胖的孩子摔倒在地。摔跤结束后，汤米得意扬扬地向前翻了一个筋斗，能完成这样的动作可全凭他私下坚持不懈的练习，他那小身体的每一个关节都被弄得青一块紫一块的。汤米的技艺赢得了大家热烈的掌声，他非常自豪，一张小脸兴奋得通红，全身热血沸腾，正要退下时，突然从观众席上传来一个蔑视的说话声。

"咳！这不算什么！"

"你再说一遍？"汤米就像一个愤怒的公鸡，毛发都竖起来了。

"你要打架吗？"丹说，他立即从圆桶上跳了下来，握紧了双拳，摆着一副要打架的姿态。

"不，我不打架。"率直的托马斯听了这个提议感到十分的紧张，往后退了一步。

"不允许打架！"别的孩子们兴奋地叫了起来。

"你们都是乖孩子。"丹嘲笑地说。

"好啦，如果你要打架，就别想在这里待下去了。"纳特说，他听到丹侮辱他的朋友们，怒火直冒。

"我倒要看看他是不是比我翻得更好，就这么简单！"汤米扬扬得意地说。

"那就让开点吧。"丹没有做任何的准备，连续翻了三个筋斗，然后站了起来。

"汤米，你没有他翻得好，你总是碰到头，而且筋斗也翻得很低。"纳特说，看见他的朋友成功了，心里很高兴。

纳特还没有来得及多说，丹又向后翻了几个筋斗，还来了一个倒立，头向下，脚向上，用手走了几步路，观众们顿时就欢呼起来，汤米也加入到充满赞赏的欢呼中，向这个有才华的体操运动员致敬。丹站起来，平静地看着他们，心里有说不出的自豪。

"不让我受伤，我能学会翻筋斗吗？"汤米一边谦恭地问，一边揉着手肘，刚才翻那个筋斗，他的手肘还在疼痛。

"如果我教你，你拿什么东西回报我？"丹说。

"一把新的大折刀，有五张刀片，只有一张刀片是坏的。"

"现在就拿出来吧。"

汤米把小刀递给丹，还恋恋不舍地看着小刀光滑的刀把，丹仔细地检查了小刀，把它放进了自己的口袋，然后就走开了，还眨着眼睛说：

"坚持练，直到你学会，就这样。"

汤米气得大叫了起来，孩子们也跟着起哄，丹发现自己被孤立了，于是他就建议他俩玩插刀子的游戏，谁赢了就获得这个宝贝，汤米同意了。游戏是在孩子们的围观下进行的，最后汤米赢了，小刀放进了他的最安全的口袋里，孩子们兴奋的脸上露出了满意的笑容。

"你随我来，我带你四处看看。"纳特说，他觉得必须私下和他的朋友进行一次严肃的谈话。

没有人知道他们两人到底说了一些什么，等他们回来时，虽然丹说话依然粗鲁，举止依然冒冒失失，但他对每一个人都多了一些尊重。丹长这么大，一直在四处流浪，没有人教他该怎么做，对这样一个穷孩子，还能有什么更高的期望呢？

男孩们一致决定不再喜欢丹了，于是他们就让他和纳特待在一起，纳特被这种责任弄得很压抑，不过心地善良的纳特不愿抛弃丹。

汤米虽然和丹发生了大折刀的交易事件，不过他觉得他们之间似乎有了共同的语言，他渴望重提翻筋斗这个有趣的话题。很快他就找到了机会，因为，丹看见汤米那么欣赏他，也就变得更加友好了，等到了第一周的周末，丹和活跃的汤米关系就很密切了。

巴尔爸爸听说了大折刀交易的事，见到丹时，他摇了摇头，平静地说：

"这种实验要耗费我们很多的心血，不过我们要试一试。"

即使丹心里感激别人对他的照顾，也决不会表达出来的，别人给他什么，他就接受，从不言谢。他没有知识，可是他对自己认定的东西学起来却很快，他目光敏锐，善于观察身边发生的事情，可是他说话粗鲁，举止没有礼貌，脾气喜怒无常。他非常贪玩，几乎所有的游戏他都玩得很好。在成年人面前，他沉默寡言，只有和孩子们在一起时，才偶尔说几句话。所以，很少有人真正喜欢他，不过几乎所有人都羡慕他的勇气和力量，因为他什么都不害怕。有一次他还轻易地把高大的弗朗茨打倒在地，从此以后，孩子们都对他的拳头敬而远之。巴尔先生默默地观察着他，竭力要驯服这个"野孩子"，孩子们都这样叫他，可是私下里，这个孩子们都很尊敬的巴尔爸爸却摇起了头，表情严肃地说，"我希望这样的试验会带来好的结果，不过我有一些担心，这也许需要花费太多的心血！"

巴尔夫人一天之中对他要发好几次脾气，但从不放弃他，她总是坚持说，他的身上毕竟还有好的一面。他对动物还是挺友好的，喜欢在树林中游玩，最重要的是小泰迪喜欢他，其中的秘密没有人知道，可是小宝宝立即就喜欢上他了。无论什么时候，他一见到丹，就叽里咕噜欢叫起来，他只愿意骑在丹那强壮的背上，不愿骑别人的背，而且叫他"我的丹尼"，这个称呼是从他的小脑袋瓜里冒出来的。只有泰迪才能让丹流露自己的感情，而且是在他认为没有别人的时候，他的感情才会表露出来。可是，母亲的眼睛是敏锐的，母亲的直觉是很神奇的，谁爱她们的小宝宝，她们能够看到，也能感受得到。乔姨很快就看出来了，虽然丹外表粗犷，其实内心很温柔，于是她等待着时机，要想办法触动他，赢得他的信任。

可是一件意想不到，特别让人震惊的事打乱了他们的全部计划，丹被赶出了梅园。

刚开始，汤米、纳特和德米都充当着丹的保护人，因为其他的孩子都轻蔑他，可是不久，他们三人都被这个坏孩子身上的某种魅力给吸引了，从先是看不起他，到后来逐渐开始尊敬他，而且都有不同的理由。汤米钦佩他的技艺和勇气，纳特感激他过去的友好情义，而德米把他看做是某本故事书中栩栩如生的人物，因为丹高兴时，会用非常有趣的方式讲述他的经历。有这三个人喜欢他，丹很高兴，于是他尽量让自己讨人喜欢，这就是他成功的秘诀。

巴尔夫妇感到惊奇，不过他们希望孩子们会给丹带来好的影响，他们焦急地等待着，相信这不会出现什么坏的结果。

丹觉得巴尔夫妇并没有完全相信他，于是从不把自己最好的一面展示给他们，而是故意挑战他们的耐心，想着方儿让他们的希望落空，并以此为乐！

巴尔先生不赞成打架，他认为，两个孩子相互殴打，让其他孩子取乐，这并不是男子汉气概或勇敢的表现。他鼓励各种难度大的游戏和锻炼，在这样的游戏和锻炼中，如果孩子们磕了、碰了，或是跌倒了，他希望他们忍住不哭；但是，为了玩乐，眼睛被打青、鼻子砸出了血，这种愚蠢而又野蛮的游戏是受到禁止的。

丹觉得这些规则很可笑，于是，他就给孩子们讲述自己勇敢的故事，以及他打过多少次架，故事让孩子们兴奋不已，点燃了他们胸中的激情，男孩们渴望来一场正规的"拳击"赛。

"别说出去，我来教你们。"丹说，他召集了几个孩子，来到谷仓后面，教他们学拳击，孩子们的热情都被调动起来了。然而，埃米尔不相信自己会被一个比自己小的孩子打败，他已经十四岁多了，而且也是一个有胆量的小伙子。于是，他主动向丹发出挑战，丹立即就答应了，其他人带着浓厚的兴趣在一旁观看。

是哪只小鸟把这个消息传递到了司令部，无人知晓。但是，搏斗已经激烈地开始了，丹和埃米尔就像两条小斗牛犬，旁观的孩子们在为他们喝彩，满脸的狂热和兴奋，就在这时，巴尔爸爸走进了圈子，有力的大手把这两个角斗士奋力地拉开了，然后对他们说：

"孩子们，我不允许打架！立即住手，以后不要让我再看到这种事了。我是为男孩们办学校，不是为野兽办的！看看你们自己的样子，你们不感到羞耻吗？"

巴尔爸爸的语气是那么的严厉，他们以前从来没有听到过！

"放开我，我还会把他打倒！"丹大声叫喊，尽管巴尔爸爸抓住了他的衣领，他仍然还挥舞着拳头。

"来吧，来吧，我还没有被打倒！"埃米尔叫喊起来，他已经有五次倒地了，不过他认为自己并没有被打败。

"弗里茨姨父，他们就像罗马人那样正在玩游戏，就是你说的娱乐。"德米高声说，这个新的消遣形式让他兴奋，他的眼睛比平时睁得更大了。

"罗马人是一群十足的野兽。我希望，我们应该从他们那里了解一些历史知识，而且，我不能让你们把我的谷仓变成竞技场。这是谁提议的？"巴尔先生问。

"丹！"几个声音一起回答。

"难道你不知道打架是禁止的吗？"

"知道。"丹阴沉着脸叫了起来。

"那为什么还要违反规定呢？"

"如果不会打架，都会变得娇气起来。"

"你认为埃米尔娇气吗？他看起来一点都不娇气。"巴尔先生让他俩面对面地站着。丹的一只眼睛被打青了，上衣被扯烂了；可是埃米尔就更惨了，嘴唇上划了一道口子，鼻子被打伤了，满脸都是鲜血，额头上隆起了一个大包，像梅子一样的红。虽然受了伤，他仍然怒视着他的敌手，喘着粗气，准备重新打一架。

"如果他学了拳击，准是一个一流的选手。"丹毫不保留地赞扬埃米尔，因为和埃米尔打架，自己竟然需要全力以赴！

"以后再教他学防卫和拳术吧，我想，到那时，即便是没有上任何的打斗课，他一样可以做得很出色。去洗脸吧，丹，一定要记住，如果再次违反任何规定，你就要离开梅园，这是协定。你，还有我们大家，都应该做好自己该做的事！"

两个小家伙离开后，巴尔先生对旁观的孩子们交代了几句，然后就赶上去替小角斗士包扎伤口了。埃米尔因伤痛上床休息了，而丹一个星期都不愉快。

但是那个无法无天的小伙子没有想过要服从，不久他又再次违反了校规。

一个星期六的下午，男孩子们结伴出去玩时，汤米说：

"我们去河边，砍些新的钓鱼竿。"

"带上托比，让它把钓鱼竿驮回来，我们其中一个人还可以骑它。"阿呆建议说，他讨厌走路。

"我想，这'其中一个人'就是你吧。好啦，走快一点，懒骨头。"丹说。

他们往河边去了，砍了许多钓鱼竿，正打算回家，这时汤米骑在托比身上，手里拿着一根长渔竿，德米见此，对汤米说：

"你看起来就像照片上斗牛的那个人，只是你没有红布或漂亮的服装。"

"我想要一场斗牛，老母牛'黄油杯'就在那块大草地上。汤米，向它冲过去，看它怎么跑。"丹说，他一心要搞恶作剧。

"不行，你不能过去。"德米说，他现在知道不能听丹的建议了。

"为什么不行？你这个大惊小怪的小东西！"丹责备说。

"我想弗里茨姨父不会同意。"

"他说过我们不能玩斗牛游戏吗？"

"那倒没有，但我想他不会同意的。"德米说。

"闭上你的嘴！汤米，往前骑，用这块小红布在那个老东西的眼前晃动，我帮你去逗它。"丹翻过了围墙，脑子里充满了这个新游戏，其余的孩子就像一群绵羊一样跟在他的身后，就连坐在河滩上的德米也在饶有兴趣地观看这好玩的一幕。

可怜的"黄油杯"心情并不好，它刚刚失去了小牛犊，还在为那个小东西悲伤。这时它把人类当做是它的敌人（不能责备它），看着这个斗牛士手握长矛，神气活现地向它冲来，长矛尖上的红手巾在空中飘舞，它抬起了头，大叫一声，"哞！"而这时托比认出了老朋友，不愿意向前走了，长矛重重地打在母牛的背上，它和毛驴托比都受到了惊吓，发起怒来——托比叫着向后倒退，以示抗议；"黄油杯"愤怒地埋下头，亮出牛角，准备接受挑战！

"汤米，再向它冲，它恼火了，妙极了！"丹说，他手里拿着棍子从后面赶上来，杰克和纳特也冲上前去，手里都拿着棍子。

"黄油杯"发现自己被围攻，受到无理的对待，就沿着草场小跑，它变得越来越迷惑，情绪也越来越难以控制，因为无论它跑向哪个方向，都有一个可怕的男孩，挥舞着令人厌恶的鞭子，高声地喊叫着。对孩子们来说这是极大的快乐，但是对"黄油杯"来说是真正的悲伤，最后它实在忍耐不住了，便采取了意想不到的方式来改变目前的形势。它突然原地掉头，向它的老朋友托比冲了过去，托比的行为让它伤透了心。可怜动作迟缓的托比急忙往后退，结果被一块石头绊倒了，驴和斗牛士都不光彩地倒在了地上，而心烦意乱的"黄油杯"出人意料地跃过了堤坝，疯狂地奔跑起来，很快就在视野里消失了。

"抓住它，拦住它，把它拦截下来！快追，伙计们，快追呀！"丹大叫了起来，他以最快的速度在"黄油杯"后面飞跑，因为它是巴尔先生的宠物奥尔德尼乳牛，如果它发生了什么事情，丹害怕自己也要完了。他们拼命奔跑，竭力追赶，一边不停地大声叫喊，高声吆喝，累得上气不接下气，这才捉住了"黄油杯"！钓鱼竿全都被扔在身后了，托比在追赶中几乎跑断腿了，每个孩子都满脸通红，气喘吁吁，怕得要命！最后他们在一个花园里找到了可怜的"黄油杯"，它躲在那里避难，由于跑了很长一段路，它已经累得筋疲力尽了。丹借了一条绳索套在笼头上，把它牵回家，那一队小绅士一脸的严肃，紧跟在丹的后面。母牛的情况很糟糕，在跳跃中，它扭伤了肩胛，走起路来一瘸一拐的，但它的眼睛里仍然闪烁着野性的光芒，光滑的皮毛大汗淋漓，粘满了泥。

"丹，这次你要受到处罚了。"汤米说，他牵着气喘吁吁的毛驴走在被虐待的母牛的旁边。

"你也一样，你也参加了。"

"除了德米，我们都干了。"杰克补充说。

"是他让我们产生这个想法的！"内德说。

"我告诉过你千万别这么做。"德米叫了起来，看到可怜的"黄油杯"被弄成这副模样，他心里难受极了。

"我想，这次老巴尔要送我走了，如果他真这么做也没有关系。"丹说，尽管他嘴上这么说，但仍然显得很着急。

"我们都去求他不要把你送走。"德米说，除了阿呆，大家都同意，阿呆很希望所有的处罚都落在做错事的这一个人的头上。丹只是说，"别为我操心了。"只要遇到诱惑，他还会把孩子们引向歧途，但这次事件他却再也不会忘记了。

巴尔先生看到了母牛的情况，听了整个故事，他没有多说话，显然他是担心，在他心情不好的时候会唠叨个没完。"黄油杯"被牵到了舒适的牛栏里，孩子们也回到了自己的屋子里，等到吃晚饭的时候才露面。短暂的休息给了他们思考的时间，他们揣测着将会受到什么样的处罚，丹要被送到哪里去。丹在屋里轻快地吹着口哨，所以孩子们都认为他没有把这事放在心上，可是，在等待自己命运的时候，他开始留恋这里快乐的生活和友好的关爱，回想起从前所遭受的苦难和冷漠，想留在梅园的愿望就越来越强烈。他知道他们在尽力帮助他，他打心眼里感激，可是过去的流浪生活，使他的性格冷漠、多疑、任性、不愿受约束。他讨厌受到任何的约束，就像一个没有被驯服的动物一样，他竭力反抗这样的约束，尽管他知道这些管理都是善意的，可是他担心自己没法改变。于是，他决定重新去过漂泊的生活，像过去那样，在城市里流浪。想到这里，他皱起了黑色的眉毛，恋恋不舍地环视着这间温暖舒适的小屋，如果巴尔先生看见了他如此依恋的表情，一定会被感动的！就在这时，巴尔先生走进了小屋，丹一脸的依恋神情立刻就消失了，巴尔很认真地对他说：

"丹，你的事我都听说了，虽然你再次违反了规定，可为了让巴尔妈妈满意，我还是打算再给你一次表现的机会。"

丹意想不到地获得了"缓刑"，他激动得满脸通红，不过他只是粗声粗气地说了一句：

"我不知道有关斗牛的任何规定。"

"我根本没有想到梅园里会发生斗牛，我也从没有制定这样的规定。"听了丹的借口，巴尔先生笑了起来。然后，他又严肃的补充说，"但是，在我们为数不多的规定里，首要的就是要善待所有不会说话的动物。我希望这里的每个人和动物都快乐，爱我们，信任我们，帮助我们；我们也要自愿地、真诚地去爱他们，信任他们，帮助他们。我经常说你比别的孩子更爱动物，巴尔夫人就非常喜欢你这方面的品质，她认为，你能爱动物就表明你的心是善良的。不过，在其他方面你就让我们感到失望了，我们很难过，因为我们希望你尽快地融入到我们中间来。我们再努力，好吗？"

巴尔先生进屋时，丹的眼睛一直看着地板，紧张地拾着小木渣，刚才他一直在削木棒。听到巴尔先生这样亲切地问自己时，他立即抬起了头，用比平时更恭敬的语调回答：

"好的。"

"不错，那么，我们就不再说什么了，但是从明天开始，散步的时候你要留在家里，别的孩子也留下，你们所有的人必须去照顾可怜的'黄油杯'，直到它恢复健康。"

"我会的。"

"好啦，下楼去吃晚饭。我的孩子，努力吧，为了你自己，也为了我们大家！"然后，巴尔先生同他握了握手，丹走下楼去，他被巴尔先生的真情折服了，阿西娅曾强烈建议把他痛打一顿，不然他是不会被驯服的。

丹努力了一两天，可是他不习惯这样，而且很快就厌烦了，他那任性的老毛病又犯了。有一天，巴尔爸爸外出办事去了，男孩子们没有上课，可高兴了，他们昏天黑地地玩了一整天，一直玩到睡觉，等大部分孩子都已经睡得很香了的时候，丹的脑袋里却还在酝酿着一个计划，只有他和纳特两人时，他向纳特说出了他的计划。

"喂！"他说，一边从他的床下摸出一个瓶子、一支雪茄和一盒扑克，"我们来开心开心，我以前和镇上的伙计们经常玩这样的游戏。这儿有一些啤酒，我从车站那个老头那里弄来的，这支雪茄也是从他那里弄来的，你可以付钱来购买，或是叫汤米来买，他存了很多钱，我连一分钱都没有。我去叫他进屋里来，不，还是你去吧，他们不介意你。"

"大伙会不喜欢的。"纳特开口说话。

"他们不会知道。巴尔爸爸外出了，巴尔妈妈忙于照顾小泰迪，他也许喉咙发炎了，她不能离开他。我们又不熬夜，也不弄出声来，所以，哪会有什么影响？"

"如果我们很久不熄灯，阿西娅就会知道，她一向很精明。"

"不，她不会知道！我故意弄一个昏暗的灯，灯光不会很亮；如果听到有人进屋，我们立即就把灯关掉。"丹说。

纳特认为这是一个不错的计划，而且还有一点冒险的刺激。他正要去告诉汤米，又回过头来说：

"你也要德米参加，是不是？"

"不，我不要他参加，他也许会睁圆眼睛给你讲道理，况且他一定睡着了。所以，你向汤米眨眼睛，打一个暗号，立即就回来。"

纳特听从了吩咐，一会儿就把汤米带回来了，汤米的衣服还敞开着，头发乱蓬蓬的，一副昏昏欲睡的样子，可是他还是和平时一样随时准备着玩乐。

"好啦，保持安静，我教你们玩第一流的游戏，叫作'扑克'。"丹说，三个寻找乐子的家伙围着桌子坐了下来，桌子上面放着酒瓶、雪茄和纸牌。"首先我们来喝点啤酒，然后我们把这棵'野草'拔掉，接下来我们就玩牌。大人们就是这样玩的，有趣极了。"

啤酒倒进一只马克杯传着喝，尽管纳特和汤米不喜欢这种苦味，还是咂着嘴品尝着杯里的酒。雪茄的味儿就更加糟糕了，不过他们不敢这么说，每吸一口，他们都感到头晕目眩，呛得喘不过气，然后再把"野草"传给下一个。丹喜欢这样，因为就像回到了过去的日子，那时他偶尔有机会模仿他周围那些粗俗的人，他大口喝酒，大口吸烟，尽可能地把架子摆得像那些人一样，完全进入了自己想象中的潇洒世界，过了一会儿还压低嗓子骂起粗话来，压低嗓子是因为害怕别的孩子听见。"你不要这样，说粗话'他妈的！'是不好的，"汤米说，他本来一直在学着他的头儿。

"噢，打住！别说教，别浪费时间，骂人是游戏中的一部分。"

"我宁愿说'引起雷雨的海龟！'"汤米说，他为自编的这个有趣的惊叹语，感到非常骄傲。

"我要说'撒旦'，听起来很不错。"纳特补充说，丹的男子汉风度给他留下了很深的影响。

丹嘲笑他们"胡说八道"，一边教他们玩这个新游戏，一边使劲地骂。

这会儿，汤米困极了，纳特因喝了啤酒和吸了烟，也开始感到头疼了，他们两人都学得不快，游戏断断续续地进行。屋子里几乎是一片漆黑，灯快要熄灭了，塞拉斯睡在隔壁的小屋里，他们既不能高声地笑，又不能过多地走动，这样，这个新游戏实在缺乏趣味了。游戏还在进行中，丹突然停了下来，还叫出了声，"那是谁？"他的声音有一些惊慌，同时他拉下灯罩遮住了灯光。黑暗中响起了一个战抖的声音，"我发现汤米不见了。"接着，响起一阵吧嗒吧嗒的脚步声，有人赤着脚飞快地从侧房通向正房的过道上跑过。

"那是德米！他去叫人了，汤米，上床睡觉，不要吱声了！"丹说，因为看不见，他就发出了结束游戏的信号，而且开始脱掉外衣，纳特也同样脱掉了外衣。

汤米飞快地跑回了房间，迅速跳进了被窝里，他躺在床上，偷偷地笑个不停，直到感觉手被什么东西烫了，这时他才发现自己的手里还捏着那根给人带来快乐的雪茄烟蒂，游戏匆忙结束时，他正好在抽烟。

烟蒂还没有熄灭，他正要小心翼翼地把它灭了，这时听到了阿姨的声音，如果把烟蒂藏在床上，他担心被发现，于是，他把烟蒂拍了一下，以为已经熄灭了，就把它扔到了床下。

阿姨和德米走了进来，德米看见汤米安静地躺在床上，脸红红的，他非常惊奇。

"他刚才都不在，我醒来时，就没有看见他。"德米说，他向汤米冲了过去。

"小坏蛋，你到底在搞什么鬼？"阿姨温和地摇着头说，汤米睁开眼睛无精打采地说：

"我只是跑到纳特的屋里找他有点事。走吧，不要打搅我，我困极了。"

阿姨给德米掖好被子，然后，她去巡视了一圈，发现丹的屋子里两个男孩都好好地睡着，安安静静地。"一定是开了个小玩笑。"她想，因为没有发现有异常的情况，她就没有把这事告诉巴尔夫人，巴尔夫人正忙着照料小泰迪，还在为他的健康操心。

汤米困极了，他昏昏欲睡地告诉德米用不着想他的事情，也不要向他提问了。十分钟后，他就进入了梦乡，根本就不知道床下烟头的情况。雪茄烟并没有完全熄灭，烟蒂先是在草地毯上熏烧，后来燃起了明火，饥饿的小火苗悄悄地蹿上了条纹花布的被面，然后蹿到了被褥上，连小床都着火了。汤米因为喝了啤酒睡得十分的沉，浓烟熏得德米昏昏沉沉的，等火苗要烧到他们了，他们才醒了过来。这会儿，情况已经很危险了！

弗朗茨还在学习，他刚出了教室，就闻到了烟味，他急忙冲上了楼梯，看见火苗卷着一股浓烟从左厢房里冒了出来。他来不及叫人，就冲进了屋里，从着火的床上拖出了两个孩子，然后他将能找到的水全泼向了火苗，火势被控制了，但是没有被扑灭。孩子们被惊醒了，连滚带爬地拥进了冷飕飕的大厅里，放声大哭起来。塞拉斯从自己屋里冲了出来，高声叫着，"着火了！"他的声音让整个楼里的人都能听见，巴尔夫人立即出现了，一群吓得要命的小家伙拥挤在大厅里，那会儿，每个人都万分恐惧。

巴尔夫人镇定下来，她吩咐阿姨去照料被烧伤的男孩，派弗朗茨和塞拉斯去拿浴缸里的湿衣服，她把这些湿衣服扔在床上，铺在地毯上，还使劲往窗帘上扔，窗帘燃得很猛烈，几乎要燃烧到墙上了。

大多数的孩子都站在那里，呆呆地看着眼前的一切，不过丹和埃米尔却表现得很勇敢，他们跑前跑后不停地从浴室里打水，还帮着扯下那些危险的窗帘。

危险很快就过去了，孩子们又被安顿回到了床上，为了避免火再次燃烧起来，就留下塞拉斯来观察，巴尔夫人和弗朗茨去看望那两个可怜的孩子受伤的情况。德米虽然脱险了，但有一处受了伤，而且受到了很大的惊吓。可是汤米就惨了，他的头发被烧焦了，手臂上还有一处被严重烧伤，痛得难以忍受。德米很快就被安顿到了舒适的地方，弗朗茨把他送到了自己的床上，这个善良的小伙子一边宽慰他，让他惊恐的心情平静下来，一边又像妈妈一样哼着催眠曲让他慢慢地入睡了。阿姨整个晚上都守着汤米，想办法减轻他的疼痛，巴尔夫人拿着油膏、棉花、镇痛剂和海葱，在汤米和小泰迪之间跑来跑去，一边不时地自言自语，似乎还觉得很有意思，"我就知道汤米会放火烧房子，现在他真烧了!"

第二天上午，巴尔先生回到了家，他一进屋就发现屋里一片混乱，汤米躺在床上，小泰迪像小鲸鱼一样喘着粗气，乔姨累得筋疲力尽，兴奋的男孩子们立即就把昨晚发生的事情说了出来，他们伸出小手拽着巴尔爸爸去看被火烧了的儿童室。巴尔爸爸什么也没说，开始安排收拾房间，很快一切又恢复了正常的秩序，因为大家认为他一人就能应付十多场火灾，无论他安排什么样的任务，他们都尽力去完成。

当天上午没有上课，到了下午，被火烧的屋子进行了修复，汤米的伤势也有了好转，巴尔爸爸现在有时间静下心来倾听这件事的经过，并且处罚这些"小犯人"。纳特和汤米就把他们在这场恶作剧中的行为如实地说了出来，并且为他们给这幢可爱的老房子和屋里的东西造成的危害表示了真诚的道歉。可是丹却装出一副毫不在乎的样子，根本不承认他带来了多大的危害。

　　巴尔先生最讨厌饮酒、赌博、骂人，至于吸烟，他早已经戒掉了，因此，孩子们是不可能受到引诱去偷着尝试的。可是，这个让他一再宽容的小子，居然趁他外出的时候，把这些已经禁止了的恶习又带给了孩子们，并且诱导这些天真的小家伙们，使他们认为这些行为就是男子汉的表现，而且还能带来刺激和快乐！巴尔先生深感悲哀和气愤，他把男孩们聚集起来，对他们进行了一次严肃认真的长谈，最后，他这样结束了谈话，语气很坚定，又有些遗憾：

　　"我认为，汤米已经受到了足够的惩罚，他手臂上的伤疤会让他记住，不要再去沾染那些东西。纳特受到了很大的惊吓，这也好，他很难过，并真心道歉，而且还表示以后要努力听我的话。可是你，丹，我多次都原谅你，却没有取得好的效果。我不希望我的孩子们因为学了你的坏榜样而受到伤害，我也不想再白费时间和根本不听话的人说话，因此，你可以和我们大家说再见了，叫阿姨把你的东西装进我那个黑色的小包里。"

　　"哦！先生，他要到哪里去？"纳特叫了起来。

　　"去乡下一个好地方，有时候，我把在这里表现不好的男孩子送到那里去。佩奇先生是一个善良的人，如果丹愿意尽力表现好，他就会很快乐。"

　　"他还能回来吗？"德米问。

　　"那就要看他自己的表现了，我希望这样。"

巴尔先生一边回答，一边离开儿童室去给佩奇先生写信。男孩子们立即把丹簇拥在中央，一个人即将开始危险的长途旅行，去一个陌生的地方时，人们就会这样围住他。

"我不知道你喜不喜欢这样。"杰克问。

"如果待不下去，我就要离开那里。"丹冷静地说。

"你要去哪里？"纳特问。

"也许我要去海边，或去西方，或去看看加利福尼亚。"丹回答，他一副满不在乎的样子，让孩子们倒吸了一口凉气。

"噢，不行！就留在佩奇先生那里，用不着多久你就回来了，求你了，丹！"纳特恳求地说，这件事情的确让他很难过。

"不管去哪里，待多长时间，我都不在乎！如果再回到这里来，我就不得好死！"丹怒气冲冲地说，然后就去收拾东西了，他的每样东西都是巴尔先生给的。

那就是他给男孩们唯一的道别，因为他们在谷仓里正议论这件事情时，他就走了，而且他告诉纳特不要叫他们。马车就停在大门口，巴尔夫人走出门来和丹说话，她的神情如此悲伤，丹的心有些忐忑不安，于是他低声说：

"我可以和泰迪道别吗？"

"可以，亲爱的，进屋去吻吻他吧，他会非常想念他的丹尼的。"

丹来到儿童床前，小泰迪看见了他，他的小脸上露出了笑容，此时没有人看见丹眼里的神情，不过，他听见巴尔夫人在恳求巴尔先生：

"难道我们不能再给这个可怜的孩子一次机会吗，弗里茨？"但是巴尔先生坚定地回答：

"亲爱的，这样并不好，所以让他去，在那里他不会给别人带来伤害，他们会对他很好的。我答应你，不久就把他接回来。"

"他是我们唯一没有教育好的孩子，我伤心极了，我一直认为能把他培养成为一个优秀的人，尽管他有很多的缺点。"

丹听见巴尔夫人在叹气，他想请求再给他一次机会，可是自尊心不允许他这么做。他一脸痛苦地走出了大门，没有说话，只是和大家握了握手，然后随巴尔先生乘车走了，纳特和巴尔夫人眼里含着眼泪，看着他离去。

几天以后，他们收到佩奇先生的一封信，信中说丹表现得很好，得知了这个消息，大家都很开心。可是三个星期后他们又收到了一封信，信中说丹已经跑了，再没有任何有关他的消息，这样一来大家的心情都变得沉重起来了。巴尔先生说：

"可能我应该再给他一次机会！"

巴尔夫人若有所思地点了点头说：

"弗里茨，别烦恼了，也许这孩子还会回到我们身边，这一点我敢肯定！"

可是时间一天天过去了，丹却没有出现。

7　淘气的孩子——南

"弗里茨，我有了一个新主意！"巴尔夫人大声说，一天下课后，她遇见了丈夫。

"噢，亲爱的，什么主意？"他等着听她的新计划，因为乔姨的一些想法常常都很逗趣，他听了以后忍不住要笑出声来，不过这些计划还是很切合实际的，他也很乐意去实施。

"黛西需要伴儿，而如果有女孩子在，男孩们会表现得更好。你知道，我们相信应该把小男孩和小女孩放在一起培养，现在正是按我们的想法行动的时候了。男孩们一会儿宠黛西，一会儿又欺负她，她都快被惯坏了。男孩们必须要学会文雅的风度，改变自己的举止。如果周围有了女孩，比任何别的方法都能更有效地达到这个目的。"

"和以往一样，你说得对，不过我们找谁呢？"巴尔先生问，从乔姨的眼神里看出，她已经准备了一个人选。

"小安妮·哈丁。"

"什么！就是男孩们说的那个淘气的南？"巴尔先生叫了起来，他看上去十分吃惊。

"不错，她的母亲死后，她在家里就待不住了，学野了。她是一个聪明的孩子，只不过被用人宠坏了。我观察她一些时间了，前些天，我在镇上遇见了她的父亲，我问他为什么不送孩子上学。他说如果找到了像我们男生学校一样好的女生学校，他就愿意送她上学。我知道，要是让她来上学，她的父亲一定会高兴的。所以，我想，今天下午我们就乘车到镇上去，看看情况。"

"我的乔，你还找这样一个小吉普赛人来折磨自己，难道你操心的事还不够多吗？"巴尔先生一边拍着巴尔夫人的手，一边说。

"哦，亲爱的，不！"巴尔太太精神很振奋，"我喜欢做这样的事情，自从我有了这些野男孩子，我就感到更快乐了！弗里茨，你是知道的，我非常同情丹，因为我自己曾经也是一个淘气的孩子，我就能理解这些事情。南的精力旺盛，只需要教她和男孩子们怎样相处，成为一个像黛西那样可爱的小女孩就行了。南的头脑很灵活，只要得到正确的引导，她会很喜欢读书学习的，很快就会从现在这个淘气的小不点变成一个忙碌的快乐的孩子！我知道怎么教育她，我还记得我那亲爱的妈妈是怎样教育我的，而且——"

"而且，只要你能有你妈妈一半的成功，你就做了一件了不起的工作！"巴尔先生插嘴说，当初他被巴尔夫人迷得昏头昏脑的，认为她是世界上最善良的、最迷人的女人，现在知道要吃她的苦头了吧！

"好啦，如果你嘲笑我的计划，我就要让你一星期都喝味道最差的咖啡。先生，那会是什么感觉呢？"乔太太一边喊叫，一边拧他的耳朵，就像拧孩子的耳朵一样。

"南的狂野会不会让黛西吓得头发竖起来？"巴尔先生过了一会儿又问，小泰迪已经爬到了他的胸前，罗布则爬到了他的后背，一下课，孩子们总是奔向他们爸爸的身边。

"也许开始是这样，但是这对黛西宝宝有好处，她太循规蹈矩了，太柔弱了，她需要活泼一些。南出来玩，她总是很开心，两个人不知不觉地相互帮助。哦，科学教育主要就是要让孩子们在一起，让他们互相影响，互相帮助，还要知道什么时候把他们混合在一起。”

“我只是希望她不会成为第二个放火的孩子。”

“我可怜的丹！让他走了我至今都无法原谅自己。”巴尔夫人叹了一口气。

听到丹的名字，从来都没有忘记他这个朋友的小泰迪，从他父亲的手臂上挣脱出来，跑到门口，充满渴望地望了望阳光灿烂的草坪，然后，他又跑了回来。

“我的丹尼很快要回来了。”

每次没见到想见的人，感到很失望时，他总是这样说。

“即便只是为了泰迪的缘故，我都认为，我们本应该把他留下来。他非常喜欢丹，也许小宝贝的爱会弥补我们对他做不到的事情。”

“有时候我自己也是这么想的，不过，他总是让孩子们不守本分，几乎连整个家都要被烧毁了，我当时想最安全的办法就是把放火的人送走，哪怕是暂时的也可以。”巴尔先生说。

“准备吃午饭了，我来打铃。”罗布开始敲打乐器，说话的人都听不见自己的声音了。

“我可以接收南了，是吗？”乔姨问。

“亲爱的，如果你想要他们，接收十几个南都可以。”巴尔先生回答，他有慈父一般的胸怀，能容下世界上所有被遗弃的调皮孩子。

当天下午，巴尔夫人乘车回到家，还没来得及把小家伙们抱下车——她走哪里可都得带上他们，一个十岁的小姑娘就从马车后面跳了下来，一边大声喊叫，一边跑进了屋里：

“嗨！黛西，你在哪里？”

黛西走了出来，十分高兴地迎接她的客人，不过也有些惊讶：南一边说话，一边跳，根本就安静不下来。

"我一直想留在这里，爸爸说可以。我的箱子明天运来，我的东西都需要洗和缝补。你的姨妈把我接来的，是不是很有趣？"

"咳，对，你的大洋娃娃带来了吗？"黛西问，很希望她带来了，上次到镇上去，南把宝宝的房间搞得乱七八糟的，她坚持要洗洋娃娃布兰奇·玛蒂尔达的石膏脸，结果洋娃娃那张可怜的小脸被永远毁坏了。

"带来了，她有些地方变形了。"南回答，漫不经心的，没有一点女孩味儿，"我来时给你做了一个戒指，是我拽下多宾尾巴上的毛做的。你不想要吗？"南拿出一个马尾编织的戒指，表示友好。因为上次分别的时候，她们发誓不和对方说话了。

这个漂亮的礼物打动了黛西的心，她更加热情起来，于是，她提出去儿童室，可是南说："我要去看那些男孩们和谷仓。"然后她便跑了，一边拽着帽子的带子使劲挥舞着帽子，结果把带子甩断了，她就把帽子扔在草地上。

"喂！南！"男孩们叫了起来，她蹦蹦跳跳地跑向他们，大声地宣布说：

"我要留在这里了！"

"好哇！"汤米坐在墙上大叫，因为南和他志趣相投，他预测他们会很"欢乐"。

"我会打板球，让我来玩吧。"南说，她什么事都能做，不怕受到挫折。

"我们现在还没有比赛，没有你我们这边才会赢。"

"但是跑步你比不过我！"南谈起了她的强项。

"他行吗？"杰克问纳特。

"作为一个女孩，她跑得非常快了。"杰克回答，他看不起南，也只好屈尊地同意了。

"你要试一下吗?"南说，她急于要展示她的力量。

"天气太热了。"汤米萎靡不振地靠在墙上，似乎已经筋疲力尽了。

"阿呆怎么了?"南问，她的眼睛飞快地扫视着孩子们的脸。

"球伤了手，遇到什么事他都要哭闹一番!"杰克用责备的语气回答。

"我就不会，无论伤得多么的厉害，我从来不哭，那是孩子气。"南高傲地说。

"呸! 我让你两分钟内哭起来。"阿呆回答，他被激怒了。

"看你行不行!"

"去把那一束荨麻草扯起来。"阿呆指着生长在墙边多刺的植物。

南立即就抓住荨麻草，连根拔了起来，尽管刺痛难以忍受，她仍然把它握在手中，样子充满挑战。

"好样的!"男孩子们都叫了起来，即便是一个女孩子，他们还是很快就承认了她的勇气。

阿呆比她要痛苦得多，他打定主意无论如何要把她弄哭，于是他嘲笑说，"你什么事都要插一手，这不公平! 现在，过去用你的脑袋使劲地撞谷仓，看你哭不哭。"

"不要这么做。"纳特说，他厌恶野蛮行为。

可是南去了，直接跑向谷仓，头往墙上一撞，发出像攻城槌撞击城门一样的响声，她撞得头晕目眩，人被撞倒在地，但她无所畏惧，又摇摇晃晃地爬了起来，尽管还在疼痛，她却坚强地说：

"虽然很疼，但是我没有哭!"

"再来一次，"阿呆愤怒地说，南还要去撞墙，可是纳特拦住她了；汤米忘记了炎热，像一只小斗鸡一样冲到了阿呆的面前，大声吼叫：

"住口，要不然我要把你扔到谷仓那边去！"他猛烈地摇晃和推搡着可怜的阿呆，那一瞬间，阿呆被弄得不知所措。

"她要我这么做的。"汤米放开手时，阿呆说。

"不管她是不是要这样，伤害一个小姑娘太卑鄙了！"德米也责备他。

"啊！我不在乎，我才不是小姑娘，我比你和黛西都大，是吧？"南并不领情地叫道。

"不要说教别人，我的执事，你自己还每天都要欺侮黛西宝宝呢！"

"海军准将"埃米尔叫着，他正好在这时来到这里。

"我没有伤害她！是吧，黛西？"德米转身对他的妹妹说，黛西正在"可怜"南被刺痛的手，她建议用水擦洗南前额上迅速隆起的紫红色的包块。

"你是世界上最好的男孩！"黛西立即回答，根据实际情况，她又补充说，"有时候你也伤害了我，不过你不是故意的。"

"宝贝们，把球拍和其他东西统统收起来，注意你们在做些什么！这艘船上不允许打架！"埃米尔说，他对其他孩子们发号施令。

"你好，野火马奇！"南和其余的孩子回来吃晚饭时，巴尔先生跟她打招呼，南伸出左手来握手，"小女儿，把右手伸出来，要讲礼貌。"巴尔先生说。

"右手受伤了。"她把右手背在背后，脸上的神情像是做了什么捣乱的事，巴尔先生赶紧把她的右手拉过来看。

"噢，可怜的小手！你做了什么把小手弄了这么多的泡？"

南还想找借口，黛西把整个经过都说了出来，黛西在说的时候，阿呆试图把自己的脸埋在一只装有牛奶和面包的碗里。故事讲完了，巴尔先生看了一下坐在长桌子另一端的妻子，笑着说：

"亲爱的，这是属于你管的事了，我就不干预了。"

乔太太知道他的意思，开始发话，尽管她的语气特别严肃，可实际上她非常喜欢这只黑色的小绵羊浑身的勇气。

"你们知道我为什么要让南到这里来？"

"来让我受折磨的！"阿呆咕噜着说，嘴里塞满了面包。

"是来让你们这些小绅士给予帮助的，我想你们应该尽量给予她必要的帮助。"

阿呆又把脸埋进碗里，等德米说的话把大家逗得哄堂大笑时，他才慢慢地把头抬了起来。

"她怎么需要帮助，她自己就是一个假小子！"

"就是这个原因，她需要和你们一样的帮助，我希望你们给她树立一个习惯好榜样。"

"她也要打算当一个小绅士吗？"罗布问，

"她很愿意。南，是不是？"汤米补充说。

"不，我不愿意，我恨所有的男孩子！"南生气地说，她的手还在刺痛，心里想，她本来可以用更加聪明的方式来表现自己的勇气的。

"你恨所有的男孩子，我很难过。其实，只要愿意努力，他们就能够做到懂礼貌，会表现得很好，跟他们在一起会很快乐的！言谈举止各方面都很友善，才是真正地懂礼貌，我们任何人都可以做得到，只要我们用希望别人对待自己的方式去对待别人！"

巴尔夫人对南说的这番话，男孩子们听了后，互相碰着胳胳肘，似乎都心领神会了，至少在那一段时间，递黄油或是什么的时候，他们会说"请""谢谢""是，先生"，或者"不，夫人"，表现得非常优雅，很尊重人。南没有吭声，不过她控制住了自己，保持着安静，没有去逗德米，尽管她很想这么做，因为德米带着一副高贵的神情。而且她好像忘了恨那些男孩子们了，和他们玩"我发现"的游戏一直到天黑。在玩游戏中，阿呆经常把他的糖丸送给她吃，这显然使南的脾气变得温和多了，因为到睡觉时，她说：

"等我的羽毛球拍和羽毛球送来了，我就让你们都玩。"

第二天早上，她说的第一句话就是"我的箱子送来了吗？"当得知她的箱子要下午才能送到时，她坐立不安，怒气冲天，不停地拍打她的洋娃娃，把黛西都快吓坏了！她尽量让自己乖乖地待在家里，可是到了五点钟，她突然不见了，到了吃晚饭的时间也没有见到她的身影，在家的孩子们都以为她随汤米和德米去爬山了。

"我看见她独自一人急急忙忙地冲到马路上去了。"玛丽·安说，她手里端着刚做好的布丁走进来时，大家都在问，"南在哪里？"

"她一定是回家去了，这个小吉普赛人！"巴尔夫人高声叫道，她显得十分着急。

"也许她去车站查看她的行李了。"弗朗茨说。

"这不可能，她不知道去车站的路，即便找到了行李，一里远的路程，她根本搬不动箱子。"巴尔夫人说，她发现自己的新主意看来是难以实施了。

"可这样才像她的性格！"巴尔先生拿起帽子，起身去寻找孩子，这时，站在窗子边的杰克叫了起来，大家急忙跑向大门口。

噢，天啦！南小姐出现在了大门口：她拖着一个装在亚麻口袋里的大纸箱，满身的尘土，又热又累，尽管很吃力，她还是很勇敢地一步步往前挪动着，终于喘着粗气来到了台阶前，她放下箱子，大大松了一口气，然后坐到箱子上。

"我等不及了，所以就去取我的包裹了。"她交叉着累极了的双臂说。

"可是你不认识路！"汤米说，其余的孩子站在周围，开心地听着他俩很有意思的对话。

"哦，我找到了，我从来不会迷路！"

"一里远的路程，你是怎么走去的？"

"噢，路是比较远，不过我休息了好几次。"

"那东西是不是很沉？"

"这东西是圆的，我抓不牢。我觉得我的手臂都要断了！"

"我不知道车站的站长怎么会让你把东西领走？"汤米问。

"我什么都没有告诉他。他在小售票室里，看不见我；于是，我就把包裹从站台上搬了下来。"

"弗朗茨，快去告诉站长，就说包裹领回来了，要不然老多德以为东西被盗了。"巴尔先生说，看着南冷静的模样，他也忍不住哈哈大笑起来。

"我给你说过，如果包裹没有送来，我们就去取。下次你必须在家里等，如果你偷着跑了，会遇到麻烦的！答应我，要不然一见不到你，我们就会很不放心！"巴尔夫人一边说，一边用手擦去南热乎乎的小脸上的尘土。

"好啦，我不会了！不过爸爸告诉我做事情不要拖拖拉拉的，所以，我就这么做了。"

"这真是个很复杂的问题，所以我认为现在最好让她吃晚饭了，以后单独教育她。"巴尔先生说，小姑娘的行为让他哭笑不得。

男孩子们认为这事"太有趣"了，整个晚饭时间，南给他们讲述着自己的冒险经历，说她在路上遇上了一条大狗，对着她狂叫不停，有一个叔叔取笑她，还有一个阿姨给了她一个炸面包圈，她累得筋疲力尽，停下来喝水时，帽子又掉进了小溪里。

"我想你现在不会有空了，亲爱的。汤米和南就足够一个女人应付了。"半小时后，巴尔先生说。

"我知道驯服这个孩子是要花费一些时间，不过她可是一个慷慨的、热心肠的小家伙，即便她比现在淘气两倍，我也会爱她。"乔夫人指着那一群快乐的孩子们回答，南就站在他们的中间，她正把她的东西到处分发，好像那个大纸箱大得没有底一样。

南的这些优点让大家都非常喜欢她，他们亲切地称她"快乐的小百灵"。黛西再也不抱怨没有趣味了，因为南发明了许多愉快的游戏，她的游戏可以和汤米的游戏媲美，给整个学校带来了快乐。她把她的大洋娃娃埋在土里，一个星期都忘了把它刨出来，等她把洋娃娃弄起来时，洋娃娃已经发霉了，黛西难过极了。可是南把它交给了在屋里刷漆的油漆工，让他把洋娃娃漆成了砖红色的，瞪着两只黑眼睛，然后她用羽毛、深红色的法兰绒和内德的一把铅灰色的斧头，把它装扮成印第安首领，已故的波皮迪勒，挥动斧头劈向其他的洋娃娃，可以想象儿童室里血流成河。她把自己的一双新鞋脱给一个流浪儿穿，希望允许她赤脚走路，可是她发现博爱和舒适二者不可兼有，这才没有把自己的衣服脱下来送人。她用木瓦做了一艘火船，船上挂着两面用松油浸湿的大风帆，黄昏的时候，她把船放到小溪上，然后点燃火，火船顺着小溪往下漂流，男孩子们看了高兴得不得了。她把一只老雄火鸡套在一辆稻草编织的马车上，让它绕着屋子奔跑。她把自己的珊瑚项链戴在那四只可怜的小猫的脖子上，小猫已经被几个狠心的小家伙折磨得不像样了，她成天就像一个温柔的母亲一样照顾它们，用香脂给它们敷伤口，用洋娃娃的汤匙喂它们食物，可后来小猫死了，她非常伤心，直到德米送给她一只最好的海龟，她才算得到了安慰。她要塞拉斯在她的手臂上刺一个他手上刺的那种锚，还一个劲恳求在她的面颊上各刺一颗蓝色的星星，可是塞拉斯不答应，她几经哄骗和责备，这个软心肠的小伙子差点就同意了。她把所有的动物都骑遍了，从大马安迪到那只杂交的猪，好不容易才把她从猪身上救下来。无论男孩子们让做什么事，不管有多危险，她都立即去做，而他们总是不厌其烦地考验着她的勇气。

　　巴尔先生建议孩子们应该比一比谁的学习最好，南发现运用自己机敏的才智，良好的记忆，如同运用活跃的双腿、快乐的舌头一样富有乐趣，而男孩们只有竭尽全力才能保住他们的地位，因为南向他们证明，在多数事情上，女孩子和男孩子做得一样好，而且有些事情还做得更好！学校里没有奖赏，可是巴尔先生的"好极了！"和巴尔夫人良心本上的好记录，教会他们为了职责本身的缘故去热爱责任，并且要忠实地履行这样的责任，这样他们必然得到回报。小女孩南很快就适应了这里新的环境，她喜欢这里，她的表现也告诉大家这正是她所需要的环境，因为这个小花园里已经开满了鲜艳的花儿，几乎没有了杂草，慈爱的手在这里小心耕作，各种绿色的新叶迅速地生长，在温暖的关心和爱护下，一定会绽放出更加美丽的鲜花，对孩子们一颗颗稚嫩的心来说，这里的气候是那么的宜人！

8　恶作剧与游戏

　　本故事没有作特别的安排，只讲述了孩子们在梅园里快乐生活的几个情景，在本章我们还会继续往下讲，讲讲乔姨的孩子们寻找乐趣的故事。请尊敬的读者们相信，故事中的绝大部分事件都取材于真实的生活，最离奇的故事也是最真实的，因为从小孩子们的脑袋瓜里产生出来的充满怪诞的幻想，对于任何人，无论他有多么丰富的想象力，编写出来的故事都不及它们滑稽有趣！

　　黛西和德米满脑袋的怪念头，他们生活在自己的天地里，那里面有很多可爱的或古怪的动物，他们给这些动物取了一些古怪的名字，并且和它们一起玩特别离奇的游戏。这些古怪的动物都是在儿童室里虚构出来的，其中一个动物是隐形的精灵，叫做"淘气的猫鼠"，孩子们都相信它的存在，对它心存畏惧，而且长期"听命"于它。他们没有向外界提起过它，私下里尽可能地保持他们的礼节，尽管他们自己也描述不出它的形象，可这种朦胧的神秘魅力正合德米的意，因为他非常喜欢听小精灵和小鬼之类的故事。那个淘气的"猫鼠"就是一个很古怪而且很残暴的小恶鬼，黛西在为它礼拜时，感到又害怕又快乐，盲目地听从它那荒唐的"需求"，当然这种需求通常都是通过德米的嘴说出来，他的虚构能力可真够大的！罗布和泰迪有时也参加这些仪式，尽管不是很明白这是什么意思，但他们认为有趣极了。

一天放学后，德米故意像发现了不吉利的兆头，他对她的妹妹摇摇头，悄悄说：

"今天下午猫鼠需要我们。"

"做什么？"黛西焦急地问。

"献祭，"德米严肃地回答，"下午二点钟，大岩石后面必定要发生一场大火，我们必须把我们最喜欢的东西带去，然后把它们烧掉！"他补充说，特别强调了最后几个字。

"哦，天啊！在所有东西中，我最喜欢艾米姨妈为我涂上颜色的新纸娃娃，我必须把它烧掉吗？"黛西叫了起来，她从来没有想过要违背这个看不见的霸王提出的任何事情。

"一个不留！我要把我的小船烧掉，还有我最喜欢的剪贴簿和我所有的士兵。"德米坚定地说。

"哦，好吧，猫鼠也太坏了，它尽要我们最好的东西。"黛西叹了一口气。

"献祭的意思是要你放弃你所喜欢的东西，因此我们必须这样做。"德米解释说，大孩子们在课堂上读希腊史时，弗里茨姨父给他们讲述希腊人的风俗习惯，德米听后，便提出了这个新的想法。

"罗布也要去吗？"黛西问。

"对，他要带上他的玩具村庄，你知道那全是用木头做成的，很容易被烧起来。我们要生一堆熊熊的大火，看着它们被大火烧掉，不是吗？"

想着会有这么盛大的场面，黛西得到了一些安慰，吃午饭时她把纸娃娃在她的面前摆成了一排，算是举行了告别宴会。

到了指定的时间，献祭的队伍出发了，每个孩子都带着那个贪得无厌的"猫鼠"所需求的财宝。泰迪也行走在队伍中，看到别的孩子手中拿着的玩具，他把一只咩咩叫唤的羊羔夹在一只手臂下，另一只手臂下夹着老安娜贝拉，他做梦都没有想到他的偶像安娜贝拉会给他带来什么样的痛苦。

"我的小鸡崽们，你们要到哪里去？"当一群孩子从她身边经过时，乔姨问。

"我们去大岩石旁边玩，可不可以？"

"可以，只是别离池塘太近，照顾好小宝宝。"

"我一向都这样。"黛西说，她显出一副蛮能干的样子，领着受他照顾的人往前走。

"现在你们必须围坐成一圈，我要你们移动你们才能动。这块平坦的大石头就是祭坛，我要在上面点燃火。"

接着，德米点起了小火苗，他看见过男孩们野餐时这样生火。等火苗燃起来了，他要同伴们围着大火走三圈，然后，站成一个圆圈。

"我先来，我的祭品烧得快，然后就轮到你们了。"

说着这话，他严肃地把一个满是图画的小纸簿放在了火上面，图画是他自己贴上去的，接着是一只破船，然后是那些可怜的铅制的士兵，它们一个接一个地走向死亡，从那个穿着红黄色衣服的船长到缺失了腿的小鼓手，都毫不犹豫地投入到了烈火之中，它们全部被大火吞灭掉了，化成了一汪铅水。

"现在该黛西了！""猫鼠"大祭师叫道，这时，他的那些丰富的祭品被大火卷走了，孩子们心满意足。

"我亲爱的娃娃们，我怎么能把你们烧掉？"黛西呜咽着说，她紧紧地抱住她的全部祭品，脸上充满了母性的痛苦。

"你必须烧掉！"德米下命令，黛西吻别了每一个娃娃，然后把这些鲜花般的娃娃一个一个地放到了煤上面。

"让我留下一个吧，这个可爱的蓝色娃娃，她的确太可爱了!"

可怜的"小妈妈"绝望地抓住最后一个娃娃恳求道。

"还要些!还要些!"一个可怕的声音咆哮起来,德米大叫,"那是'猫鼠'的声音!她肯定要每一个娃娃!快,要不然它会抓伤我们!"

珍贵又美丽的蓝色娃娃,连同她的荷叶裙边,玫瑰色的帽子,全都被大火带走了,这些可爱的洋娃娃只留下了几片黑色的灰烬。

"把房子和树排成一圈,让它们自己着火,那样就会看到一场真正的大火。"德米说,他喜欢他的"献祭"仪式多样化。

孩子们被他的建议吸引了,便安排起注定要遭厄运的"村庄",他们将煤块沿着大街摆成一线,然后,他们坐下来观看即将要燃起的大火。涂料着火要稍微慢一些,最后,一间易于着火的小茅屋燃烧起来了,引燃一棵棕榈树,火又落到了一个大房子的屋顶上,几分钟后,整个小镇燃成了一片火海。那些木头居民像傻瓜一样,站在那里看着房屋被火烧毁了,后来它们也着了火,一声不发就被大火烧掉了。一会儿以后,整个"小镇"化为了灰烬,旁观的孩子们欣赏着这盛大的奇观,每间房子倒塌时,他们都要为之欢呼,最高的房子尖顶燃起来时,他们还像印第安人一样跳起了舞。一个形似小搅乳器的"太太"很倒霉,她本来都逃到了郊外,结果又被他们扔进了大火的中心。

刚才的祭品获得了极大的成功,泰迪非常兴奋,他首先把自己的小羊羔扔进了大火里,羊羔还没有被烤焦,他又把可怜的老安娜贝拉扔进了火堆,当然安娜贝拉不喜欢这样,它表达愤怒和憎恨的方式,让要烧毁它的小家伙十分惊恐!由于安娜贝拉被小羊羔挡着,所以没有燃起来,不过,比燃起来更恐怖的是，它不停地翻动身子，先把一条腿蜷曲起来，然后又是另一条腿，神情非常可怕，像真的一样，紧接着它的双手抱住头，好像十分的痛苦，它的头不停地转动，玻璃眼睛掉了出来，随着身体的最后一次蠕动，它就沉陷在小镇被烧焦的废墟之中。这意想不到的情景让每个孩子都吃了一惊，泰迪被吓得不知所措，他尖叫起来，拔腿跑向屋里，嘴里高声叫着"妈妈"。

巴尔夫人听到了屋外的叫喊声，急忙跑出来救援，不过泰迪只是紧紧地抱着她，嘴里断断续续地念着"可怜的贝拉被伤害了"，"可怕的大火"，"娃娃都被烧了"。他的妈妈担心发生了什么可怕的灾难，她抱起泰迪，急忙来到了发生事情的现场，她看见那些宝贝烧焦后留下的残骸，"猫鼠"盲目的崇拜者在那里哀悼这些残骸。

"你们干了些什么？告诉我吧。"乔姨说，她让自己平静下来，耐心地听，因为肇事者看上去如此的后悔，她预先就原谅他们了。

德米极不情愿地讲了他们的游戏，乔姨听了后眼泪都笑出来了——孩子们是如此的严肃，而游戏是如此的荒唐。

"我想你们玩这样一个愚蠢的游戏是不明智的。如果我有'猫鼠'，我就要选一只好'猫鼠'，它愿意让你们以愉快和安全的方式玩，而不会搞破坏，也不会去吓人。看看你们造成了什么样的毁坏：黛西可爱的娃娃，德米的战士，罗布的新村庄，另外，还有泰迪可怜的宠物羊和可爱的老安娜贝拉。我要把以前写在玩具盒上的那首诗写在儿童室里：

'荷兰的孩子们喜欢制造，
波士顿的孩子们喜欢破坏。'
只是我要用梅园来替换波士顿。"

"我们再也不这么做了，真的，当真的！"这些感到悔恨的

"小罪人"叫了起来，他们听了这番责备感到羞愧万分。

"德米教我们这样做的。"罗布说。

"噢，我听姨父讲希腊人的故事，他们有祭坛和祭品，所以我就想模仿他们。可是没有活的动物祭祀，所以只好把我们的玩具烧了。"

"天啊，这可有一点像那个菜豆的故事！"乔姨又笑了。

"讲一讲吧！"黛西说，她转换了话题：

"从前有一个贫穷的女人，她有三四个小孩，为了孩子的安全，她出去干活时，总是把他们锁在屋里。有一天，出门干活时，她说，'好啦，我亲爱的孩子们，不要掉到窗外去了，不要玩火柴，不要把豆子塞进鼻孔里'。孩子们从没想过要把豆子塞进鼻孔里，这可是他们从来没有听说过的，可是她把这事装进了他们的脑袋瓜。她刚一走，孩子们就跑去把他们调皮的小鼻子里塞满了豆子，想看看鼻子会是什么感觉。等她回到家，发现他们都在哭。"

"鼻子受伤了吗？"罗布带着强烈的兴趣问，他妈妈赶紧加了一个有警告作用的结尾，以免菜豆的故事又在她家里发生。

"据我所知，伤得非常重，我的母亲给我讲这个故事时，我就非常的愚蠢，自己去试了一试：我没有菜豆，就拿了一些小石子，塞进了鼻子里，我觉得很难受，马上就想把它们取出来，可是一个都取不出来了，我感到不好意思，就没有把我做的蠢事说出来。几个小时过去了，石头把我的鼻子弄得疼得不得了，最后我实在忍不住痛了，只得说了出来。我的母亲也取不出石子，只得把医生请来。我被放在一张椅子上，被紧紧地夹住，罗布，他用一把很丑陋的小钳子去夹，最后小石子被夹出来了。天啊！我那可怜的鼻子是多么的疼痛啊！而且他们还一个劲地嘲笑我！"乔姨难过地摇了摇头，好像痛苦的记忆对她太深

115

刻了。

显然这给罗布留下了深刻的印象。他高兴地说，他把这个警告记在了心中。德米建议他们把可怜的安娜贝拉埋葬了，泰迪对葬礼产生了兴趣，他的恐惧心情逐渐消失了，黛西也很快就得到了安慰，艾米姨妈又送来了一批娃娃。而"猫鼠"似乎也对那些祭品很满意，它平息下来，不再折磨他们了。

"布鲁普"这个吸引人的新游戏，是班斯发明的。"布鲁普"是一种动物的名字，迪夏尤最近从原始的非洲带了一个这样的玩具回来，这种有趣的"动物"在任何动物园里可都看不到，这里，我要把它特有的习性特点做一个简要的介绍，以便大家对它有所了解。"布鲁普"是一种长着翅膀的四脚兽，它有一张很可爱的孩子脸，而且还笑眯眯的！它走在地上时，不断地发出哼哼的声音，飞起来时，就会高声尖叫，有时它也会站立着，说一口流利的英语！它的身上裹着披肩似的东西，有时是红色的，有时是蓝色的，通常都带着花纹。说来也奇怪，就像这个玩具变颜色一样，这种动物相互之间经常要调换皮肤！它们的头上长着一只角，非常像坚硬的牛皮纸做的点灯器飞起来时，拍打着像翅膀一样的东西，不过，它们都飞得不高，只要一飞高，就会从空中重重地摔到地上。它们主要吃地上的植物，就像松鼠一样能坐着吃东西，最喜欢吃种子饼，也经常吃苹果，食物缺少的时候，有时候也啃一些生萝卜。它们住在洞里，洞里有窝，像放衣服的篮子一样，小布鲁普就在里面玩闹，直到长出翅膀。这些奇异的动物有时也吵架，这个时候它们就会冒出人话来，互相叫着名字，哭喊着，责骂着，有时候还会取下头上的角，脱下身上的皮，拼命地说："不玩了！"获得特权研究这种动物的人仅有几个，他们一直认为它们是猴子、狮身人面兽和巨鸟的非凡混合体，这些奇怪的动物只有著名的彼得·

威尔斯金见过①。

这个游戏受到了很多孩子的喜爱，稍微小一点的孩子们消磨掉了许多雨天的午后时光，他们在儿童室里学布鲁普的样，拍打着翅膀飞行，在地上爬来爬去，像一群小疯子，快乐得像蟋蟀一样！毫无疑问，这个游戏可让孩子们的衣服遭了大殃了，尤其是膝盖部位和胳膊肘部位。不过，巴尔夫人只是一边缝补丁，一边说：

"我们都做这样的蠢事，只要没有危害。如果能够和小家伙一样从游戏中获得快乐，我也甘心情愿当一个布鲁普。"

纳特最喜欢的娱乐就是在园里干活，或者带着小提琴坐在柳树上，因为那个绿色的小窝在他看来就是一个童话世界，他喜欢爬到树梢上，像一只快乐的小鸟一样演奏音乐。小家伙们都叫他"老哨子"，因为他总是哼曲子，吹口哨，或者拉小提琴，他们在干活时或玩游戏时，都要停下来倾听这柔和的小提琴声，似乎这就是小管弦乐队演奏的夏日之声。鸟儿们仿佛把他当作是一只小鸟，它们无所畏惧地落在篱笆上或树干上，用它们敏锐而明亮的眼睛观看他的表演。附近苹果树上的知更鸟显然把他当作朋友了，鸟爸爸就在他旁边捉虫子，而鸟妈妈则放心地孵它的蓝色鸟蛋，好像这个孩子是新一类的画眉鸟，用他的歌声为鸟妈妈的耐心呵护而欢唱。树荫遮挡的小溪在他的脚下潺潺流淌，闪耀着粼粼的波光，蜜蜂在两边的三叶草地里穿来穿去，它们从他身旁飞过时都友好地偷看他，梅园里的那间老房子向他友好地展开了宽广的翅膀，带来一片宁静，让他感受到无限的爱和幸福，纳特可以在这里坐上几个小时，脑袋

---

① 彼得·威尔斯金是英国作家罗伯特·帕尔托克的小说《彼得·威尔斯金的生活与历险记》中的主人公。

里充满幻想，期望着美好的奇迹会降临在他的身上。

纳特有一个不知疲倦的听众，在他心目中，纳特可不仅仅是一个同学，那就是可怜的比利，他主要的快乐就是躺在小溪边，观赏着飘舞的树叶和微微涌起的浪花，在柳树下朦朦胧胧地听着小提琴声。他好像把坐在柳树上唱歌的纳特当作了天使，因为在他的脑海里还留有一丝婴孩时候的回忆，这时，这种回忆越来越清晰了。巴尔先生看着他对纳特那么感兴趣，便希望纳特用这种温柔的魔力，驱散他弱智的大脑中的迷雾。为了感激，纳特乐意去做这样的事情，比利跟着他的时候，他总是向他微笑，让他不受干扰地听音乐，纳特的琴声仿佛能表达出他能理解的语言。"互相帮助"是梅园里最喜爱的一句座右铭，纳特深知，尽力遵循这个座右铭就会给生活带来无比的快乐。

杰克·福特独特的娱乐方式就是做买卖，他的叔叔是一个乡下商人，叔叔什么东西都要卖上一点，钱赚得快，他希望沿着他叔叔的足迹走下去。杰克见过糖里掺沙，蜜糖里加水，奶油里混合猪油以及诸如此类的东西，他误以为生意本该就是这样。他交易的货物和这些东西可是完全不同的，不过，每卖一条虫子，他都要想方设法卖一个最高的价钱，和孩子们交易渔线、小刀、渔钩，或无论什么样的物品，他总是能占到便宜。于是，男孩子们给他取了一个外号，叫他"吝啬鬼"，不过杰克根本不介意，只要他存放在旧香烟盒里的钱变得越来越多就行了。

他建了一个拍卖室，经常卖一些他收集到的七零八碎的东西，或是帮助小家伙们互相交换物品。他廉价从一帮小伙伴那里收购了棒球拍、球、曲棍球拍等东西，把它们修整一下，然后每次以几分钱的价格租给别人，他甚至不顾学校的规定，经常把生意做到梅园的大门外。巴尔先生制止了他的一些投机行为，尽量给他灌输什么是经商才能的思想，而不仅仅是精明地骗取邻居的钱财。杰克的买卖有时也要亏本，他觉得这要比学习不进步，或表现不好的感觉更难受，于是，他就要从下一个无辜的顾客身上夺回损失。他在账簿里记得奇奇怪怪的，不过，他对数字的敏感是相当惊人的。为此，巴尔先生经常表扬他，试图让他尽快理解诚实和荣誉的意义，渐渐地，杰克发现缺少了这些美德，他就没法进步，这时，他承认老师是正确的。

当然，男孩子们爱玩板球和足球，在《汤姆·布朗在拉格比公学》① 中，描述了许多扣人心弦的比赛场面，而女性温柔的笔法对这些场面是不会多加以描写的，只是怀着敬意稍微提及一下。梅园里男孩们的球赛也是一样的激烈，恐怕任何女性的文笔都难以将如此激烈，如此扣人心弦的比赛描述得清楚，因此，作者在这里就不多说啦！

埃米尔在河里和池塘里度过了他的假期，他还训练了大一些的男孩们，准备和镇上的孩子们比赛，镇上的那些孩子们经常侵犯他们的领地。比赛正式举行了，可是，因为遭遇了海难，比赛以失败告终，这事就不要在公众面前提起了。海军准将非常生同伴们的气，经过慎重的考虑，他决定退到一个荒岛上去，可是没有现成的荒岛，他只好和朋友们待在一起，着手建造船屋，从中找到安慰。

小女孩们喜欢玩适合她们年龄的游戏，只是随着她们想象力的提高，游戏的形式也有所变化。最有趣的游戏叫作"莎士

---

① 《汤姆·布朗在拉格比公学》是十九世纪英国作家托马斯·休斯最有影响的作品《汤姆·布朗的求学时代》中的一章。此书在 1857 年出版以后，曾大量再版，是英国学童十分喜爱的少年文艺读物，在美国青年中也有一定影响。本书以作者早年在拉格比公学求学时代为背景，通过汤姆和另外几个学生的学习生活，生动地描述了学校的情景，真实反映了学生的思想。

比亚·斯密斯夫人"，这个名字是乔姨取的，但是这个可怜的夫人遭受的磨难是不多见的。黛西扮作莎士比亚·史密斯夫人，而南时而装扮她的女儿，时而装扮邻居锡迪·加迪夫人。

没有任何一支笔能描述这些"夫人们"的冒险经历，因为在短暂的一个下午，她们的家庭就经历了许多变故，孩子出生、结婚、死亡、洪水、地震、茶会和气球升空。这些精力旺盛的女人们旅行了千万里路，她们的穿着打扮和行为，你以前肯定没有看见过。她们骑在床上，乘坐在床柱上，就像是精神抖擞的战马，还不停地上蹿下跳，直弄得自己头晕眼花。为了让游戏有所变化，她们还搞起了大的"屠杀"事件，昏厥和火灾随之而来。南不厌其烦地编一些新的混合游戏，而黛西则盲目地崇拜她。可怜的泰迪往往成为她们的受害者，尽管会从真正的危险中得到解救，因为，兴奋的女士们很容易忘记，他和她们那些能忍受痛苦的洋娃娃不是同一种材质做成的。有一次，他被关进了当作地牢的橱柜里，然后女孩子忘了，跑到户外玩别的游戏去了；另一次，他们玩"狡猾的小鲸鱼"，泰迪在浴盆里被淹得半死；最糟糕的一次是，他被当作强盗被吊在了树上，幸好被及时放下来了。

不过，大家最爱光顾的机构是俱乐部，俱乐部没有别的名字，也不需要别的名字，因为它是附近唯一的俱乐部。年龄稍大一点的孩子组建了俱乐部，对于稍小一点的孩子，如果他们表现好，俱乐部偶尔也会接收他们。汤米和德米是荣誉会员，不过他们总是极不情愿地被迫提出散场，因为当时的情况他们也掌控不了。这个俱乐部的做法有些特别，它在不同的地点与时间开展活动，有各种奇怪的仪式和娱乐节目，时而俱乐部被粗暴地解散了，然而又在更坚固的基础上重新建立起来。

雨天的晚上，俱乐部的会员们都在教室里聚会，他们玩游戏来消磨时光：下棋、跳莫里斯舞、掷骰子、击剑比赛、背诵诗歌、开辩论会，或表演一些黑暗的、悲剧性的戏剧。夏天就聚集在谷仓里，不熟悉的人不会知道里面聚会的情况。闷热的晚上，俱乐部的活动就换到小溪旁，进行水上活动，会员们穿着凉爽的衣服，就像青蛙一样坐在水岸边纳凉。这个时候通常要进行雄辩的演讲，如果有孩子要发言，语言就必须要流畅，假如发言人的演讲令听众不满意，孩子们就会把凉水浇到他的身上，直到他的热情被浇灭。弗朗茨是俱乐部的主席，他预先考虑到会员们难以控制的天性，所以他总能巧妙地维护秩序。巴尔先生从不干预他们的事情，他明智的宽容也得到了回报，有时孩子们邀请他去观看他们神秘的活动，这些活动给他带来了很多快乐。

南来到梅园后，希望加入俱乐部，这在绅士们中间引起了轩然大波和意见分歧。她不断地提出口头和书面申请，透过钥匙孔攻击他们，挑战他们的庄严，她精力充沛地在他们门口表演节目，在墙上和围栏上写笑话，因为她是一个"不受约束的人"。女孩们发现这些呼吁都徒劳无益，于是，她们听了乔姨的建议，成立了她们自己的组织，把它叫做"温馨俱乐部"。她们宽宏大量地邀请一些年轻的绅士到俱乐部来，这些绅士被另一个俱乐部排斥在外。她们用可口的晚餐，南设计的新游戏，以及其他的娱乐活动来款待这些先生。结果，大孩子们一个接一个地表示，他们愿意加入这些更优雅的娱乐活动，经过协商，最后，他们决定双方进行礼节性的访问。

在一些晚上，温馨俱乐部的会员们应邀前往为对方增添气氛，绅士们吃惊地发现，她们的出现并没有约束那些正式会员们的谈话，也没有减少他们的乐趣，不过，我想并不是所有俱乐部都是这样的。女士们对这种表示和平的姿态做出了大方而友好的回应，两个俱乐部办了很长时间，而且办得十分的快乐。

9　黛西的舞会

"今天下午三点，莎士比亚·史密斯夫人敬请约翰·布鲁克先生、托马斯·班斯先生和纳撒尼尔·布莱克先生参加她的舞会。"

"P．S纳特一定要带上他的小提琴，以便我们跳舞，所有的男孩子都要表现好，否则他们就吃不到我做的好东西。"

如果不是最后一句话里有所提示，我担心，这种高雅的邀请会被人拒绝。

"他们一直在做很多好吃的东西，我都闻到香味了，我们去吧。"汤米说。

"我说，宴会一结束我们就走。"德米补充说。

"我从来没有参加过舞会，你们要做些什么？"纳特问。

"哦，我们就装扮成大男人，像成年人一样，身体挺得笔直，呆板地坐在那里，然后跳舞，让女孩子们高兴，最后我们把所有的东西吃光，就尽快地离开。"

"我想我也会。"纳特把汤米说的话考虑了一会儿后说。

"我来写回复，说我们打算去。"德米接着做了下面这个具有绅士风度的回复。

"我们都将前来，请把吃的东西给我们准备好。J．B先生。"

女士们为她们的第一次舞会费尽了心思，因为，假如一切都进行顺利，她们就准备挑选几个绅士，为他们举行一次宴会。

"如果男孩子不粗野的话，乔姨乐意他们和我们一起玩，所以我们一定要让他们喜欢我们的舞会，舞会对他们会有好处的。"黛西带着母亲般的神态说，她一边安放餐桌，一边焦急地打量着丰盛的茶点。

"德米和纳特会表现好的，不过汤米就不那么老实了，我了解他。"南摇着头回答，她正在安排那个小糕点篮子。

"那么我立即就把他打发回去了。"黛西断然地说。

"人们在舞会上一般不这样做，那不妥当。"

"那我再也不邀请他了。"

"这会有用的，因为不能参加晚宴舞会，他会难过的，是不是？"

"我想他会的！我们要准备最好的东西，不是吗？真资格的汤，使用汤勺外加大盖碗，还有一只小鸡，代替火鸡，还有肉汁和许多可口的蔬菜。"黛西从来都没有把"蔬菜"这个词念清楚，也不再努力去把它念清楚了。

"快三点了，我们应该去打扮了。"南说，她为这次舞会准备了一件漂亮的衣服，急于穿上。

"我当妈妈，所以我就不过于打扮了。"黛西说，她戴上一顶装饰有一个红色蝴蝶结的睡帽，穿上姨妈的一条长裙子，披上一条披肩，戴上一副眼镜，在口袋里放了一张小手帕，完成了她的打扮，她把自己装扮成一个体态丰满，脸色红润的小主妇。

南戴上一个纸花做成的花环，穿上粉红色的旧拖鞋，围着一条黄色的围巾，穿着平纹细布的绿裙子，手里拿着用掸帚上的羽毛做的扇子。而且，她还带上一个没有味的嗅盐瓶，作为风度优雅的装饰。

"我当女儿，所以我要好好地打扮一番，我要唱歌，跳舞，比你们多说话。你知道，母亲们只需准备茶，举止得体就行了。"

突然传来了很响的敲门声，"史密斯小姐"飞奔过去坐入一张椅子，用扇子使劲地扇自己，而她的妈妈却身体笔直地坐在沙发上，尽量显得镇静和"得体"。来访的小贝丝就充当了女用人，她打开门，笑眯眯地说，"请进吧，先生们，都准备好了。"

为了庆祝这个活动，男孩子们用纸做了高领，戴着黑色的高帽子，还有颜色质地各异的手套，这是他们后来才想到的，因为没有一个孩子有一副好手套。

"早安，小姐，"德米低沉着声音说，这种声音很难继续往下说了，所以他的话相当的短。

每一个人都握了手，然后坐了下来，看起来十分的滑稽，也十分的严肃，这使先生们忘了礼貌，他们摇动着椅子哈哈大笑。

"哦，不要笑！"史密斯太太十分懊恼地叫道。

"如果你们这样闹，就不用再来了。"史密斯小姐一边用嗅盐瓶轻轻敲打班斯先生，因为他的笑声最大。

"我实在忍不住了，你看起来凶神恶煞的！"班斯先生气喘吁吁地说，他显得十分的粗鲁，但是很直率。

"你就是不该来，虽然我不应该说这么没礼貌的话！不让他再来参加晚宴舞会了，是吗，黛西？"南气愤地叫道。

"我想，我们现在最好跳舞吧。先生，你带小提琴来了吗？"史密斯太太问，出于礼貌，她尽量保持镇静。

"小提琴就放在门外，"纳特说着就去拿琴。

"我们最好先吃茶点。"厚脸皮汤米提出了建议，还公然地对着德米眨眼睛，提醒他一旦得到了点心，他们就能尽快逃离。

"不行，我们从不先吃晚饭，如果不用心跳舞，你们别想有晚饭吃，先生，一点都没有。"史密斯太太一脸严肃地说，鲁莽的客人们看见她不是闹着玩的，立即就变得俯首帖耳了。

"我来带班斯先生，教他跳波尔卡舞，他不知道，跳这舞要配合好了才漂亮。"女主人补充说，她责备地看了一眼，立即就让汤米变得严肃起来。

纳特拉起了小提琴，舞会开始了，两对舞伴认真地跳起了有些花样的舞。女士们跳得很好，因为她们喜欢跳舞，不过绅士们是出于自私的动机才努力跳舞的，因为他们每个人都觉得有必要赚一顿晚饭，所以，就表现出了男子汉的风度，坚持到了最后。等每个人都喘不过气来了，才允许他们停下来休息，的确，可怜的史密斯太太也需要休息，她的长裙已经绊了她好几次。小女用人给大家传递糖浆和水，因为杯子太小，有一个客人竟然一连喝了九杯，我忍住不说出他的姓名，因为他实在喜欢这种温和的饮料，在第九支舞跳完后，他连饮料带杯子吞进嘴里，当众给噎住了。

"现在你得叫南弹钢琴，唱一首歌。"黛西对她的兄弟说，他严肃地看着节日般的情景，脖子上围着高领，看起来像一只猫头鹰。

"小姐，给我们唱一首歌吧。"温顺的客人说，暗地里想钢琴在哪里。

史密斯小姐走向屋里的一张旧写字台，掀开写字台的盖，坐在桌子前，精力充沛地敲打着桌子来为自己伴奏，她唱起了动听的新歌，歌的开头是这样的：

> 快乐的民谣歌唱家，
> 弹着他心爱的吉他。
> 他行色匆忙，
> 离开战场回到了家。

先生们给予了十分热烈的掌声，接着她又唱了《汹涌的波涛》《躲猫猫》和别的一些动听的歌曲，直到他们被迫给她暗示他们已经听够了。为了感激对她"女儿"的赞扬，史密斯太太温和地宣布：

"该我们吃茶点了，慢慢坐下来，别用手抓。"

这位优秀的"太太"一脸自豪地招待着她的客人，她容忍了时而发生的小错误。当她试图用一把很钝的刀去切那块最好的馅饼时，馅饼竟然呼地一下飞到了地上，黄油和面包也突然消失了，让主妇感到很沮丧，最糟糕的是，蛋奶沙司太稀，只能喝了，而不能用锡制的新汤匙舀着吃。

我很难过地说，史密斯小姐为了最好的甜饼和用人发生了争吵，贝丝把整个盘子扔向了空中，放声大哭起来，甜饼如下雨般纷纷洒落在地上。于是，他们安排她坐在桌子边，把一碗糖水喝光了，她才感到些安慰。可是，就在争吵的过程中，一大盘馅饼神秘地失踪了，再也找不到了。这些馅饼可是晚宴上最主要的装饰，史密斯太太对这一损失愤怒不已，那都是她亲手做的，真是漂亮极了。可以让哪位女士想一想，是谁让一打美味的馅饼（用面粉、盐、水做成，每个饼中间安放了一颗大葡萄，还抹遍了糖）突然不翼而飞，是不是很容易想到？

"你把它们藏起来了，汤米，我知道是你干的！"愤怒的女主人大叫了起来，拿着牛奶锅威胁她这个可疑的客人。

"我没藏！"

"你藏了！"

"抵赖是不对的。"南说，她在争吵中匆忙吃完了果冻。

"把馅饼还回来吧，德米！"汤米说。

"你撒谎，你把它们装进自己的口袋里了！"德米大叫，他被汤米的倒打一耙激怒了。

"我们把馅饼从他身上拿出来，惹得黛西哭不太好吧。"纳特说，他发现，他参加的第一次舞会比他想象的还要激动人心。

黛西已经哭起来，贝丝更像一个忠实的仆人，和她的女主人一同流着眼泪，南指责男孩子们都是"讨厌的东西"。与此同时，"战争"首先在绅士们当中激烈地展开了，因为，两个想要保护无辜者的人冲向了他们的敌人，而那个有经验的小伙子踞守在一张桌子后面，他用偷来的馅饼不断地扔向他们，馅饼硬得像子弹，是有效的飞弹。弹药够用时，他的防守很严密，可是，当最后一块馅饼扔光了，这个坏家伙就被抓住了，他号叫着被拖进了屋里，扔在大厅的地板上，耻辱极了。然后征服者们回到了屋里，胜利让他们满脸红光。这会儿，德米在安慰可怜的史密斯太太，纳特和南在捡散落在地上的馅饼，然后，把每一个葡萄干放回了原来的地方，又把盘子重新整理了一下，看上去真的差不多和刚才的一样好。不过馅饼的光彩已经退去了，因为饼上的糖已经没有了，馅饼经历了这一番的羞辱，没有人再愿意要吃它们了。

"我觉得我们该走了。"德米突然说，这时楼梯上传来了乔姨的声音。

"是该走了。"纳特急忙扔下他捡起的一块馅饼。

他们还没有来得及离开，乔姨就来到了他们中间，小姐们就把刚才男孩们的恶作剧一股脑儿地全告诉了对他们充满同情的乔姨。

"等他们对你们做一些友好的事，弥补他们这次不好的表现，否则就不再为这些男孩子们举办舞会了。"乔姨说，对三个"罪犯"摇了摇头。

"我们只是开玩笑！"德米说。

"我不喜欢开这种让别人不愉快的玩笑。德米，我对你很失望，我不希望你去戏弄黛西，况且她是一个多么善良的小妹妹。"

"男孩子们总是要和小妹妹们开玩笑，汤米这样说的。"德米低声说。

"我不希望我的男孩子们这样做，如果你们在一起玩得不开心，我就把黛西送回家！"乔姨严肃地说。

听了这个可怕的威胁，德米一脸羞愧地走到他妹妹的身边，黛西也赶紧擦干了眼泪，因为，对这对双胞胎来说，被分离是最不幸的灾难。

"纳特也不好，要数汤米最坏。"南说，她担心那两个"罪人"得不到公正的处罚。

"我很抱歉。"纳特满脸羞愧地说。

"我不抱歉！"汤米对着钥匙孔大叫，他在那里全神贯注地听。

乔姨忍不住要笑了，但她仍然不动声色，指着门边严厉地说：

"男孩子们，你们可以走，不过要记住，如果没有我的同意，你们不能和小女孩们说话，也不能和她们一起玩。你们不值得享有这种快乐，所以我就禁止了。"

举止粗鲁的小绅士们急忙撤退了，顽固的班斯在外面嘲笑和奚落他们，他至少有一刻钟没有理会他们。黛西很快就得到了安慰，从舞会的失败中解脱出来，不过，要把她和哥哥分开的法令又让她感到伤心，在她温柔善良的心里，哥哥的缺点让她有些难过。南特别喜欢出现什么乱子，她四处奔走，对他们三个，尤其是汤米翘起她的塌鼻子，表示瞧不起，汤米假装不在乎，只是大声地说，摆脱了那些"愚蠢的女孩子们"，心里感到很满意。不过在他的心里，不久就暗暗地对他的鲁莽行为感到了后悔，正是自己的鲁莽行为让他受到了惩罚，被驱逐出了自己热爱的社交圈，而每一小时的隔离都让他更加明白了"愚蠢的女孩子们"的价值。

另外两个孩子很快就屈服了，他们渴望再成为女孩们的好朋友，因为没有黛西的宠爱，为他们做好吃的，也没有南给他们逗乐，为他们治病，更糟糕的是，乔姨也不再把他们的生活照顾得舒舒服服的了，而且，让他们更加苦恼的是，乔姨把自己当作是一个被冒犯的小女孩，她几乎不和被驱逐的人说话，从他们身边经过时，似乎也没有看见他们，而且总是有忙不完的事情，不能满足他们的要求。突然失去了宠爱，在他们的心灵上投下了一丝阴影，因为，巴尔妈妈抛弃他们时，他们正午的太阳便落山了，失去了归宿的地方。

这种反常的情况实际上只持续了三天，他们就再也受不了，他们担心月偏食变成了月全食，于是就去找巴尔爸爸，寻求他的帮助，听从他的建议。我私下认为，巴尔爸爸已经得到了通知，一旦出现这样的情况，他该如何去做。不过没人怀疑，他给了这些痛苦的孩子们一些建议，他们非常感激地接受了，并且以下面这种方式实施这些行为：

他们把自己整天关在阁楼上，把玩的时间用来做一些神秘的机器。他们用掉了许多糨糊，让阿西娅产生了抱怨，小女孩们也非常好奇。南把她那好奇的鼻子紧贴在门上面，想看到里面在做什么，黛西坐在那里，公然地哀叹他们不能一起快乐地玩耍，也不能分享极大的秘密。星期三的下午是个好天气，在充分了解了风和天气的情况后，纳特和汤米出去了，带着一个很大的空包裹，包裹用报纸包着。南快被好奇心压抑死了，黛西苦恼得要哭出声来，等德米走进巴尔太太的屋里，她们两人都因过于关注此事而哆嗦起来。德米手里拿着帽子，用他这个年龄的男孩子可能做到的最有礼貌的语调说：

"乔姨，我们为你们准备了一个意想不到的聚会，能不能请你和女孩子们一起参加？去吧，那是一个非常好的聚会！"

"谢谢，我们乐意参加，只是我得带上泰迪。"巴尔太太回答，她的笑容就像雨后的阳光，让德米感到快乐。

"我们欢迎他，小车已经为女孩子们准备好了，你不介意走着上彭尼罗亚尔山，是不是，姨妈？"

"我会非常喜欢的，不过你们肯定我不会碍事吗？"

"哦，不会碍事，真的！我们非常想你去，如果你不去，聚会就令人扫兴了！"德米大声地恳求说。

"十分感激，先生！"乔姨说着向他行了一个屈膝大礼，和这些孩子们一样，她也喜欢嬉闹。

"好了，年轻的女士们，我们不能让他们等，戴上帽子，我们立即就出发吧，我迫不及待想知道是什么让我惊喜。"

巴尔太太说话时，每个人都忙碌起来，五分钟内，三个女孩以及泰迪都被塞进了他们称之为"衣服篮子"的车里，那是由托比拉着的一个柳条四轮车。德米走在队伍的前面，乔太太由基德护卫着压阵。这是一个非常壮观的队伍，我向你保证！托比头上挂着那个红色的羽毛掸帚，车上飘着两面惹眼的旗子，基特的脖子上系着差点让它发狂的蓝色蝴蝶结，德米的纽扣眼里插着支蒲公英花，乔太太撑着把古怪的日本伞，表示这是一个欢庆的场合。

一路上，女孩子们心中荡漾着阵阵激动的涟漪。驾车出游使泰迪忘乎所以，他不断把他的帽子扔出窗外，把帽子从他手里拿走时，他就往车外爬。显然，他认为自己有责任为聚会的欢乐做点什么。

当他们来到小山丘时，像童话书里描绘的那样，"除了迎风摆动的草儿，什么也看不见。"孩子们显得很失望，可这时，德米用他最庄严的方式宣布：

"现在，你们都出来，站着别动，惊喜聚会即将开始！"说着，他退到一块岩石后面，这时，她们看见不停有脑袋从岩石后面冒出来。

这造成了新的悬念，然后，纳特、德米及汤米每人手里拿着一个风筝走了上来。他们将风筝递给三位小女士，她们高兴得尖叫起来，可是男孩子们的话又让她们立即安静了下来，他们脸上洋溢着快乐的神情，说："惊喜还没有完呢！"然后，他们跑到岩石后面，又拿出一个巨大的风筝来，上面工工整整地写着几个亮黄色的字："献给巴尔妈妈"。

"我们觉得你也会想要一个，因为你生我们的气了，你和女孩子们是一边的。"三个男孩大声说着，笑得直抖，很明显，这对乔太太确实是个惊喜。

她拍着手，也大笑起来，这个玩笑真把她给逗乐了。

"哎呀，孩子们，这可真妙！谁想起来的？"她问，像小女孩们一样满心喜欢地接受了巨型风筝。

"我们计划制作那几只风筝时，弗里茨姨父提议再做一只的，他说你会喜欢的，所以我们就做了这个庞然大物。"德米回答，这个计谋获得了成功，他满足极了，喜形于色。

"弗里茨姨父知道我喜欢什么，是的，这些风筝真棒！前些天你们放风筝时，我们真想也有风筝放，是不是，姑娘们？"

"这就是我们给你们做风筝的原因。"汤米倒立着大声说，倒立是他表达激动心情最恰当的方式。

"我们来放风筝吧。"精力充沛的南说。

"我不知道怎么放。"黛西有些急。

"我们教你们，我们可想教呢！"男孩子顿时全都热心地大叫起来。德米拿着黛西的风筝，汤米拿着南的，纳特好不容易才劝动贝丝放掉她手里的蓝色小风筝。

"哎哟，亲爱的，这把戏我全知道，来吧，大男孩，帮我把风筝送上天！"乔太太说，教授先生满面笑容地在岩石后面偷看着。

他立刻走了出来，把大风筝放上了天，乔太太牵着风筝线，非常在行地跑开了，而孩子们站在那儿欣赏着这一景象。所有的风筝一个接一个地升上了天，它们在高空翱翔，就像一只只快乐的鸟儿。清新的微风不断吹过山顶，风筝在微风中飞得可高可好了。他们玩得多么快乐啊！他们跑着，叫着，把风筝放上去或拽下来，观看着它们在空中古怪的姿态，风筝被线拉扯着，看上去像拼命逃跑的小动物一样。南欣喜若狂，黛西认为这个新游戏几乎和洋娃娃们一样有趣，而小贝丝如此喜欢她的"蓝色风筝"，她把风筝放得非常低，宁愿把它放在膝盖上，看着上面漂亮的图案，那是汤米刚劲有力的手笔。巴尔太太十分欣赏她的风筝，风筝似乎也知道谁是它的拥有者，因为，在最出人意料的时候，它头朝下栽了下来，绊到树上，差点掉进水里，最后又向上冲去，它飞得那样高，看上去只是云中的一个小点。

过了一会儿，每个人都累了，大家把风筝拴到树上或篱笆上，然后坐下来休息，巴尔爸爸没有休息，他肩上驮着泰迪去看奶牛了。

"以前你像这样快活地玩过吗？"纳特问，这时大家在草地上随处躺着，就像啃着薄荷草的一群羊。

"多少年前我最后一次放过风筝，然后就没有放过了，那时我还是一个小姑娘。"乔姨回答。

"我很抱歉地说，我那时还是一个淘气的女孩。"

"我就喜欢淘气的女孩。"汤米看着南说，南做了一个可怕的鬼脸来回报他的赞扬。

"姨妈，我怎么记不得你那时的样子呢？我还太小吗？"德米问。

"当然，亲爱的。"

"我想，我那时还没有记忆呢！爷爷说，脑子里的不同组成部分是随着我们的成长发育起来的。你小的时候，我的记忆还没有发育，所以我记不得你那时的样子。"德米解释道。

"好啦，小苏格拉底，你最好把这个问题留给爷爷，我可不懂。"乔姨要扑灭他的哲学火焰。

"嗯，我去问爷爷，这些事情他知道，而你不知道。"德米回答，他感到这时风筝最适合大家。

"讲一讲你最后一次放风筝的事吧。"纳特说，乔姨刚才提起这事就笑，纳特想这一定很有趣。

"哦，那相当有趣，我那时已经是十五岁的大姑娘了，玩这种游戏被人看见了，会不好意思，所以，泰迪叔叔和我偷偷做了风筝，溜出去放，我们玩得特别的开心。正像我们这样休息时，忽然听见有人的声音，这时我们看到一群年轻的女士和先生野餐回来，虽然泰迪也是一个大男孩，不宜玩风筝了，可他不在乎，我却十分慌张。我知道，我会不幸地被别人笑个没完，因为我的狂野举止总是逗乐邻居们，就像南逗我们发笑一样。

"我怎么办呢？"当声音越来越近的时候，我低声问泰迪。

"我做给你看！"他说着，抽出刀割断了风筝的线，风筝飞走了，那些人走过来时，我们正在摘鲜花，举止要多得体有多得体。他们根本没有怀疑我们，这场侥幸逃脱让我们笑了个够。

"姨妈，风筝丢了吗？"黛西问。

"丢了，可我不在乎。我打定注意，最好等我成了老妇人时，再玩风筝。你们瞧，我不是等到了吗?"乔姨说着，开始收回那个大风筝，因为天色已晚。

"我们现在得走了吗?"

"我必须走了，要不然你们就吃不到晚饭了。我想这种没有饭吃的惊喜聚会也不会填饱你们的肚子，宝贝们。"

"我们的聚会很棒吗?"汤米得意扬扬地问。

"棒极了。"每个人都回答。

"你们知道这是为什么吗？这是因为你们的客人表现好，努力使一切顺利地进行下去。你们懂我的意思了，是不是?"

"是的，妈妈!"这便是孩子们的回答。他们羞愧地偷偷互相看了看，温顺地举着风筝朝家里走去，一边想着上次的聚会，在那个聚会上，客人的表现欠佳，聚会因此被弄得一团糟。

10　浪子回头

七月来临，割晒干草的季节开始了，小小菜园里的庄稼长势良好，长长的夏日充满了欢乐。除了上课，孩子们都在户外活动，房子从早到晚一直敞开着。上课的时间很短，有许多的假期，因为，巴尔夫妇相信大量的运动可以增强孩子们的健康，所以应该把每个短短的夏日假期都利用在户外活动上。这些孩子们的脸晒得又红又黑，他们变得身体强健，精力充沛，食欲旺盛，胳膊壮了，大腿粗了，衣服和裤子变小了。梅园里到处都洋溢着欢快的笑声，孩子们四处飞奔，屋里和谷仓里随时可见欢乐的场面，山中猎奇，小溪里嬉水，那是多么的惬意。可敬的巴尔夫妇看到他们这群孩子的身心都在健康成长，心里感到满足极了，这一切，我就不详细地叙述了。只是还有一件事情需要提起，这件事让他们特别开心，它就在大家根本没有预料到的时候，突然来临了。

一个吹着和风的夜晚，小家伙们已经上了床，大孩子们还在小溪里洗澡，巴尔太太正在客厅里为泰迪脱衣服，他突然叫了起来："哦，我的丹尼！"然后他用手指着窗外，窗外月光皎洁。

"好啦，宝贝儿，那里没有人，那是月亮姐姐！"妈妈说。

"不，不，丹尼刚才就在窗外，泰迪看见他了！"小宝宝满脸的兴奋，坚持说。

"也许是吧。"巴尔太太急忙走到窗子边，希望能证实小宝宝说的是真的。可是那张脸消失了，没有留下孩子出现过的任何痕迹。于是她就抱起穿着小汗衫的泰迪，跑到前门，呼唤丹的名字，她让泰迪也跟着呼唤，她想小宝宝的声音也许比她的声音更有影响力，可是仍然没有人回答，什么都没有出现。他们非常失望地回到了屋里。泰迪对月亮的解释并不满意，他睡进儿童床后还不断地探出头来问，丹尼是不是就要回来了。

他很快就入睡了，大孩子们也陆陆续续地上床睡觉了，屋子里渐渐地安静下来，除了蟋蟀的叫声，温柔的夏夜一片宁静。巴尔太太坐在灯下做针线活，心里还想着那个孩子，她的大篮子里总是堆积着许多袜子，袜子上满是奇特的洞。她肯定是小宝宝弄错了，也没有去打搅巴尔先生，把孩子的错觉告诉他，因为那个可怜的人等孩子们上床睡觉后，才有一点属于自己的时间，这会儿，他正在写信。十点后，她起身关门时，停下脚步，欣赏美丽的夜景，这时，她发现了一个白糊糊的东西，草坪上散布着许多干草堆，那东西就在其中的一个干草堆上。整个下午孩子们一直在那里玩耍，巴尔太太以为是南像往常那样把帽子丢在那里了，于是，她就走过去捡帽子。可是当她走近了，才看见那既不是帽子也不是手帕，而是衬衣衣袖，衣袖里伸出一只黝黑的手臂。她急忙绕过草堆去看，丹就躺在那里，已经睡着了。

丹衣衫破烂，又脏又瘦，一脸疲惫，他打着一只赤脚，另一只脚受了伤，用一件旧的方格夹克衫包扎着，夹克衫是从他身上脱下来的，用着包扎伤口的简易绷带。他似乎有意把自己藏在草堆里，可是在睡梦中他伸出了手臂，就把他暴露了。他叹息着，喃喃呓语，仿佛是噩梦在烦扰着他，一翻身，又不断呻吟，好像很痛苦，但因为筋疲力尽，他还是睡得很沉。

"他不能够睡在这里。"巴尔太太说，她俯下身，轻轻地叫他。丹睁开眼睛看着她，仿佛她在他的梦中，他微笑着，昏昏欲睡地说，"巴尔妈妈，我回家来了。"

这样的神情，这样的话语深深地打动了巴尔太太，她把手伸到他的脖子后，把他扶起来，亲切地说：

"我想你会回来，我很高兴见到你，丹。"这时他才彻底从梦中醒来，突然站了起来，环顾四周，似乎突然记得他在什么地方了，但他有些怀疑这友好的欢迎。

"我明天早上就走，我路过这里，只是停下来看一看。"

"可你为什么不进来，丹？你没有听见我们在叫你吗？泰迪看见你了，哭着要你。"

"我想你们不会让我进屋。"他说，摸索着他随身带的小包袱，仿佛立即就要走了。

"那你试试看吧。"巴尔太太回答，她伸出手指着大门，那里灯光明亮，显示出好客的气氛。

丹长出了一口气，仿佛心中的一块大石头落了地，他拿起一根结实的棍子，开始一跛一跛地走向屋子，不过又突然停了下来，询问说，"巴尔先生会不高兴的，我是从佩奇先生那里逃出来的！"

"他知道了，也很难过。不过这没有什么关系，你跛了？"他又继续跛着往前走时，乔姨问。

"翻墙时，一块石头落在我的脚上，砸伤了，不过没关系。"他每走一步都很痛苦，但他尽力掩饰着。

巴尔太太扶着他进了她的卧室，一进屋，他便倒在一把椅子里，头往后靠，疲倦和痛苦让他面色苍白，虚弱无力。

"我可怜的丹！把这个喝了，然后吃点东西，现在你在家里了，巴尔妈妈会好好照顾你的。"

他抬起头，眼里充满感激地看着巴尔妈妈，然后喝下了送到他嘴边的葡萄酒。接着他开始慢慢地吃起她拿来的食物，每吃一口似乎都让他精神振奋，现在他开始说话了，好像急于要让巴尔妈妈知道自己所有的事情。

"你到哪里去了，丹?"她问，开始拿出一些绷带。

"一个多月前，我就逃跑了。佩奇够好的，就是太严格了！我不喜欢那样，所以我就和一个人坐着他的船，沿着江跑了，那就是他们说不出我去哪里的原因。然后我离开了那个人，在一个农场主那里干了几个星期的活，可是我打了他的儿子，那老头也打了我，我又跑了，然后就走到这里来了。"

"一路走来的?"

"对，那人没有付我的工钱，我也不要了，我打了他的儿子就算抵消了。"丹笑了，他扫视了自己破烂的衣服和肮脏的手，感到有一些不好意思。

"你一路上怎么过的? 你这样一个孩子，到这儿可是要走很长、很长的路！"

"哦，脚受伤之前，我过得很好，人们给我吃的，白天赶路，晚上就睡在谷仓里。我想走近道，结果迷了路，要不然我早就到这里了。"

"不过，如果你不进来和我们一起过，你打算干什么呢?"

"我本来想，再看看泰迪和你，然后我就回到城里干我的老本行，只不过我太累了，就倒在草堆上睡了。假如你没有发现我，天一亮，我就走了。"

"我发现了你，你感到遗憾吗?"乔姨带着一半是高兴一半是责备的神情看着他，这时，她跪在地上看他那只受伤的脚。

丹的脸上逐渐地泛起了红晕，他的眼睛紧盯着餐盘，放低声音说："没有，妈妈，我很高兴，我想留下来，不过我担心你。"

他还没有说完，巴尔太太一声怜悯的叹息打断了他，她正在看他的脚，他的脚可伤得不轻。

"什么时候伤的?"

"三天以前。"

"在这种情况下你还继续赶路?"

"我有一根棍子，我每天到小溪边洗伤口，有一个妇女给了我一块布把伤口给包扎上了。"

"让巴尔先生来看看，把它包扎上。"乔姨急忙走进隔壁的屋子，身后的门半掩半开，丹就可以听到屋里发生的一切。

"弗里茨，那孩子回来了。"

"谁? 是丹吗?"

"是，泰迪看见他站在窗户旁，就叫他，不过他转身走了，到草坪上的草堆后面躲藏起来。我刚才发现他在那里睡着了，伤痛和疲倦把他折磨得半死不活。一个月前，他从佩奇那里逃跑了，从那以后，他想方设法到我们这里来，他假装不打算让我们看见他，还说见了我们之后，就回到城里，干他原来的活。然而，很明显，他希望留下来，这种念头驱使他千方百计地来到了这里，他正在隔壁等着，想知道你是否原谅他，重新接受他。"

"他这么告诉你的?"

"他的眼睛告诉我的，我把他唤醒时，他就像一个迷路的孩子那样对我说，'巴尔妈妈，我回家来了。'我不忍心责备他，只是把他带了回来，就像把一只可怜的黑色小绵羊送回羊圈里一样。我可以把他留下来吗，弗里茨?"

"当然可以! 这证明，我们已经抓住了他的心，我再也不会把他送走了，就像不会把罗布送走一样。"

然后丹听到一点很小很温和的声音，好像是乔姨在轻声感激她的丈夫，接着安静了下来。这时，他的眼睛里充满了泪水，两颗大大的眼泪顺着他那沾满尘土的脸颊流了下来。没有人看见他流眼泪，因为他很快就把眼泪擦干了，不过就在那一瞬间，我认为，丹不信任这些好人的老毛病从此消失了，他心中的柔情被触动了，他感到有一种强烈的渴望，想要证明自己值得爱，值得如此的耐心和宽容。他什么也没有说，只是一遍又一遍默默地祝愿自己这些愿望得以实现，他决心以男孩子隐蔽的方式做出努力，并用眼泪为自己的决心做了保证，因为无论是痛苦、疲劳还是孤独，都没有让他流过眼泪。

　　"看看他的脚吧，恐怕伤得很重，他在酷热和尘土中连续走了三天，只用水洗，用夹克衫包扎。我告诉你，弗里茨，他是一个勇敢的孩子，他会成为一个优秀的男人！"

　　"为了你的缘故，我希望这样，我热情的女人，你的信心会获得成功的。好啦，我去看你的小斯巴达人[①]。他在哪里？"

　　"在我屋里，不过，亲爱的，你要对他和蔼一些，无论他显得多粗鲁。我相信这是征服他的办法。他既受不了严格的管理也受不了过多的约束，不过温和的语言和巨大的耐心会改变他，就像过去改变我一样。"

　　"好像你以前就和这个小淘气鬼一样！"巴尔先生笑着大声说，然而，他对这个想法一点都不生气。

　　"实质上和他是一样的，尽管我表达的方式不同。凭直觉，似乎我更懂得他的感受，我知道什么能打动他，赢得他的心，也能理解他受到的诱惑以及他的缺点。我很高兴能这么了解他，因为这十分有助于我帮助他，如果能把这个野孩子培养成为一

――――――――――

　　①　斯巴达是古希腊的一个奴隶制城邦，斯巴达人勇敢好战。

个高尚的人，那将是我一生中最了不起的成绩！"

"愿上帝保佑你，帮助你伟大的工程！"

巴尔先生现在说话和巴尔太太一样认真了，他们两人一起进了屋，看见丹把头枕在手臂上，好像实在是困倦了。不过他立即就抬起了头，尽力想站起来，巴尔先生亲切地说：

"这么说，比起佩奇的农庄来，你更喜欢梅园。那好吧，就让我们看看，这次我们能否比以前相处得更愉快。"

"谢谢，先生。"丹说，他努力做到不粗鲁，他发现这要比预想的容易得多。

"现在来看看你的脚吧！哎呀！情况不太妙，我们明天得看菲斯大夫。乔，去拿热水，旧的亚麻布。"

巴尔先生给丹洗伤口，然后把它包扎起来，乔姨忙着准备屋里唯一的空床。床在通往客厅的小客房里，孩子们身体不适时通常都使用这张床，因为这样就避免了乔姨跑上跑下，孩子们也能看见客厅里发生的事情。等一切都就绪了，巴尔先生把丹抱在怀里，把他送进了小客房，帮他脱掉衣服，然后把他放在那张洁白的小床上，接着同丹握了握手，充满慈爱地说，"晚安，我的孩子。"然后就离开了。

丹倒下便睡着了，沉睡了好几个小时，他的脚开始抽痛起来，他醒了，不安地翻着身体，但尽量不哼出声来，避免别人听见，因为他是一个勇敢的孩子，就像巴尔先生对他说的那样，像一个"小斯巴达人"那样能忍受痛苦。

乔姨在夜晚的时候常常在屋里转来转去，如果起凉风了，她就把窗户关上，要么给泰迪放下蚊帐，或去照看汤米，他有时要发生梦游。哪怕是很小一点声音都要惊醒她，因为她经常都想象有强盗、猫和火灾，到处的门都开着，所以丹轻微的呻吟声也没有躲过她那灵敏的耳朵，她立即起身。丹正在使劲捶打发热的枕头，突然大厅里亮起了微弱的灯光，乔姨蹑手蹑脚地走进屋来，她就像一个古怪的幽灵，头发在头顶上盘成一个大发髻，身后拖着长长的灰色睡衣。

"丹，你痛吗？"

"情况糟糕透了，可是我并没有想吵醒你。"

"我是猫头鹰，总是在夜里飞来飞去。对，你的脚像火一样烫，绷带得再潮湿一些。"这只母猫头鹰拍打着翅膀飞走了，取来了更多的凉东西和一大杯冰水。

"哎呀，太舒服了！"丹叹道，巴尔太太又给他缠上了湿绷带，他喝了一大口水，干渴的嗓子也感到了凉爽。

"好啦，你就好好地睡吧，一会儿再见到我不用害怕，因为我还要过来，再给你的脚洒一些水。"

乔姨一边说，一边俯下身来翻枕头，扯平床单，这时，让她大吃一惊，丹突然用手搂住了她的脖子，把她的脸往下拉，然后吻了吻她，结结巴巴地说："谢谢你，夫人。"这句话比雄辩的演讲更有分量，因为这一匆忙的吻，这咕噜出来的话的意思是，"请原谅，我会努力的。"她明白他的意思，接受了这没有说出来的忏悔，而且没有表现出任何的惊讶，以免破坏了它的意义。她只记得他没有妈妈，于是吻了吻他半藏在枕头上黝黑的脸颊，丹好像对这小小的温柔接触感到害羞，然后她离开了，说了一句让他永远都记住的话："现在你就是我的孩子了，如果你愿意，你一定能够让我在提起你是我的孩子时，感到骄傲，感到欣慰！"

天刚亮，她又悄悄地过来了，他睡得那么沉，给他湿脚的时候都没有醒过来，甚至一点儿也没有感觉到。不过，他那因痛苦而皱起的小脸已经舒展开了，看上去非常的放松，非常的平静。

这一天是星期天，屋里是那么的安静，接近中午了他才睡醒，他环顾四周，看见一张充满渴望的小脸在客厅的门口往里窥视。他伸出手臂，泰迪飞奔进屋，一下扑倒在床上，大叫："我的丹尼回来了！"他紧紧地抱住丹，高兴得身体直摇晃。这时巴尔太太来了，她带来了早饭，她似乎没有看出丹的脸上带着羞愧的神色，因为他回忆起了昨晚那一短暂时刻的情景。泰迪坚持要喂他吃"早换（饭）"，他喂丹的饭，丹就像一个婴儿，丹不是很饿，所以他喜欢这样。

然后大夫来了，这个可怜的"斯巴达人"这一阵可不好过，因为他脚上的小腿骨受伤了，要让它们复原，可要经受痛苦的治疗，丹痛得嘴唇变白了，额头上冒出了大滴的汗珠，可是他忍住不叫出声来，只是使劲地攥住乔姨的手，结果很长一段时间乔姨的手都是红的。

"这孩子不能活动，起码要一个星期，不要让他的脚下地。到时候，我再看看他是否可以扶着拐杖一瘸一拐地走，或还要在床上躺一段时间。"菲斯大夫一边说，一边把丹不愿见到的那些闪光的器械收起来。

"过一些时候就会好的，是不是？"他问，听到"拐杖"这个词，他有一些敏感。

"但愿这样。"说着这话，医生离开了，丹感到非常沮丧，因为对一个活跃的孩子来说，失去一只脚是一场可怕的灾难。

"不要自寻烦恼了，我是一个有名的护士，一个月之内，我会让你像以前那样到处跑的。"乔姨说，她对这事持乐观的态度。

不过，成为瘸腿的恐惧始终在丹的心里挥之不去，即便是泰迪的宽慰也不能让他高兴起来，于是，乔姨就建议，让两个男孩子进来看他，问他愿意谁来见他。

"纳特和德米，我还想要我的帽子，帽子里面有一个东西，我猜他们喜欢看。我想，你已经把我的那包行李扔掉了?"丹说，他问这话时，显得十分焦急。

"没有，我还保管着呢，因为我想里面一定有什么财宝，要不然你不会细心地保管它们。"乔姨把他的旧草帽交给了他，草帽里面装满了蝴蝶、甲壳虫和一张手帕，手帕里包着他在路上捡来的许多古怪的东西：用苔藓仔细包住的鸟蛋，奇形怪状的贝壳和石头、小蘑菇，还有几只小螃蟹，它们对这种囚禁感到非常的愤慨。

"我可不可以有个什么东西放这些家伙? 它们是我和海德先生发现的，都是一流货色，所以，我想把它们留下来，行吗?"丹问，他忘了自己受伤的脚，欣喜地看着螃蟹在床上横爬后退。

"当然可以，波利的旧笼子正好用得上，我去拿，不要让它们钳了泰迪的脚指头。"乔姨走了，丹高兴极了，他的这些"财宝"并没有被当作垃圾扔掉了。

纳特，德米，还有那个旧笼子一起到来了，螃蟹们被安置进了新家，孩子们高兴极了，他们兴奋地搬弄着螃蟹，忘记了见面的尴尬，他们以这种愉快的方式迎接了这个逃跑的孩子。丹对这两个充满钦佩的听众讲述了他的冒险经历，比对巴尔夫妇讲的内容可要完整得多。接着他又给他们看了他的"战利品"，每一件物品他都做了很好的描述，乔姨已经退到了隔壁屋里，让他们自由娱乐，听到孩子们这些喋喋不休的谈话，她感到又惊奇，又有趣，同时也很开心。

"这孩子知道多少有关这些方面的事情啊！他对它们多么感兴趣啊！这对目前的情况可真是件好事，因为他不喜欢读书，卧床期间就难以消遣了，不过男孩子们可以尽量给他提供甲壳虫和石子，我很高兴发现了他的这个爱好，这是一个很不错的爱好，也许证明了他是一个可造之材。如果丹可以成为一个伟大的博物学家，纳特成为一个音乐家，我有理由为今年的工作感到自豪！"乔姨坐在那里，一边对着手里的书发笑，一边构建着空中楼阁，就像她还是女孩儿时那样，只不过那时的楼阁是为自己构建的，而现在是为别人构建的，也许这就是其中一些构想后来变成了现实的原因，因为，慈善友爱是建造任何事物的卓越的基础。

纳特对丹的冒险经历极为感兴趣，而德米很欣赏甲壳虫和蝴蝶，这些小生命的变化过程是那么的有意思，就像一个新奇而可爱的童话故事。即便丹只能简单讲个大概，也讲得有滋有味，起码在这一方面，就连小哲学家也应该向他学习，一想到这里，丹就感到了极大的满足。于是，丹又给这两位听众讲怎样捕捉一只麝鼠，它的皮毛就在他的财宝之中，他们听得津津有味的，巴尔先生只好亲自过来，告诉纳特和德米，该去散步了。丹恋恋不舍地看着他们跑了出去，巴尔爸爸于是提出把他搬到客厅的沙发上，换一换空气和地方。

丹被安置好了，屋里静了下来，乔姨坐在他的附近给泰迪看图画书，她朝丹手里的那些宝贝点了点头，饶有兴趣地说：

"有关这些东西的知识，你是在哪里学到的？"

"我一直都喜欢它们，不过，在海德先生教我之前，我对它们都不太了解。"

"谁是海德先生？"

"噢，他是一个生活在树林里的人，成天研究这些东西。我不知道你们怎么称呼他，他写了有关青蛙和鱼等东西的文章。他住在佩奇家里，经常要我去给他帮忙，真是有趣极了，因为他给我讲了很多知识，他特别的快乐和聪明。我希望还能见到他！"

"我希望你能见到。"乔姨说，丹的脸上泛起了光彩，他对这些事情如此感兴趣，竟然忘了自己通常不善言辞。

"哎呀，他能够把鸟儿招过来，野兔和松鼠根本不避他，就像他是一棵树。你曾用一根草逗过蜥蜴吗？"丹热切地问。

"没有，不过我倒想试一试。"

"哦，我逗过，看它们翻转身体，伸展肢体，真是有趣极了，它们喜欢这样，海德先生经常逗蜥蜴。他吹口哨让蛇听他的话，他知道哪些花什么时候开，蜜蜂也不会蜇他，他会告诉你鱼、苍蝇、印第安人以及岩石，许多无比奇妙的事情。"

"我想你非常愿意和海德先生一起出去，不怎么理会佩奇先生。"乔姨巧妙地说。

"对，是这样，我讨厌和海德先生出去漫步时，又不得不除草，锄地。佩奇认为那些都是一些愚蠢的事，他把海德先生叫做疯子，因为他可以躺着几小时观察鳟鱼和鸟儿。"

"假如你说躺，不说躺着，这样就更符合语法了。"乔姨非常温和地说，然后她又补充说，"是的，佩奇是一个地道的农民，他不理解一个博物学家的工作同样有趣，也许和他的工作一样重要。好啦，丹，如果你真的喜爱这些事情，我认为你是喜欢的，看到这样我也很高兴，因此，你就要花时间去研究它们，有一些书对你是有帮助的，但是我还希望你做别的事情，而且也要同样诚心诚意地去做。要不然，不久你就会难过的，你会发现你不得不从头开始。"

"好的，夫人。"丹恭顺地说，那最后一句语调很严肃，让他感到有一点害怕，因为他厌倦读书，但是显然他下定了决心要学习她提出的任何事情。

"你看见了那个有十二个抽屉的橱柜吗？"这又是一个非常意外的问题。

丹的确看见了安放在钢琴两旁的两个老式的高柜子，他非常熟悉它们，经常看见从不同的抽屉里拿出可爱的绳子、钉子、牛皮子，以及诸如此类的东西来。他点着头笑了，乔姨继续说：

"嗯，难道你不觉得这些抽屉是你放鸟蛋、石子、贝壳和地衣的好地方吗？"

"哎呀，好极啦，可是你不喜欢我的东西'放得乱七八糟的'，就像佩奇先生经常说的一样，是吗？"丹叫道，他挺直了身体，两眼发光，打量着那件旧家具。

"我就喜欢这些乱七八糟的东西，如果不喜欢，我就不会把这些抽屉给你，因为我很重视孩子们的财宝，认为它们应该受到郑重的对待。好啦，丹，我要和你订个协议，我希望诚实地遵守这个协议。这里有十二个大抽屉，一个抽屉就是一年的一个月，你如果能履行自己的职责，它们就能尽快地属于你。我相信某种形式的奖励，特别对你们年轻人来说是有好处的，它们帮助我们前进，刚开始，我们表现好也许是因为奖励的缘故，但如果正确地使用奖励，我们很快就会明白良好品行的价值，并因其本身而热爱它。"

"你得到过奖励吗？"丹问，似乎这对他是一个新鲜的话题。

"是的，当然得到过，没有这些奖励我还真不知道怎么过！我的奖励不是抽屉，不是礼物，也不是假期，而是我喜欢的东西，就像你们喜欢别的东西一样，我最喜欢的奖励就是孩子们良好的表现和成功，我为获得这个奖励而努力，我希望你也会为了柜子而努力。做你不喜欢做的事情，还要把它做好，这样你就会得到双重的奖励，一个是你所看到的，拿到的奖品；一个是愉快地履行职责获得的满足感。你听明白了吗？"

"听明白了，夫人。"

"我们都需要这些小小的帮助，因此你就要尽量做好你的功课和工作，友好地和所有的男孩子们玩耍，好好地利用你的假期，如果你给我带来了好的报告，或者不用说我也能看到你的表现，因为我很擅长发现做出的任何细小的努力，这样你就能拥有抽屉中的一个格子，装你的宝贝东西。你瞧，有的抽屉已经分成了四个格子，我还要把其他的抽屉照这样分成小格子，一个格子就是一个星期。如果抽屉里装满了奇妙而漂亮的东西，我也会像你们一样感到自豪，我想是更加的骄傲，因为从这些小石子、苔藓和美丽的蝴蝶身上，我将看到在你的身上会发生好的变化，克服了困难，很好地履行了诺言。我们这样做，行吗，丹？"

男孩子的表情回答了乔姨，他的表情里含着很多的东西，它表示出他已经感觉到和理解了她的愿望和她话语的含义，尽管他不知道怎样对这种关怀和慈爱表达感激之情，乔姨读懂了他的表情，从他脸上泛起的红晕，她看得出他受到了感动，她也希望让他有所感动。她不再多说新计划这方面的事了，而是拉出了上一层的抽屉，扫去了里面的灰尘，把它放在沙发前的两张椅子上，高兴地说，

"好啦，我们马上就把这些美丽的甲壳虫放进安全的地方吧。这些小格子能装许多的东西，我用大头针把蝴蝶和昆虫别在四周，它们在那里会很安全的，而且下面能留出地方放重的东西。我给你一些棉线、干净的纸和大头针，你可以为这个工作做好准备了。"

"但是我不能出去寻找新的东西！"丹看着脚可怜兮兮地说。

"这倒是真的，不过那没有关系，这个星期我们就整理这些财宝吧，而且我敢说，如果你要男孩们帮你，他们就会给你带来一大堆东西。"

"他们不知道哪一种合适，而且，如果我就这么一直躺在这

里，我就不能工作、学习，还不能充实我的抽屉。"

"你躺在那里可以学很多的功课，你也可以为我做一些小事情。"

"可以吗?"丹显得既惊奇又高兴。

"你的脚很疼痛，又不能玩耍，在这种情况下，你要学会忍耐并保持快乐的心情。你可以替我逗泰迪，绕棉线，我做针线活时，给我读书，你可以做很多的事情，又不会伤到你的脚，这样日子过得很快，又不会浪费时间。"

这会儿，德米走了进来，一只手里拿着一只大蝴蝶，另一只手里拿着一只丑陋的癞蛤蟆。

"你瞧，丹，我逮住它们了，就跑回来送给你，难道它们不漂亮吗?"德米气喘吁吁地说。

丹看着癞蛤蟆笑了，说他没有地方放它。那只蝴蝶倒是很漂亮，如果乔姨给他一颗大的别针，他可以马上把它别在抽屉里。

"我不喜欢看到那可怜的小东西在别针上挣扎的样子，如果非要杀死它，让我们用一滴樟脑立即解除它的痛苦。"乔姨说，丹拿出了瓶子。

"我不知道怎么做，海德先生总是用樟脑杀死它们，不过我没有樟脑，所以我就用别针。"丹轻轻地在那昆虫的头上倒了一滴樟脑，那淡绿色的翅膀扇了一会儿，然后就一动不动了。

这个精巧的小动作刚结束，泰迪就在卧室里叫起来了："哦，小螃蟹爬出来了，大的把小的都吃掉了。"德米和他的姨妈跑过去抢救，看见泰迪在椅子上激动得手舞足蹈，两只小螃蟹从笼子的铁丝网里钻了出来，在地上乱爬，还有一只悬在笼子的顶上，显然非常恐惧，因为笼子下面的情景既滑稽又很悲哀。

那只大螃蟹挤入以前波利放杯子的凹处，在那里冷静地吃它的一个同类。那可怜的受害者的腿全都被扯了下来，身体被翻转过来，大螃蟹的一只爪子抓着它的背壳放在嘴边，就像端着一个盘子，另一只爪子掏着壳里的东西吃，不时地停下来，转动着它那古怪的鼓眼睛，然后伸出细长的舌头舔着吃，这让孩子们大笑起来。乔姨把笼子拿进来让丹看这一景象，而德米抓住了漫游者，把它们扣在一个脸盆下面。

"我只好把这些家伙放了，因为我不能把它们养在屋里。"丹说，他明显有些惋惜。

"我来替你照顾它们，如果你愿意告诉我怎么做的话，它们在我的龟池里会生活得一样好。"德米说，他发现，它们甚至比他那可爱的、行动迟缓的乌龟还要有趣。于是，丹就把螃蟹的需要和习性向德米做了介绍，德米将它们带走了，让它们见了新家，又引见了邻居们。"他是一个多好的男孩子啊！"丹说，他在仔细地安置着先前那只蝴蝶，他记起来那是德米放弃了散步给他送来的。

"他应该是个好孩子，因为，为了让他成为一个好孩子，已经在他的身上花了很多功夫了。"

"他有亲人教他，帮助他，我却没有。"丹叹了一口气说，他想到自己没有人照顾，他平时很少这样想，不管怎么说，老天对他有些不公平。

"我知道，亲爱的，正是这个原因，我对你的期待和对德米的期待是不一样的，尽管他的年龄要小一些。现在，你将得到我们给你的所有帮助，我希望能教你用最好的方法帮助自己，你忘记了以前在这里巴尔爸爸是怎么教你的？就是既要表现好，又要请求上帝的帮助。"

"没有，夫人。"声音非常低。

"你仍然像那样努力吗?"

"没有,夫人。"声音更低了。

"你愿意每天晚上那么做让我高兴吗?"

"是的,夫人。"声音非常严肃。

"我相信你的话,我想,我会知道你是否忠实地履行了诺言,因为,虽然一个字也不说,这种事情总是会让那些相信他们的人知道的。这儿有一本令人愉快的故事书,讲的是一个孩子,他的脚比你的脚伤得还要严重。读读吧,看他是怎样勇敢地忍受痛苦的。"

她把那本有吸引力的小书《克罗夫顿的男孩子们》,放到了他的手中,让他独自待了一个小时,她不时地进进出出,这样他就不会感到孤独了。丹不喜欢读书,可是不久他就被书中的故事所吸引了,他读得那么认真,以至于男孩子们回来时,他被吓了一跳。黛西给他带来了一束野花,南坚持要帮他拿晚饭。他躺在沙发上,开着的房门正对着餐厅,这样他就能看见在餐厅里吃饭的孩子们,他们隔着面包和黄油亲切地向他点头。

巴尔先生很早就把他安放到床上了,泰迪穿着睡衣来和他道晚安。他去自己小窝睡觉的时间,可是和鸟儿们归巢的时间差不多的。

"我要为丹尼祈祷,行吗?"他问,他妈妈说,"可以。"这个小家伙便跪倒在丹的床边,交叉着他那胖乎乎的双手,轻声地说:

"请上帝保佑我们每一个人,帮助我好好表现吧。"

然后他离开了,他靠在妈妈的肩头上,带着睡意甜蜜地微笑着。

晚上的谈话结束了,唱完歌之后,屋子里变得安静了,沉浸在周日美妙的寂静之中。丹躺在舒适的屋子里,毫无睡意,头脑里产生了新的念头，他感觉到新的希望和心愿在冲击着他的胸膛，因为两个天使进入了他的心中，爱和感激已经产生了作用，唯有时间和努力才会换来收获。丹真诚地希望能遵守他的第一个诺言，黑暗中，他把双手交叉在一起，低声念着泰迪短小的祈文：

"请上帝保佑我们每一个人，帮助我好好表现吧。"

11 泰迪叔叔

有一个星期的时间了，丹只能从床上移动到沙发上，这一周的时间既长，又难过，因为，那只受伤的脚有时疼痛得厉害，对于这个活跃的孩子来说，寂静的日子是极为乏味的，他渴望着出去享受夏日的天气，尤其难以做到的是保持耐心，不过丹竭力去做了。每个孩子都以不同方式帮助着他，于是日子就一天天过去了，最后他终于得到了回报，星期六的早上，他听到医生说，

"这只脚恢复得比我想象的还要好，今天下午给这孩子一把拐杖，让他扶着拐杖在屋里稍微走动走动。"

"万岁！"纳特叫了起来，他赶紧把这个好消息告诉别的孩子们。

每个人都很高兴，午饭后，大家齐聚在一起，看着丹拄着拐杖在大厅里来回走了几次，然后他坐在门廊上召开了一个招待会。大家对他表示出的关注和友好使他非常高兴，他的小脸逐渐泛起了幸福的光彩，因为男孩子们都过来表示敬意，小女孩们拿着板凳和垫子，在他身边忙得团团转，连小泰迪也注视着他，好像他是个虚弱的动物，什么事自己也做不了。他们在台阶四处坐着和站着，突然看见一辆马车停在了门口，车里伸出一顶挥舞着的帽子。罗布高声叫着："泰迪叔叔！泰迪叔叔！"一边以他两条短腿的最快速度冲了过去，除了丹，所有男孩子

都随之跑去，争着看谁能第一个去开门。一会儿，马车进来了，车上挤满了男孩子们，而泰迪叔叔坐在中间笑着，他的小女儿坐在他的膝盖上。

"停下这凯旋之车，让朱庇特下来。"他一边说，一边跳下车，跑到台阶去会巴尔太太。巴尔太太正站在那里，像个女孩似的笑着，拍着手。

"过得怎么样，泰迪？"

"一切都好，乔！"

然后，他们握了握手，劳里先生把贝丝放进她姨妈的胳膊里，孩子紧紧地抱住她。他说："金发姑娘非常想见你，我便带着她跑来了，因为我自己也渴望见到你。我们想和你的男孩子们玩上个把钟头，看看'那个住在一只鞋子里，拥有那么多的孩子，不知该拿他们怎么办的老夫人'的情况怎样了。"

"我太高兴了！去，你们都去玩吧，别搞恶作剧。"乔太太对围过来的孩子们说，他们围在这个漂亮女孩子的身边，赞赏着她那长长的金发，雅致的服饰以及傲慢的神态，因为，这个被他们称做"小公主"的女孩不让任何人吻她，只是在姨妈的怀抱里对着他们笑，一边用她那白净的小手友好地拍着他们的头。他们都崇拜她，特别是罗布，他把她看成是一个洋娃娃，不敢碰她，生怕她会破碎了，只是敬而远之地崇拜她，小公主偶尔说上一句爱听的话，便能使他幸福。由于她立即要去看黛西的厨房，乔太太便抱着她走开了，身后跟着一群小男孩子。其他的人，除了纳特和德米，都赶紧跑着去了动物园和菜园地，去把一切料理整齐，因为劳伦斯先生总是要来个大检查，如果情况不良好，他就会有一些失望。

劳伦斯先生站在台阶上，转向丹，虽然以前只见过一两次，他却像个老熟人似的对他说道：

"脚怎么样了？"

"好多了。"

"在屋子里待厌烦了，是不是？"

"我想是的！"丹的目光已经移向了绿色的小山和树林，他渴望到那里去。

"在孩子们没有回来之前，我们稍稍转一圈怎么样？那辆轻便大马车既安全又舒适，而且呼吸新鲜空气对你是有好处的。德米，去拿一个垫子和披肩来，我们把丹带走。"

孩子们认为这是一件特高兴的事，丹露出了欣喜的神色，可是他良好的品行让人意想不到，他问，

"巴尔太太会不会喜欢这样？"

"噢，会的，我们在一分钟前就商量好了。"

"你什么也没有说，我看不出你们是怎么商量的。"德米好奇地问。

"我们有办法不用说话就可以互相交流看法，这比发电报还先进。"

"我知道是用眼睛，我看见你扬起了眉毛，又朝马车点了点头，巴尔太太笑了，也向你点了头。"纳特叫道，现在他和亲切的劳伦斯先生在一起感到很自在。

"说对了，好吧，我们走。"一会儿以后，丹就被安置在马车上了，他的脚放在座位对面的一个垫子上，很神奇的是，上面突然掉下来一条披肩，把他的脚盖得好好的。德米爬到了黑人马夫彼得的座位旁，纳特坐在丹的身旁，那是一个非常荣耀的位子，而泰迪叔叔坐在他们的对面，他说是要照顾丹的脚，可实际上他是想看他们的脸，两张脸都流露出了幸福的神采，又如此的不同。丹是方脸，黝黑，结实；纳特是长脸，白皙，有些虚弱；但是他的目光温和，前额宽阔，让人感到亲切。

"顺便说一句，我这儿有一本书，也许你们喜欢看。"队伍中这位最大的男孩说，他一边弯腰从座位下拿出一本书来。丹惊叫了起来，"哦，天啊！这是一流的故事吗?"他翻开书页，看着整页漂亮的插图，那些蝴蝶、鸟、各种有趣的昆虫，色彩逼真。他被书迷住了，忘了道谢，不过劳伦斯并不介意，他十分满意地看着男孩子充满渴望又十分兴奋的神情，听着他看到书里某些老朋友时发出的惊叫。纳特靠着他的肩膀看，德米转过身来背朝着车夫，让脚悬在车厢里，这样他也可以加入谈话了。

当他们看到甲虫这部分时，劳伦斯先生从他的背心口袋里拿出了一个奇怪的小东西，把它放在自己的手掌上，他说:"这儿有一只几千岁的老甲壳虫。"然后，孩子们仔细查看这个古怪而又古老的灰色石头甲壳虫时，他告诉他们，这个甲壳虫是怎样在某个有名的坟墓里躺了多年后，从一个木乃伊的裹布里取出来的。他发现他们非常感兴趣，又接着讲起了埃及人以及他们身后留下的奇怪而壮观的遗迹，讲起了尼罗河，他又是怎样沿着某条大河逆流而上，让英俊的黑人们为他驾驶小船，讲到他如何猎射鳄鱼，还看到一些罕见的野兽和鸟类，后来又骑着骆驼穿越沙漠，他在骆驼背上颠簸，就像是暴风雨中的小船。

"泰迪叔叔讲的故事几乎和爷爷讲的一样。"德米赞许地说，等故事讲完了，孩子们的眼里还充满着渴望。

"谢谢。"劳伦斯先生相当认真地说，因为他认为德米的赞扬是很有价值的，在这些事情上，孩子们是最好的评论家，能适合他们的口味是任何人都足以自豪的成就。

"还有一二样小东西，是我在翻夹子时找到的，当时是想看看是否有让丹消磨时间的东西，我就把它们放进口袋里了。"泰迪叔叔拿出了一个精致的箭头和一串贝壳念珠。

“噢，讲一讲印第安人吧。”德米叫了起来，他喜欢玩搭棚屋的游戏。

“丹知道他们好多的事情。”纳特补充说。

“比我知道的还要多，我敢这么说，那就给我们讲讲吧。”劳伦斯先生看起来和另外两个一样有兴趣。

“海德先生告诉我的，他一直和印第安人在一起，能够说他们的话，也喜欢他们。”丹说，他们的专注让他感到十分荣幸，有一个成人听众，又让他感到局促不安。

“贝壳念珠是干什么用的?”好奇的德米坐在那里问。

其他的人也问起问题来，丹没等他们问完就滔滔不绝地把几个星期前，他们顺河航行时，海德先生告诉他的一切讲了出来。劳伦斯先生听得很认真，不过他发现这孩子比印第安人更有趣，因为乔姨给他讲过丹的事，他相当喜欢这个野孩子。这孩子就像他自己过去一样，经常渴望逃跑，不过努力和耐心正在慢慢地驯服他。

“我一直在想，你们这些小家伙们可以为自己建一个博物馆，这是一个很好的计划，你们可以把自己找到的，或制作的，或别人给的，所有奇妙的和有趣的东西集中收起来放在一个地方。乔夫人太善良了，她不爱抱怨，可是房间被各种小玩意儿弄得乱七八糟的，让她难受! 比如说，在她最好的花瓶里放上了半品脱的金龟子，后门钉着几只死蝙蝠，黄蜂窝掉下来落在人的头上，到处都放着足够铺路的石子儿! 没有几个女人能忍受这种事情，是不是?”

劳里先生说话时眼神很快乐，男孩子们笑着，相互你推我挤，因为，显然有人把这些事传出了学校，不然，他怎能知道有这些不方便摆放的珍宝呢!

“那么，我们能把它们放在哪里呢?”德米问，他交叉起双腿，俯下身来争辩这个问题。

"放在旧车库里。"

"可是车库漏雨，而且没有窗户，也没有可放的地方，到处是灰尘和蜘蛛网。"纳特开口说。

"等吉布斯和我把它稍微修补一下，再看看你们还喜欢不喜欢。他星期一过来做准备，我下个星期来，我们把它收拾好，开始办一个像样的博物馆！每个人都把东西拿来，都有一个放它们的地方，就让丹当负责人，因为他对这方面的事情懂得最多，现在他还不能四处走动，所以对他来说，这是一个无须走动而且很愉快的工作。"

"这才叫棒！"纳特叫道。丹笑容满面，一句话也说不出来，只是抱着书，看着劳里先生，好像他是最伟大的大众慈善家，永远赐福人间。

"我再绕一圈吗，先生？"彼得问，他们在半里路长的三角地带慢慢地绕了一圈，这时他们来到了大门口。

"不了，我们得慎重行事，不然就不能再来了。我得到房子里去，看看车库，走之前和乔夫人谈一会儿话。"泰迪叔叔将丹放到沙发上休息，让他欣赏他的书，然后离开了，去和那些四处发狂般地寻找他的孩子们嬉戏。巴尔夫人任小女孩们在楼上胡闹，自己在丹的身边坐下，听他热切地描述着驾车出游的情景。过了一阵，那一群孩子回来了，他们满身尘土，热烘烘的，对新的博物馆十分激动，每个人都认为那是这一时代最杰出的想法。

"我总是想捐助某个机构，我打算从这个开始。"劳里先生说，他坐在乔姨前面的一条凳子上。

"你已经捐助了一个了，你把这叫作什么？"乔姨指着满脸幸福的孩子们，孩子们就围在他的身旁。

"我把它叫作很有前途的'巴尔花园'，我很自豪能成为其中的一员，我过去就是这所学校里的孩子王，你知道吗？"他转向丹问道，巧妙地转换了话题，因为他不喜欢自己的慷慨行为受到别人的感激。

"我还以为弗朗茨是孩子王！"丹回答，他不知道这个男人的意思。

"哦，亲爱的，不！我是乔姨曾经照顾过的第一个男孩子。我是一个那样糟糕的孩子，至今她还在帮助我，虽然她为我做了许多年的工作。"

"她一定很老了吧！"纳特天真地说。

"要知道，她很早就开始了，可怜的人！她接收我时，只有十五岁。我让她遭了那么多的罪，可是她没有烦出皱纹来，头发没变得灰白，也没有完全筋疲力尽，这真是奇迹！"劳里先生抬起头笑着看她。

"别这样，泰迪，我不许你这样贬低你。"巴尔夫人像以前一样慈爱地抚摩着他那一头黑色鬈发，因为无论如何，泰迪仍然还是他的男孩。

"如果没有你，就不可能有梅园！先生，在你身上获得的成功，给了我勇气来实行我喜欢的计划。所以，孩子们可以为此感激你，把这新的机构命名为'劳伦斯博物馆'，以纪念它的创始人，好不好，孩子们？"她看上去多么像从前那个活跃的乔啊！

"我们愿意！我们愿意！"男孩们高声地叫喊着，他们把帽子抛向空中，虽然进屋时他们按规矩脱下帽子，可是一直太匆忙，就没有把它们挂起来。

"我饿得像只熊，能不能给我一块甜饼？"当叫声停息下来，劳伦斯先生潇洒地鞠躬致谢后问。

"德米，跑去找阿西娅把姜饼拿来。两餐饭中间吃东西不合规矩，不过，在这个高兴的场合，我们就不管了，每人都吃两块吧！"乔姨说。盒子拿来后，她把饼分给大家，他们围成一圈，一边聊天，一边津津有味地吃起饼来。

劳里先生正吃着饼时，突然叫起来："我的天哪！我忘了奶奶的包裹！"他跑到外面的马车那儿，拿回一个有趣的白色包裹。包裹打开，是一堆各式各样的，用松脆的糖饼制成的动物啊，鸟儿啊，以及好多东西！它们都烘烤成了可爱的棕褐色。

"每人一个，还有封信说明哪一个烘给谁的，是奶奶和罕娜做的。如果我忘了把它们留下，不知会有什么后果呢，想到这我都要发抖。"

在欢乐的笑声中，糖饼分给了每个人。给丹的是一条鱼；纳特的是一把小提琴；德米的是一本书；汤米的是一只猴子；黛西的是一枝花；南的是一个铁环，她曾两次滚着铁环不停歇地绕着那三角地带转圈；埃米尔的是一颗星，他可是研究天文学的，架子大着呢！最好的是给弗朗茨的，那是一辆车，他最大的乐趣便是开家用小车；阿呆得到了一头猪；而小家伙们得到的是鸟啊，猫啊，兔子啊，它们都有着醋栗做的黑眼睛。

"现在我得走了，我的金发姑娘去哪里了？如果我不及早回去，妈妈会跑出来找她。"泰迪叔叔说，这时最后一点饼屑也消失了，它们消失的速度很快，你可以确信。

小姑娘们去了花园，她们等着弗朗茨去找她们，这时，乔姨和劳里站在大门口说着话。

"小疯丫头有什么长进？"他问，南的恶作剧让他觉得特别好玩，他从不厌烦地拿她和乔开玩笑。

"很有进步，她越来越懂礼貌了，开始认识到举止粗野不好了。"

"难道男孩子们不鼓励她撒野？"

"哦，不过，我不断地说他们，最近她大有改进，你已经看到她多么优雅地和你握手，那么温柔地对待贝丝。黛西的榜样对她产生了影响，我完全相信几个月的时间就会产生奇迹。"

这会儿乔姨的话被打断了，南拼命地奔跑着，飞快地绕过墙角，追赶着四个精神抖擞的男孩子，黛西在后面用小车推着贝丝跟着跑。帽子跑掉了，头发飘舞，鞭子啪啪地响着，推车砰砰地颠簸着，身后尘土飞扬，最疯的野丫头也不过如此了！

"这些就是模范孩子，是吗？幸好我没有把柯蒂斯夫人带来看你这个讲道德、讲礼貌的学校。如果她看到这种轰动的场面会发晕的！"劳里先生说，他嘲笑乔姨对南的进步高兴得过早了。

"你笑吧，我会成功的！正如你引用学院里的一些教授的话说，'虽然试验失败了，但原理是同样的。'"巴尔夫人说，她也乐起来了。

"我担心南正在影响着黛西，而不是相反。看看我的小公主吧！她完全忘了自己的尊严，正和其他孩子一样尖叫着。小姑娘们，这是什么意思？"劳里先生把他的小女儿从危险中救了出来，因为那四匹马正嚼着嚼子，在她的身边疯狂地跳跃着，而她坐在那里，双手拿着一个大鞭子，不停地挥舞着。

"我们在进行比赛，我赢了。"南叫道。

"我还能跑得更快，只是我害怕贝丝掉下车来。"黛西尖叫着。

"嗨！走啊！"公主叫着，鞭子使劲一挥，马儿立即就跑得不见踪影了。

"我的宝贝孩子！离开这帮粗野的孩子们吧，不要学坏了。再见，乔！我下次再来，我期望看到孩子们做做缝补一类的事。"

"这对他们无伤大雅，请注意，我是不会放弃的，因为我的试验总是要经历了几次失败才能获得成功。向艾米问好，向尊敬的妈咪问好！"马车开动时，乔姨喊道，最后劳里先生看见她竟然坐在独轮车里，以此安慰比赛失败的黛西，看上去她似乎喜欢这样。

整个星期，修补车库的工作都让孩子们万分激动，尽管他们不停地提出问题和建议，甚至进行干涉，但是修补工作还是愉快地进行着。老吉布斯差一点被孩子们逼疯了，不过他仍然设法做好他的工作。到了星期五的晚上，车库修复得井井有条，屋顶修好了，架子搭起了，墙被粉刷了，车库的背后开了一面大窗户，充足的阳光可以照射到车库里，孩子们可以通过窗户看到外面美丽的景色，小溪、草坪和远方的山丘都看得很清楚，大门的上面用油漆写着几个红字"劳伦斯博物馆"。

整个星期六早上，孩子们都在计划着怎样用他们收集起来的宝贝装饰车库，这时劳伦斯先生到了，带来了让艾米感到厌烦的金鱼缸，顿时，孩子们的情绪又高涨起来了。

下午的时间就用来安排这些东西，等他们跑上跑下，来回搬运东西，钉钉子结束时，便邀请姑娘们来参观这个场馆。

这当然是一个愉快的地方，通风、干净，而且明亮。在敞开的窗户四周，啤酒花藤摇曳着绿色的花冠，漂亮的金鱼缸放在屋子的中央，水上漂浮着优美的水生植物，金鱼在水里游来游去，闪耀着亮光。窗户的两边放着一排架子，准备存放今后发现的稀奇的东西。丹的大柜子就放在大门前，把门给堵住了，只能使用那道小门了。柜子的上面放着一个奇怪的印第安人偶像，非常难看，可是很有趣，这是老劳伦斯先生送来的；一起送过来的，还有一艘漂亮的中国式帆船，船张满了风帆，摆放在屋中央长桌子上一个十分显眼的地方。屋子的上方吊着一个环，自然老死的波利被制作成了标本，挂在环上摇摆着，这只鸟看上去仿佛它仍然还活着一样，这是乔姨送的。墙上布满了各种装饰，一条蛇皮，一个大黄蜂巢，一条白桦树皮做的独木舟，一串鸟蛋，用南方的灰色地衣制作成的花环，还有一束棉桃。那些死蝙蝠也有存放的地方了。德米自豪地提供了一个大龟壳和一个鸵鸟蛋，只要客人们什么时候愿意听，他就主动地为他们介绍这些稀世珍宝。石子太多了，不可能全部展出来，所以只将几个最好的石子放在架子上的贝壳的中间，其余的石子都堆放在屋子的墙角，让丹在空闲时候挑选。

每一个人都渴望着有所贡献，甚至塞拉斯也托人从家中带来了他年轻时猎杀填塞成标本的野猫。它被虫蛀得厉害，已经破破烂烂了，但是它被放在一个高高的支架上，位置显眼，角度最佳，产生了很好的效果。它瞪着黄色的玻璃眼睛，嘴巴做咆哮状，看起来如此逼真，以致泰迪一看见它便吓得直哆嗦。泰迪是来送他最珍贵的宝贝的，是一只蚕茧，他要把它放在科学的神龛上。

"难道这不漂亮吗？连我都不知道我们会有这么多奇妙的东西，那是我拿来的，难道看上去不好吗？我们可以让人们来观看，收点什么，这样可以赚一大笔钱。"

全家人一边观看，一边议论时，杰克补充说出了上面那条建议。

"这是一个自由的博物馆，假如有什么交易的话，我会用油漆把门上的名字涂掉。"劳里先生说，他这么快就给予了反驳，杰克真希望刚才该管住自己的嘴。

"说得对！说得对！"巴尔先生叫道。

"继续讲！继续讲！"乔姨补充说。

"不行，太不好意思，你给他们讲一讲吧，你经常都在做演讲。"劳里先生一边回答，一边退到了窗子边，打算逃跑了。可是乔姨紧紧地抓住了他，她看着身边十几双脏手，笑着说：

"如果我来讲，只能讲肥皂的化学和清洁的性能。来吧，作为这个机构的创始人，你真的应该给我们讲几句有教育意义的话，我们热烈地鼓掌。"

发现已经无路可逃了，劳里先生看着上方挂着的波利，他似乎从这只颜色鲜艳的老鸟身上找到了灵感，然后坐在桌子上，用愉快的口吻说：

"男孩子们，我确实愿意给你们提一个建议，那就是，我想从这个博物馆里得到许多的快乐，也要获得收益。仅仅是把奇妙可爱的东西放在里面是得不到快乐和收益的，所以建议你们读一些有关它们的书，有人提出问题时，你们就回答得出来，也能了解这些事情。我自己过去也喜欢这些东西，现在也高兴听到这些，因为我已经忘了以前知道的东西。这很容易，是不是，乔？""现在有了丹，他的脑袋瓜里装满了鸟儿、昆虫，以及其他东西的故事。让他管理博物馆，你们其余的人，每周一次，轮流读一篇作文，或讲讲某种动物、矿物质或蔬菜，那样我们都会喜欢，我想那还会把许多有用的知识装进我们的大脑里。教授，你说呢？"

"我非常喜欢，我将尽我所能给孩子们帮助，不过，他们需要一些书来了解这些新课题，我担心我们没有那么多的书。"巴尔先生开口说，他满面微笑，计划着要开办许多有关地质学的精彩讲座，他喜欢地质学，"要达到这个特殊的目的，我们要办一所图书馆。"

"那是不是一种有用的书，丹？"劳里先生指着柜子旁边打开的书问。

"哦，是的！书中讲述了我要知道的有关甲壳虫的知识。我把它带来，是想看看怎样正确地固定蝴蝶，我把它包起来，这样，书就不会被弄坏了。"丹拿起了书，担心借书人认为他粗心。

"把它拿过来。"劳里先生掏出了铅笔，在书上写下了丹的名字。他把书放在屋角的一个书架上，书架上除了一个没有尾巴的标本鸟，什么都没有。他说："好啦，博物馆图书室从现在开始创建！我还要去找一些书来，德米来管理它们。乔，我们以前读的那些有趣的小人书在哪里？《昆虫建筑学》或一些此类书名的书，都讲的是蚂蚁打仗的故事啊；蜜蜂有王后啊；蟋蟀把我们的衣服咬出洞来，还偷喝牛奶啊，以及云雀啊，诸如此类的东西。"

"在家里的阁楼上，我叫人去取来，我们将以极大的热情投入于自然历史之中。"乔姨说，她随时都是一副箭在弦上的架势。

"要写出这些事情是不是太难了？"纳特问，他讨厌写作文。

"开头也许难，不过你不久就会喜欢写的。如果你认为难，那么，给你出这样一个题目，这个题目曾经出给一个十三岁的女孩：狄米斯托克利、亚里斯泰迪斯、伯里克利①三人谈，讨论提洛同盟②拨发经费，为雅典城增光添彩的提案。你喜欢吗？"乔姨说。听到这一长串的名字，男孩子们便痛苦地呻吟起来，嘲笑着那课程的荒唐。

---

① 三人都是古希腊具有重要影响的军事家和政治家，在希波战争中，及希腊战后重建中，都做出过重大贡献。

② 希波战争期间，公元前 478 年以雅典为首的一些希腊城邦结成的军事同盟。因盟址及金库曾设在提洛岛，故称"提洛同盟"，也称"第一次雅典海上同盟"。同盟初期的宗旨是以集体力量解放遭受波斯奴役的希腊城邦和防御波斯再次入侵。

"她写了吗?"德米语调中含有敬畏地问。

"写了,可是你们能想象到写出了怎样一篇文章,尽管她是个相当聪明的孩子。"

"要是能看到那篇文章就好了。"巴尔先生说。

"也许我能替你找到,我和她一起上的学。"乔姨一脸的坏笑,于是每个人都知道那个小女孩是谁了。

听到这个可怕的作文题,再想想他们要写的可都是熟悉的事情,孩子们的心里舒坦多了。星期三下午指定给了演讲者们,因为有些孩子选择了讲而不写,所以这样称呼他们。巴尔先生答应用一个公文包存放他们的作品,而巴尔太太说她将十分高兴地听这一课。

然后,这群双手肮脏的家伙去洗手,教授也尾随而去,试图打消罗布的顾虑,因为汤米对他说,所有的水里全都是看不见的蝌蚪。

"我非常欣赏你的计划,只是别太慷慨,泰迪,"巴尔夫人说,这时只剩下他们两人了,"你知道,大部分男孩子离开我们后,都得去划自己的独木舟,过分优越的环境会使他们不能适应未来。"

"我会节制的,不过,一定要让我开开心心的。我有时对做生意厌恶透顶,除了和你的男孩子们能够好好嬉闹一场,什么也不能使我精神振作起来。乔,我非常喜欢那个丹,他不是个感情外露的人,但是他有鹰一般的眼睛,只要你稍稍驯服了他,他会为你增光的。"

"你这样想我太高兴了!非常感激你对他的好意,特别是这个博物馆,他腿不方便期间这会使他感到幸福的,也给了我一个机会来软化、安抚这个粗鲁可怜的孩子,让他学会爱我们。是什么使你产生这样一个美好而有教益的想法,泰迪?"巴尔夫人转身准备离开这个愉快的屋子时，又回过头来问。

劳里握住她的双手，他的回答和脸上的神情使她双眼充满了幸福的泪花。

"亲爱的乔！"他说，"我知道做一个没妈的孩子是什么样的滋味！我永远也忘不了，这些年来，你和你的家人为我做了多少事情。"

12　黑　果

　　八月间的一个下午，响起了锡桶激烈的碰撞声，来回跑动的脚步声，还有人不断地要求准备吃的东西，因为孩子们要去采黑果，他们为此忙着做准备，仿佛要出发去寻找西北航道①。

　　"好啦，孩子们，尽量悄悄地出发，因为罗布不碍事了，他不会看到你们的。"巴尔夫人说，她为黛西系上宽边帽结，又用那件蓝色的大围裙将南裹起来。

　　可是，计划没有成功，因为罗布听到了忙乱声，打定主意也要去，而且他自己做好了准备，绝不想错过机会。这个小男人快步下了楼，他戴着自己最好的帽子，手里拎着闪亮的锡桶，脸上带着满足的微笑。

　　"哦，天哪！我们现在有好戏看了。"巴尔夫人叹道，她发现有时候她的大儿子很难对付。

　　"我都准备好了！"罗布说着，在队列中就位，他对自己的错误全然不觉，真的很难让他明白事情的真相。

　　"路太远了，宝贝，留下来照顾我吧，我将独个儿在家。"他的妈妈发话了。

---

　　①　西北航道，是指从北大西洋经加拿大北极群岛进入北冰洋，再进入太平洋的航道，它是连接大西洋和太平洋的捷径，发现于19世纪中叶。这条航道是无数探险家经数百年的艰苦努力才寻找到的。

"你有泰迪，我是个大孩子，所以我可以去。你说我长大一点就可以去，现在我已经长大了！"罗布坚持说，他幸福的脸上蒙上了一片乌云，开始黯淡下来。

"我们要去大牧场，那么远的路，我们不想拖你这个尾巴。"杰克叫道，他不喜欢小男孩。

"我不会拖后腿的，我会跑着赶上队伍的，哎，妈妈，让我去吧！我想把我的新桶装满，黑果都带给你，行吗？我会表现好的！"罗布央求着，他抬头看着妈妈，妈妈的样子又伤心又失望，他开始有点动摇了。

"可是，亲爱的，你会弄得又累又热的，不会玩得快活的。等到我去的时候吧，那时我们可以待上一整天，想采多少黑果就采多少。"

"你根本去不了，你太忙了，我也等烦了！我宁愿自己为你采黑果，我喜欢采它们，我想装满我的新桶。"罗布抽泣着说。

大颗大颗的泪珠吧嗒吧嗒地掉进了可爱的新桶里，似乎要把桶装满泪水而不是黑果，这下可打动了在场的所有女士的恻隐之心。妈妈抚慰着他，拍着泪人儿的背，黛西提出留下来和他待在家里，南决然地说道：

"让他去吧，我来照顾他。"

"要是弗朗茨去，我就放心了，他非常细心，可是他正和爸爸一起割草，你们其余的人我不放心。"巴尔夫人开口说。

"太远了。"杰克插嘴说。

"要是我去我就背他了。"丹叹着气说。

"谢谢，亲爱的，可是你得照顾你的脚。我要是能去就好了！等会儿，我想，还是能想出办法来的。"巴尔夫人跑出去站在台阶上，使劲挥动她的围裙。

塞拉斯驾着干草车正要离开，乔姨让他把这个小分队带到牧场去，到五点钟时再去接他们，他立即同意了，把车调过头来。

"这样会耽搁一小会儿你的活儿，可是没关系，我们给你黑果馅饼作为报酬。"乔姨说，他知道塞拉斯的弱点。

塞拉斯粗糙的棕色脸膛立即展开了笑容，他高兴地"嗬！嗬！"吆喝着牲口，同时说道："唔，巴尔太太，你要是向我行贿，我马上让步。"

"好了，孩子们，我已经安排好了，这样所有人都能去了。"巴尔夫人说着，又跑了回去，她大大松了口气，因为她喜欢孩子们高兴，如果扰乱了小儿子们的平静，她总会感到难过。她认为，成年人应该小心地尊重孩子的小小希望、计划，或者乐趣，绝不能粗暴地打击或笑话他们。

"我能去吗？"丹高兴地问。

"我这是特地为你考虑的，小心一点，别也去采黑果，找个地方坐着，欣赏那些可爱的东西，你知道怎样在身旁找到它们。"巴尔夫人回答，她想起刚才她为了罗布的友好提议。

"我也去！我也去！"罗布唱着，高兴得手舞足蹈，用他的宝贝桶和桶盖敲击着，好像是在打快板。

"好的，黛西和南一定会好好地照顾你的。五点钟到沙滩来，塞拉斯会来接你们所有的人。"

罗布心中涌起一阵感激，他扑到妈妈的身上，许诺要把他采的每一个黑果都带回来给她，自己一个都不吃。然后孩子们都被安顿在干草车上，车子嗒嗒嗒地向前行驶着，那十几张脸中笑容最灿烂的便是罗布了。他坐在两个临时的小妈妈中间，朝整个世界微笑着，挥舞着他最漂亮的帽子，因为对他来说，这是个欢乐的日子，溺爱他的妈妈不忍心夺下他的帽子。

在这种远征中通常总会有些不幸的事发生，尽管如此，他们还是度过了一个非常幸福的下午！汤米当然遭到了不幸，他跌倒在一个大黄蜂巢上，给螫着了。他早已习惯了不好的运气，所以，他很有男子气地忍着剧痛，后来丹建议他敷上湿土，这样疼痛大大减轻了。黛西看到了一条蛇，她飞跑着躲开它，结果她的黑果撒掉了一半。德米帮她又装满了，还很有学问地论述起爬行动物来。内德从一棵树上跌了下了，夹克衫后背撕裂了，幸好没有摔伤。埃米尔和杰克竞争着一个黑果稠密的地带，都声称拥有采摘权。而正当他们争吵时，阿呆悄悄地迅速采光了那些灌木上的黑果，然后飞跑过去向丹寻求保护。丹玩得正开心呢，现在拐杖也不再需要了，他在牧场上闲逛着，高兴地发现他的脚是多么的强健。大牧场上满是有趣的岩石和树桩，草地里有着他熟悉的小动物，空中飞舞着他知晓的昆虫。

　　然而，这个下午发生的所有历险故事中，最激动人心的要数南和罗布身上发生的，很长时间它一直是家里最爱谈及的故事之一。南走马观花地把整片区域都探索了一遍，外套撕破了三处，在一个小灌木丛中划破了脸，然后，她开始在低矮的绿色灌木上采摘起那些像黑色大珍珠似的闪亮的黑果来。她灵巧的双手飞舞着，可是她的篮子并没有如愿地很快装满，所以她不停地从这儿转悠到那儿，寻找更好的地方，跟表妹的耐心相比，活力也许更加适合她，而且她也急于为妈妈采到最大最好的黑果。

　　"我不停地往桶里装，可是总也装不满！我太累了！"罗布说着，暂时停了下来，小短腿需要休息休息。原来，采黑果和他想象中的画面并不大一样。太阳直直地照射下来，南像只蚱蜢一样，从这里蹦到那里，黑果从她桶里掉出来的速度几乎和她放进去一样快，因为，在她和灌木丛搏斗的过程中，桶经常弄翻。

"上次我们来时，那道墙边，黑果要稠密得多，而且个儿大。那里有一个洞，孩子们在洞里生过火，我们过去，赶快装满黑果，然后就躲在洞里，让别的人来找我们。"南提议道，她向往危险。

罗布同意了，于是他们过去，翻过墙，在墙的另一面，他们顺着斜坡往下跑，岩石和灌木林挡住了他们的身体。这里的黑果很稠密，他们的桶终于真的装满了黑果，而且这儿是那么的阴凉，还有一汪小小的清泉，两个干渴的孩子在有许多苔藓的泉眼里喝着泉水，感到精神清爽。

"好啦，我们到山洞里去休息，吃午饭。"南说，到目前为止，她为获得的成功感到非常的满意。

"你找得到路吗？"罗布问。

"我当然找得到。我已经去过一次。我总能记住路，我不是很顺利地拿回了我的箱子吗？"

这使罗布相信了她，他盲目地跟着南，南领着他跨过了树桩和石头，又走过了许多弯弯曲曲的小路，最后把他带到了岩石中的一个小凹处，被熏黑的石头显示出在那里曾经生过火。

"到了，难道不妙吗？"南问，这时她拿出一块涂有黄油的面包。面包在小姑奶奶的口袋里，和钉子、鱼钩以及其他杂七杂八的东西混在一起，已经完全不成样子了！

"是的，你想他们会很快找到我们吗？"罗布问，他发现这阴凉的幽谷相当枯燥乏味，开始渴望和更多的人在一起。

"不，我想不会。因为，如果听到他们的声音，我就会躲起来，让他们找我们多好玩呀！"

"也许他们不会来。"

"我不在乎，我能自己回家。"

"这是一条很长很长的路吗？"罗布问，他看着自己又短又粗的小靴子，长时间的跋涉已弄得靴子上面湿漉漉的，满是划痕。

"我猜有六里路。"南的距离感模糊，但对自己的能力信心十足。

"我看我们最好现在就走。"过了一会儿，罗布提议。

"我要采完黑果才走。"南又开始干起活来，罗布看来，这简直没完没了。

"噢，天啦，你说过要好好照顾我的。"他叹道，这时太阳似乎突然落到山后去了。

"哎呀，我不正在尽力照顾你吗？耐心点儿，孩子，我一会儿就走。"南说，和自己比较起来，她把五岁的罗布只看成是一个婴孩。

于是，小罗布坐在那里焦急地东张西望，耐心地等待着，虽然有些担忧，但他对南还是非常信任。

"我想很快就要到夜里了。"他仿佛自言自语地说着，这时，一个蚊子叮了他一口，附近沼泽里的青蛙开始为晚间的音乐会呱呱地演奏起来。

"我的老天哪！天已很晚了，咱们得马上走，不然他们就走掉了。"南叫道，她停下活抬起头来，突然发觉太阳已经落山了。

"大概一小时前我听到了喇叭声，也许他们是为我们吹的。"罗布说着，费力地跟在他的向导后面，攀爬着陡峭的山坡。

"喇叭声在哪儿呀？"南突然停住脚问。

"那边，那条路上。"他用脏兮兮的小手指着完全错误的方向。

"咱们就朝那条路走，和他们会合。"南转过身，开始在灌木丛中小跑起来。她有点焦急了，因为到处都是牲口走出来的小径，她记不得他们是从哪条路来的了。

他们又继续往前走，越过树桩、岩石，时而停下来倾听喇叭声，可是喇叭不再吹响了，因为那只是一条母牛在回家路上发出的哞哞叫声。

"我记得没见过那一堆石头，你记得吗?"南问，这时她坐在一个土埂上休息，观察着四周。

"我什么也记不得了，可是我想回家。"罗布声音微微颤抖着。南伸出胳膊抱起他，又轻轻将他放下，非常干练地说:

"亲爱的，我正在尽快地赶路呢。别哭，等上了路，我来背你!"

"路在哪里?"罗布擦着眼睛问。

"就在那棵大树那边，你不知道，内德就是从那棵树上摔下来的吗?"

"原来路在那里，也许他们在那里等我们。我想坐车回家，你不想吗?"罗布兴奋起来，他迈着沉重的步伐走向大牧场的尽头。

"不，我宁愿走路。"南回答，她确信将不得不如此，她为步行做好思想准备。

在迅速变浓的暮色中，他们又吃力地走了一段长路，可又一次失望了，因为，当他们来到那棵树前时，他们沮丧地发现那不是内德爬的那棵树，周围也没有出现路的痕迹。

"我们迷路了?"罗布颤抖着说，有些绝望地紧紧握住他的桶。

"也不完全是迷路，我只是不知道该走哪一条路了，我想我们最好呼喊。"

于是，他俩就开始喊叫，直喊到嗓子都沙哑了，然而，没有听到任何的回答声，只有四周青蛙的合唱声。

"那边还有一棵大树，可能就是那棵树了。"南说，她的心为之一沉，尽管她仍然勇敢地说话。

"我想我再也走不动了，我的靴子太沉了，我抬不起来了。"罗布坐在一块石头上，累得精疲力竭。

"那么我们就得在这里过夜了，如果没有蛇爬出，我倒不在乎。"

"我怕蛇，我不要在这里过夜。噢，天啦，我可不喜欢迷路！"罗布苦着脸要哭，突然他想到了一个念头，他用非常自信的口吻说：

"妈妈要来找我的，她总是这样做的，我现在不害怕了。"

"她不知道我们在哪里。"

"她不知道我被关在冰冻房里了，可是她还是找到我了。我知道她会来的！"罗布深信不疑地回答，这让南也感到了宽慰，她在他的旁边坐了下来，懊恼地叹着气说：

"要是我们没有跑开就好了。"

"你让我跑的，不过我并不在乎，妈妈仍然会像平时一样爱我的。"罗布回答，所有希望都落空了，他紧紧地抓住这一点精神支柱。

"我饿了，我们吃黑果吧。"南建议，罗布犹豫了一下，然后点了点头。

"我也饿了，不过我不能吃我的，因为我给妈妈说过我要把我的黑果全都给她。"

"如果没有人来寻找我们，你就只有吃它们了。"南说，她每件事都要争几句，"如果我们在这里连续待几天，我们就会把地里的黑果都吃光，那时候我们就要被饿死。"她说得很可怕。

"我就吃黄樟树根，我认识大黄樟树，丹曾经告诉我，松鼠怎样刨它们的根吃，我也喜欢刨地。"罗布回答，面临饥饿并没有吓倒他。

"我们可以捉青蛙煮着吃，我爸爸就吃过青蛙，他说青蛙肉特别好吃。"南插话说，她发现即使是在黑果牧场迷了路，也挺有意思的。

"我们没有火，怎么煮青蛙？"

"我不知道，下次我在包里带上火柴。"南说，煮青蛙的试验遇到了障碍，她感到有些沮丧。

"难道我们不能用一只萤火虫来点火吗？"罗布满怀希望地问，他看到萤火虫就像带火的翅膀飞来飞去。

"我们来试试！"他们捕捉萤火虫，试图让它们点着一两根青树枝，好几分钟的时间就这样愉快地度过了。"把它们叫着萤火虫，身上却没有火，真是一个谎言。"南说，她轻蔑地丢掉一个倒霉的萤火虫，虽然它尽量闪着光，被迫在树枝上走来走去以取悦两个天真的小实验家。

"妈妈还要一会儿才来。"又过了一会儿，罗布说。他们观察头顶上的星星，闻踩在脚下的羊齿草的清香味儿，倾听着蟋蟀歌唱的小夜曲。

"我不知道上帝为什么要制造黑夜，白天要令人愉快得多。"南若有所思地说。

"黑夜是用来睡觉的。"罗布打了一个哈欠说。

"那你就去睡觉吧。"南有点生气。

"我要自己的床。噢，我希望能见到泰迪！"罗布叫了起来，鸟儿们安逸地在它们的小巢里发出轻微的叫声，使罗布痛苦地想起了家。

"我不相信你的妈妈要来找我们！"南说，她渐渐地有些失望了，因为她讨厌任何形式的耐心等待，"天这么黑了，她看不见我们。"

"冰房里一片漆黑，我那么害怕，我都没有叫她，可是她看见我了，无论天有多么晚，她也会看到我的。"罗布信心十足地回答，他站起来，费力地往黑暗中看去，寻找那从不让他失望的救助。

"我看见她了！我看见她了！"他一边叫着，一边拖着疲倦的双腿，飞快地向一个慢慢走近的身影跑去。突然，他停了下来，转过身跌跌撞撞地往回跑，同时极度恐怖地尖叫着：

"不，那是一只熊，一只大黑熊！"他将脸藏在了南的裙子里。

这时，南也害怕了，想到一只真熊，即便是她也失去了勇气。她正要慌乱地转身逃跑，突然，一声温和的"哞"使她的恐怖转为欢乐，她笑着说道："罗布，那是一头母牛。我们今天下午见到的那头漂亮的黑母牛。"

母牛似乎觉得，天黑以后在它的牧场上遇见两个小人儿不太正常，这温驯的动物便停了下来探个究竟。它让他们抚摩它，它站在那里用温柔的眼睛那么温和地打量着他们，除了熊什么动物也不怕的南产生了强烈的欲望，她要给它挤奶。

"塞拉斯教过我怎样挤，黑果就牛奶该是多么好吃啊！"她说着，将她桶里的东西倒进她的帽子，大胆地开始了她的新工作，而罗布站在旁边，按照她的指令，重复着《鹅妈妈》一书上的诗歌：

> 母牛，母牛，甜妞妞，
> 流下你的乳汁给我吃。
> 我给你一件丝绸袍，
> 外加一顶银帽子。

然而那非凡的韵律没有起什么作用，因为这头慈善的母牛已经被挤过奶了，只有一丁点儿奶留给两个干渴的孩子。

"嘘，滚开！你这个老笨蛋。"南绝望地放弃了努力，毫不领情地叫道。可怜的牛儿继续赶路，发出轻轻的哞声，表示惊奇和责备。

"每人能够喝一口，然后我们必须赶路，如果不走，我们就会睡着了。迷路的人绝不能睡觉，你难道不知道，在那个可爱的故事里，汉娜·李在雪地里睡觉，后来死了？"

"可是，现在没有雪，天气好，又暖和。"罗布说，他不像南那样具有活跃的想象力。

"没事儿，我们先探探路，再喊叫几声。然后，要是没人来，我们就躲到灌木丛林里，像侏儒和他的兄弟们一样。"

然而，他们只走了很短的一段路，因为罗布太累了，再也不能走了，他不断地绊倒，南被她自己主动承担的责任弄得心神不宁，结果完全失去了耐心。

"你要是再绊倒，我就得摇晃你了。"她一边说着，一边非常亲切地把这可怜的小人抱了起来。南是刀子嘴、豆腐心。

"请别那样，是我的靴子，它们老是掉。"罗布很有男子气地忍住没有哭出来，他痛苦地忍耐着，又说了一句打动南的话，"要是蚊子不这样咬我，我就能睡到妈妈来的时候了。"

"把头放在我的膝盖上，我用围裙把你围起来，我不怕黑夜！"南说，她坐下来，努力说服自己，她不在乎阴影，也不怕四周神秘的声音。

"她来了就叫醒我。"罗布说，五分钟不到他便睡着了，他的头放在围裙下面南的膝盖上。

小女孩坐了大约十五分钟时间，她焦急地扫视着四周，感到每秒钟似乎都是一个小时。后来，山顶那边发出了一道微光，她自言自语道：

"我想，黑夜过去了，早晨就要来了，我想看看日出，所以我要守着。太阳出来了，我们就能找到直接回家的路了。"

可是，还没等让她失望的月亮从小山那边露出圆脸，南就睡着了。她靠在高高的羊齿草缠结成的小凉棚上，深深沉入仲夏的梦中，梦里有萤火虫，蓝色的围裙，堆得像山一样的黑果，还有罗布为黑母牛擦眼泪，母牛抽泣着，"我要回家！我要回家！"

两个孩子睡在那里，临近处许多蚊子发出昏昏欲睡的嗡嗡声为他们唱催眠曲。而就在此时，家里的人们正在惶恐不安。干草车五点就准时到了，除了杰克、埃米尔、南和罗布，所有的人都在沙滩上等着。弗朗茨代替塞拉斯赶车，当男孩子们告诉他四人要从树林回家时，他有些不高兴地说："他们应该让罗布留下来乘车，走那么长的路他会累坏的。"

"那条路短些，而且他们会背他的。"阿呆说，他急于吃晚饭。

"你肯定南和罗布跟他们一起走的？"

"当然是这样！我看到他们越过堤埂，我喊快五点了，杰克回头叫道，他们要从另一条路回去。"汤米解释道。

"很好，那么上车吧。"于是，干草车载着疲倦的孩子及满满的小桶嘎吱嘎吱地回家去了。

乔姨听说有人分道而去，神情严肃起来，她打发弗朗茨骑着托比去把孩子们找回来。晚饭吃完了，大家像往常那样在凉爽的大厅里随处坐着，突然弗朗茨小跑着回来，他汗流浃背，满身尘土，一脸焦急。

"他们回来了吗？"还在半道上他就高声地问。

"没有！"乔姨紧张极了，从椅子上飞奔而出，每个人都跳了起来，围住了弗朗茨。

"我哪里也找不到他们。"弗朗茨开口道，他的话还没有说完，一声响亮的"喂"使大家都吓了一跳，紧接着杰克和埃米尔转过屋角进来了。

"南和罗布在哪儿？"乔姨一把抓住埃米尔叫道，她那样子让埃米尔以为姨妈突然精神失常了。

"我不知道。他们和其他的人一起回来了，是不是？"他迅速回答道。

"没有，乔治和汤米说他们和你们一起走的。"

"哎呀，没有啊，没有看见他们。我们在池塘里游完泳，就从树林回来了。"杰克说，他恐惧起来，两个人不见了，理当感到恐惧。

"叫巴尔先生，拿上灯，叫塞拉斯马上来！"

这就是乔姨所说的全部的话，但是他们知道她的意思，飞跑开去执行命令，十分钟不到，巴尔先生和塞拉斯便出发去了树林。弗朗茨骑着老安迪一路飞奔去牧场寻找。乔姨从桌上抓起一些食物，从药橱里拿了一小瓶白兰地酒，带上一盏灯，招呼杰克和埃米尔和她一道去，其他人不要乱动，然后便骑上托比跑开了，她根本没有停下来戴上帽子或披肩。她听见有人跟随在她身后跑，没说一句话，直到她停下来呼喊两个孩子时，才借助灯光看见了丹的脸。

"怎么是你！我是叫杰克来的。"乔姨说，虽然她需要帮助，还是打算打发他回去。

"我没让他来，他和埃米尔还没有吃晚饭，我比他们更想来。"丹说着从她手里接过灯，眼里露出坚定的神色，满脸微笑地看着她，这让乔姨觉得自己似乎有了依靠，虽然他只是个孩子。

她跳了下来，尽管丹恳求让他步行，她还是命令他骑上托比。然后，他们继续沿着满是尘土的偏僻小路朝前走去，不时停下来叫喊，屏声静气地倾听任何微弱的回应。

当他们来到大牧场时，已经有灯光在来回闪烁，像是些磷火，田野四处都听见巴尔先生在高声呼喊"南！罗布！罗布！南！"塞拉斯吹起口哨，也大声吼叫着。丹骑着托比到处寻找，托比似乎理解这个情况，异常驯顺地走过一块块非常崎岖的地方。乔姨不时地用嘘声让大家安静下来，哽咽着说："这声音会吓着他们的。让我来叫吧，罗布会听出我的声音的。"然后，她便以各种不同的温柔语调叫着那个小可爱的名字，回声温柔地低低回荡，风儿似乎也在乐意地传送着这呼唤的声音，可是仍没有回应。

这时，天空被云遮蔽了，月亮只投下短暂的一瞥，闪电不时穿出乌云，远处隆隆的雷鸣预示着一场夏季暴雨正在酝酿之中。

"啊，我的罗布！我的罗布！"可怜的乔姨像一个白色的精灵一样四处游荡着，丹不离左右，像只忠诚的萤火虫，"要是南出了什么事，我该对她爸爸怎么交代呢？我怎么会如此相信我的小人儿呢？弗里茨，你可听见了什么？"回答是一声悲伤的"没有"，她非常绝望地绞着双手。见此情景，丹从托比的背上跳下来，将它拴在沙滩那儿，决然地说道：

"他们很可能去了泉水那儿，我这就去找。"

他快步越过土埂，乔姨几乎跟不上他，等她也到达那儿时，丹把灯放低，高兴地给她看泉水周围松软的地上留下的小脚印。她跪下检查这些痕迹，然后猛地站起来，急切地说：

"是的，这是我的罗布的小靴子的印迹！从这边走，他们一定从这里走了。"

这样的搜寻让人感到多么的疲乏啊！可是，现在似乎有某种难以解释的本能指引着这位焦急的母亲，因为，一会儿，丹发出一声呼叫，他在路上发现了一个闪光的东西。那是一个新锡桶的盖子，是两个孩子发现迷路，在惊慌中丢失的。乔姨抱住盖子吻着，好像那就是罗布。丹正要高兴地叫喊，让其他人都到这里来时，她制止了他，一边急着往前走，一边说："别叫，让我找到他们。我放罗布走的，我要亲自把他交还给他爸爸。"

又走了一小会儿，南的帽子出现了。他们在这块地方搜寻了几遍，终于在林子中发现了两个孩子，他们还在熟睡着。丹永远忘不了那一夜他手里的灯照亮的那个画面！他以为乔姨会哭叫出来的，可是她只轻轻"嘘"了一声，轻轻提起围裙，看着围裙下面红润的小脸蛋。小家伙半张着被黑果弄脏的小嘴，均匀地呼吸着，黄色的头发湿漉漉地贴在热腾腾的额头上，两只胖胖的小手紧紧握住装得满满的小桶。

经过这一夜的磨难，孩子还为她珍藏着他的收获，这情景深深地打动了乔姨。她突然抱住儿子，哭了起来，她哭得那么厉害，声音充满了疼爱，孩子被哭声弄醒了，开始似乎还不明白是怎么回事，但很快就回忆起来了，他紧紧抱住妈妈，扬扬得意地笑着说：

"我就知道你会来的！噢，妈妈！我真的多么想你！"

那阵儿，母子俩互相拥抱着，亲吻着，完全忘了整个世界，因为，不管流浪的儿子是怎样地迷失了方向，满身尘土，疲惫不堪，母亲们用温暖的双臂搂抱着他们时，总是能宽恕一切，忘记一切的。这个儿子多么幸福，他对妈妈的信任从不改变。尽管迷路了，不知所措地在山坡上游荡，可他还是好好保留着自己表达孝心的东西，以报答妈妈对他无所畏惧的疼爱！

与此同时，丹把南也从灌木丛中抱了出来。然后，他带着以前除了对待泰迪谁也没有见过的柔情，安慰着突然醒来惊恐不安的南，擦去了她的泪水，因为南也高兴地哭了。经过了在她看来似乎是好几年的孤独与恐惧之后，看到这么一张亲切的面孔，被强壮的胳膊抱在怀里，这种感觉真好。

　　"我可怜的小姑娘，别哭了！你们现在都平安了！今晚谁也不许说一句责备的话！"乔姨说着将南搂入她宽大的怀抱中，她搂着两个孩子，就像一只老母鸡将它丢失的小鸡拢入它充满慈爱的翅膀下一样。

　　"是我的错，我真抱歉！不过我尽力照顾他了，我用东西把他盖着，让他睡觉。虽然我那么饿，但我没有碰他的黑果。我再也不这么做了，真的，再也不了，再也不了。"南抽泣着，她沉浸在悔恨与感激之中不知所措。

　　"现在叫他们吧，咱们回家去。"乔姨说，丹爬上堤埂，令人高兴的"找到了"响彻田野。

　　那些灯火从四面八方飞快地朝香甜的羊齿草灌木丛移动着，不一会儿就向这里的人围拢了过来，速度可真是惊人的快啊！他们拥抱着，亲吻着，亲热地交谈着，激动地高声叫喊着，这场面一定让萤火虫感到非常惊诧！显然蚊子们也很兴奋，它们狂乱地嗡嗡叫了起来。小飞蛾们成群向这里飞过来，而青蛙们也使劲地呱呱叫着，仿佛还嫌声音不够响亮，不足以表达它们激动的心情！

　　然后，他们动身回家，这可是一支很有意思的队伍。弗朗茨仍然骑马去报告消息，丹和托比领路，后面跟着塞拉斯，南躺在他强壮的胳膊里，塞拉斯把她看作"他见过的最伶俐的小姑娘"，回家的一路上都在笑话她的恶作剧。巴尔先生自己背着罗布，别的人谁也不让，而这小家伙，睡了一觉后清醒了，他坐直身体，欢快地说个不停，他感到自己成了一个英雄。他的妈妈走在他的身边，一会儿又在他的小身体上捏一把，怎么也听不厌他说"我就知道妈妈会来的"，小家伙还时不时地俯下身来亲吻她，往她的嘴里放一个多肉的黑果，"因为那些都是他为妈妈采的"。

　　他们刚走到家门外那条大路上，月亮就出来了，所有的男孩子都叫着出来迎接他们。就这样，迷途的羔羊平平安安地凯旋而归，被安顿到了餐厅里，这两个没有情调的小东西要求吃晚饭，而不要亲吻与爱抚。他们坐下来喝牛奶，吃面包，一家人都围着他们站着，盯着他们看。很快南便恢复了精神，危险既然已经过去，她便津津有味地叙述起险境来。罗布似乎全神贯注在吃东西，可是他突然放下汤匙，开始悲伤地大哭起来。

　　"我的宝贝儿，你哭什么呢？"妈妈问，她仍然在他近旁。

　　"我哭是因为我给丢了。"罗布大叫着，他使劲想挤出一点眼泪来，却全然无效。

　　"可是现在你已被找到了。南说，你在田野里没有哭，我非常高兴，你是多么勇敢的男孩呀！"

　　"我那时太忙于害怕了，没时间哭，可是我现在想哭，因为我不喜欢被弄丢了。"罗布解释道，他又累又激动，还满嘴的面包和牛奶，说起话来很是费劲。

　　竟然有这么滑稽的方式来弥补失去的时间，男孩子们哄堂大笑，罗布停了下来，惊奇地看着他们，欢笑的感染力非常强，罗布瞪着眼看了他们一会儿，也哈哈哈地放声欢笑起来，用汤匙敲打着桌子，仿佛对这个玩笑极为欣赏。

　　"十点钟了，上床吧，大家都上床去。"巴尔先生看了看表说道。

　　"谢天谢地！今晚上没有空床了。"巴尔夫人说，她看着罗布被爸爸抱在怀里，上楼去了，南有黛西和德米护送着离开，他们认为南是他们一伙人中最有趣的女英雄。

"可怜的姨妈太累了，她也应该被背上楼。"体贴的弗里茨伸过胳膊扶住巴尔夫人说，因为她在楼梯下面停住了，惊吓和长途步行使她看上去是那么的疲惫！

"我们来做扶手梯吧。"汤米提议。

"不，谢谢，孩子们。可是，哪一位可以借我一个肩膀，让我扶一扶？"乔姨回答。

"我！我！"五六个孩子相互拥挤着，都渴望能被选中，因为那张充满母爱苍白的脸上有某种东西，深深地打动着这一颗颗火热的心。

乔姨看到他们把这视为一种荣誉，便把它给了已经挣到这种荣誉的人。当她将胳膊放在丹那宽宽的肩膀上时，谁也不再说什么，她的神情使丹感到骄傲，他高兴得脸都红了。乔姨说：

"是他发现了孩子们，所以我想，还是由他来扶我上楼。"

丹感到他晚间的工作得到了丰厚的报偿，不仅仅是因为从所有人中被选中，骄傲地提着灯上楼，而是因为在他离开时，乔姨由衷地说："晚安，我的孩子！上帝保佑你！"

"我真希望是你的孩子！"丹说，不知怎么地，他感觉危险与麻烦似乎使他比以前任何时候都更贴近她了。

"你就是我的大儿子。"她吻了一下丹，为她的许诺做出了保证，使丹完全属于她了。

第二天，小罗布一切都正常，可是南却头疼起来了，她躺在巴尔妈妈的沙发上，划破了的脸上敷着冷霜。她的悔意已经完全消失了，显然她认为迷路是件相当好玩的事。乔姨对这种状况却不高兴，她不想让她的孩子们偏离美德之途，也不想让他们在黑果地里闲荡着到处乱跑。所以她严肃地和南谈起了话，要她铭记住自由和放纵的区别。她讲了几个故事以加强讲话的效果。她没有决定如何处罚南，但是其中一个故事给她提示了方法，乔姨喜欢古怪的惩罚，所以她便试用了这个方法。

"所有的孩子都逃跑过。"南声辩着，仿佛那是像麻疹和哮喘一样自然而又迫不得已的事。

"并不是所有的，有些孩子确实跑掉了，再也没有找回来。"乔姨回答。"你自己难道没有跑过吗?"南问，她明锐的小眼睛察觉到，这个在她面前规规矩矩做着针线的严肃女士身上，有着一些和她的性情相类似的痕迹。

乔姨笑了，她承认她跑过。

"讲讲吧。"南要求道，她觉得自己在这场讨论中占了上风。

乔姨看出了这一点，立刻认真起来。她悔恨地摇着头说:

"我跑过好多次，我的恶作剧使我可怜的妈妈日子相当不好过，后来她治好了我的毛病。"

"怎样治的?"南坐直身子，一脸的兴奋。

"有一次，我得到一双新鞋，我想展示它们，所以，虽然我被告知不能离开花园，我还是跑走了，游荡了一整天。那是在城里，像我那样过一天，我不知道怎么没有累死。我在公园里和狗嬉戏，在后湾和陌生的男孩子们一起划船，和一个爱尔兰要饭的小女孩一起吃咸鱼和土豆，最后被发现熟睡在一个门口的台阶上，还搂着一只大狗。那时天色已晚，我脏得像一只小猪，新鞋子磨坏了，我走了那么多路!"

"多带劲啊!"南叫道，看上去她打算也要这么做。

"第二天就不带劲了。"乔姨竭力控制住，不让眼神流露出自己多少还有点欣赏早年的恶作剧。

"你妈妈打你了吗?"南好奇地问。

"除了一次，她从不打我，那一次打我后她说了对不起，否则我想我不会原谅她的，那很伤害我的感情。"

"她为什么说对不起呢？我爸就不说。"

"因为她打了我后，我转过去说，'哼，你自己也大发脾气，应该和我一样挨打！'她看了我一分钟，然后她的怒气全消了。她好像有点不好意思地说，'乔，你是对的。我是生气了，我自己树立了这么坏的榜样，怎么能因为对你有怨愤而惩罚你呢？原谅我，亲爱的，让我们以更好的方式相互帮助吧！'我绝对忘不了那件事，那比挨十几棍子打对我的好处要大。"

有一会儿，南坐在那里沉思着，手里转动着那个小冷霜瓶子。乔姨什么也没有说，却让这样的思想深入到这忙碌的小脑袋了，这个小脑袋总是那么迅速地看到、感受到她身边发生的事。

"我喜欢那样。"过了一会儿她说道，她的脸上有着明锐的眼睛，好奇的鼻子，淘气的嘴巴，这张脸现在看上去不那样调皮了，"那一次你跑了，你妈对你做了什么？"

"她用一根长绳子把我拴在了床柱上，这样我就不能走出房间。我在屋里待了一整天，面前挂着那双磨坏的小鞋子，一直提醒着我犯的过错。"

"我倒认为那会治好任何人的毛病。"南叫道，所有的事当中她最热爱自由。

"那确实治好了我，我想它也能治好你，所以我打算试用这个方法。"乔姨说着，突然从她工作桌的抽屉里拿出一个结实的线球来。

南的神情让人觉得她现在确实已经在辩论中大大失利了，她坐在那里，感到非常沮丧。而乔姨将线的一头拴在她的腰间，另一头拴在沙发的扶手上，然后说：

"我不喜欢像拴一只淘气的小狗那样把你拴住，可是，如果你的记性还不比一只狗强，我就得把你当只狗对待了。"

"我宁愿被拴住，我喜欢扮狗。"南摆出一副不在乎的样子，开始在地上匍匐着发出犬吠声。

乔姨没有理睬她，却留下一两本书和一条要镶边的手帕便走开了，剩下南小姐自行其是。这可令人不太愉快！她坐了一会儿便试着去解绳结，可是绳子系在她身后的围裙上，于是她去解另一头的结，很快结便松开了，南把线绳绕起来，正打算从窗户逃出去，忽然听到乔姨在大厅和谁说着话。

"不，我想她现在不会跑，她是一个诚实的小姑娘，她知道我这样做是为了帮助她。"

南迅速转身，把自己拴了起来，开始拼命做针线。过了一会儿，罗布来了，这个新的惩罚让他感到很有意思，于是他拿了一根跳绳，很义气地把自己拴在了沙发的另一个扶手上。

"我也丢了，所以我和南一样应该被拴起来。"当他妈妈看到这个新的囚徒时，他解释道。

"我确实不能肯定，是否你就不应当受点小小的惩罚，因为你知道远离其他的人跑掉是不对的。"

"南带我走的。"罗布开口道，他愿意享受这新奇的惩罚，却不愿意承担过失。

"那你也不应该跑掉。虽然你是个小男孩，可你应该有是非感，你必须明白这一点。"

"哎呀，当她说'咱们越过堤埂吧'，我一点也没有被是非感刺了一下的感觉呀！"罗布回答，他引用了德米的这个表达法。

"你可曾停下来感觉一下呢？"

"没有。"

"那你就不能这么说。"

"我想，这个是非感这么小，刺得又不够重，所以我就感觉不到了。"罗布把这事想了一下，补充说。

"我们必须把它磨尖，有一个迟钝的是非感真不好，所以你可以在这儿待到午饭时间，和南讨论讨论这件事。我信任你们，在我发话之前，不会把自己解开的。"

"是的，我们不会的。"两人异口同声地说，他们自我惩罚，自己便有了一些是非观。

有一个小时，他们觉得挺好，然后便厌倦了待在一间屋里，渴望出去。大厅似乎从来没有这样诱人过，甚至卧室也突然激发了他们的兴趣。他们很乐意进屋去，用最好的床上帷幄玩帐篷游戏。敞开的窗户使他们发狂，因为他们到不了窗边。外面的世界是那么的美好，他们不明白以前怎能忍心说它乏味。南渴望去绕着草坪跑步，罗布沮丧地想起早上忘了喂他的狗，他想可怜的帕勒克斯怎么办。他们盯着钟看，南用分钟与秒做了些很棒的计算题，罗布则学着看时间，八点到一点之间所有的钟点他都认得很好，从此再也忘不了。然后他们闻到了午饭的香味，知道将有青玉米粒煮利马豆和黑果布丁，想到自己不能在餐桌上好好地享用这两种东西，真叫他们坐卧不宁。当玛丽·安开始摆桌子时，他们拼命想看到桌上有什么肉，差点把自己扯成两半！南提出帮玛丽·安铺床，条件是保证在"她的布丁上放上许多调味汁"。

当男孩们拥出教堂时，他们发现两个孩子拉扯着缰绳就像是一对焦躁不安的小马驹。夜里激动人心的冒险带来这样的余波，给他们很大的启迪，也让他们觉得很有趣。

"妈妈，现在把我解开吧，下一次是非感会像根针那样刺我了，我知道它会的。"罗布说，这时，用餐铃响了，泰迪跑过来，他难过又惊奇地看着哥哥。

"我们以后看吧。"他妈妈答着，放他自由了。罗布在大厅猛跑了一阵，又穿过餐厅跑回来，停在了南的身边，颇具德行地向她微笑着。

"我去给她拿午饭，可以吗?"他问，很是同情他的囚友。

"那真是我善良的儿子! 好的，把桌子拉过来，再拿一张椅子来。"乔姨说完就匆匆走开了，去控制其他孩子过高的热情，他们在中午时总是处于一种饥饿难忍的状态。

南独自吃了午饭，她被拴在沙发旁度过了一个长长的下午，巴尔夫人把绳子放长了，这样她就可以看到窗外的情景。她站在窗前观看着男孩子们玩耍，还有那些夏日里享受着自由的小动物们。黛西在草坪上为洋娃娃们举行野餐，这样，即便南不能参加，也能看到些好玩的事儿。汤米翻着最棒的筋斗来安慰她。德米坐在台阶上对着他们大声朗读，大大逗乐了南。丹拿来一个小雨蛙给她看，这是他力所能及的最细腻的关心。

然而，什么也不能弥补失去的自由。几个小时的禁闭告诉南自由是多么的宝贵。最后一个小时很安静，因为孩子们都去了小溪边，观看埃米尔的新船下水。南把小脑袋靠在窗台上，想了许多许多事情。她本来是要为新船主持命名仪式的，为了向巴尔夫人表示敬意，小船取名为"乔瑟芬"。仪式上她要在船首打碎一个装醋栗酒的小瓶子，这样可以使现场的气氛更加热烈。可是，现在她失去了机会! 而黛西做得不会有她一半好。她觉得这全是她自己的过错，泪水涌入了她的眼睛。在窗子下面，一只肥硕的蜜蜂在一朵玫瑰的黄色花蕊里爬着，她便大声对它说道:

"要是你是跑出来的，最好立即回家，对你妈妈说声对不起，再也不这么做了。"

"听到你给它提这么好的建议，我真高兴! 我想它已经接受了。"乔姨笑着说，这时，蜜蜂展开它的灰翅膀飞走了。

南擦掉在窗台上闪亮的泪珠，偎依在乔姨的身边，她把她抱在膝上。乔姨已经看到了那小泪滴，知道那意味着什么，她慈爱地说：

"你看我妈妈治乱跑的方法好不好？"

"好，夫人。"南回答，安静的一天使她服帖了。

"我希望不要再使用这个方法了。"

"我想，不需要了。"南抬起头看着她，小脸蛋上带着那样恳求的表情，乔姨很满意，她不再说什么，因为她喜欢让惩罚自身发挥效力，不愿用过多的道德说教来破坏惩罚的作用。

这时，罗布出现了，他小心翼翼地拿着一块阿西娅所说的"调味馅饼"，意思是用调味汁烤制出来的。

"这是用一些我采的黑果做的，晚饭时我打算给你吃一半。"他炫耀地宣布道。

"我那么淘气，什么让你对我这样呢？"南温和地问。

"因为我们一起丢掉的。你不打算再淘气了，是不是？"

"再也不了。"南下了很大的决心。

"哦，好哇！我们现在就让玛丽•安为我们把饼切开，准备吃吧，快到吃茶的时候了。"罗布手里香喷喷的小饼对她很有吸引力。

南正要跟他走，又停下来说道：

"我忘了，我走不了！"

"试试看吧！"巴尔夫人说，她刚才说话时已经悄悄解开了绳带。

南看到自己自由了，便给了乔姨一个狂吻，然后像只蜂鸟一样飞走了，罗布跟在她身后，一边跑一边滴着黑果汁。

13 金发姑娘

这场风波平息下来之后，宁静开始降临了梅园，这种宁静的气氛一连持续了好几个星期。因为大男孩们觉得南和罗布是在他们身边丢失的，于是努力要对他们表现出父亲般的关怀，这可是件很累人的事。而小男孩们听南讲述了很多遍她的遇险经历，以致他们把被丢失看成人类遭遇的最大不幸，几乎不敢把小鼻子伸出大门外，生怕黑夜突然降临，幽灵般的黑母牛悄悄出现在黄昏中。

"这种情况不正常，所以，不会持续下去。"乔姨说，多年培育男孩的经验让她懂得，这种暂时平静，通常都会带来某种东西的爆发。当不聪明的女人们以为，这些男孩们已经变成了真正的信徒时，她则为家庭火山的爆发做好了准备。

这种令人愉快的安静，原因之一便是小贝丝的到来，劳伦斯爷爷身体不适，她的父母带着爷爷出门了，将她出租一星期。男孩们认为金发姑娘综合了孩子、天使及仙女的优点，她真是个可爱的小东西！她从金发碧眼的妈妈那儿继承了金黄色头发，这一头闪着光泽的金发非常漂亮，像美丽的面纱，高兴时，她躲在金发的后面向她的崇拜者们微笑着，而生气时，她也将小脸藏到金发后面。她的爸爸不允许把她的头发剪掉，所以，头发一直垂到了腰间，那么柔软，那么美丽，那么光亮，以至于德米坚持说，那是用蚕丝编织出来的。每个人都赞美小公主，但这似乎对她并没有伤害，只是使她明白了，她的出现带来了阳光，她的笑容也给别人的脸上带来了微笑，而她的悲伤让每个人的心里都充满了最温柔的同情。

不知不觉地，她带给小臣民们的好处远比许多真正的君主给予的好处要多，因为她的统治温文尔雅，她的权力感受得到，而看不到。她自然的风度使她在各方面都表现得举止优雅，对身边粗心大意的男孩们产生了极好的影响。她不允许别人粗暴地或用不干净的手来碰她，在她的来访期间，肥皂比其他任何时候都用得多。因为男孩们受到的最高荣誉，莫过于允许他们背这个小公主，而最大的耻辱，莫过于听到了蔑视的命令，被赶走了："让开，脏孩子！"

声音太高让她不高兴，争吵又使她害怕，所以，男孩们对她说话时语调便放得温和一些。她在场时若有争吵，即使争吵的人控制不了自己，旁观者们也会迅速出来平息它。她喜欢让人侍候，最大的男孩们毫无怨言地为她干一些小差事，而小男孩们在各个方面都是她忠实的奴隶。他们恳求允许他们替她拉车，为她提浆果篮子，或在餐桌上为她递盘子，为她服务，做任何事都不会感到卑贱，汤米和纳特甚至动手打了起来，然后才能决定谁能荣幸地为她擦小靴子。

南和这个有教养的小姐相处了一个星期，受益匪浅，因为这个野丫头尖叫和嬉闹时，贝丝会瞪起她那蓝色的大眼睛看着她，露出一副奇怪和惊恐的神情，还躲避着她，仿佛把她看成了一种野兽。南也感受到了这一点，开始她说："呸！我不在乎！"可是她很在乎。贝丝说："我最喜欢我的表姐，因为她安静。"听了这话，南受到了伤害，使劲地摇着可怜的黛西，直把她摇得牙齿咯咯作响。然后南逃到了谷仓，在那儿沮丧地哭起来，那是大家心烦意乱时的避难处，南在那儿找到了安慰和忠告。头顶上的燕子们在泥巢里唧唧喳喳，也许是为她做的关于温柔之美的小讲座。不管出自什么缘由，她从谷仓出来时已变得温和了。她在果园里仔细搜索着一种早熟的苹果，贝丝喜欢这种苹果，因为它又甜又小又红。带着这个和平的礼物，她走近公主，谦卑地把它送了上去，让她高兴的是，礼物被彬彬有礼地接受了。当黛西给了南宽恕的一吻时，贝丝也照着做了，好像是觉得自己太严厉了，想要表示道歉。在这之后，她们在一起愉快地玩了起来，好几天的时间，南都受到了皇家的宠爱。当然，开始时她感到自己有点像关在漂亮笼子里的野鸟，偶尔需要溜出去伸展着翅膀向远处飞翔，或者引吭高歌。在笼外她既不会打扰可爱的斑鸠黛西，也不会打扰娇美的金丝雀贝丝。不过，这对她有好处，看到每个人都因为小公主的风度和优雅的举止而喜爱她，南也开始模仿起来，因为南也想得到许多的爱，她要尽最大的努力来争取。

　　梅园里的每一个男孩都受到了这个漂亮女孩的影响，不过，他们并不知道怎么样或为什么这种影响在不断地改变着他们，因为这样的天使能够在爱他们的人们心中产生奇迹。可怜的比利发现盯着她看，就能有一种无比满足的感觉。虽然她不喜欢这样，可还是连眉头都没有皱一下，允许他这样看她，因为在这之前，他告诉她比利和别的孩子不一样，正因为如此，应当对他更加亲切。迪克和多利用柳叶口哨征服她，口哨是他们唯一能做的东西，她收下了口哨却从不使用它们。罗布像个小情人似的为她服务，而泰迪像只爱犬到处跟着她。她不喜欢杰克，因为他手上长着疣子，而且声音粗鲁。她讨厌阿呆，因为他吃东西时不整洁。乔治吃饭时力图不狼吞虎咽，这样就不会使坐在对面的娇柔小姐产生厌恶。内德折磨一些倒霉的田鼠时被发现了，因此被极不光彩地放逐出王宫。金发姑娘忘不了那悲惨的场面，当他靠近时，她便躲到她的面纱后面，傲慢地挥着小手让他走开，又悲伤又愤怒地叫喊着："不，我不喜欢他，他把那些可怜的小老鼠的尾巴割掉了，它们吱吱叫呢！"

贝丝一来，黛西马上退位，她担任了卑微的厨师长，南任公主的贴身侍女，而埃米尔担任的是财政大臣，他十分慷慨地把公共资金用于组织演出活动，耗去了整整九便士。弗朗茨出任首相，为她管理国家大事，安排她在王国里的巡游，让外国俯首帖耳。德米是她的哲学家，他往来于君主们中间，比像他这样的其他绅士们通常做的还多。丹是她的常备军，英勇地保卫着她的领土。汤米则是宫廷小丑。对这个天真无邪的小贝丝而言，纳特就是能演奏美妙音乐的里奇奥①。

弗里茨姨父和乔姨欣赏着这祥和的画面，观看着美妙的表演，小家伙们无意识地模仿着大人，却并没有增加悲剧的表演，而在比这大些的舞台上，悲剧易于破坏正在上演的节目。

"他们教给我们的东西和我们教给他们的东西一样多。"巴尔先生说。"愿上帝保佑这些宝贝们！他们根本没有想到，就管理他们的最好办法来说，他们给了我们许多暗示。"乔姨回答道。

"我想，让女孩子加入到男孩子当中会产生好的影响，这一点你是正确的。南已经带动了黛西，贝丝正在教那些粗鲁的小家伙们怎样注意举止，教得比我们还要好。要是这种改革一直这样继续下去，很快我就会像布林伯博士②和他年轻的模范绅

---

① 意大利乐师。

② 狄更斯著名小说《董贝父子》中的人物。在小说中，他是布林伯博士学院的创办人，这是一座以填塞死知识著称的私营男学生住宿学校。在那里，孩子们白天被逼着背诵天书一样的古代典籍，晚上做梦都说希腊文！"那是一座大暖房，一架不停地移动的拔苗助长的机器，所有的孩子都提前'开花'，但是不足三个礼拜就枯萎凋谢"。

士们了。"教授一边说着，一边笑了起来，因为他看到汤米进大厅时，脱下了自己的帽子，可却打落了内德的帽子。大厅里公主正骑在摇摆的木马上，罗布和泰迪跨在椅子上护卫着她，他们尽自己最大的能力扮演着英勇的骑士。

"弗里茨，你根本不会成为布林伯，即便你努力，你也成不了，而且，我们的男孩们也根本不会屈服于那著名温床的强迫行为。不用担心，他们不会过于讲究优雅风度的，因为美国的男孩子们太热爱自由了。但是，他们应该懂得什么是礼貌的言行，如果我们教会他们拥有一颗宽厚善良的心，他们平时的言行自然就会好的，像你一样，我亲爱的大男孩，对人热情，谦恭有礼。"

"啧！啧！我们不要说恭维的话了，要是我开始恭维你，你就要跑开了。我希望能享受完这幸福的半小时时光。"然而，看上去巴尔先生对这些夸奖的话感到很高兴，因为那是事实。而巴尔先生说有她相伴，他找到了真正的宁静和幸福，乔夫人觉得这是丈夫能给予她的最好的东西了。

"我们重新谈孩子们吧，我刚得到另一个证据，说明金发姑娘产生了好的影响。"乔夫人说着，将她的椅子拖得离沙发更近一些。在那些菜园里劳动了一整天后，教授躺在沙发上休息。"南讨厌缝纫，但是出于对贝丝的爱，这半个下午她一直在辛苦地缝制着一个特别的口袋。贝丝走时，她要用这个袋子装上一打西红柿，送给她的偶像。我为此表扬了她，她快言快语地说，'我喜欢替别人缝制东西，替自己缝那就是一件愚蠢的事。'我因此受到了启发，打算让她为卡尼夫人的孩子们缝制一些小衬衫和围裙。她如此慷慨，会为她们把手指缝得发痛的，这样我就用不着再给她下任务了。"

"可是针线活并不是时髦的手艺，亲爱的。"

"我为此难过，我的女孩们将学习所有我能教的针线活，即使她们放弃拉丁语、代数以及多门学科也行。现今这些课程把女孩们可怜的脑袋弄得晕头转向，还认为是有必要的。艾米打算把贝丝培养成一个有才艺的女孩，弄得这宝贝儿的食指上都有了些针刺的痕迹，而她的妈妈便有了一些针线活的样品，贝丝对自己做的这些针线活作品，比对那只泥土捏的无嘴鸟儿更加珍惜，贝丝捏鸟儿时，劳里充满了自豪。"

"也能证明公主的影响。"巴尔先生看着乔姨说，她刚缝完一个纽扣，对整个时髦的教育制度显露出一脸的蔑视神情，"杰克极不情愿与阿呆、内德为伍，因为他们被贝丝认为是讨厌的人。刚才他还来找我，让我用烧碱治他的疣子。我以前经常给他提这样的建议，他就是不肯，可现在他勇敢地忍着剧痛，用将来可能受到的青睐来安慰目前的不适。以后他就能给爱挑剔的小姐看他光滑的手了。"

听了这段故事，巴尔夫人笑了。就在这时，阿呆进来了，他问能不能把她妈妈带来的糖果送给金发姑娘吃。

"不允许她吃糖果，但是，如果你愿意把这漂亮的盒子送给她，里面装上这个粉红色的玫瑰糖，她会非常喜欢的。"乔姨说，她不愿破坏这种不同寻常的自我牺牲，因为这个"胖男孩"极少提出让人分享他的梅子糖。

"她不吃糖吗？我不想让她生病。"阿呆说，恋恋不舍地看着香甜可口的糖果，可还是把它放进了盒子。

"哦，不会，要是我告诉她这是看的，不是吃的，她就不会碰它的，她会把它放上几个星期，根本想不到去尝它。你能不能同样做到？"

"我倒希望能做到！我比她大那么多。"阿呆不满地叫道。

"嗯，让我们试试看吧。喏，把你的糖果放到这个袋子里，看看你能把它们保存多长时间。我来数一数：两颗心、四条红鱼、三匹大麦糖马、九个杏仁、还有一打巧克力。你同意那样吗？"乔姨诡秘地问道，她把糖啪啪地放进了她的小布袋里。

"同意。"阿呆叹着气说道，他把这些禁果放进了口袋。然后他就去给贝丝送礼物了，礼物得到了她的微笑，而且还准许他护卫她逛花园。

"可怜的阿呆，他的心终于战胜了胃口。贝丝给他的报偿将会大大鼓励他作出努力。"夫人说。

"他能把诱惑放入口袋，向这么可爱的一个小老师学习自我牺牲的精神。愿他快乐！"巴尔先生补充说。这时，孩子们正从窗前经过，阿呆的胖脸上充满了平静的满足，金发姑娘很有雅兴地看着她的玫瑰糖，虽然她宁愿拥有一朵"非常香"的真花。

当她的爸爸来带她回家时，响起了一片呜咽声。送别的礼物太多，增加了她的行李的重量，于是，劳里先生建议用大马车把行李运进城。每个人都给了她东西，结果发现很难捆扎那些白鼠、馅饼、贝壳、苹果、在一个袋子里活蹦乱跳的兔子、给兔子做点心的一颗大卷心菜、一瓶小鱼以及一大束花。告别的场面很是感人！公主坐在大厅的桌子上，身边围着她的臣民们，她亲吻了她的表哥表姐们，然后向其他的男孩们伸出了手，他们轻柔地握着她的手，说了各种温柔的话，因为他们被教会不要羞于表达自己的情感。

"很快再来吧，亲爱的小不点。"丹低声说道，一边把最好的一只金绿色的甲虫系在了她的帽子上。

"别忘了我，公主，不管你做什么。"富有魅力的汤米说，一边最后抚摸了一下那美丽的头发。

"我下个星期要到你家里去，那时我就能再见到你，贝丝。"纳特接着说，仿佛他在这个想法中找到了安慰。

"现在一定要握握手了。"杰克叫着，伸过来一只光滑的爪子。

"这儿有两个很好的新口哨，让它们帮你记起我们吧。"迪克和多利送上了新的口哨，他们根本不知道，先前送的那七个旧口哨已经被悄悄地扔进了厨房的炉子里。

"我的小宝贝！我马上就要为你做一个书签，你得永远保留它。"南说着，热烈地拥抱了她一下。

然而，在所有的告别中，可怜的比利最令人难过，因为想到她真的要走，他实在忍受不住了，便趴倒在她的面前，抱着她蓝色的小靴子，绝望地哭着说："别走！哦，别走！"金发姑娘被打动了，她弯下腰来，捧起那可怜孩子的头，柔声细语地说：

"别哭了，可怜的比利！我来亲亲你，我很快就会再回来的。"

这个许诺让比利得到了安慰，他满怀喜悦地让开了，这个非同寻常的荣誉让他非常自豪。

"也亲亲我！也亲亲我！"迪克和多利叫嚷着，认为他们的忠诚也应当得到一些回报。别的孩子看上去似乎也想跟着叫嚷，想得到她的亲吻，大家都围在她身边，他们的友爱和脸上快乐的神情，感动了公主，她伸出胳膊，降低身份，毫不顾忌地说：

"我要亲每个人！"

深情的孩子们围住了他们美丽的伙伴，就像一群蜜蜂围着了一朵甜美的花儿。他们热情又温柔地亲吻着她，她看上去就像一朵小玫瑰，有一会儿，只能看到她头上的帽子。于是，她爸爸来救了她。她乘车离开时，仍然微笑着挥舞着双手，而男孩们坐在篱笆上，像一群天竺鼠似的尖叫着："回来！回来！"直到她从他们的视野中消失了。

大家都想念她。每个孩子都朦胧地感到，因为认识了这样一个可爱、娇美、甜蜜的人儿，自己变得更好了。小贝丝唤醒了他们的某种骑士本能，教会他们带着温柔的崇敬之心去爱，去欣赏，去保护。许多人都记得某个美丽的女孩，这个女孩曾在他们心中占有一席之地，她天真无邪的魅力让他们对她的记忆那么鲜活。这些小男人们正学着感受这种魅力，为了温柔的感召力而爱这种魅力。他们并不耻于让一只小手引领着他们，也不羞于承认他们对女人的忠诚，即使那处于春心萌动的时候。

14   莫逆之交

巴尔夫人是对的，和平只是暂时的宁静，一场风暴正在酝酿之中。贝丝离开两天后，梅园中心发生了一场精神地震。

汤米的母鸡们是引起麻烦的根源，因为如果它们不持续地下那么多鸡蛋，汤米就不可能卖掉那么多鸡蛋赚那么一笔钱。钱是万恶之源，然而它又是一个有用之源，没有它我们就不能生活，正如我们不能没有土豆一样。汤米也肯定不能没有钱，但他乱花钱，巴尔先生不得不坚持设立一个储蓄银行。他给了汤米私人使用一个宏伟的锡制大厦，门上写着名字，屋顶上有一个高烟囱，便士从烟囱里被放进去，在罐里发出诱人的咔嗒声，直到得到许可，打开地板上的一个活动门，才能把钱拿出来。

房子的重量迅速地增加着，汤米不久便对储蓄心满意足了，他打算用他的钱购买闻所未闻的宝贝。他将放入储蓄罐的数目记了账，因为他得到许诺，一旦存够了五美元就可以打开罐子，条件是要合理地花这笔钱。他只需再存一美元就可以了。这一天乔姨付钱买了他四打鸡蛋，他非常高兴，便跑到谷仓将闪亮的二角五分钱给纳特看，纳特也在存钱，打算买一把渴盼已久的提琴。

"我希望我有这些钱，再加上我那三美元，那我就很快够买把提琴了。"他渴望地看着钱说道。

"也许我可以借给你一些，我还没决定用钱买什么。"汤米说，他将钱抛入空中，在它们掉下来时又一把接住。

"嗨，男孩们！到小溪边去，看看丹抓到一条多好玩的大蛇！"谷仓后面传来一个声音。

"走吧！"汤米说，他把钱放到那个旧风扬机里便跑开了，身后跟着纳特。

那条蛇非常有趣，然后它又追赶一只跛足乌鸦，追了很长时间，最后抓住了它。这就吸引了汤米的注意力，消耗掉了时间，直到晚上他安心地躺在床上时，才想起他的钱。

"没关系，除了纳特，没人知道钱放在哪里。"这个懒散的孩子说，他安静地睡了，也不为他的财产感到焦急。

第二天早晨，孩子们正要集合起来上课，汤米冲进屋里，上气不接下气地问道：

"我说，谁拿了我的硬币？"

"你在说什么呀？"弗朗茨问。

汤米作了解释，纳特证实了他的陈述。所有的人都声称对钱一无所知，并开始怀疑地看着纳特。纳特越是否认就越是惊恐和慌乱起来。

"一定有人拿了钱。"弗朗茨说。这时，汤米朝所有的人挥着拳头，怒气冲冲地宣称：

"遭雷劈的！要是我抓住了这个小偷，我要让他不会轻易忘掉这件事。"

"汤米，冷静下来。我们会把他查出来的，小偷总是会暴露的。"丹说，他了解这些事。

"也许是流浪汉睡在谷仓里，拿走了钱。"内德说。

"不会，塞拉斯不允许有这种事。而且，流浪汉不可能在那旧风扬机里找钱。"埃米尔轻蔑地说。

"会不会是塞拉斯自己呢？"杰克说。

"哼，亏你说得出口！老塞诚实坦荡得如同白昼，他不可能碰我们一个便士的。"汤米说，他慷慨地维护着这个常常赞赏他的人，使他不受怀疑。

"不管是谁，最好说出来，不要等到被查出来。"德米说，他的神情那么严肃，好像一个可怕的不幸事件降临了这个家庭。

"我知道你以为是我干的。"纳特脱口而出，他的脸变得通红，非常激动。

"你是唯一知道钱放在那儿的人。"弗朗茨说。

"我也没办法，可我没拿钱。我告诉你，我没拿，我没拿！"纳特不顾一切地说。

"轻点！轻点！我的孩子！这样吵吵闹闹为什么事啊?"巴尔先生走进他们中间。

汤米重复了他遭受损失的事。巴尔先生一边听着，脸色越来越严肃，因为尽管孩子们犯过错，做过傻事，到目前为止，他们一直都是诚实的。

"你们都坐下。"他说。当大家都坐下了时，他神情忧伤地从一张脸看到另一张脸，这种神情比一阵痛骂还让人难以忍受。然后他慢慢地说道：

"孩子们，现在，我要问你们每一个人一个问题，我希望得到诚实的回答。我不打算对你们进行威胁、收买和袭击而得到事实，因为你们每个人都有良知，知道良知是干什么用的。现在是时候了，该消除汤米受到的委屈了，我们大家都应该替自己解释解释。经受不住这突如其来的诱惑，我可以原谅这种行为，而且比欺骗行为更容易获得原谅。别再为偷窃行为说谎了，坦白地承认错误，我们大家都会尽量帮你忘却这件事，并且原谅你。"

他停了一会儿，屋子里那么静，静得可以听见针落在地上的声音。然后，他慢慢地，威严地向每一个孩子问起了这个问题，虽然语气不一样，但得到的回答是一样的。每一张脸都红红的，非常激动，所以巴尔先生不能将脸上的颜色当作依据。有些小男孩被吓得厉害，以致短短两句话也是结结巴巴说出来的，仿佛他们有罪，虽然明显不是他们干的。当问到纳特时，他的声音放得柔和了，因为这可怜的孩子看上去那样苦恼，巴尔先生同情起来，不过他相信他就是偷钱的人，希望争取他，让他大胆地说出实情，避免再次撒谎。

"好了，我的孩子，给我一个诚实的回答吧。你拿了那钱吗？"

"没有，先生！"纳特乞求地抬头看着他。

当从他颤抖的嘴唇中说出这话时，有人发出了嘘声。

"不许这样！"巴尔先生大声说着，一边用力地敲着桌子，同时严厉地朝发出声音的屋角看去。

内德、杰克和埃米尔坐在那儿，前两人似乎为自己感到羞愧，可是埃米尔大声说道：

"姨父，不是我！干伤口上撒盐的事我会感到羞耻的。"

"好样的！"汤米叫道。不幸的美元给他带来了烦恼，他为此陷入了痛苦悲伤的境地。

"安静！"巴尔先生命令道。大家都静下来时，他严肃地说：

"我非常抱歉，纳特，但是所有的证据都指向你，而且，你的老毛病使我们更容易怀疑你，倘若你从未说过谎，我们也会像信任从不说谎的男孩一样信任你，可是注意，我的孩子，我并没有说就是你干了这件偷盗事情，在我完全确信之前，我不会惩罚你的，也不会再问起这件事，我将把它留给你自己的良知来解决。如果你有罪，白天黑夜任何时候都可以来找我承认，我将宽恕你，帮你改过自新。如果你是清白的，迟早会真相大白的。一旦这样，因为怀疑你，我将第一个请求你原谅，还将非常高兴地在我们大家面前尽力为你的名声做证明。"

"我没拿！我没拿！"纳特抽泣着，他把头埋进胳膊里，因为他从盯着他的许多眼睛里读到了不信任与憎恨，他忍受不了。

"希望如此。"巴尔先生停了一会儿，仿佛要给犯罪的人，不管他是谁，再一次机会，然而，没有人说话，只有几个小家伙发出了同情的叹气声。巴尔先生摇着头，遗憾地接着说道：

"那么，再没什么可以做的了，我只想说，我将不再提起这件事，希望你们大家都照我这样做，我不能期望你们像这件事发生以前那样友好地对待受怀疑的人，但是，我确实期待并希望你们不要以任何方式折磨这个受怀疑的人，因为他已经够难受的了，现在去做功课吧。"

"巴尔爸爸那么轻易地放过了纳特。"内德对埃米尔嘟囔道，两个人这时都拿出了书本。

"闭嘴。"埃米尔怒吼地说，他觉得这件事给家庭的荣誉抹上了污点。

许多男孩赞同内德的看法。然而，巴尔先生是正确的，纳特较为明智的作法便是当场承认错误，结束这桩麻烦事，因为，即使是从巴尔爸爸那儿受到最狠的鞭打，也比来自各方的冷眼、回避及全体的怀疑要好受得多。如果要把一个男孩打发到考文垂①，让他留在那里，那个男孩便是可怜的纳特。尽管没有谁要打他，也几乎没说起过一个字，他还是忍受了一个星期缓慢

---

① 考文垂是英格兰中部工业城市。据说17世纪英国发生内战，反政府的军队被驱逐到这里，当地居民不跟这些军队来往，所以"被打发到考文垂"。这里引申为被人排斥，被人拒绝交往或谈话的意思。

的折磨。这真是糟糕透了，要是他们把这件事说出来，或者甚至每个人都揍他一顿，也比无言的不信任更容易忍受，这种不信任使每一张脸都那样令人可怕，难以面对，虽然巴尔夫人的样子和以前几乎一样慈祥，但她也露出了这种不信任的迹象。巴尔爸爸眼里充满了忧伤和焦虑，这使纳特非常地伤心，因为他热爱他的老师，他知道这种双重的罪行让老师丧失了所有的希望。

在整个家庭里只有一个人完全信任他，而且坚定地站在他一边反对所有的人，那就是黛西。她说不清楚，为什么她不顾所有的表面现象仍然信任他，她只是觉得自己不能怀疑他，温暖的同情心使她坚定地站在了他的一边。她不愿意听任何人说一句反对他的话。当她喜爱的德米试图说服她，一定是纳特拿了钱，因为没有别的人知道钱放在那儿时，她还真的打了他一巴掌。

"也许是母鸡们把钱吃掉了，它们是贪婪的老家伙。"她说。德米笑了起来，她发了火，就打了他，让这个男孩感到惊讶极了，然后她大哭着跑了，一边仍然大声说："他没拿，他没拿，他没拿！"

姨妈和姨父都没有试图动摇这孩子对朋友的信任，他们只是希望她天真的直觉是正确的，而且为此更喜欢她了。这件事结束后，纳特常说，要不是因为黛西，他可能实在忍受不下去了。别人躲避他时，她却比以前更贴近他了，不理睬其他人。现在当纳特拉着旧提琴安慰自己时，她不坐在楼梯上了，而是走进房间，坐在他的身边，脸上挂着信任和友爱，听着琴声，这使纳特在一段时间里忘记了耻辱，感到了幸福。她要他帮助她做功课，她在她的厨房里为他烹制可口的食物，不管那是些什么食物，他都勇敢地吃下去，因为感激之情为难吃的东西添加了香味。当她发现他不愿意加入其他男孩的玩耍时，她提议玩板球、棒球这种她以前不可能玩的游戏。她还从她的园地里采来小花放在他的桌子上，总之她试图以各种方式向他表示，她不是一个不能共患难的朋友，无论名声好与坏，她都忠实于他。不久以后，南也以她为榜样，至少在面子上，她约束住了她那刻薄的舌头，她那蔑视的小鼻子不再表现出怀疑与厌恶的表情，这对像她这样唧唧喳喳的女士来说是件好事，不过她坚信是纳特拿走了钱。

大多数的男孩都不理睬他，但丹还是带着一种坚定的保护者姿态看护他，尽管他说他是个懦夫，瞧不起他。哪个小子敢骚扰他，或让他害怕，丹即刻便会揍那小子。他对友谊的理解和黛西的理解同样崇高，他以自己粗鲁的方式，同样忠诚地坚守着友谊。

一天下午，丹坐在小溪边，全神贯注地研究水蜘蛛的生活习性。这时，他无意中听到堤坝对面进行的一小段对话。内德有着强烈的好奇心，他一直急着要想搞清楚谁是偷钱的人，因为最近一两个男孩开始认为他们搞错了。纳特的否认如此坚定，又如此温顺地忍受着他们的漠视。这种疑虑逗得内德忍无可忍了，他好几次不顾巴尔先生的特别命令，私下问一些问题困扰纳特。现在内德发现纳特独自坐在围堰阴凉的地方读书，他忍不住停下来小心谨慎地问那个受到禁止的话题，丹到来前他已经烦扰纳特约十分钟的时间了。研究蜘蛛的学生听到的第一句话便是纳特忍耐地恳求：

"别这样，内德！哦，别这样，我不能告诉你，因为我不知道。巴尔爸爸让你们别烦扰我，你却偷偷地不断纠缠我，真卑鄙。要是丹在这儿你就不敢这样做。"

"我不怕丹。他只不过是一个恶霸。我不相信他没拿汤米的钱，你知道，你不愿说出来。现在说吧！"

"他没拿。但是如果是他拿的，我会维护他的，他一直都对我那么好。"纳特十分恳切地说。丹忘了他的蜘蛛，迅速地站起来要去感谢他，但是内德的下一句话阻止了他。

"我知道丹拿了，钱给了你，他来这儿之前以扒窃谋生也不足为奇，因为除了你谁也不了解他。"内德说，他也不相信自己说的话，只不过是希望激怒纳特，从他嘴里得知实情。

他这样想显得气量有些小，但还是达到了一定的目的，因为纳特激烈地大声叫道：

"你要是再那样说，我就去把一切都告诉巴尔先生，我不想说别人的坏话。可是，天啊！要是你不放过丹，我就去告你。"

"那么你就是告密者，也是个说谎大王，还是个小偷。"内德冷笑着说，因为纳特非常温顺地独自承受着侮辱，他不相信他只是为了维护丹就敢面对老师。

我说不上来他还会接着说些什么，因为他的话还没有完全脱口，从他的背后突然伸出了一只长胳膊，抓住了他的衣领，他被糊里糊涂地推过了围堰，哗啦一声扔进了小溪里。

"再敢说一遍，我就把你浸到水里，让你活受罪！"丹叫道，他站在那儿，看上去就像是现代的罗德岛巨人雕像①。他双腿分开，跨站在狭窄的小溪上，怒视着水里被击败的年轻人。

"我只是开玩笑。"内德说。

"你自己才是个告密者，那样缠住纳特不放。下次再让我撞见你这么做，我就把你淹到河里去。起来，滚开！"丹愤怒地咆

_____

① 罗德岛巨人雕像是世界七大奇观之一，位于地中海罗德岛。罗德岛曾被马其顿侵略者包围，经过艰苦的战争，罗德岛人击败了侵略者。为了庆祝这次胜利，他们决定运用敌人遗弃的青铜兵器修建一座雕像。雕像修筑了十二年，于公元前402年建成，有一百一十英尺高，雕像双腿分开站立，右手前伸。

哼着。

内德一身是水，爬起来逃了。显然这毫无准备的坐浴对他很有好处，因为打那以后，他对两个男孩都非常尊敬了，他的好奇心也似乎留在了小溪里。他消失后，丹跳过围堰，看见纳特躺在那儿，筋疲力尽，似乎烦恼使他支持不住了。

"我想他不会再纠缠你了，他要缠你，只要告诉我就行，我来对付他。"丹说，他试图冷静下来。

"我不太在乎他说我什么，我已经习惯了，"纳特悲哀地说，"但是我讨厌他攻击你。"

"你怎么知道他说得不对呢？"丹问，他将脸转了过去。

"什么，有关钱的事吗？"纳特叫道，他带着惊讶的神情抬头看着他。

"是的。"

"可是我不相信！你不在乎钱。你所有的一切便是昆虫和一些玩意儿。"纳特笑了，他难以置信。

"像你想要一把提琴一样，我想要一个蝴蝶网，为什么我就不能和你一样偷那钱买它呢？"丹说，他仍然背对着纳特，一边用他手中的棍子在草皮上戳着洞。

"我想你不会那样做的，有时你喜欢打架，待人粗暴，但是你不撒谎，而且我也不相信你会偷东西。"纳特果断地摇着头。

"两样事我都做过，我过去拼命地撒谎。现在太麻烦了，我从佩奇那儿跑出来时，偷了些东西到园子外面吃。所以，你该明白我是个坏蛋。"丹毫无掩饰地说，最近他一直在努力改正这种不好的毛病。

"哦，丹！别说是你干的！我宁愿相信是任何别的男孩干的。"纳特叫道，他的语调如此沉重，丹转过身来，脸上带着奇怪的表情，但很快就显露出高兴的神态，虽然他只这样回答：

"我不会再说起这事了。你也不要苦恼了，不管怎么说，我们会渡过危机的，看我们能不能行。"

他的脸上与神态表现出来的东西，让纳特产生了一个新的想法，他按住他的手，急切地恳求道：

"我想，你知道谁干的。如果你知道，请他说出来吧，丹！让大家都无缘无故的恨我太难受了，我想我再也不能忍受下去了。虽然我非常热爱梅园，可是如果我有地方可去，我会走的。我不像你那样勇敢和大度，所以我必须等下去，直到有人向他们表明，我没有说谎。"

纳特说话时神情如此伤心绝望，丹实在不忍心看下去了，他干着嗓子，喃喃地说：

"你等的时间不会太久的。"他迅速走开了，好几个小时不见踪影。

"丹怎么啦？"一周后的星期天，男孩们这样相互问了好几次。这一周让人觉得是那么的漫长！丹平时喜怒无常，但是那一天他非常严肃，非常安静，谁也没有探听出他的想法。他们散步时，他离开了其他的孩子，回家很晚。晚间谈话时他没有发言，只是坐在阴影里，忙着想自己的心思，似乎根本没听到别人在说什么。当乔娅给他看良知簿上少有的好报告时，他看着报告，笑也不笑一下，却沉思地说：

"你认为我在进步，是不是？"

"非常优秀，丹！我太高兴了，因为我认为，你只需要一点点帮助，就能成为一个让人骄傲的男孩。"

他抬头看着她，黑眼睛里露出了一种奇怪的神情，那种神情，骄傲、爱和悲伤交织在一起。她当时不能理解，但是后来却明白了。

"恐怕你会失望的。但是我确实在努力！"他说着合上了本子，并没有一点高兴的样子。这一页他平常可是非常喜欢阅读和谈论的。

"你不舒服，亲爱的?"夫人问，她将手放到了他的肩上。

"我脚有点疼，我想我得上床了。晚安，妈妈。"他说着，将巴尔夫人放在他肩上的手往自己的脸上贴了一会儿，好像是在向某种非常亲爱的东西道了别。

"可怜的丹! 纳特的耻辱让他太伤心了，他是个奇怪的孩子。我不知道能否彻底了解他。"巴尔夫人自言自语道。她想到丹最近取得的进步，就感到心满意足，也感到孩子身上还有比她最初料想的更多的东西。

汤米的一个行为，让纳特受到了很大的伤害，丢失了钱后，汤米温和，但又坚定地对他说:

"我不想伤害你，纳特。可是你知道，我不能丢钱了，所以我想，我们不能再做合伙人了。"汤米说着擦去了"T·班斯公司"的标志。

纳特一直为这个"公司"感到自豪，他勤奋地搜寻着鸡蛋，准确地记着账，卖掉他的那份存货，已经获得了一大笔收益。

"哦，汤米，非得这样吗?"他说，他觉得要是这样做了，他的好名声就会在商界永远消失了。

"非得这样。"汤米坚定地回答，"埃米尔说，当有人贪污（我相信就是那个字——意思是拿了钱，卷款逃跑）公司的财产时，其他人就起诉他，或者设法痛打他，不再和他打交道。现在你贪污了我的财产，我不打算起诉你，也不痛打你，但是我必须和你解除关系，因为我不能信任你，而且我不想失败。"

"我没法让你相信我，你也不会接受我的钱，虽然只要你说，你不认为是我拿了你的钱，我就会满怀感激地把我所有的钱都给你。你就让我为你找鸡蛋吧。我不要工资了，光找鸡蛋，什么也不要，所有的地方我都知道，我也喜欢找鸡蛋。"纳特恳求道。

可是汤米摇了摇头，他原本快活的圆脸露出了怀疑和严厉的表情，他立即说道："那不行，但愿你不知道那些地方。注意，你别偷偷地去找，然后用我的鸡蛋做生意。"

可怜的纳特深受伤害，他久久不能恢复平静。他感到不仅失去了合伙人和赞助人，而且也名誉扫地了，他成了生意圈的不法之徒。尽管他努力纠正过去说谎的错误，他的话，无论是书面的还是口头的，已都无人相信。标志没了，公司解散了，他成了破产者。谷仓，那男孩们的华尔街，再见不到他的身影了。科克尔托普和它的姐妹们徒劳地向他咯嗒咯嗒地叫着，它们似乎真的为他的不幸感到伤心，因为它们下的蛋越来越少了，一些母鸡们厌恶地退到了新窝里，汤米找不到它们了。

"母鸡们信任我。"纳特说。听说了这件事，男孩们对这个想法大叫起来，纳特却从中得到了安慰，因为，当一个人受到屈辱时，哪怕是一只杂色的母鸡的信任也最令人感到宽慰。

然而，汤米没有接受新的合伙人，因为他对别人不信任了，他曾经那么信赖别人，现在那种平静的心灵已被破坏了。内德提出加入他的公司，他拒绝了，他带着让他感到尊敬的正义感说道：

"也许结果证明纳特并没有拿我的钱，那么我们又可以再当合伙人了。我想，这种情况是不会发生的。但是我要给他一个机会，把这个位置的保留时间稍稍变得长一点。"

班斯觉得比利是他的商店里唯一可信任的人，于是就训练比利搜寻鸡蛋，将鸡蛋完好无损地交给他。得到一个苹果或一块梅子糖作为工资，比利便十分满意了。星期天时丹情绪低落。第二天早晨，比利把他长时间搜寻的结果给他的雇主，他说：

"只有两个。"

"情况越来越糟了。我从来没见过这么让人愤怒的老母鸡。"汤米吼叫起来，他想起以前的日子，那时他常能高兴地得到六个鸡蛋，"好吧，把它们放进我的帽子里，再给我一小段粉笔，不管怎样，我得把它们记上账。"

比利爬上一台配克测量器，朝机器上方看去，汤米的书写文具就放在那儿。

"这里有好多钱呢。"比利说。

"不，没有钱。我决不会再把钱到处乱放了。"汤米回答。

"我看到钱了，一、四、八，总共两个美元。"比利坚持说，他还分不清数字。

"你真是个小孩子！"汤米说着，跳起来自己去拿粉笔，可是几乎又跌了下来，因为那里真有四枚明亮的硬币，排成了一行，上面还有一张纸条，写着"汤米·班斯"几个字，一点没错。

"行啦！"汤米叫了起来，他抓住硬币冲进了屋子，发狂般地大吼："一切正常了，找到我的钱了，纳特在哪里？"

纳特很快被找到了。他既吃惊又高兴，是那么的诚恳，这时他说对钱一无所知时，几乎无人怀疑他的话了。

"我没有拿钱，又怎能把它放回去呢？现在相信我了，重新友好地对我吧。"他恳求道，埃米尔拍拍他的背，宣称他算是恢复了对纳特的信任。

"我也算一个。我太高兴了，那不是你干的。可这人到底是谁呢？"汤米热诚地和纳特握了握手，然后说道。

"没关系，只要钱找到了就行。"丹双眼盯着纳特幸福的面孔说道。

"嗯，说得真好听！我不想让我的东西被人偷走，然后又像

213

魔术师变戏法一样地再送回来。"汤米叫道，他看着钱仿佛怀疑到了巫术。

"不管怎样我们会把他查出来的，尽管他够狡猾的，用印刷体字，这样他的笔迹就不会被认出来了。"弗朗茨检查着纸条说道。

"德米的印刷体写得最好。"罗布插嘴道，他不太清楚这种混乱是怎么回事。

"你不可能让我相信是他干的，哪怕你讲得天花乱坠的我也不相信。"汤米说。别的孩子们对这个想法也喊叫起来，因为那个他们称为"小执事"的德米，是不会让人怀疑的。

纳特感到他们谈到德米和谈到他的方式是不同的，他宁愿放弃他拥有的和他希望拥有的一切东西，来换取如此的信任。他明白，别人的信任很容易就失去了，要赢回信任又是非常非常的困难。对他来说，真诚成了一件宝贵的东西，因为他曾忽视了它并因此遭受了磨难。

巴尔先生非常高兴，事情朝正确的方向迈进了一步，他满怀希望地等待着事实的真相进一步地暴露出来。事情比他预料的来得更快，而那种方式既让他感到吃惊又感到痛苦。那天晚上，他们坐在那儿吃晚饭时，邻居贝茨夫人送来一个方形的包裹，并且把它交给了巴尔先生。包裹还附了一张纸条，巴尔先生读纸条时，德米扯开了包裹，他看到了里面的东西便惊呼起来：

"哎呀，这是泰迪姨父给丹的书！"

"该死的！"丹脱口而出，尽管非常努力，他仍然不能完全治好骂人的毛病。

听到声音，巴尔先生迅速抬头看去，丹试图迎着他的目光，但是做不到，他的目光垂了下去，他坐在那儿咬着嘴唇，脸越来越红，万分羞愧。

"怎么回事?"巴尔夫人焦急地问。

"我本来宁可私下谈这事的，可是德米破坏了计划，所以我现在就把它讲出来。"巴尔先生说，他的神情有点严厉。要对卑劣或欺骗的行为进行判决时，他总是这样。

"纸条是贝茨夫人写的。她说，她的儿子杰米告诉她，他上个星期六从丹那儿买了这本书，她看出了这本书不止值一美元，认为是弄错了，就把书送来给我了。丹，你把它卖了?"

"是的，先生。"回答很慢。

"为什么?"

"需要钱。"

"干什么用?"

"还给一个人。"

"你欠谁的钱?"

"汤米。"

"他一生从来没向我借过一分钱。"汤米叫道，他显得不知所措，他猜到了接下来要发生什么事情。总的来说，他觉得他宁愿那是巫术，因为他对丹非常崇拜。

"也许是他拿的钱。"内德叫道，被丹扔进溪水，他还怀恨在心。他只是个普通的男孩，所以还是有报复的心理。

"哦，丹!"纳特拍着双手叫道，也不顾手中拿的面包和黄油。

"这事做起来很难，可是我必须解决它了。我不能让你们像侦探似的互相监视，把整个学校弄得这样一团糟。是你今天早晨把这一美元放到谷仓里的吗?"巴尔先生问。

丹直看着他的脸，沉着地答道:

"是的，是我放的。"

桌边响起了一片低沉的声音，汤米砰的一声放下了杯子。黛西大叫，"我就知道不是纳特干的。"南开始哭了起来。乔姨离开屋子，掩不住的失望、难过和羞愧。丹受不住了，他将脸埋在手中好一会儿，然后抬起头，挺着双肩，仿佛肩上要驮重担，他用他第一次来梅园的口吻说话，带着一半是坚决，一半是粗鲁的语气：

"是我干的！现在你们想把我怎么样就怎么样，不过我对这事不会再说一个字的。"

"甚至也不说抱歉？"巴尔先生问，丹的变化使他感到困惑。

"我不感到抱歉。"

"他不请求我也会原谅他的。"汤米说，不知怎的，他觉得看到勇敢的丹丢脸，要比看到胆怯的纳特受委屈更让人难受。

"不想受到原谅。"丹粗鲁地回答。

"你自己静静地想一想，也许就会想让人原谅的。现在我不对你说我有多么吃惊，多么失望，但是过会儿我要过来到你房间和你谈一谈。"

"那没什么区别。"丹说，他试图以对抗的口气说话，可是看到巴尔先生伤心的脸，他做不到了。丹将他的话当做放行，便离开了屋子，好像觉得不可能再待下去了。

如果他待了下来，会对他有好处的，因为男孩们带着那样诚挚的遗憾、同情与怀疑谈论着这件事，这也许会感动他，让他请求原谅。孩子们发现是他干的，没有人感到高兴，甚至纳特也是这样，尽管他有很多毛病，他真还有不少毛病。现在每个人都喜欢丹，因为在他粗鲁的外表下面有着我们非常钦佩和喜爱的男子汉美德。乔姨是丹的主要的支持人和培养人，而现在她这个非常有趣的男孩变得这么坏，她为此非常地伤心。偷窃是坏事，可接着又说谎，更糟糕的是让另一个孩子遭受了不公正的怀疑。最令人泄气的是偷偷地把钱送还到原来的地方，因为这不仅显示出他缺乏勇气，而且也显出欺骗的本事，这预示着将来不好的兆头。更严重的是他坚持拒不谈论此事，不请求原谅，也不表示懊悔。时间一天天过去了，他一言不发地上课，干活，神情严肃，却毫无悔意。他仿佛以纳特受到的对待为借鉴，不接受任何人的同情，拒绝男孩子们接近他。他在地里和树林里游荡，打发他的闲暇时间，只想找到鸟儿和野兽做伴，这点他做得比大多数男孩更加成功，因为他非常了解它们，热爱它们。

"如果这种情况再持续下去，恐怕他还要逃跑，因为他太小了，承受不了这样的生活。"巴尔先生说，他的所有努力均告失败，因此他感到十分沮丧。

"刚才我还很自信什么也不能引诱他离开，可是现在我做好了一切准备，他这么大的变化。"可怜的乔姨回答。她为她的男孩伤心，什么也安慰不了她，因为她试图单独和他谈话时，他比回避别人更回避她，而且用掉入陷阱中的野兽那样的眼神看着她，那眼神一半是凶狠，一半是乞求。

纳特形影不离地跟随着他，丹没有像对别人那样粗鲁地拒绝他，只是生硬地说："你没事了，别管我，我比你能更好地忍受。"

"可是我不想让你感到孤单。"纳特难过地说。

"我喜欢这样。"每当这时，丹会迈着沉重的脚步走开，独自沉闷地叹气，因为他确实孤独。

一天，他路过那片小桦树林时，碰到了几个男孩，他们正在玩闹。白桦树干细长而富有弹性，弯了下来，树梢触到地上，他们爬上白桦树，荡悠下来。丹停了一会儿，看着这有趣的玩法，但是他没有提出参加进去和他们一起玩。他只是站在那儿看，这时，轮到了杰克，他不幸选了一棵太大的树，他往下荡悠时，树干只弯了一点，他被挂在一个危险的高度上。

"回去，你荡不下来！"内德在下面叫道。

杰克使着劲，但是细树枝从他手里滑落了，他的腿又无法将粗树干夹住，他紧抓着树梢，徒劳地踢蹬着，扭动着，后来便放弃努力了。他挂在那里，喘着粗气，无能为力地说道：

"接住我！救我呀！我得跳下来了！"

"如果你跳就要被摔死。"内德叫道，他吓得魂不附体了。

"坚持住！"丹高声叫道，他迅速地爬上树，几乎就要够着杰克了，杰克仰头看着他，脸上充满了恐惧与希望。

"你俩都能下来了。"内德说，他站在下面的斜坡上，激动得手舞足蹈，而纳特伸开了胳膊，急切地希望他们压弯树干落下来。

"我正想这么做呢，下面闪开。"丹冷冷地回答。他身体的重量添加到树上，树压弯了，离地面近了好多英尺。

杰克平安地落地了。可是那减轻了一半负担的白桦树突然向上一弹，丹往下荡时先落下脚来，这时失去了控制，重重地摔了下来。

"我没有受伤，一会儿就好。"他说着坐了起来，面色有点苍白，头有些眩晕。这时男孩们围拢在他身边，充满了钦佩与惊恐。

"丹，你真是好样的！我非常感谢你！"杰克满怀感激地大声说道。

"这没什么。"丹慢慢地站起来，嘟囔着。

"我是说，我要和你握握手，虽然你是个——"那个倒霉的字眼到了嘴边，内德又把它咽了回去，他伸出手，觉得这样做很体面。

"可是，我不和一个告密者握手。"丹带着轻蔑地眼光转过身去，这使内德记起了溪边的一幕，他很不体面地急忙往后退。

"回家去吧，老兄，我来扶你。"纳特和丹一起走开了，留下其余的人谈论着丹的英勇事迹，他们想知道丹什么时候才能"复原到和以前一样"。对于汤米，大家全都希望"在弄得乱七八糟之前，那讨厌的钱应该放在遥远的耶利哥①"。

第二天早晨，巴尔先生走进教室时，看上去是那么快乐，男孩们不知道他发生了什么事，他的举动使他们真的以为他失去了理智，他径直朝丹走去，抓住丹的双手，激动地握着它们，一口气说出了下面的话：

"我都知道了，我请你原谅！这像是你做的事，我为此爱你，虽然说谎是完全不对的，哪怕是为朋友。"

"怎么回事？"纳特叫道，因为丹一言不发，只是抬起头来，仿佛背上卸下了某种包袱。

"丹没有拿汤米的钱！"这句话完全是巴尔先生喊出来的，他太高兴了。

"谁拿的？"男孩们一齐叫道。

巴尔先生指着一个空座位，每一双眼睛都随着他的手指望去，然而，好一会儿谁也没有说话，他们都非常吃惊。

"今天早晨杰克回家了，但是他留下了这个。"巴尔先生在大家的一片沉默中读起了那张纸条，他起床时，发现那张纸条就贴在门的手柄上。

　　　　我拿了汤米的美元。我透过一个缝隙，看到他把钱放在了那里。在这之前，虽然我想说出来，可又不敢说，我

---

　　① 西方神话中一种常见的怪物。

不那么在乎纳特，不过丹是好样的，我再也忍受不了了。我根本没花那钱，钱就放在我屋里的地毯下面，就在脸盆架后面。我非常抱歉！我要回家了，我想我也不会回来了。所以丹可以使用我的东西。杰克。

这个招供的纸条不太优雅，字写得不好，纸条上涂满了墨迹，还很短，但是对丹来说，这是一张宝贵的纸条。当巴尔先生停下来时，这男孩子向他走来，眼睛明亮，带着他们尽力教他的那种坦率和恭敬，断断续续地说：

"现在我要说，我很抱歉，请您原谅我，先生。"

"丹，这是一个友好的谎言，我不得不宽恕你。可是你看，这没有什么好处的。"巴尔先生说。他将手放在丹的双肩上，脸上充满了欣慰和慈爱。

"它避免男孩们再去烦扰纳特，这就是我这样做的目的。这件事让纳特十分痛苦，我倒不那么在乎。"丹解释道，经过艰难的沉默后，终于把事情说出来了，他似乎很高兴。

"你怎能那么做呢？你总是对我那么好。"纳特结结巴巴地说道。他有种强烈的欲望，想拥抱着他的朋友大哭一场，可这过于女孩子气了，会让丹感到非常地丢脸。

"现在没事了，老兄，所以别犯傻了。"他说着，止住了哽咽，大笑起来，他已好几个星期没这样笑了。"巴尔夫人知道了吗？"他急切地问道。

"知道了，她非常高兴，我不知道她会为你做什么。"巴尔先生说，可是他没有说下去，因为这时男孩们发出了高兴与惊奇的欢呼声，向丹身边挤了过来。他还没来得及回答很多的问题，一个声音便响了起来：

"为丹三呼万岁！"这时乔姨站在门口，她挥舞着洗碗布，看上去仿佛高兴得想跳吉格舞，以前做姑娘时她经常跳这种舞。

"那我们就欢呼吧！"巴尔先生叫道，孩子们立刻激动地欢呼起来，这声音惊动了厨房里的阿西娅，也让驾车从旁经过的罗伯茨老先生摇头，他说：

"现在的学校和我小时候的不一样了！"

丹对这样的欢呼表现得还挺镇静，可是看到乔姨高兴的样子，他的心激动起来，他突然顺着大厅冲入了小客厅，巴尔夫人立即跟在他的身后，有半个小时，两人都不见了。

巴尔先生发现很难让这群兴奋的孩子安静下来，他看出不可能上课了，便讲起一个古老而美好的故事，以吸引他们的注意力。故事里一对朋友相互忠诚，美名万古扬。孩子们听着也记住了故事，因为就在刚才，两个朋友之间的忠诚感动了他们。说谎虽然是错误的，可是出于友爱的谎言，以及勇敢地默默忍受属于别人的耻辱，这使丹在大家眼里成了英雄。现在诚实与荣誉有了新的意义，好名声比金子更宝贵，因为曾经丢失的钱也把它买不回来，相互间的信任使生活顺利幸福，任何别的东西都无法做到这一点。

汤米得意扬扬地恢复了公司的名称。纳特更加忠诚于丹。所有的男孩们都竭力为以前对两人的怀疑和忽视弥补过错。乔姨为她的这群孩子感到高兴，而巴尔先生不厌其烦地讲述着关于这两个小家伙的达蒙与皮西厄斯①的故事。

---

① 罗马民间传说中的一对好友，他们是生死之交。

15 柳树林里

那个夏天，那棵老树看见了许多小场面，倾听了许多心里话，因为它已成了所有孩子们最喜爱来的地方。柳树似乎也喜欢如此，总是愉快地欢迎孩子们，孩子们安静地在它的怀抱里度过了无数个小时，让他们获得了很大的裨益。一个星期六的下午，柳树迎来了许多伙伴，一只小鸟报道了那里发生的一切。

最先来的是南和黛西。她们带着自己的小盆和小块肥皂。她们时常会心血来潮，要打扫一阵清洁卫生，这次是要在小溪里洗所有洋娃娃的衣服。阿西娅不愿让她们在她的厨房里"四处溜达"，自从上次南忘记关上水龙头，因而水溢出来了，渗过天花板慢慢往下滴，就禁止在浴室里玩耍。黛西有条理地干起活来。她先洗白色的，再洗有颜色的，把衣服漂洗干净，然后把它们挂在一根绳子上晒干。绳子系在两棵伏牛花木之间，她还用内德为她做的一套小衣服夹把衣服夹住。可是南却把她所有的小东西全部浸在同一只盆里，便把它们给忘了。然后，她去采集蓟花冠毛为一个洋娃娃装填枕头，她给那个洋娃娃起了巴比伦女王的名字——塞米勒米斯。这就耽误了一些时间。当活泼女士来拿出她的衣服时，所有的衣物都沾上了墨绿色的斑点，因为她忘了有顶帽子的里子绸是绿色的，它的颜色恰好浸到那粉红色和蓝色的裙子上、小衬衫上，甚至那条镶着最漂亮饰边的衬裙上。

"哎呀！真是糟糕透了！"南叹起气来。

"把它们铺到草地上，让色退掉。"黛西摆着有经验的样子说道。

"就这样吧，我们可以坐在树窝里，守着它们，以防被风刮跑了。"

巴比伦女王的全部服装被摊开晒在河岸上，两个小洗衣妇把盆子翻过来晒着，自己爬进了柳树窝里，开始说起话来，就像太太们干家务活在暂停休息时常做的那样。

"我打算做床羽毛褥垫来配我的新枕头。"活泼女士说，一边将蓟花冠毛从口袋里转移到手帕里，转移的过程中冠毛损失了接近一半。

"我不做。乔姨说，羽毛褥垫对健康不利。我只让我的孩子们睡床垫。"莎士比亚·史密斯夫人坚定地回答。

"我不管！我的孩子们非常强壮，他们常常睡在地板上，并没有什么（这话完全真实）。我买不起九床床垫，我自己也喜欢做褥垫。"

"那些羽毛，汤米难道不收费吗？"

"他也许会收费的，可是我不打算付他钱。他也不会在乎的。"莎士比亚·史密斯夫人回答，充分利用了班斯善良的性情，他的善良是出了名的。

"我认为，那件衣服上的粉红色要比绿色的斑点退得快一点。"史密斯夫人说。她从坐的地方往下看，改变了话题，因为她们两人的闲聊在很多方面不一致，而史密斯夫人是一个谨慎的太太。

"没关系，我已经玩厌了洋娃娃，我想把它们扔了，去照管我的农场。比起玩来说，我更喜欢农场。"活泼女士说。她在毫无意识的情况下，表达出了许多年长的太太们的愿望，只是，太太们无法这么轻易地丢弃她们的家庭。

"你可不能离开它们，没有妈妈它们会死的。"温柔的史密斯夫人叫道。

"那就让它们死吧。为小孩子们忙碌，我都烦死了。我要去和男孩们一起玩，他们需要我照顾。"有独立见解的女士回答道。

黛西对妇女的权益一无所知。她平静地接受着她想要的一切，没有人拒绝她的要求，因为她不做她办不到的事情，却不知不觉地使用她自己强有力的影响力，从别的孩子那儿赢得特权，她证明了自己最配享有那些特权。南试图要做各种事情，可怕的失败吓不倒她。她拼命地吵着要去做男孩们做的每一件事。他们笑话她，把她推到一边，指责她干预他们的事务。可她就是不甘心，要求别人答应她，因为她意志坚强，有着狂热的改革家的精神。乔姨同情她，却试图抑制她追求完全自由的狂热愿望，同时告诉她必须要稍加等待，学会自我控制，要准备好如何使用自由，才能要求自由。脾气温顺时，南同意这样做，她受到的影响慢慢地产生了效应。她不再声称要当火车司机或铁匠，思想却转向了种庄稼，她发现封锁在她活跃的体内的能量终于找到了出口。然而，那并没有让她感到十分的满足，因为鼠尾草和马郁兰都不会说话，所以不会感谢她的照料。她要某种有人情味的事物来让她爱，为它工作，保护它。当小男孩们刺破了手指，撞破了头，或者伤了关节，来找她"修复"时，再没有比这更使她快乐的了。乔姨看到这一点，便建议她应该学会怎样把这些事做好。于是乔姨便有了个聪明的学生，向她学习如何扎绷带，敷石膏，以及热敷。男孩们开始称她为"活泼的医生"，她非常喜爱这项工作，以至于乔姨有一天对教授说道：

"弗里茨，我已知道我们可以为那孩子做些什么了。即便是现在，她也需要有追求的东西。如果得不到，她便会成为一个苛刻、泼辣、满腹牢骚的女人。我们可别抑制她不安的小小本性，要尽我们的力量，让她做她喜欢做的事情，以后再劝说她爸爸让她学医。她将会成为一个很棒的医生的，因为她有勇气，有胆量，心肠软，她对弱者与受苦的人有着强烈的爱心和同情心。"

刚开始，巴尔先生笑了，但还是同意一试。他给南一块药草园地，将她照管的植物的各种医药性能教给她，孩子们偶尔患上小病，就让她在他们身上试验那些植物的疗效。她学得快，记得牢。她表示出的意识和兴趣鼓舞了她的教授，并不因为她是个小姑娘而将她拒之门外。

那天她坐在柳树丛中正想着这些心事，突然黛西温和地说道：

"我喜欢管家，等我和德米长大生活在一起时，我打算为他好好地管管家。"

南坚定地答道：

"嗯，我没有哥哥，我也不想要什么家来添乱。我要有个办公室，里面有许多瓶子、抽屉和碾槌。我要驾着马车到处出游，治疗病人，那一定有趣。"

"啊！你怎么能忍受那些难闻的东西，那脏兮兮的小药粉、蓖麻油和蜂糖浆？"黛西叫了起来，一副不寒而栗的样子。

"我又不去吃它们，所以我不在乎。但是它们能使人们恢复健康。我喜欢为人治病。我的撒尔维亚茶不是治好了巴尔妈妈的头疼吗？我的啤酒花藤不是在五小时内止住了内德的牙疼吗？行吧！"

"你要把蚂蟥放在人们身上，还要截肢和拔牙？"黛西问，想到这些她发起抖来。

"是的，我什么都要做，即使人们全身被撞碎了我也不在乎，我要修补他们。我爷爷是个医生，我见过他在一个男人的面颊上缝合一个大伤口。我拿着海绵，一点儿也不怕，爷爷说我是个勇敢的女孩。"

"你怎么能做得到的呢？我为病人们感到难过，我喜欢护理他们。但是这会使我的腿发抖，所以我只好跑开，我不是个勇敢的女孩。"黛西叹了口气。

"那么，你可以当我的护士，当我给我的病人们治病，截肢时，你来拥抱他们!"南说，显然她的实习是够冒险的。

"喂，那条船呀！你在哪儿，南？"下面一个声音叫道。

"我们在这儿呢。"

"唉！唉!"那声音叫着，接着埃米尔一只手握着另一只手出现了。他愁眉苦脸的，仿佛很痛苦。

"哦，怎么回事？"黛西焦急地问。

"大拇指扎了根该死的刺，弄不出来了。帮我把它挑出来，南，好吗？"

"太深了，我没带针。"南说，她饶有兴趣地检查着那脏兮兮的拇指。

"用大头针吧。"埃米尔着急地说。

"不行。大头针太大了，而且针头不尖。"

这时，黛西手伸到口袋里，拿出一个灵巧的小针线盒，里面有四根针。

"你真是个乖宝宝，总有我们想要的东西。"埃米尔说。南决定从此以后自己口袋里要装上一个书形缝针纸夹，因为在她行医时总有用得着的时候。

黛西蒙住了眼睛，南用针探索着，冷静地挑着刺，埃米尔发着指令，这种指令任何医药书或记录上都没有记载。

"现在，右舷，稳住，孩子们，稳住！再来一次转舵，用力拉船！好了!"

"吮吮手指。"医生下着命令，很内行地打量着那根刺。

"太脏了。"病人摇动着流血的手指回答。

"等等，你要是有手帕我就把你的手包扎起来。"

"没有，就用晾在下面的破布吧。"

"天哪！不行，那可不行！那些是洋娃娃们的衣服。"黛西愤怒地叫道。

"用我的那块吧，我愿意让你用。"南说。埃米尔下了树，抓起他第一眼看到的"破布"，碰巧的是抓住了那件饰边衬裙。可是南一声不吭地把它撕成片，当那件皇家衬裙变成一条整洁的小绷带时，她下命令让她的病人离开：

"保持湿润，别去管它了，那样很快就会好，不会痛了。"

"你怎么收费？"海军将领微笑着说。

"不收费，我开了一个诊所，免费为穷人治病的地方，分文不收。"南炫耀地解释。

"谢谢你，活泼医生。我要是受伤了总会来找你的。"

埃米尔离开了，可是好心总是有好报的，他回过头来说道："医生，你的破衣服要被风吹走了。"

两个女士原谅了"破衣服"这个不够尊敬的词，下了树，收起了她们洗的衣服，回到屋里去生小炉子，准备熨它们。

一阵微风吹了过来，摇动了老柳树，柳树仿佛在轻轻笑她们在树上喋喋不休说的孩子话，它还没平静下来，又有一对鸟儿落到了树上，激动地唧唧喳喳叫着。

"哎，我来告诉你一个秘密。"汤米开口了，重要的消息使他"骄傲自大"。

"说吧。"纳特回答，他希望把他的提琴带来了，这里如此阴凉安静。

"嗯，我们一帮人在谈论着最近那件作为证明的有趣的事件。"汤米胡乱地引用了弗朗茨在俱乐部演讲时的话，"我提议送件东西给丹，以弥补我们怀疑他而造成的过失，表达我们的敬意。你知道漂亮而有用的东西，他能够永远保留并为之自豪的东西，你认为我们应选择什么？"

"一个捕蝴蝶的网，他很想有一个。"纳特说，他神情有点失落，因为他打算自己来买的。

"不，先生，是一架显微镜，一架真正的上好的显微镜。我们可以用它来看水中那些你们叫做什么来着的东西，还能看星星和蚁卵。要知道，还可以做各种游戏，那不是一件很好的礼物吗？"汤米问，他将显微镜和望远镜弄得混乱不清。

"好极了！我真高兴！可是，那要花费很多的钱吧？"纳特叫道，他感到他的朋友开始被人欣赏了。

"当然会的。可是我们大家都打算给他件东西。我带头在纸上记下了我那五美元，因为要用那钱，就要用得大方。"

"什么？所有的都花掉？我还没有见过像你这样慷慨大方的家伙。"纳特对他笑了，由衷地钦佩。

"嗯，你瞧，我一直被我那财产弄得心烦意乱，我已经厌倦了，我不打算再存钱了，不过一边挣钱，一边花钱，这样就没有人会妒忌我了，也没人想偷我的钱了，我也就不会猜疑别人，担心我的破钱了。"汤米回答道，百万富翁的焦虑与忧愁沉重地压在他的心上。

"巴尔先生会让你这样做吗？"

"他认为这是个一流的计划。他说，他认识的一些优秀男人宁愿用他们的钱来做好事，而不把钱存起来，等死后让人们为它们争吵。"

"你爸爸很有钱，他那样做吗？"

"我不知道，不过我要什么他就给我什么，我就知道这些。我回家时要和他谈谈这个问题。不管怎么说，我要为他树立一个好榜样。"汤米的表情那样严肃，纳特不敢笑他，只是恭敬地说：

"你可以用你的钱做许多事，是吗？"

"巴尔先生是这么说的，他同意给我建议怎样正确地花钱。我打算从丹开始。下一次等挣了一两个美元，我就为迪克做些什么。他是这么好的一个家伙，而每星期只有一分钱的零花钱。你知道，他挣不到多少钱，所以我打算适当地照顾他。"好心的汤米十分渴望马上就开始。

"我认为那是个美好的计划，我不打算买提琴了。我要给丹买一个蝴蝶网。如果还剩下钱，我要做点让可怜的比利高兴的事，他喜欢我。虽然他不穷，但他喜欢接受我给他的一些小东西，因为我比你们其他人更清楚他想要什么。"纳特开始遐想他那宝贵的三美元能带来多少幸福。

"我也这样。好了，咱们去找巴尔先生，请求他同意让你星期一下午和我一起进城，这样，我去买显微镜，你就可以去买网了。弗朗茨和埃米尔也要去，我们去逛商店，一定会很开心的。"

两个孩子手挽手地走了，他们讨论新的计划的庄重让你忍不住想笑，然而，他们已经感受到了那种甜蜜的满足，只有那些做出努力的人，才能获得这种满足，无论他们的努力多么微小。他们试图成为人世间穷人和无依靠的人们的救世主，用慈善的行为在他们微不足道的钱币上镀上一层金，这样，钱被储存在那个地方，盗贼们攻不破，也偷不去。

"上来吧，我们一边看树叶，一边休息吧，这里又凉快又舒适。"德米说，他和丹刚在树林中散了很长时间的步，正走回家。

"好的。"丹回答，他是个沉默寡言的孩子，于是他们便上了树。

"是什么使白桦树叶比别的树叶摇晃得厉害呢？"好奇的德米问，他总是相信能从丹那儿得到答案。

"它们悬吊的姿态是不同的。你没看见树干上，叶柄与树叶以一种向里收缩的方式相联结，又以另一种向里收缩的方式与细枝联结。稍微有一丝风就会使它摆动起来，可是榆树叶直接往下垂，而较能保持平静。"

"多么奇妙！这个呢？"德米举起了一小枝洋槐，那是他从草坪上的一棵小洋槐树上折下来的，因为它非常漂亮。

"不行，这属于那种用手一碰就合上叶子的植物，你把手指在树干中间划一下，看看叶子会不会卷起来。"丹说，他正在查看一小片云母。

德米试了一下，一会儿，小树叶确实卷到了一起，小树枝上显出的是单线而不是双线的树叶了。

"我喜欢你讲的这些。给我讲讲其他的吧！这些树叶能做什么呢？"德米拿起另一个新树枝问道。

"喂桑蚕。桑蚕靠吃桑叶过活，直到它们开始吐丝把自己裹起来。我曾经在一家丝厂干过活。那儿有满是架子的房间，架子上都盖满了桑叶，桑蚕吃桑叶吃得非常快，发出沙沙声。有时它们吃得太多，给撑死了。把这个去讲给阿呆听。"丹笑了起来，他又拿起了一块上面有苔藓的石头。

"我知道这个毛蕊花叶子的一点东西，仙女们用它们当毯子。"德米说，他还没有完全放弃有绿衣小人存在的想法。

"要是我有架显微镜，我会让你看到比仙女还漂亮的东西。"丹说，他不知道什么时候能拥有那件他渴求的宝贝，"我认识一个老太太，她用毛蕊花叶做了顶睡帽，因为她面部神经痛，她把毛蕊花叶缝在了一起，她一直戴着那顶帽子。"

"多有趣！她是你奶奶吗？"

"我根本就没有奶奶。她是个古怪的老太，独自一人带着十九只猫，住在一间摇摇欲坠的房子里。人们把她叫做女巫，可她不是的，虽然她看上去就像个旧破布口袋。我住在那个地方时，她对我真不错。她总是让我在她的炉边取暖，而救济院里的人对我很严厉。"

"你在救济院生活过？"

"时间很短。别说这个了，我不想说起它。"丹突然住了嘴，他畅谈了这么一阵，已经有点非同寻常了。

"请讲那些猫吧。"德米说，他觉得自己问了一个令人不快的问题，感到难过。

"没什么可讲的，只不过她养了许多猫，让它们在一只桶里过夜。我有时去把桶弄翻，让它们出来，搞得满屋都是猫。于是她就开口骂，赶它们，把它们再装进桶里。猫儿们拼命地呼噜呼噜怒吼，或者嚎叫。"

"她对它们好吗？"德米问，他开心地笑了，孩子的笑声十分悦耳。

"我想是的。可怜的老人！她收留了城里所有走失的或被遗弃的病猫。谁如果想要猫，就去找韦伯太太。她会让他们挑选他们想要的任何品种和任何颜色的猫，只收九便士。她为小猫们找到一个好家感到非常高兴。"

"我想见韦伯太太。如果我到那个地方去能见到她吗？"

"她死了。我所有的亲人都死了。"丹简短地说。

"很抱歉。"德米安静地坐了一会儿，想着下一个问什么问题更安全。他觉得继续谈那个死了的老太太有些敏感，但又对那些猫十分好奇，他禁不住低声问道：

"她医治那些病猫吗？"

"有时治。有一只猫腿断了，她就用一根木棍绑在它的腿上，腿就好了。另一只猫浑身痉挛，她用一种叫亚伯斯的药医治它，直到它痊愈。有些猫死了，她就把它埋掉。治不好时，她就杀死它们。"

"怎样杀?"德米问。他觉得这个老太婆身上有特殊的魔力，猫儿也有一些笑话，因为丹自己在笑。

"有一位好心的女士也喜欢猫，她告诉她怎么杀猫，而且给了她一些东西，她自己所有的猫都是那样被杀死的。老太太经常把一块浸了乙醚的湿海绵放进一只旧靴子里面，然后把猫的头朝下塞进去。乙醚一会儿就把猫迷昏了，猫还未醒来，就泡在热水里被淹死了。"

"我希望小猫们没感受到痛苦。我要把这事告诉黛西。你知道许多有趣的事儿，是不是?"德米问。他开始思索起这个有丰富经历的男孩，这个男孩逃跑过很多次，他在一个大城市里自己照料自己。

"有时我希望我没有这些经历。"

"为什么? 想起那些事感觉不是挺好吗?"

"不好。"

"真是奇怪，要弄清你的想法是那么困难。"德米说，他双手抱着膝盖，抬头仰望着天空，仿佛要在那儿找到他最喜爱的话题的信息。

"见鬼才难! 不，我不是那意思。"丹咬着嘴唇，因为那禁止使用的字眼不由自主地溜了出来。而且，和任何其他的男孩相比，他想在德米面前更注意一些。

"我就装没听见。"德米说，"你不会再说的了，我确信。"

"能忍住就不说了。那是我不想回忆的一件事情。我努力控制自己，可是似乎没多大用处。"丹有些气馁。

"不，有用处。你说的粗话比以前少一半了。乔姨很高兴，因为她说那是一个难以克服的习惯。"

"她这么说了?"丹受到了些鼓舞。

"你得把咒骂放到你的过错抽屉里，将它锁起来，就像我对我的缺点那样。"

"什么意思?"丹问,他看上去仿佛发现德米和一种新的金龟子或甲虫同样有趣。

"嗯,那是我私下玩的一个游戏。我告诉你吧,不过我想你会笑话的。"德米说。他高兴的滔滔不绝地讲起了这个合适的话题,"我把我的思维想象成一个圆形的房间,我的灵魂是住在这个房间里的一种带翅膀的小动物。墙壁上满是架子和抽屉,我把我的思想,优点和缺点及各种各样的东西都放在那些架子上和抽屉里。我把优点放在我能看见的地方,把缺点紧紧地锁起来。可是它们要跑出来,我只有不断地把它们放进去,使劲把它们压住,它们太强壮了。我独自一人或躺在床上时,便和我的思想一起玩,我想办法,和它们一起做我喜欢的事情。每个星期日我就整理一下我的房间,和住在那里的小灵魂交谈,告诉它做些什么。有时它很坏,不睬我,我就得责骂它,带它去爷爷那儿。爷爷总能让它守规矩,为它的过错难过,因为爷爷喜欢这个游戏,他给我一些好东西放进抽屉里,还告诉我怎样关住这些顽皮的东西。难道你不想试试这个方法吗?这是一个好方法。"德米看上去那么认真,充满了信任,丹没有笑话他这奇特的幻想,却严肃地说道:

"我想,没有一把足够结实的锁,能锁住我的坏毛病。不管怎么说,我的房间乱七八糟,我不知道怎样把它打扫干净。"

"你把你柜子里的那些抽屉收拾得相当整齐,为什么就不能收拾好另外的抽屉呢?"

"我不会,你愿意教我吗?"丹看上去仿佛想试一试德米孩子气的方法,整理他的灵魂。

"我愿意教你。可是我不知道怎么样教,除非像爷爷那样和你谈话,我不可能像他那样教得好,但是我会试一试的。"

"别对任何人说。我们只是有时候到这里谈论事情，我会把我所知道的那些事告诉你，以此作为给你的报酬。行吗?"丹伸出了他那又大又粗的手。

德米毫不迟疑地伸出了他那光滑的小手，联盟就这样形成了。在孩子们幸福而安宁的世界里，狮子与羊羔也是友好的玩伴，在这一点上，小孩子们无意识地为他们的长辈们树立了榜样。

"嘘!"丹用手指了指房子，这时，德米正准备再提出一个话题，谈谈压制缺点，制伏缺点的最好方法。他们从坐着的地方往下看去，乔姨正慢慢朝这边走过来，她一边走一边看书，而泰迪跟在她身后小跑着，拖着一个翻倒的小车。

"等着让他们看到我们。"德米悄悄说。两个孩子安静地坐在那里，而那两人也渐渐走近了，乔姨完全被书中的东西吸引住了，要不是泰迪说起话来，她会一直走进小溪里。泰迪说:

"妈妈，我要钓鱼。"

乔姨放下了那本迷人的书，这本书她已经读了一个星期了。她四下看着，想寻找一根钓鱼竿，她可经常变戏法似的弄出玩具来。她还没来得及从篱笆上弄下一根枝干来，一根柔软的柳条便落在了她的脚边。她抬起头，看到男孩们坐在树上微笑。

"上去! 上去!"泰迪叫着，他伸着双臂，飘动着衣服边缘，仿佛要飞起来。

"我下来，让你上去，我现在得去找黛西了。"德米离开了，他要去讲述那十九只猫的故事，和那激动人心的靴子和桶的事儿。

泰迪立即被送到树上，然后丹笑着对乔姨说:"你也上来吧，还有很宽的地方。我来帮你一把。"

乔姨回头瞥了一眼，没有看见人。她非常喜欢这种游戏，便笑着回答:"好吧，如果你不对别人说起，那么我就上来。"她的步伐灵巧，两步就爬上了柳树。

"我结婚后就没有爬过树了。我当姑娘时，非常喜欢爬树。"她说，看上去她对这个阴凉的地方很是满意。

"好了，你想看书就看吧，我来照看泰迪。"丹提议道，他开始为等得不耐烦的宝宝做钓鱼竿。

"我现在倒不想读书了。你和德米在这儿干什么？"乔姨问。丹看上去有些严肃，她想，他的脑子里一定在想什么事情。

"哦，我们在谈话，我一直在和他说着关于树叶和其他方面的事情，他则讲他的那些有趣的游戏。好了，少校，钓鱼吧。"丹将绳子系在柳枝上，绳子一头系着钓钩，他把一个蓝色的大绿苍蝇放在钓钩上，便完成了这件工作。

泰迪从树上弯下身去，很快就全神贯注地钓起鱼来，他确信会有鱼儿上钩。丹抓着他的小衣服，以免他"头朝下"掉入溪中。乔姨先开了口，这样很快就让丹也说话了。

"我非常高兴，你告诉德米'树叶和其他方面的事情'。那正是他所需要的，我希望你教他，带他一起进步。"

"我愿意，他那么聪明，不过——"

"不过什么？"

"我原来以为你不信任我。"

"为什么不信任呢？"

"嗯，德米是那么可爱，那么善良的人，我是这样一个坏家伙，我以为你会让他远离我的。"

"可你并不像你说的那种'坏家伙'，我确实信任你，丹，完全信任你，因为你在诚心诚意地试图改变自己，你一周比一周更有进步。"

"真的吗？"丹抬头看着她，脸上沮丧的云雾一扫而光。

"是这样的，你没有感觉到吗？"

"希望如此，可是我还不知道。"

"我一直在静静地等待和观察，因为我在想，我要先让你接受严峻的考验，如果你能经得起，我就给你我所有的最好的奖赏。你已经很好地经受住了考验，现在我不仅要将德米，还要将我自己的儿子托付给你，因为你可以教给他们一些东西，而且比我们教得更好。"

"我行吗？"丹对这个想法感到惊讶。

"德米和年长的人在一起生活的时间太长了，他需要的正是你具有的一些关于普通事物的知识，以及力量和勇气。他认为你是他见过的最勇敢的男孩，他欣赏你做事的强有力的方式。还有，你了解许多有关自然事物的知识，你能讲有关鸟儿、蜜蜂、树叶和动物的故事，比他的故事书里的讲得更奇妙，而且这些故事是真实的，这将让他学到很多东西，对他大有好处。难道你没看出，现在你能给他多大的帮助，看不出我为什么喜欢让他和你在一起吗？"

"可是我有时要骂人，也许会给他讲一些错误的东西。我并不想那样做，可是它会溜出口的，就像几分钟前我说'滚蛋'一样。"

"我知道，你在尽量不去说这样的话，也在努力不做那些伤害小家伙的事情，这就是我认为德米能帮你的地方，因为这个小家伙那么天真那么聪明，他具有我想给你的东西，亲爱的，那就是一些好的原则。把这种东西灌输到孩子们身上，从来不会为时过早，而要让长期被忽略的人学习它也决不会太迟。你们还只是孩子，你们可以互教互学。德米会无意中就增强了你的道德感，而你也会增加他的普通知识，我就会感到似乎我帮助了你们两个人。"

这种信任和赞扬是怎样打动了丹，让他有多么的高兴，任何语言都无法表达。以前没有人信任过他，没有人愿意在他身上发现长处，培养优点。没有人去关心，在这个缺乏管教的男孩心里，隐藏着多少东西。在他很快地走向毁灭时，幸而他能迅速感受到并珍惜同情与帮助。有权利将他不多的优点和少量的知识都教给他最值得敬重的孩子，这让他感到非常荣幸，他觉得自己将来可能得到的任何荣耀都不比这个权利珍贵。把那天真的同伴交给他照管，加在他身上的，再强有力的约束也莫过于此了。他现在有了勇气将他和德米制定的计划告诉了乔姨。她很高兴，这第一步迈得如此自然。对丹来说，似乎一切都进展顺利，她为之感到欣喜，因为这似乎是个艰难的工作。她带着坚定的信念继续工作，相信有可能改造比他年龄更大而情况更糟糕的人，现在发生的这种迅速而充满希望的变化鼓舞着她。丹感到他现在有朋友了，在这个世界上有了立身之地，有了为之生活和工作的东西。虽然他没有说什么，但他展现出了自己最好的，最勇敢的一面，对给予他的爱和信任作出了回应，艰苦的经历曾经使他性格中的这些优点深深隐藏了起来，但现在丹真正得到了拯救。

他们安静的谈话被泰迪高兴的叫喊打断了，让每个人惊奇的是，他还当真钓到了一条鲑鱼，这里已经好几年没有出现过鲑鱼了。这一辉煌的成功使他陶醉，阿西娅还没有把它煮了当晚餐之前，他坚持要把他的战利品显示给全家人看。于是，三个人下了树，愉快地一起离开了。他们对刚才半小时的工作感到满意。

接着，内德来到了柳树下，但是他只短暂地停留了一会儿，悠闲地坐在那儿，而迪克和多利为他捉了满满一桶蚱蜢和蟋蟀。他要拿汤米开个玩笑，打算将几十只活跃的小动物塞到他的床上，这样，当班斯上床时，会迅速滚下床来，他夜里好多时间就会用来满屋子追逐"蚱蜢"。捕捉很快结束了，内德给每个猎人发了几块薄荷糖，便回去为汤米铺床了。

约一个小时，老柳树叹息着，独自唱着歌，和小溪交谈，观赏着因为太阳慢慢落山而逐渐延长的树影。当晚霞映红美丽的树枝时，一个男孩悄悄地走上了大道，穿过草坪。他看到比利在小溪边，便走到他面前，神秘地说：

"请你去告诉巴尔先生，我想在这里见他。不要让别的人听见。"

比利点头，然后跑了，而这个男孩纵身上了树，神色焦急地坐在那里，同时他很明显也感受到了这个地方和这一个时刻的魅力。五分钟后巴尔先生出现了，他越过篱笆，把身体探进了树窝里，亲切地说道：

"我很高兴见到你，杰克，可你为什么不进来，和我们大家见见面呢？"

"我想先见见你，先生。叔叔让我回来，我知道我什么都不值得，可是我希望伙伴们不要对我太严厉。"

可怜的杰克过得不太好，显然他感到难过和羞愧，他想尽可能地让大家接受他。他的叔叔狠狠地揍他，严厉责骂他，因为杰克竟捡了他的样。杰克请求不要送他回来，可是这所学校收费便宜，福特先生坚持己见，于是这男孩便悄悄地回来了。他要寻求巴尔先生的庇护。

"我希望这样。可是我不能替他们回答你，虽然我可以负责让他们公正。我认为，丹和纳特是无辜的，却遭受了那么多罪，而你是有罪的，也应该接受些什么样的处罚，对不对？"巴尔先生问。他同情杰克，但觉得他犯了不能原谅的过错，应当受到惩罚。

"我想是这样，可是我把汤米的钱送回去了，我也说了抱歉，难道那还不够吗？"杰克阴沉地说。这个家伙能做出如此卑鄙的事，却不能勇敢地承担后果。

"不够。我想，你应该公开地、诚实地请求那三个男孩的原谅，短时间内，你不能期望他们尊敬你、信任你，但是如果你努力去做，你就能让大家忘记这个耻辱，我也会帮助你的。偷窃和撒谎是让人痛恨的罪过，我希望这将是你的一个教训。我很高兴你感到了羞愧，这是个好的迹象。耐心地忍受它吧，尽你所能去获得一个好名声吧。"

"我要开一个拍卖会，把我所有的东西都以低价卖掉。"杰克说，他以最特别的方式表示着悔恨。

"我想，把它们送掉会更好些，在新的基础上开始吧。将'诚实为上'作为你的座右铭，在行动上、语言上和思想上达到它的要求。虽然今年夏天你挣不到一分钱，可是到了秋天你会成为一个富裕的男孩。"巴尔先生真诚地说。

虽然这很难，但杰克同意了，因为他发现欺骗真的不合算，而且他想赢回男孩们的友谊。他的心依恋着财产，一想到真的要送掉那些珍爱之物，他内心呻吟起来，与这相比，公开请求原谅似乎更容易一些。然而就在这时，他开始发现别人身上的某些东西，虽然这些东西是无形的，却非常珍贵，它们是比小刀、鱼钩，甚至比金钱本身更好的财富。因此，即便是高价，他也决定要全部买下诚实，获得他的玩伴们的尊敬，虽然那并不是畅销的物品。

"好吧，我就那么做。"他带着突然下了决心的神情说道，巴尔先生感到很高兴。

"好的！我要支持你，现在回去，立刻开始吧。"

于是，巴尔先生把这个丧失了名誉的男孩领进了那个小世界。他在那儿先是受到了冷遇。然而，当他表现出，他已从这次教训中受到了教益，真诚地渴望要用全新的生财之道来更好地经营生意时，孩子们便慢慢地对他热情起来。

16　驯　马

"那孩子到底在干什么?"乔姨自言自语道,她看到丹在绕着那半里路的三角地带跑,仿佛在和谁打赌。他独自一人跑着,似乎受到了某种奇怪念头的控制,被逼得兴奋发狂或要折断脖子,因为他跑了几圈后,又跳越墙头,在大道上翻筋斗,最后倒在大门前的草地上,似乎累得筋疲力尽。

"你在为比赛训练吗,丹?"坐在窗边的乔姨问道。

他迅速抬起头,然后止住喘息,笑着回答:

"不,我只是在发泄我的精力。"

"你难道不能找个比较冷静的方法来玩吗?这么热的天,你那样奔跑,会生病的。"乔姨说,她也笑了,往外扔给他一把大棕榈叶扇子。

"我也没办法,我得跑到别的什么地方去。"丹回答,他不安分的眼睛里含着奇怪的表情,乔姨感到很困惑,赶紧问道:

"是不是梅园对你来说变得太窄了?"

"即便它再小一些我也不在乎,我喜欢梅园。可事实是,有时魔鬼进入了我的脑子里,我真的想逃跑。"

说出这些话似乎有违心愿,因为话一出口,他便露出了内疚的神色,好像认为他这样忘恩负义理应受到责备。可是,乔姨理解这种心情,虽然对此感到难过,可她却不能因为男孩承认了这种心情而责怪他。她不安地看着他,他长得既高大又强壮，脸上有着渴望的眼睛，坚定的嘴巴，充满了活力。她回想起来，前几年他完全是自由的。她感到，当过去那些狂野的精神在他胸中搅动时，即使是这个家庭温和的约束，有时也会让他感到苦闷。"是的，"她自言自语地说，"我的野鹰需要一只大一点的笼子了。可是，如果我放他走，恐怕就会失去他了，我得设法找些更有吸引力的事情让他安心。"

"这事儿我都知道，"她大声地接着说，"那并不是你所说的'魔鬼'，而正是所有年轻人向往自由的正常愿望。我以前就这么想过，我曾经还真有那么一会儿想过逃跑。"

"你为什么没跑呢？"丹说，他走过来，靠在低矮的窗台上，显然想继续这个话题。

"我知道那样做是愚蠢的。出于对妈妈的爱，我留在了家里。"

"我没有妈妈。"丹说。

"我相信你现在有了。"乔姨说，她轻轻地将他热热的前额上那乱糟糟的头发捋开。

"你对我好极了，我怎么谢你都不过分，可是情况并不一样，是吗？"丹抬起头惆怅地看着她，脸上充满了渴望的神情，打动着她的心。

"是的，亲爱的，那是不一样，也不可能一样。我想，自己的妈妈会对你无微不至的关怀，不过，那已经不可能了，你必须试图让我代替她的位置，我担心我没有做到所有该做的事，不然你不会想到离开我的。"她难过地补充道。

"不，你已经做到了。"丹急切地喊道，"如果能忍得住的话，我不想走，我也不会走。可是，有时我觉得不知怎么的，我必须跑出去。我想跑到什么地方去，想摔碎什么东西，想打人。不知是为什么，可我就是这么想的，就这么回事。"

丹一边笑着一边说，但是他的话是当真的，因为他皱着双眉，拳头使劲砸向窗台，把乔姨的顶针都给震到草地里去了。他把它捡了回来。她接过顶针时，将那只棕色的大手握在手里说：

"好吧，丹。如果你非得跑不可那就跑吧，不过别跑远了。很快就回到我身边来，因为我非常需要你。"看上去乔姨费了好大的劲才终于说出这样的话来。

意想不到乔姨会准许他逃学，这让他大吃一惊，不知怎么的，似乎缓解了他逃跑的欲望，他不明白这是为什么，可是乔姨明白。她知道人类有着自然的逆反心理，她现在依靠这种心理来帮自己。她本能地感觉到，越是约束这男孩，他就越是烦躁不安，越要反抗。可是如果放他自由，仅仅是那种自由的感觉，加上知道自己最爱的人非常希望他就在身边，这样他就会感到很满足。这是一个简单的试验，可是它成功了。丹安静地站了一会儿，他脑袋里想着这件事，不知不觉中将扇子撕成了碎片。乔姨打动了他，满足了他的自尊心。他承认他理解了这一点，过了一会儿，他带着遗憾而坚定的神情说：

"我暂时不会走，逃跑前我会比较恰当地通知你，这样公平，是不是？"

"好的，我们就这么着吧。现在，我想能不能为你找个发泄精力的更好的办法，不要像只疯狗一样到处乱跑，撕坏我的扇子，要不就和男孩们打架。我们能发明什么呢？"丹在试图修复他弄毁的扇子时，乔姨绞尽脑汁想着新办法，以保证她的逃学者安全，直到他学会更喜爱功课。

"当我的送货员怎么样？"她的脑袋里突然闪现了这个念头。

"进城去，跑差事？"丹问，看得出他立刻有了兴趣。

"对。弗朗茨跑厌了，塞拉斯现在抽不出身，巴尔先生没时间，老安迪是匹保险的马，你驾车的技术不错，而且你像邮递员一样，熟悉城里的路。如果你来试一试，看看一个星期驾车离家两三次，和每个月逃跑一次哪样更适合。"

"我非常喜欢那样做，只是我要单独去，一个人干这件事，我不想让别的孩子在周围烦扰我。"丹说，他打心里喜欢这个新的想法，已经开始摆出要干大事的架子了。

"如果巴尔先生不反对的话，你就可以照你的想法去做。我想埃米尔会争吵的，不过，让他驾驭马匹不能让人放心，而你可以。顺便告诉你，明天是赶集的日子，我得去开清单。你最好负责将马车准备好，告诉塞拉斯准备好送给妈妈的水果和蔬菜，你得很早就起床，还要准时赶回来上课的，能做到吗？"

"我是一只早起的鸟，所以我不在乎。"丹迅速穿上夹克衫。

"这一次，我确信早起的鸟捉住了虫子。"乔姨愉快地说。

"而且还是一条不错的虫子。"丹回答道。他笑着走去给鞭子捆扎上新的鞭绳，然后洗刷马车，并带着年轻的送货人以得意的神态命令着塞拉斯。

"在他厌倦了这事之前，我得想点别的办法，为他下一次的冲动做好准备。"乔姨自言自语道，她开着清单，同时深感欣慰，并非她所有的男孩都像丹这样。

巴尔先生不完全赞同这一新计划，但还是同意试一试。这就激励了丹，让他放弃了自己已经确定的出去游荡的计划，那新的鞭绳和远处的小山都是那些计划的一部分。第二天早晨，一大早，他就驾车出了门，他英勇地抵抗着诱惑，不去和进城送牛奶的工人赛跑。一进了城，他便小心地干着差事，这使巴尔先生感到惊奇，乔姨也非常满意。对丹的提拔，海军准将怒吼起来，不过，让他安慰的是一把极好的挂锁，还有他的新船坞，而且，他想到当海员要比驾送货的马车，为家庭跑差事更荣耀，怒气就平息下来了。于是，丹心满意足地干着这个新的差事，不再说起逃跑的事了，这样过了好几个星期。可是，一天，巴尔先生发现他正在揍杰克，杰克跪在那儿哭着求饶。

"哎呀，丹，我还以为你已经不再打架了呢。"他说，然后走过去营救。

"我们不是打架，我们只是在摔跤呢。"丹回答，他不情愿地住了手。

"看起来很像是打架，感觉也像。嗨，杰克？"巴尔先生说道，这时被打败了的先生艰难地站了起来。

"我再也不和他摔跤了，他差点把我的头敲下来。"杰克吼道，他摸着头，仿佛肩膀上的这颗脑袋真的松动了。

"事实是，我们开始时是闹着玩的，可是，我把他打倒在地时，我忍不住要揍他了。对不起，我伤了你，老兄。"丹解释道，好像对自己的行为感到很羞愧。

"我能理解。你想揍人的欲望非常强烈，很难控制。你就像一个狂暴的战士，丹。对你来说，能为什么东西争斗是有必要的，就像纳特离不开音乐一样。"巴尔先生说，这男孩与巴尔夫人之间的谈话他都知道。

"忍不住，所以，如果你不想挨揍的话，最好就避开。"丹回答，他的黑眼睛里带着警告的神色，吓得杰克赶快躲开了。

"如果你想和什么东西进行搏斗，我给你一个比杰克更难对付的东西。"巴尔先生说。他领着丹来到了堆木料的院子，那里有一些春天里挖掘出来的树根，等着被劈成柴火，他指着那些树根说：

"那儿，当你想虐待男孩们时，到这里来发泄掉你的精力，我也会为此感谢你的。"

"这么做的。"丹抓起放在近处的斧子，拖出一截坚硬的树根，用力地劈了下去，木块到处乱飞，巴尔先生赶快逃命。

巴尔先生感到非常高兴的是，丹听了他的话，大家经常看到他和那些笨重的树疙瘩进行搏斗。他脱去了帽子和夹克衫，红着脸，眼里冒着怒火，因为他对他的敌手非常的愤怒。他低声地咒骂着它们，直至将它们征服。这时，他感到欢欣鼓舞，扬扬得意地抱着一大抱多节的橡木块走向木棚。他的双手起泡了，背也酸了，斧子砍钝了，但是这对他有好处。他从这些丑陋的树根中得到了如此大的安慰，是任何人都没有料想到的。他每砍一斧，都会发泄掉一些抑制住的能量，要不然，这些能量就会以一些有害方式发泄出来。

"这件事完了以后，我真的不知道该做什么了。"乔姨自言自语地说。她没了灵感，仿佛江郎才尽了。

然而，丹为自己找到了新的职业，也享受着它带来的快乐，过了一段时间后，别人才发现他那么满足的原因。那年夏天，劳里先生在梅园养了一匹漂亮的幼马，马儿在小溪对面的大牧场里悠闲地乱跑，男孩们都对这个漂亮活泼的动物产生了兴趣。他们一度喜欢观看马儿飞舞着多毛的尾巴，在牧场上奔驰和蹦跳，喜欢看腾在空中漂亮的马头，但他们很快就看厌了，丢下查理王子不管它了。可是，丹不一样，他根本就看不厌那匹马儿，他几乎每天都要去看它，总是带来一块糖，一块面包，或者一个苹果，让他受到欢迎。查理非常感激，接受了他的友谊，人和马儿相互爱着，仿佛感觉到，他们之间有着某种无法解释而又密切的联系。在这广阔田野的任何地方，只要丹向河滩吹口哨，查理就会全速向他跑过来。这匹漂亮的马儿把头放在他的肩上，抬头看着他，可爱的眼睛里充满了智慧的爱慕之情，这时，丹感到再没有比这更幸福的了。

"我们没经过交谈就相互理解了，是不是，伙计？"丹经常这样说，马儿对他的信任，让他感到很自豪，他非常担心失去它的敬重，所以，他没有对任何人说起他们之间发展得多么好的友谊，每天去看马时，他从来不告诉任何人，只让泰迪陪他去。

劳里先生时而来看看查理的情况，他谈起秋天时要驯服它，就要给它戴上辔头。

"它不需要太多的驯养，它是这样一个温和，脾气好的动物，过些天我过来试着给它加上马鞍。"有一次劳里先生来时，他说道。

"它倒让我给它套上了笼头，可是我想，即使是你来给它加上马鞍，它也不会乐于接受的。"丹回答，查理和他的主人相会时他总是在场。

"我会哄它忍受的，不在乎开始跌倒几次，它从来没有受到过粗暴的对待，所以，尽管它对这新玩意儿会感到惊奇，但它不会害怕，动作笨拙些对它也没有任何害处。"

"我不知道它要做什么。"丹自言自语道。这时，劳里和教授一起走了，查理也回到了河滩上，先生们过来时它就退回去了。丹坐在围栏的最高处，那光滑的马背靠近他身边时，他觉得那是那么的吸引人，这时，要做个试验的大胆想法支配着他。他根本没考虑到有危险，便冲动地行动起来。当查理放心地啃着他手中的苹果时，丹悄悄地坐到了马背上。然而他刚坐上马背，查理吃惊地打了一个响鼻，笔直地立了起来，把丹摔到了地上。这一摔没伤着他，因为草皮是软的，他跳了起来，笑着说道："不管怎样，我骑上马了！过来，你这个坏蛋！我还要再试试。"

可是查理拒绝走近了。丹没有理会它，决心一定要获得成功，像这样的博斗正好合他的意。到了下一次，他带来了一个笼头，给马儿上了笼头后，和它玩了一会儿，他牵着它来回走着，让它做各种滑稽动作，直到它有一点累了。然后，丹坐在墙头上，给它吃面包，等待着时机，然后他紧紧抓住了笼头，迅速翻上马背。查理玩起了老把戏，可是丹抓住了它。丹在托比身上练习过，托比偶尔也会犯一阵倔脾气，试图将骑它的人甩下来。查理又惊又气，它腾跃了一会儿后，便飞快地跑起来，把丹头朝下脚朝上地摔了出去。如果丹不是那种经历过许多的危险，仍安然无恙的男孩，他的脖子就会被折断的，可是实际上他只是重重地摔了一下，他安静地躺在那里，镇定下来。而查理绕着田野飞跑着，它摇着头，十分满足地看着它的骑手的狼狈相。过了一会儿，它似乎想到丹出了什么事，出于宽宏大量，它便过来观看是怎么回事。丹让它四处嗅着，让它感到困惑了几分钟，然后他看着它，好像马能听懂话似的，果断地对它说：

"你以为你胜了，可是你错了，老弟，我还是要骑你的，你看我敢不敢。"

那一天他没有再试。可是不久以后，他又尝试了一种新的方法，给查理加上负担。他将一床折叠起来的毯子捆到了它的背上，让它尽力地飞奔、暴跳、翻滚和发怒。反抗了几次后，查理终于屈服了，几天之后便允许丹骑它了，它常常突然停住，环顾左右，仿佛在半是忍耐半是责备地说："我不理解这件事，可是我看你没有恶意，所以我就特别许可你了。"

丹拍拍它，表扬了它，每天骑很短一会儿，常常给摔下马背，尽管如此他还是坚持骑，渴望能骑上带马鞍与缰绳的马，但是他不敢承认他做的事。然而，他实现了愿望，因为对他的恶作剧一直有个目击证人，这个人为他说了好话。

"你知道那个孩子最近在干什么?"一天晚上，塞拉斯接受第二天的任务时，问他的主人。

"哪个孩子？"巴尔先生带着无可奈何的神情问道，他等着告知某些不好的情况。

"丹，他一直在驯那马驹，先生。我敢说他要是没那样干我情愿去死。"塞拉斯呵呵笑着回答。

"你怎么知道的？"

"唉，对那些小家伙们，我多少有点留神，大多数情况下我知道他们想干什么。所以，当丹不断往牧场跑，回家时身上青一块紫一块的，我怀疑正在发生什么事，我什么也没说，不过我爬上了谷仓的阁楼，从那里看到他在和查理玩各种各样的游戏，他多次被摔下来，像个肉袋似到处碰撞，但是那孩子的勇气战胜了一切，好像他也喜欢那样，他还在这么干，似乎一定要赢。"

"可是塞拉斯，你本来应该阻止他这么干，要不然那孩子也许会被摔死的。"巴尔先生说，他不知道，他那约束不了的人的脑袋瓜里，接着又会产生些什么样的怪念头。

"我是想着阻拦他的，可是那真没有什么危险，查理不会玩把戏，它是我见过的脾气最好的马。事实上，我不忍心破坏这个活动，因为要是有什么让我赞赏的，那就是胆量，而丹浑身都是胆。现在，我知道他渴望骑上马鞍，可他并没有偷偷去拿那个旧马鞍，所以我就想要过来告诉你，也许你能让他尽力做他能做到的事。劳里先生不会介意的，查理还会因此受到更好地驯服。"

"我们来看看吧。"巴尔先生于是便去了解这件事。

丹立刻承认了。他自豪地显示了他制服查理的力量，证实了塞拉斯没有说假话，经过了许多的哄骗，又喂了许多胡萝卜，以及坚持不懈的努力，他真的获得了成功，骑上了带着笼头和毯子的小马驹。劳里先生感到非常有趣，丹的勇气与技巧让他很高兴，便让丹参与以后驯马的所有行动，因为劳里先生要立刻训练查理，他说他不打算让一个小家伙超过自己。多亏了丹，查理已经跟马嚼子和解了，于是它也愉快地接受了马鞍和缰绳。劳里先生稍微对它进行了训练，便允许丹骑它了，其他男孩们感到非常忌妒，又赞叹不绝。

"它难道不漂亮吗？难道它不像羊羔一样服从我吗？"一天，丹下了马，双手抱住查理的脖子说。

"是的，它是不是要比野马驹有用得多，而且也更能让人高兴？野马整天在田野里乱跑，跳跃篱笆，还不时跑得无影无踪。"巴尔夫人站在台阶上问他，丹驯查理时她总会出现在台阶上。

"当然是的。瞧，它现在不会逃跑了，即使我不牵着它，我一吹口哨它一会儿就到我面前来，我把它驯服得听话了，是不是？"丹显得既自豪又高兴，他尽可以这样，因为，尽管他们一起驯服它。比起它的主人来，查理更喜欢丹。

"我也在驯一只小马驹，我想，如果我有耐心和毅力，我也会和你一样获得成功。"乔姨说道，她意味深长地笑着看他，丹理解了其中的含义，笑了，然后郑重地回答道：

"我们不会跳越篱笆逃跑，而要留下来，让他们把我们驯成漂亮有用的共轭马。是吧，查理？"

17 作文日

"快点，孩子们，已经三点了。你们知道，弗里茨叔叔喜欢我们遵守时间。"一个星期三的下午，铃声响起，弗朗茨说。一群书卷气的年轻绅士们，手里拿着书本和纸张，向博物馆走去。

汤米趴在课桌上，墨水弄了他一身，灵感的闪现让他满脸通红，他像往常一样手忙脚乱地写着作文，因为悠闲的班斯不到最后一刻是不会做好准备的。当弗朗茨到门口检查那些拖后腿的孩子们时，汤米掉下了最后一块墨迹，写上了最后一个花体字，然后他从窗户翻了出去，一边走一边挥舞着他的作文纸，让风吹干字迹。南跟在他的后面，手里卷着一张大纸，看起来有些了不起，德米护卫着黛西，两人明显地掩饰不住什么愉快的秘密。

博物馆里次序井然，阳光透过大窗户照在啤酒花藤蔓上，在地板上留下了婆娑的阴影。窗子的一边坐着巴尔先生和巴尔夫人，另一边放着一个小桌子，作文一经阅读便放在桌子上。孩子们坐在轻便折凳上，围成了一个大的半圆，偶尔有折凳合上，然后又坐下的声音，因此场上也显得不那么紧张了。所有的人都在读作文，那要用很多的时间，于是，他们就分次轮流着读，这个星期三主要是更小的学生们表现了，而大孩子们则屈尊地听，并可自由发表评论。

"女士优先。南可以开始了。"当折凳安放好，翻纸张的沙沙声平息下来时，巴尔先生说。

南在小桌子边坐下了，开始咯咯笑了一阵，然后便读起下面这篇有趣的作文：

"海绵——朋友们，海绵是一种非常有用而又有趣的植物，它生长在水里的岩石上。我相信，它是一种海草。人们把它采来，晒干，洗干净，因为一些小鱼和昆虫就生活在海绵的洞里，我在我的新海绵里发现了贝壳和沙子。有些海绵非常纤细和柔软，人们用它们给婴儿洗澡。海绵有很多的用途。下面我来讲述它的几种用途，我希望朋友们能记住我说的话。一种用途就是用它洗脸，我自己不太喜欢用它，但是我还是用了，因为我想保持清洁。有些人不用它，所以他们就很脏。"读到这里，读者的眼光严厉地落到了迪克和多利的身上，他们两个人在这种目光下低下了头，于是，他们立即决定，以后在所有的场合都要用海绵擦洗自己。"另一个用途便是唤醒人们起床。我特——别——指——的是男孩们。"这个拖长的字眼读完后，她又停住了，欣赏着满堂的窃笑。"有些男孩听到了呼叫，他们还是不起床，玛丽·安便把湿海绵里的水挤到他们的脸上，这就使他们发狂般地跳起来，顿时就清醒了。"读到这里，爆发出了哄堂大笑。埃米尔似乎受到了打击，他说：

"我看你是跑题了。"

"没有，我没有跑题。我们是要写有关植物和动物的事，我两方面都写了，因为男孩们是动物，是不是?"南叫道。她没有被"不是"这个愤怒的吼叫所吓倒，而是平静地继续读道：

"还能用海绵做一件有趣的事，那就是当医生们拔牙时，他们把乙醚放在海绵上，然后把它送到人们的鼻子前面。我长大了就这样做，给病人闻乙醚，这样他们就会睡着，我切下他们的腿和胳膊时，他们就感觉不到。"

"我知道有人用它杀死了猫。"德米叫了起来,可是立即被丹阻止了。丹打翻了他的折凳,又用帽子遮着他的脸。

"我不喜欢被人打断。"南说着,对这不合时宜的胡闹者皱了皱眉头。秩序立即恢复了正常,年轻的女士用下面的话结束了讲话:

"朋友们,我的作文有三条意义。"有人发出嘘声,可是没人去注意这种不礼貌,"第一,要保持你的面部清洁;第二,要早起床;第三,当你的鼻子下放着乙醚海绵时,深呼吸,别乱踢,就能轻而易举地把你的牙齿拔出来。我再没有可说的了。"在闹哄哄的欢呼声中,南小姐坐下了。

"这是篇非常出色的作文,而且格调高,妙趣横生,写得非常棒,南。现在该黛西。"巴尔先生向这个年轻女士笑着,又招呼起另一位女士来。

黛西坐到位子上时满脸通红,非常可爱。她谦逊地低声说:

"恐怕你们不会喜欢我的作文,它不像南写的那样好,那样有趣,可是我也只能这样写了。"

"我们永远喜欢你的作文,小姑娘。"弗里茨姨父说,男孩子们发出了温和的低语声,似乎证实了他说的话。受到这样的鼓励,黛西读起了她的小作文,大家洗耳恭听:

"猫是一种可爱的动物。我非常喜欢它们。它们干净又漂亮,能捉老鼠,让人抚爱。如果你对它好,它就喜欢你。它们很聪明,任何地方都能找着出路。小猫叫猫咪,是可爱的小东西。我有两只小猫咪,它们名叫哈兹和巴兹,它们的妈咪叫黄宝石,因为它的眼睛是黄色的。姨父给我讲了一个人的有趣的故事,那人名叫穆罕默德。他有只好猫,猫在他的衣袖上睡着了,他想走开,为了不惊醒猫,他竟剪下了袖子。我想他是个善良的人。有些猫会捉鱼。"

"我也会!"泰迪大声说道,他跳了起来,急切地讲他钓到鲑鱼的事儿。

"嘘!"他的妈妈很快又将他按了下去,因为,守秩序的黛西也讨厌被打断,就像南说的那样。

"我读到过一只猫,它经常捉到鱼,而且很狡猾。我试图让黄宝石去捉鱼,可是它不喜欢水,便用爪子抓我。它倒确实喜欢喝茶。我在厨房里玩时,它就用爪子拍打茶壶,直到我给它一些茶水才停止。它是只好猫,它吃苹果布丁和甜食,大多数猫是不吃这些东西的。"

"这可是一流水平的作文。"纳特高声说。黛西退场了,听到朋友的赞扬她非常高兴。

"德米像是等不及了。我们立即就让他上,他已忍不住了。"弗里茨姨父说。于是,德米迅速地跃上了演讲台。

"我写的是首诗!"他得意扬扬地宣布,接着便严肃地大声朗诵起他的处女作来:

> 我写的是蝴蝶,
> 它是可爱的小东西,
> 飞来飞去像鸟儿,
> 就是不会唱歌儿。
>
> 起初是只小虫儿,
> 然后钻进黄茧里,
> 接着变成花蝴蝶,
> 咬破茧儿飞出来。
>
> 露水和蜂蜜当饮食,

不筑巢穴，不蜇人，

不像马蜂、蜜蜂和黄蜂，

我们要做得和蝴蝶一个样。

我愿变成美蝴蝶，

身披黄蓝绿红彩色衣，

但愿丹尼爱护我，

不把樟脑抹在我头上。

这与众不同的天才，突然显露出来，博得了全场的喝彩，德米被迫把小诗再读一遍，要完成这任务有点困难，因为诗没什么标点符号，一些长句子，还没有读到句尾，小诗人便喘不过气来了。

"他会成为一个莎士比亚的。"乔姨说，她笑得要死，这首绝妙的诗使她想起了自己十岁时作的一首诗。诗的开头有些忧伤：

我愿有一座安静的坟墓，

坐落于小河之畔，

鸟儿、蜜蜂和蝴蝶，

在小山上歌唱。

"来吧，汤米，要是你的稿纸里面和外面都沾满了墨水，那一定是一篇长作文。"当德米放下他的诗坐下来时，巴尔先生说。

"这不是作文，是一封信。你看，我忘了该轮到我读作文了，放学后才想起来。那时我不知道该写些什么，也没有时间去研读了。我想你不会介意我带来一封写给我奶奶的信吧？里面写了一些鸟儿的内容，所以我就想这样行了。"

汤米找了个这么长的借口，便拿起满是墨迹的纸错误百出地读了起来，他不时停下来辨认着自己写的花里胡哨的字迹：

亲爱的奶奶，愿您健康。詹姆斯叔叔送了我一支袖珍步枪。这是个漂亮的小型杀伤工具。样子像这样——（汤米读到这里，展示了一幅出色的草图，看上去像是个复杂的水泵，或是一个小蒸汽机的内部构件）——44 是瞄准器，6 是人工的枪托，安在 A 上，3 是扳机，2 是撞针，在后膛装子弹，发射起来力量大，指弹射得很直，不久我就要去打松鼠了。我为博物馆射到了好几只漂亮的鸟儿，它们的胸部有花斑，丹非常喜欢它们。他把它们填制得好极了，站在树上看起来十分自然，只有一只看上去有点歪。前些天我们这儿有个法国人来干活，阿西娅把他的名字叫得那么滑稽，我来告诉你吧，他叫吉曼。她先叫他杰瑞，我们笑话她，她又改叫他杰里迈亚，结果很是滑稽。于是他又成了杰曼尼先生，然而，这样还是很可笑，那名字变成了加瑞蒙，从此这个名字就这么叫下去了。我不常写信，因为我太忙了，不过，我常想念您，慰问您，衷心地希望，没有我在您身边，您要尽可能地过得好——爱您的孙子。

托马斯·巴克敏斯特·班斯
又及：如果有什么邮票，请给我留着。
注意：爱我们大家，非常爱艾尔米拉婶婶，她现在还能做好吃的葡萄干蛋糕吗？
又及：巴尔夫人向您问好。

又及：巴尔先生也向您问好，如果他知道我正在写信的话。

注意：我过生日时，爸爸要送我一只手表，我很高兴，因为目前我无法知道时间，上课经常迟到。

又及：我希望不久能见到您，您难道不想派人来接我吗？

T·B·B

由于每一个"又及"，都引起男孩们一阵欢笑，当读到第六个，也是最后一个"又及"时，汤米已是筋疲力尽了，他很高兴地坐下来，擦着他那红扑扑的脸蛋。

"我希望那可敬的老太太能够经受得住。"巴尔先生在吵闹的掩护下说道。

"我们别去注意最后一个'又及'的明显暗示，且不说她看见汤米，单这封信就让她够受的了。"乔姨回答道，她记起来老太太每次来看望了她这个不好管束的孙子后，通常都会卧床不起的。

"现在该我了。"泰迪说。他学了一点小诗，急着要背它，以至于汤米读信时，他不停地站起又坐下，再也克制不住了。

"如果再等下去恐怕他会把诗忘掉了。我教他背诵时费了不少力气。"他的妈妈说。

泰迪小跑到演讲台前，行了个屈膝礼，同时又点了点头，仿佛急于迎合每个人，接着便奶声奶气地，一口气背起了小诗，他把重音完全发错了：

小小水滴，

小小沙粒，

汇成大海，

还有快乐土地。

小小和气语，

每天别忘掉，

让家变幸福，

一路来帮助。

最后，他交叉起双手，行了双重礼，然后跑到妈妈那儿，将头埋在了妈妈的膝盖上。他的"杰作"使他陶醉了，这时欢呼声响了起来。

迪克和多利没有写作文，但是受到鼓舞，去观察动物和昆虫的习性，然后报告观察结果。迪克喜欢这样，而且总有许多话要说，所以当叫到他时，他走了上去，明亮的眼睛看着听众，讲起了他的故事。他的神情非常认真，所以没有人笑他的驼背，因为他"正直的灵魂"闪着漂亮的光芒。

"我一直在观察蜻蜓。我在丹的书里也读到了它们，我试试把我记得的东西讲给你们听吧。在池塘上空有好多蜻蜓在飞舞，它们都是蓝色的，大眼睛，翅膀上有条纹，非常美丽。我捉到了一只，我看着它，我想它是我见过的最漂亮的昆虫。它们捕捉比自己小的昆虫吃。它们有一种奇怪的钩子似的东西，没有捕猎时这东西就收起来了。蜻蜓就像是阳光，整天到处飞舞。让我想想！还有什么可讲的？噢，我想起来了！它们把蛋下到水里，然后沉到水底，在泥浆中孵化，丑陋的小东西就从卵里孵出来。我叫不出名字，它们是棕色的，不断长出新皮，越长越大。想一想！它们要花两年时间才能变成蜻蜓！这就是它最奇怪的部分了。所以你们要认真听，因为我相信你们不知道这些。当准备好了，不知怎么地，它知道时候到了，于是这丑陋肮脏的东西从水里出来爬到菖蒲或灯芯草上，裂开它的后背。"

"得啦，我不相信这个。"汤米说，他是个不善于观察的孩子，真的认为迪克在"捏造"。

"它确实裂开了后背，是不是？"迪克向巴尔先生求助。巴尔先生很肯定地点头，小演讲者非常满意。

"嗯，蜻蜓就这样出来了，整个都出来了，它待在阳光里。你知道，它活了。它逐渐变得强壮，然后展开它美丽的翅膀，飞向空中，它再也不是蛆虫了。我就知道这么多，不过，我要观察，设法看到它的变化过程，因为我想，变成一只美丽的蜻蜓真是好极了，不是吗？"

迪克的故事讲得很好。当描述那新生昆虫的飞行时，他挥舞着双手，抬头看着，仿佛他看到了蜻蜓，想去追它。他脸上表现出来的神情让大听众们想到，将来有一天，小迪克会实现他的愿望的。经过多年的无奈与痛苦之后，在未来幸福的日子里，他会向上攀登，飞向阳光，离开他可怜的小身体，在比这个世界更美好的地方找到一个新的可爱的体形。乔姨将他拉到身边，在他瘦削的脸颊上吻了一下，说道：

"亲爱的，这是一个可爱的小故事，你记得非常牢，我要写信给你妈妈，告诉她这一切。"迪克坐在她的腿上，听到这句赞扬，心满意足地笑了。他下决心要仔细地观察，在蜻蜓离开原来的身体蜕变成新的虫儿时，抓住它，看它怎样变。多利说了几句有关"鸭子"的话，他是以歌咏的方式说的，他把这段话背下来的，发现这样做是让人感到非常痛苦的。

"很难捕杀到野鸭，男人们躲起来向它们射击，他们让家鸭嘎嘎地叫着，引诱野鸭来到人们能向它们开火的地方。他们还制作木头鸭子，木鸭四处漂游着，野鸭子便过来看它们。我想，那些野鸭子很愚蠢。我们的鸭子非常听话，它们吃了许多东西，在泥泞里和水里玩耍。它们不好好照料自己下的蛋，任由它们被糟蹋，而且——"

"我的鸭子不是这样！"汤米叫道。

"嗯，有些人的是这样，塞拉斯这么说。鸭妈妈对小鸭子照顾得很好，只是它们不喜欢让小鸭子下水，弄得大惊小怪，可是小鸭们一点儿也不在乎。我喜欢吃肚子里装了填料，还抹上许多苹果汁的鸭子。"

"我来说猫头鹰。"纳特开口说。丹给予了他帮助，对这个题目他认真地准备了一篇作文。

"猫头鹰有着大脑袋、圆眼睛、鹰钩嘴和有力的爪子。有的猫头鹰是灰色的，有的是白的，有的是黑的，还有的是淡黄色的。它们的羽毛非常柔软，非常蓬松。它们飞翔时无声无息，捕捉蝙蝠、老鼠、小鸟等一类的动物。它们在谷仓和空心树里筑巢，有的占用其他鸟类的巢。大角枭下了两个红褐色的，比鸡蛋大的蛋，灰林枭下五个光滑的白色蛋，这种猫头鹰在夜间鸣叫。还有一种猫头鹰叫起来像小孩哭一样。它们吃整只的老鼠和蝙蝠，把消化不了的部分变成小球吐出来。"

"哎呀！多么有趣！"大家听到南在发表评论。

"它们白天看不见，如果它们来到阳光下，几乎就像瞎子似的拍打着翅膀到处乱窜，别的鸟儿们追着去啄它们，仿佛是在玩乐。角枭非常大，几乎和老鹰一样大。它们吃兔子、老鼠、蛇以及鸟类，生活在岩石上和摇摇欲坠的房子里。它们不停地叫，尖叫声就像人被卡住脖子时发出的声音，'哇哦！哇哦！'夜里，在林中听见了真叫人毛骨悚然。白猫头鹰生活在海边，以及寒冷的地方，它看上去有点像鹰。还有一种猫头鹰，它像鼹鼠一样住在自己打的洞里。它叫穴枭，非常的小。仓枭是最普通的一种，我观察过一只仓枭，它住在一个树洞里，一只眼睁着，一只眼闭着，看起来就像一只小灰猫。它黄昏时出来，埋伏在周围，等待着蝙蝠。我捉住了一只仓枭，你们瞧。"

纳特说着，突然从他的夹克衫里面拿出一只毛茸茸的小仓枭来，它眨巴着眼睛，竖起了羽毛，看上去胖乎乎的，昏昏欲睡，它受到了惊吓。

"别碰它！它要表演的。"纳特说。他非常自豪地展示着他的新宠物。他先把一顶三角帽戴在鸟的头上，滑稽的样子让孩子们大笑起来，然后他又给它加一副纸做的眼镜，这使猫头鹰显出有学问的派头，大家都高声欢叫。表演在鸟儿的愤怒中结束了，它抓住一条手帕，头朝下啄着，像罗布说的那样"咯咯"地叫。表演结束后，它被放飞了，它停在门前的一束松果枝上，目不转睛地盯着这些人，它那木讷而又不失尊严的神态逗得大家笑个不停！

"乔治，你要给我们讲一些什么？"屋里再次安静下来后，巴尔先生问道。

"嗯，我读过，而且也了解过有关鼹鼠的许多事情，可是我得说，我几乎都忘了，只记得它们住在自己挖的洞里，要通过往地下灌水才能捉住它们，如果它们不经常吃东西就活不下去。"阿呆坐了下去，他多么希望自己当时没那么懒，记下了宝贵的观察结果，当他提到保留在记忆中的这第三个事实时，屋子里响起了一片笑声。

"那么，今天就到此结束吧。"巴尔先生说，可是汤米却慌忙叫了起来：

"不，还没结束，你难道不知道？我们得赠送那东西呀。"他用手指比做眼镜状，使劲地眨眼。

"哎呀，我忘了！汤米，该你的了。"巴尔先生又坐进位子里。这时，除了丹，所有的孩子似乎都被逗得心里痒痒的。

纳特、汤米和德米离开了屋子，他们很快又回来了，带着一个红色的摩洛哥小盒子，盒子庄重地安放在乔姨最好的银托盘上。汤米捧着它，由纳特和德米护卫着，他们向毫无准备的丹走了过来，丹盯着他们，以为他们要开他的玩笑。汤米曾为这个场合准备了一个高雅而难忘的讲话，可是当这一刻来临时，他把准备的话全都忘了，这个友善的小男孩发自内心地说道：

"给你，老兄，我们大家都想给你一样东西，对不久前发生的事情表示一种补偿，以此来表示我们多么喜欢你，因为你真是好样的。请接受它，希望它带给你快乐！"

丹十分惊奇，他的脸红得像那只小盒子一样，他咕噜着说："谢谢你们！"然后笨拙地打开了盒子。但是当他看到盒子里的东西时，他的脸上泛起了喜悦的光彩，他握着自己渴望已久的宝贝，十分激动地说，虽然他的语言不那么优美，但每个人都很高兴。

"棒极啦！喂，你们这些家伙真是大好人，把这个送给我，这正是我想要的。汤米，把你的爪子伸过来。"

孩子们都伸出了手，热情地互相握着，他们为丹的快乐而高兴。他们拥挤在他的身边，同他握手，介绍他们的礼物的妙用。就在这愉快的交谈当中，丹的目光转向了站在人群外面的乔姨，她正专心一意地欣赏着这一场面。

"不，我和这事没关系。男孩们自己安排的。"她说，回答了丹那感激的神情，那神情似乎想告诉她，他为这幸福的时刻感谢她。丹笑了，用那种只有她能懂的语调说：

"照样和你有关。"他从男孩中间走出来，先把手伸给乔姨，然后又伸给善良的教授，教授正慈祥地对着孩子们微笑。

他默默地，诚恳地紧握着那两只亲切的手，表达着对他们的感谢之情，那两只手一直支持着他，将他领进了安全的庇护所——一个幸福的家。他一句话也没说，但是他们感受到了他要说的话。小泰迪替他们表达出了快乐的心情，他从爸爸的胳膊里弯下腰来拥抱丹，孩子气地说：

"我的好丹尼！现在每个人都爱你了！"

"走过来，摆弄一下你的小望远镜吧，丹。让我们看看放大的蝌蚪和你说的那些怪东西。"杰克说。在这种场合，他感到很不舒服，若不是埃米尔守着他，他就会溜走了。

"好的，你们眯一只眼，用另一只眼看那东西，看看你们什么感觉。"丹说，他乐意地展示他那珍贵的显微镜。

桌上碰巧躺着一只甲虫，他便把显微镜对着它，杰克俯下身瞥了一眼，却一脸诧异地抬起头来说：

"老天！这老东西有着什么样的钳子啊！我现在明白了，你去抓金龟子，它又反过来钳你时，为什么会感到那样的痛。"

"它向我眨眼。"南叫道，她把头从杰克的胳膊肘下伸过去，又看了一眼。

每个人都看了一下，然后，丹又让他们看一只蛾子翅膀上的漂亮绒毛，头发丝羽状的四角，以及一片树叶上的叶脉，这是肉眼根本看不见的，可是通过这奇妙的小镜子，这些叶脉看起来就像是一张粗线织成的网，而他们手指上的皮肤，看上去就像是奇怪的小山和山谷，蜘蛛丝则像很粗的缝纫线一样，另外他们还观察了一只蜜蜂的刺。

"它就像我故事里的仙境，只是更加奇妙。"德米说，他为他看到的奇迹而陶醉。

"丹现在是魔术师了，他能让你们看到身边发生的许多奇迹，因为他具备了两样必要的东西：耐心和对大自然的热爱。我们生活在一个美丽而奇妙的世界之中，德米，你知道的事情越多，你就会越聪明，越有知识。这个小镜子将给你领来许多新老师，只要你愿意，你可以从那里学到优秀的功课。"巴尔先生说，他很高兴看到男孩们对这产生了那么大的兴趣。

"如果我使劲看，能用这个显微镜看到人的灵魂吗？"德米问。这块玻璃片的威力给他留下了深刻的印象。

"不可能，亲爱的，它的威力还不足以看到人的灵魂，也根本不可能做到这一点。你必须要等很长时间，你的眼睛才会变得足够明亮，才能看清上帝最无形的奇迹。不过，看看你能看见的可爱的事物，这会帮助你理解那些看不见而更可爱的事物。"弗里茨姨父把手放在男孩的头上回答道。

"嗯，我和黛西两个人都认为，要是有天使的话，她们的翅膀就像我们从镜子里看到的蝴蝶的翅膀，只不过更柔软，颜色更金黄。"

"如果愿意，你就相信吧，让你们的小翅膀保持明亮和美丽，别飞得太久了。"

"不，我不会的。"德米遵守他的诺言。

"再见了，孩子们，我现在得走了。可是，我得把你们交给我们新的自然史教授。"乔姨离开了，这个作文日让她十分高兴。

18 庄　稼

　　夏季里，小园地里的庄稼长势良好。到了九月，孩子们兴高采烈地收获了一些小作物。杰克和内德合并了他们的园地，种上了土豆，因为那是畅销的好产品。大大小小的全算在内，他们收获了十二蒲式耳①的土豆，以合理的价格把它们卖给了巴尔先生。因为在这个家里，土豆吃得很快。埃米尔和弗朗茨专心种玉米，他们满怀丰收的喜悦在谷仓里剥玉米壳，然后把它们送到磨坊，得意扬扬地带回了玉米粉，足以为全家供应很长时间的玉米粉糊和玉米饼。他们不愿意对提供的粮食收钱，就像弗朗茨说的那样："即使我们今后的日子里一直种玉米，我们也根本报答不了姨父为我们所做的一切。"

　　纳特的豆子获得了大丰收，他对为豆子脱粒束手无策，于是乔姨提出了一种新的方法，结果成功了。他把干豆荚铺在谷仓的地上，纳特拉着小提琴，男孩们在豆荚上跳着瓜德利尔舞，直跳到豆子全都从荚里脱了出来。大家欢天喜地，又不费力气。

　　汤米种了六个星期的豆子颗粒无收，初夏发生了一段时间的旱灾，豆苗干枯了，因为他没浇水。后来他又相信豆子能自己照料自己，于是让它们与虫子和杂草搏斗，直到筋疲力尽，枯萎而死。汤米只得把他的园地重新翻了一遍，然后种上了豌

---

　　①　计量谷物等的容量单位。一蒲式耳大约等于 35 升。

豆，可是，本来下种已经晚了，又被鸟儿吃掉了许多，豆苗栽种得不牢，被风刮倒在地。最后当可怜的豌豆长出来时，又没有人关心它们，它们的季节就这样结束了。汤米用一种善良的行为安慰着自己，他移栽了所有能找到的蓟，而且为托比精心照料着它们，托比喜欢这种带刺的美妙饲料，吃掉了它在这块地里发现的所有的蓟。男孩们拿汤米的蓟大开玩笑，可是他坚持说，照顾可怜的托比比照顾他自己更好。他宣布下一年他的园地全都种上蓟，他还要饲养蚯蚓和蜗牛，这样，除了驴之外，德米的乌龟们和纳特的宠物猫头鹰都会有它们喜爱的食物吃了。汤米就是这个样，三心二意的，但心地善良，无忧无虑！

整个夏天，德米为他的奶奶供应莴苣。到了秋天，又送给他爷爷一篮子萝卜，每个萝卜都洗得雪白，像一个大鸡蛋。奶奶喜欢吃色拉，爷爷最喜爱引用的一句话是：

"卢卡拉斯，节俭让他陶醉，

在萨宾人的农庄吃着烤萝卜。"

因此，这些蔬菜，奉献给两位亲爱的老人，既充满深情，又适合他们，又有传统的礼仪。

黛西的小园地里只种了花儿，整个夏天，芳香艳丽的花儿接连不断地盛开着。她非常喜爱她的园地，所有的时间都在那里刨地，像对待她的洋娃娃和朋友们那样，忠实地、温柔地守护着她的玫瑰花、三色紫罗兰、香豌豆花和木樨草。任何时候都有小花束送进城去，屋子里所有的花瓶专门由她照管。她对她的花儿存有许多美丽的幻想，她喜欢给孩子们讲述三色紫罗兰的故事，给他们看那紫金色的继母花叶怎样坐在绿椅子中，它那两个金黄色的亲生孩子怎样坐在各自的小位子上，而它丈夫与前妻的两个孩子，则穿着暗淡的衣服，挤在一张小凳子上，那可怜的小父亲戴着红色的睡帽，簇拥在花丛中被挡住了视线。

一个满脸愁容的修道士从飞燕草的兜帽里向外探望着，那金丝雀藤蔓上的花儿就像是拍打着黄色翅膀的美丽的小鸟儿，人们甚至以为它们要飞走，而那些金鱼草，当你砸开它们时，就像小手枪发射一样砰地响起来。黛西用红白色的罂粟花制作了一些美丽的洋娃娃，洋娃娃们穿着有装饰边的长裙，系着草叶腰带，绿色的头顶上戴着用金鸡菊花做的让人惊奇的帽子。豌豆荚船儿张开了玫瑰花瓣的帆，接收着这些花儿王国的人们，以最迷人的方式载着它们在平静的湖面上四处游览。黛西找不到小精灵，就自己做，她爱这些幻想中的小朋友们，它们在她夏日的生活里扮演着各自不同的角色。

南种植药草，她很好地种出了一些有用的植物，她精心照料，对它们的兴趣与照顾与日俱增。九月里，她忙碌着收割、晒干、捆扎她那芳香的药草，并在一个小本本上记下不一样的药草的使用方法。她做了几次试验，但也失败了几次，她希望试验更仔细一些，以免给小猫哈兹服用的是艾草而不是樟脑草，让小猫不再发脾气。

迪克、多利和罗布在他们各自的小园地里埋头苦干，其他的人加在一起也达不到他们那样的效果。多利和迪克种的是欧洲萝卜和胡萝卜，他们极想尽快地从地里将这些珍贵的蔬菜拔出来。迪克还悄悄地把他的胡萝卜拔出来检查了一番，然后又重新把胡萝卜埋进地里，最后他相信塞拉斯说的话是正确的，收获胡萝卜还为时过早。

罗布的庄稼是四个小倭瓜和一个巨大的南瓜。正如大家所说的，那真是一个"庞然大物"，我向你保证，两个小人可以在上面肩并肩地坐着。它仿佛吸收了小园地的所有精华，以及照耀在园地上的所有阳光。大南瓜躺在那儿，就像是一个金黄色的圆球，让人联想到几个星期后的南瓜饼。罗布为他的巨型蔬菜感到自豪，他把每个人都带去观看他的大南瓜，当冰霜开始袭击庄稼时，他每天夜里都用一床旧棉被把南瓜盖上，将它四周塞紧，仿佛它是一个亲爱的婴儿。收获南瓜的那一天，除了他自己，他不许任何人碰它，他拼命地拖着小独轮车，要将南瓜送往谷仓，差点把背给累断了，迪克和多利也在前面拉着绳子，帮着他运大南瓜。妈妈答应他，就用这个南瓜做感恩节的饼，她隐约地暗示她脑中有个计划，这个计划将会让南瓜和它的所有者感到非常光荣！

可怜的比利种下了黄瓜，可是他不幸锄掉了黄瓜，留下的却是本该锄掉的杂草，这个错误让他非常伤心，然而，十分钟后，他就把这一切都忘了。他搜集了一把明亮的纽扣，然后把它们种到地里，显然，他那弱智的脑袋里想着它们都是钱，会生长出来，会繁殖，这样，他就能像汤米那样，赚到许多硬币。没有人去打扰他，他在园地里胡乱捣鼓，不久，园地里看上去仿佛经历了一连串的地震。当收获时节来临时，如果善良的老阿西娅没有把那半打橘子挂在比利竖在园地中间的枯树上，除了石头和草，他就没有任何东西可以展示了。比利为他的收获感到高兴，没有谁去破坏他的快乐，因为这是出于同情和爱护而为他创造的小奇迹，让枯树上结出了奇怪的水果。

阿呆采用各种方法种植了西瓜，他迫不及待地想品尝西瓜，便不等瓜熟，独自敞开肚子狂吃了一顿，结果吃坏了肚子，那两天，大家有点怀疑他是否还能吃下东西。然而他挺了过来，他供应出他的第一批甜瓜，自己却一口未尝。这些瓜相当可口，因为它们生长在向阳的斜坡上，成熟得快。最后的也是最好的一批瓜仍然掉在藤蔓上，阿呆宣布要把它们卖给一个邻居。这让男孩们非常失望，因为他们想自己享用，于是他们便以一种惹人注目的新方式表达了他们的不满。一天早上，阿呆去检查那三个他留着卖的大西瓜，他惊恐地发现，在绿色的瓜皮上刻着一个白色的"猪"字，每一个笔画都看着他。他怒火万丈，飞奔去找乔姨，要求洗刷耻辱，乔姨听了，一边安慰他，一边说：

"如果你想让这玩笑转个方向，我来告诉你怎么做，不过你得放弃西瓜。"

"哦，我愿意，因为我不可能揍所有的男孩，可是我得让他们长点记性，这些卑鄙的小人。"阿呆吼着，他仍然怒气冲冲。

现在乔姨完全清楚这恶作剧是谁干的，因为前一个晚上，她在沙发角落里看见三个脑袋可疑地凑在一起，当这几个脑袋不断点头，发出咯咯笑声和低声说话时，这个有经验的女人便知道一起恶作剧正在密谋之中。月夜里，埃米尔窗前的那棵老樱桃树发出了沙沙声，汤米的手指被割破了，这些都有助于证实她的怀疑，她稍稍平息了阿呆的怒火，吩咐他把受到虐待的西瓜送到她的屋里，并对发生的任何事情都不要说。阿呆照着办了，三个调皮鬼惊奇地发现他们的玩笑被默默地接受了，这就没有乐趣可言了，西瓜完全不见了，又让他们感到不安。阿呆的好性情也让他们感到不安，他看上去比平时更温和，更肥胖，他带着同情的神态平静地审视着他们，反倒让他们困惑不解。

吃晚饭时，他们才发现了原因，因为阿呆的报复落到了他们身上，玩笑转向了他们。吃完布丁后，端上了水果，玛丽·安捧着个大西瓜，咯咯地高声笑着，塞拉斯捧着另一个西瓜紧跟在她的身后，丹捧着第三个西瓜走在后面。西瓜分别放在三个有罪的孩子面前，在光滑的绿色西瓜皮上，他们的杰作后面加上了几个字，他们读着，"猪敬赠"。每个孩子都读了起来，大家哄堂大笑，因为这个恶作剧已经悄悄传开了，所以每个人都明白接下来会发生什么。埃米尔、内德和汤米不知该向哪儿看，他们没敢说一句话，明智地随大家一起笑起来，然后他们切开西瓜，分递给大家，并说阿呆采取了一种聪明而又充满乐趣的方式以德报怨，其余的人都表示赞同。

丹没有园地，因为夏天的大部分时间，他不在这里，或跛足不能行走。所以他就帮塞拉斯干活，为阿西娅劈柴火，还悉心地维护草坪，把乔姨门前的小径收拾得干干净净，草皮修剪得整整齐齐。

当别的孩子收获庄稼时，丹几乎什么都拿不出来，感到很难过。可是随着秋天的到来，他想到了林中的收获，那种收获无人能和他竞争，是他特有的。每到星期六他便独自去树林、田野和山里，回来时总是满载而归。因为他似乎知道哪块草地生长着最好的菖蒲根，哪儿有香味最浓的黄樟树，他知道松鼠寻找坚果时常去的地方，说得出最有价值的白橡树，以及乔姨喜欢用来治疗口腔溃疡的黄连。丹把各种各样漂亮的红叶和黄叶带回来让乔姨装饰客厅——结籽的草，铁线莲的缨，长着绒毛，柔软的，像蜡制品一样的黄色浆果，以及镶着红边的、白色的或宝石绿的地衣。

"现在，我无须渴望树林了，因为丹把树林给我带来了。"乔姨经常这么说。她用黄色的枫树枝和红色的忍冬花环装饰着墙壁，她的花瓶里装满了黄褐色的羊齿草和挂满精美球果的铁杉树枝，以及秋天耐寒的花朵。丹的收获很合她的心意。

孩子们的收获装满了那个大阁楼，好一段时间都是房子里的一道风景。黛西的花子儿整齐地放在小纸袋里，全贴上了标签，放在一张三条腿桌子的抽屉里。南的药草捆成束挂在墙上，屋子里弥漫着它们芳香的气味。汤米拥有一篮子结有小子儿的蓟花冠毛，因为他打算下一年还种蓟，如果在这之前冠毛没全飞掉的话。埃米尔把一串串的玉米挂在那儿风干，德米为他的宠物们储存了橡树子和不同种类的谷物。然而，丹的收获成了最好的展品，因为一半的地板上都铺满了他带来的坚果。各种坚果都在这里了，他搜索了方圆几里路的树林，爬上了最高的树，钻进最茂密的树丛，才采摘到他的果实。胡桃、栗子、榛子、山毛榉等坚果被放在不同的一些格子里，逐渐变成棕色，风干，然后变甜，为冬天的欢宴做好准备。

梅园有一棵白胡桃树，罗布和泰迪说那是他俩的。这一年胡桃树结了很多果实，暗黑的果子从树上落下躲藏到枯叶中，繁忙的松鼠们比懒惰的巴尔们在那儿更容易捡到胡桃，他们的父亲曾告诉他们（指的是男孩们，不是松鼠），如果他们愿意去捡就可以拥有这些胡桃，不过谁也不能去帮忙。这活儿很容易，泰迪也喜欢干，只是他很快就累了，小篮子装了一半就放下了，等第二天再去捡。然而第二天来得很晚，同时，聪明的松鼠们在努力地工作，它们在那棵老榆树上跳上跳下，把胡桃收藏起来，直到装满它们的洞穴，然后又把胡桃运到树枝的丫枝上，等到闲暇时再搬走。它们滑稽的小动作让孩子们感到非常有趣，直到有一天塞拉斯问：

"你们把胡桃卖给松鼠了？"

"没有。"罗布回答。他不知道塞拉斯的话是什么意思。

"哦，那么你最好忙起来，不然的话，那些敏捷的小家伙们不会给你们留一点胡桃。"

"哦，我们一开始捡，就会超过它们，胡桃那么多，我们会捡到很多的。"

"不会再落下多少胡桃了，它们把地上的都捡干净了。看看是不是这样。"

罗布跑过去看，他惊慌地发现留下的胡桃已经很少了。于是他叫来泰迪，他们整个下午都在卖力地捡胡桃，而松鼠们则站在篱笆上叫骂着。

"哎，泰迪，我们得守在这儿，胡桃一落地就赶快捡起来。不然我们连一蒲式耳的胡桃都休想得到，如果我们捡不到，每个人都会笑话我们的。"

"这些淘气的松鼠捡不到胡桃，我要赶快捡，然后迅速跑回去把它们放进仓房里。"泰迪说着，向那活蹦乱跳的小松鼠皱着眉，而那小松鼠在愤怒地摆动着尾巴，吱吱地叫着。

那天夜里，一阵大风吹落了上百个胡桃，当乔姨来叫醒她的小儿子们时，她爽快地对他们说：

"哎，孩子们，松鼠在卖力地捡胡桃，今天你们得好好干，不然，它们会搬走地上的每一个胡桃。"

"不，它们不会的。"罗布急匆匆地上了楼，狼吞虎咽地吃完早饭，便冲出去抢救他的财产。

泰迪也去了，他像一个小海狸一样干着活，拿着空篮子或装满胡桃的篮子来回奔跑着。很快，又一蒲式耳的胡桃放进了谷仓。他们正在树叶里搜寻更多的胡桃，这时突然上课铃响了。

"哦，爸爸！让我留在外面捡胡桃吧，要是你不允许，这些可怕的松鼠会搬走我的胡桃的，我一会儿再做功课。"罗布跑进教室大声说道。强劲的寒风和热情的劳动使他涨红了脸，头发蓬乱。

"要是你早一点起床，每天早晨捡一点，现在就不着急了。罗布，我对你说过这话，可你从来不听。我不能让你像捡胡桃一样忽视功课，今年，松鼠们可以得到超过它们应得的份额了，它们也值得，因为它们干活努力。你可以提前一小时离开教室，就这样了。"巴尔先生说着，将罗布领到了位子上，这个小鬼便在座位上猛然读起书来，似乎一心要得到刚才允诺给他的一小时宝贵的时间。

安静地坐在那儿，眼睁睁地看着风儿吹落最后的胡桃，这几乎让人发狂。那些活跃的小偷们四处奔忙，时而停下，当着他的面吃一个胡桃，然后轻快地摆摆尾巴，仿佛在愉快对他说："懒罗布，我们要吃胡桃，不管你了。"在这令人难熬的时刻，只有一件事情支撑着这可怜的孩子，那就是看着泰迪独自一人不停地干活，这个小家伙显示出的勇气和坚忍真让人称赞，他不停地捡，背都弯疼了。他来回费力地奔走着，小腿也累得不行了。他不畏寒风，像一只疲倦以及淘气的"松鼠"，后来妈妈停下了手里的活，帮他运送篮子。好心的小家伙试图帮哥哥的忙，因而他受到了赞赏。罗布被放出来时，发现泰迪在那能装一蒲式耳的圆篮子里休息，他筋疲力尽，可仍然不愿离开田野，他用一只脏脏的小手向那些小偷们挥舞着帽子，而另一只手拿着一个大苹果啃着，以便恢复力气。

罗布开始干活，两点钟之前地上就清理干净了，胡桃安全地储藏到谷仓的阁楼上，疲倦的小工人为他们的成功而欢笑。然而，"调皮蛋"和它的妻子不是那么容易被打败的。几天后，当罗布爬上阁楼去看他的胡桃时，惊奇地发现许多胡桃不见了，没有男孩能偷它们，因为门是锁着的。鸽子也不可能吃胡桃，而且屋里也没有老鼠。两个小巴尔大声哭起来，后来迪克说：

"我看到'调皮蛋'在谷仓顶上，也许是它搬走的。"

"我知道是它干的！我要做个夹子，把它杀死。"罗布叫道，他厌恶"调皮蛋"的贪心的本性。

"如果你去察看一下，可能会发现它把胡桃放在哪儿了，我也许能帮你取回来。"丹说，男孩与松鼠之战让他感到非常开心。

于是罗布就察看起来，他看见"调皮蛋"夫妇从那下垂的榆树枝上落到谷仓顶上，从一扇小门中躲闪进了谷仓，引起鸽子的骚动，它们出来时嘴里各衔了一枚胡桃。带着这样的负担，它们便无法从原路返回，于是，它们就沿着墙，跑下了低矮的屋顶，从一个墙角跳了下去，它们消失了一分钟后，再出现时便不见了赃物，罗布跑过去，在树叶下面的一块空心的地方，发现了一堆偷来的财产。松鼠将它们藏在这里，等着慢慢搬回洞里去。

"噢，你们这些小无赖！现在我要捉弄你们了，一个也不留下。"罗布说着，便将那角落和谷仓的胡桃都清理干净了，然后把这些被争来抢去的胡桃放进了阁楼，确保任何地方都没有破损的窗玻璃，不让那些肆无忌惮的松鼠钻进来。松鼠们似乎也感觉到竞赛已经结束，便回到了洞中，不过，它们时而忍不住，仍然要朝罗布的头上扔胡桃壳，大声叫着责骂他，它们似乎无法宽恕他，也气不过是他取得了这场大战的胜利。

巴尔爸爸和巴尔妈妈种植的是不同种类的庄稼，不能轻易地描述。但是他们对自己的庄稼非常满意，他们感到夏天种植的这些作物正在茁壮成长，不久以后，他们便能获得丰收，这让他们感到非常的幸福。

19 约翰·布鲁克

"醒醒，德米，亲爱的！我需要你。"

"哎呀，我刚刚上床，不可能就天亮了。"德米从熟睡中醒来，像只小猫头鹰似的眨着眼睛。

"才十点钟。可是你爸爸病了，我们必须到他那儿去，哦，我的小约翰！我可怜的小约翰！"乔姨将头埋在枕头上鸣咽着，这一来吓走了德米眼里的睡意，使他心中充满了恐惧与惊疑，因为他朦朦胧胧地感觉到了为什么乔姨称他为"约翰"，而且为他哭泣，好像因为他失去了什么而变得很可怜了。他一言不发地紧抱着她，过了一会儿，她又振作起来了，她看着他那困惑的脸，亲切地亲了亲他，说道：

"我们要去向他们道别，宝贝儿，没有时间了，所以你赶快穿衣服，去我的房间见我，我得去叫黛西。"

"好的，我就来。"乔姨走了，小德米悄悄地起了床，穿好衣服，好像仍然在梦中一样，他离开熟睡的汤米，穿过寂静的屋子走了出去，他感到就要发生某种自己没有遇到过的，让人悲伤的事情了，这会让他和别的男孩们分开了一段时间，会让整个世界看起来黑暗、寂静、陌生，就像那些熟悉的屋子在夜里的情景一样。劳里先生派来的马车停在门口。黛西很快便准备好了，进城的一路上兄妹俩相互拉着手，他们和姨妈姨父一起静悄悄地乘着马车，迅速穿过阴暗的道路，去向父亲道别。

除了弗朗茨和埃米尔，没有一个男孩知道发生了什么事，第二天早晨他们下楼时，感到大为困惑，也不愉快，因为没有了男女主人，这座房子仿佛变得凄凉了，早餐时，茶壶后面没有了快乐的乔姨，气氛显得沉闷，上课时，巴尔爸爸的座位也是空的。孩子们闷闷不乐地彷徨着度过了一小时，他们等待着消息，希望德米的爸爸平安无事，因为好人约翰·布鲁克深受孩子们的爱戴。到了十点，没有人来解除他们的忧虑。他们也不想去玩，而时间拖着沉重的步子，过得很缓慢，大家无精打采而又神情严肃地四处坐着。突然，弗朗茨站起来劝说大家：

"喂，孩子们！咱们到教室里去做功课，好像舅舅在这里似的，好吗？这样会使时间过得快一点，也会让他高兴，我知道。"

"可是我们读书谁来听呢？"杰克问。

"我来听，我懂得并不比你们多。但是这里年纪我最大，如果你们不介意的话，舅舅回来之前，我来试着代替他的位置。"

弗朗茨的话是那么的谦虚和严肃，给孩子们留下了深刻的印象，在那让人悲伤的长夜里，虽然那可怜的孩子为约翰叔叔悄悄哭红了眼，他身上却增添了一种崭新的男子汉气概，仿佛他自己开始体会到了生活的忧虑与烦恼，决心勇敢地承受它们。

"我先来吧。"埃米尔坐到了他的座位上，他记起了服从上级是海员的首要职责。

其他孩子跟着进了教室，弗朗茨坐在了舅舅的座位上，他们秩序井然地度过了一个小时。孩子们学功课、背书，弗朗茨成了一个有耐心，让人愉快的老师，他明智地删去了那些他不懂的功课，与其说是用自己说的话，倒不如说是悲伤在他身上产生的无意识的庄严态度维持了秩序。小男孩们正在读书，突然听到了大厅里的脚步声，巴尔先生进来了，每个人都抬头看去，揣摩着他脸上带来的消息，那张慈爱的脸即刻告诉了他们，德米现在没有爸爸了，因为那张脸疲惫、苍白，充满了痛苦的悲伤，使他无法回答罗布的问话，罗布跑过来责备地问他：

"爸爸，什么事让你夜里离开我走了？"

巴尔先生想起另一个父亲在夜里离开他的孩子们，再也不回来了，他抱紧了自己的孩子。过了一会儿，他将自己的脸藏在罗布卷曲的头发里，埃米尔将头放在他的臂膀上，弗朗茨过来将手放在了舅舅肩上，同情与悲伤使这男孩脸色苍白，其余的人静悄悄地坐着，屋外落叶发出的轻轻的簌簌声都能清楚地听见。

罗布不能完全理解发生的事情，可是他不愿看到爸爸不快乐，所以他捧起那低垂的头细声细气地说道：

"别哭了，我的父亲！我们都表现很好，你不在家我们也做了功课，弗朗茨当的老师。"

于是，巴尔先生抬起了头，勉强地笑了，他感激地说，语气让孩子们觉得他像圣人一样："孩子们，非常感谢你们，你们帮助我，安慰我，这种方式真好，我不会忘记的，我保证。"

"是弗朗茨提议的，他也是个优秀的老师。"纳特说。别的孩子也表示同意，让这个年轻的教师感到非常的喜悦。

巴尔先生放下罗布，站了起来。他用胳膊挽住他高个子侄儿的肩膀，一边带着真心欢喜的神色说道：

"这让我在这艰难的一天稍微好过一些，也让我信任你们大家，城里那儿还需要我，我必须离开你们一些时候，我本来想放你们的假，或者把你们一些人送回家，可是如果你们愿意待下去，继续做你们已经开始做的事，我会很高兴的，会为我的好孩子们感到骄傲。"

"我们愿意留下来！""我们愿意！""弗朗茨会照料我们！"

几个人同时叫了起来，他们为得到的信任感到高兴。

"妈妈不回家来了吗?"罗布渴望地问道。对他来说，没有妈妈的家就像是没有阳光的世界。

"我俩今晚都回来。不过，亲爱的梅格阿姨现在比你更需要妈妈。我知道你愿意把妈妈借给她一会儿。"

"嗯，我愿意。可是泰迪一直在哭着要她，他还打了阿姨，非常淘气。"罗布回答道，好像这个消息也许能带回妈妈。

"我的小家伙在哪儿?"巴尔先生问。

"丹带他出去了，让他安静下来，他现在没事了。"弗朗茨说，他指着窗户，通过窗户他们能看见丹在用他的小车子拉着小宝宝，几条小狗儿在他身边蹦跳。

"我不去看他了，那样只会再使他烦乱。不过告诉丹，我把泰迪交给他照管了。我相信你们这些大孩子，你们就自己管自己一天，弗朗茨会指导你们的，塞拉斯在这里负责，所以今晚再见。"

"只给我讲一点约翰叔叔的事吧。"巴尔先生正要匆匆离开时，埃米尔留住了他。

"他只病了几个小时就去世了，就像活着时那样，愉快而安详。如果用极度或自私的悲伤去损害这份宁静，似乎是一种罪过。我们及时赶到向他道了别，他怀抱着黛西和德米，靠在梅格阿姨的胸前睡着了。好了，别再多问，我受不了了。"巴尔先生匆忙地离开了他们，悲伤使他支持不住了。约翰·布鲁克的去世使他失去了朋友和兄弟，没有人能代替他的位置。

那一整天屋子里都保持着安静，小男孩们在儿童室里静静地玩耍，其他的孩子们觉得是星期日提前到来了，他们散步，坐在柳树上，或和他们的宠物们在一起，大家都谈了很多"约翰叔叔"的事，他们感到某种温和、正直、强壮的东西从他们的小世界里永远消失了，留下了一种时刻都在加深的失落感，他们就这样度过了这一天。黄昏的时候，巴尔先生和巴尔夫人两人独自回来了，因为现在德米和黛西是他们妈妈最好的安慰，不能离开她。可怜的乔姨似乎筋疲力尽，显然，她也需要同样的安慰。她上了楼，第一句话便是："我的宝宝在哪儿？"

"我在这里。"一个小声音回答道，丹将泰迪放进她的怀里，她紧紧抱着他，小家伙又补充道，"我的丹尼照顾了我一整天，我表现很好。"

乔姨转身感谢这位忠实的护士，可是丹在挥舞着手让男孩们离开，他们聚集在大厅里迎接她，丹低声说道："回去，她现在不想让我们打扰。"

"不，别离开，我需要你们所有的人。孩子们，进来看看我，我已经一天没管你们了。"乔姨说着向他们伸出了双手，孩子们簇拥着她进了卧室，他们什么也没说，但充满深情的表情表达出他们想说的许多的话，笨拙的努力传达着他们的悲伤和同情。

"我太累了，我就躺在这里抱一抱泰迪，你们给我端些茶水来吧。"她说，为了孩子们，她尽力高兴地说话。

孩子们蜂拥进了餐厅，若不是乔姨的干涉，那大餐桌就会给毁坏了。于是达成协议，一组人为妈妈把茶点端进来，另一组人把它端出去。离得最近的，也是最亲爱的四个人便首先得到荣誉，于是，弗朗茨捧茶壶，埃米尔拿面包，罗布端牛奶，泰迪坚持要拿糖盒，到了屋里时，糖盒比出发时轻了好几块糖。在这样的时刻，还让男孩们唧唧喳喳地进出，有些女人会觉得厌烦。男孩们尽力保持安静，希望能帮上忙，结果却打翻了杯子，汤匙也叮当作响，但是乔姨一点也不烦，因为此时她的心里充满了柔情，她想起这些男孩中许多人没有了爸爸或妈妈，她怜悯他们，在他们慌乱地表达出来的感情中找到了安慰。这也是一种食物，而且要比他们给她的夹着厚厚黄油的面包对她更为有益，不讲究的海军准将结结巴巴地低声对她说：

"振作起来，舅妈，这是个沉重的打击，可是我们会经受得住。"这要比他给她的湿漉漉的茶杯更能让她受到振奋，茶杯里装满了苦茶，好像他那含有盐分的泪水落进了杯里。晚餐结束，另一个组撤走了盘子，丹伸出胳膊来抱着困倦的小泰迪，他说：

"我送他去睡觉吧，你太累了，妈妈。"

"你愿意跟他去吗？宝贝？"乔姨问她的小皇帝，他正躺在沙发上，把头枕在她的胳膊上。

"当然愿意。"于是他被忠实的丹自豪地抱走了。

"但愿我也能做些什么。"纳特叹着气说道，这时弗朗茨斜靠着沙发，轻柔地抚摩着舅妈发烫的额头。

"你能，亲爱的，去拿你的提琴，为我拉上次泰迪叔叔送给你的那支优美的小曲儿，今晚音乐是安慰我的最好的东西。"

纳特飞跑出去拿来了提琴，坐在她的门外拉起来，以前他从未像这样拉过，他全身心地拉琴，这似乎使他的手指产生了磁力，而其他的孩子们则安静地坐在台阶上守着，以防再有人进屋来打扰，弗朗茨留在他的座位上，于是，可怜的乔姨在她的男孩们的安慰、服务和守卫下，终于睡着了，她有一个小时忘记了痛苦。

两天平静地过去了，到了第三天，刚放学，巴尔先生就进来了，他手里拿着张纸条，神情既感动又高兴。

"孩子们，我想给你们读点东西。"他说，孩子们围在他身边，他读道：

亲爱的弗里茨哥哥，我听说你今天不打算把你的那群孩子带过来，以为我不会喜欢，请让他们过来吧，见到朋友们，就会帮助德米度过这艰难的时光，我想让孩子们听听，爸爸对我的约翰是怎样评价的，我知道，那会对他们有好处。你已教会他们唱古老的甜美圣歌，如果他们愿意唱一首，相比任何别的音乐，我更喜欢它，我会认为那很美，又适合这种场合，请让他们来吧。

爱你们的梅格

"你们愿意去吗？"巴尔先生看着孩子们，他们被布鲁克夫人亲切的语言和愿望感动了。

"愿意。"他们异口同声地回答，一个小时后，他们跟着弗里茨去参加约翰·布鲁克的简朴葬礼。

那座小房子看上去和十年前梅格进去做新娘时一样安静，充满阳光，让人感到亲切。只是那时是初夏，到处盛开着玫瑰花，而现已进入早秋，枯叶凋零，树枝光秃。昔日的新嫁娘如今变成了寡妇，然而，她依然美丽，看上去很平静，她虔诚的灵魂似乎接受了一切，这让前来安慰她的人们感到些许宽慰。

"哦，梅格，你怎么忍受下来的？"乔低声问道。她在门口带着微笑迎接他们，她优雅的举止几乎没有变化，只是更加彬彬有礼了。

"亲爱的乔，十年幸福的生活给予我的爱，支撑着我，爱是不会消逝的，约翰比任何时候都更多地属于我了。"梅格轻声说道，她眼中流露出亲切而信赖的神色，是那么美丽，那么令人振奋，乔相信她的话，为她不朽的爱情感谢上帝。

他们都去参加葬礼了，父亲和母亲，泰迪叔叔和艾米姨妈，白发苍苍、身体虚弱的劳伦斯老先生，还有巴尔先生、巴尔夫人带着他们的一群孩子，以及许多朋友，他们来向死者表示敬意。人们也许会说，谦逊的约翰·布鲁克在他忙碌、平静而普通的一生中没什么时间交朋友，可是现在他们仿佛从各处出现了，老的和少的，有钱的和贫穷的，高贵的和贫贱的，都有他的朋友，因为不知不觉地，他的影响让许多人都感受到了，他的美德为人们所铭记，他不为人知的慈善行为浮现出来，为他祈祷。站在棺材旁边的这一群人，要比马奇先生致的任何悼词都更有说服力，在这些人中，有他多年忠诚服务的有钱人，有贫穷的老太太们，为了纪念自己的母亲，他用自己的小商店供养她们；他给妻子带来如此巨大的幸福，死亡也无法完全破坏它；他在兄弟姐妹的心中永远占有一席之地，他的小儿子和女儿已经感到失去了他强有力的胳膊，再也不能聆听他那温和的话语；小孩子们为他们最友好的玩伴哭泣，大一些的孩子们难过地注视着这永远也无法忘记的场面。葬礼非常简朴，也非常简短，因为马奇先生努力要向他最引以为荣的儿子表示敬意与爱，他那充满慈爱的嗓音在那次婚礼上曾激动地颤抖，而现在完全说不出话来了。随着最后一声"阿门"，是长时间的肃静，只有宝宝乔西在楼上发出的轻微的声音。然后巴尔先生发出了信号，经过良好训练的童声便唱起了圣歌，歌声让人振奋，大家一个接一个加入了合唱，他们尽情地唱着，他们苦难的灵魂，带着勇敢的翅膀，伴随着甜美的圣歌，飞向了和平的云天。

梅格听着歌声，觉得自己心情好多了，这一时刻安慰着她，因为约翰最后的安眠曲是由他非常喜爱的孩子们唱的，而且在孩子们的脸上，她看到，他们以最令人难忘的形式表现出来的美德，这个躺在他们面前已经死去的好人将长久地活在他们的记忆中，并将有益于他们的未来。黛西的头放在她的膝盖上，德米握着她的手，他带着像爸爸一样的眼神不时地看着她，打着小手势，似乎在说，"别烦恼，妈妈，我在这里。"她身边都是朋友，可以依靠，可以得到关爱，于是，坚韧虔诚的梅格抛弃了她沉重的悲伤，她感到对自己最好的帮助，便是像她的约翰那样为别人活着。

那天晚上，在九月柔和的月光下，梅园的男孩们像往常一样坐在台阶上，他们自然地开始谈论起白天的事情来。

埃米尔以他冲动的说话方式脱口而出："弗里茨舅舅最聪明，劳里叔叔最快乐，可是约翰叔叔最好，和我所见过的人比较，我宁愿做他那样的人。"

"我也是的。你听见那些先生们今天对爷爷说的话了吗？我死的时候，我也想别人那样说我。"弗朗茨后悔他以前不太欣赏约翰叔叔。

"他们说了什么？"杰克问，白天的场面给了他很深的印象。

"哎呀，约翰叔叔为劳伦斯先生的一个合伙人工作了那么长时间，他说作为一个生意人，他认真办事情几乎过分了，在所有事情上都无可指责。另一个先生说，约翰叔叔为他服务，任何金钱都报答不了他的忠心和诚实，然后爷爷给他们讲他高尚的品格。有一次，约翰叔叔在一个搞欺诈的人那儿谋得了一个职位，当那个人要叔叔帮他搞欺诈时，叔叔不肯，尽管给他的薪水很高。那人生气了，并说道，'你用这样严格的原则，做生意永远都不会发财。'叔叔回答他，'失去这些原则，我肯定不去努力发财。'他离开那个地方，找了一个更苦，收入更低的工作。"

"好啊！"几个男孩热烈地叫起来。他们以前从来没有像这样有意去理解和重视过这样的事情。

"他没有钱，是不是？"杰克问。

"是的。"

"他在世时从没做过轰动的事情，是不是？"

"是的。"

"他只是个好人?"

"就是这样。"弗朗茨有些希望约翰叔叔做过什么值得夸耀的事,因为他的回答显然使杰克失望了。

"只是好人,这就行了,就能说明一切。"巴尔先生说,他无意中听到了后面的几句话,猜到孩子们的脑袋里在想些什么。

"我来给你们讲一点约翰·布鲁克的事,你们就会明白为什么人们尊敬他,为什么他满足于做一个好人,而不是做有钱人或名人。他只是尽自己的责任,非常快乐地、忠诚地去做所有的事情。经历了贫穷、寂寞和多年的刻苦工作,使他保持着耐心、勇敢和幸福。他是一个好儿子,当妈妈需要他时,他放弃了自己的计划,留下来和她一起生活;他是个好朋友,除了希腊语和拉丁语之外,他还教会劳里许多东西,也许,对一个正直的人来说,这些都是无意中做的;他是个忠实的仆人,他使自己成为一个很有价值的人,雇用过他的人们发现难以有人能够代替他的位置;他是一个好丈夫,也是个好父亲,他那么温柔、聪明、体贴,我和劳里从他那里学到了许多东西,当我们发现他在不为人所知,而且无人帮助的情况下,为妻子儿女所做的一切时,我们才知道他是多么的热爱他的家庭。"

巴尔先生停顿了一会儿,男孩们坐在月光里像雕塑一般,然后他又认真地,低着声音继续往下讲:"他躺在那里生命垂危时,我对他说,'别担心梅格和小孩子们,我保证他们决不会缺少吃穿。'他笑了,握住我的手,愉快地回答,'那倒不需要,我已经为他们准备好了。'他确实这么做了,因为当我们查看他的账单时,发现账目清楚,他没留下一点债务,而他存的钱,足以让梅格过着舒服和自立的生活。那时,我们才明白他的生活为什么过得那样简朴,他放弃了那么多的快乐，却不放弃行善。他还努力地工作，我担心正因为这样才缩短了他宝贵的生命。他从不为自己寻求别人的帮助，虽然他常为别人这样做，他承受着自己的担子，勇敢而平静地完成着自己的任务。他是那样的公正、慷慨和友好，没有谁能说出一句抱怨他的话。他告别了这个世界，大家发现他有那么多值得去爱、去褒奖的东西，我一直是他的朋友，为此我感到自豪，我宁愿给我的孩子们留下像他留下的那种遗产，而不是创造更多的财富。是的！朴实的美德是最好的资本，可以成为人身的立业之本，美名长存，金钱有尽，它是我们离开这个世界能够随身携带而去的唯一财富。孩子们，记住这些，如果你们想得到别人的尊敬、信任与爱戴，沿着约翰·布鲁克的足迹前进吧。"

德米在家待了几个星期后，又回到了学校，孩子的那种开朗性情，似乎已经让他从丧父的痛苦中恢复过来了，然而他并没有忘记，这件事已经在他的脑海里深深地打下了烙印，被思想的沃土所吸收，而小小的美德在那儿迅速地生长。他就像以前一样玩耍、学习、干活和唱歌，很少有人怀疑到他有了变化，然而，乔姨发现了，因为她全身心地关注着他，并试图代替约翰的位置。对失去父亲的事他几乎闭口不言，但是乔姨在夜间常听到小床那儿发出抑制的抽泣声，她过去安慰他，他只是哭着说："我要爸爸！哦，我要爸爸！"因为父子之间的纽带非常脆弱，纽带断了，孩子的心就会流血。然而，时间让他慢慢恢复了平静，他逐渐地感到他并没有失去爸爸，只是在一段时间内见不到他的面了，他一定会再找到爸爸的，爸爸还会像以前一样健康、强壮和快乐，虽然在他们相遇之前，他的小儿子要在他的坟上看见翠菊花盛开许多、许多次。德米坚定地相信这一点，他从中获得了帮助和安慰，因为，他满怀着柔情，渴望见到自己的父亲，他要努力做个好孩子。

外部的变化也引起了内部的变化，在几个星期内，德米似乎长高了，他开始放弃一些孩子气的游戏。他并不像一些男孩所做的那样，不是因为他耻于做那些游戏，而是仿佛他长大了，他需要做些具有男子气的事了。他开始学起讨厌的算术，他坚持不懈地学，姨父感到很高兴，虽然他不理解他的怪念头，后来德米说了出来：

"等我长大了，要像爸爸一样当个簿记员。我必须掌握数字和别的事情，否则，我就不能记下漂亮整洁的分类账。"

还有一次，他满脸严肃地来找他的姨妈，他说：

"小男孩挣钱能干什么？"

"为什么这么问，宝贝儿？"

"我爸爸让我照顾妈妈和小女孩们，我也想这么做，可是我不知道怎样开始。"

"他不是指现在，德米，而是指以后，等你长大了。"

"可是如果可以，我希望现在就开始，因为我想我应该挣些钱为家里买些东西。我已经十岁了，别的男孩并不比我大，有时也挣一些便士。"

"嗯，那么，如果你去收集所有的枯叶，把它们盖在草莓苗床上，我就为这活付你一美元。"乔姨说。

"那不是一笔很大的数目吗？我一天就能干完，你得公平交易，别付得太多，因为我想真正地挣钱。"

"我的小约翰，我会公平交易的，不会多付一便士。别干得太累了，这件活做完，我会找些别的活让你做的。"乔姨说，小家伙渴望帮助别人，像他一丝不苟的父亲一样具有正义感，这使她非常感动。

收集树叶的活儿干完后，许多车木条片从树林里运到了棚屋，他又挣了一美元。然后，德米帮着给课本包上封皮，晚上，他在弗朗茨的指导下耐心地干着活，不停地包着每一本书，他不要任何人帮忙，心满意足地获得了工资，在他眼里这些脏兮兮的钞票变得十分耀眼。

"现在，我为她们每人挣了一美元。我想自己把我的钱给妈妈送去，这样她就会知道我听了爸爸的话。"

于是，德米忠实地去朝见妈妈，妈妈收下了他的微薄所得，将之视为珍宝，若非德米恳求她为自己和女孩子们买些有用的东西，她是不会用它的，德米觉得那两个女孩应由他来照管。

这事让他感到非常幸福，虽然一段时间他经常忘了自己的职责，但帮助家人的愿望仍然存在，而且随着他的年龄的增长越来越增强了，他总是带着自豪的神态温和地说起"我的爸爸"，他常说"别再叫我德米了，我现在是约翰·布鲁克"，仿佛在宣称他具有一个充满荣誉的头衔。就这样，一个目的，一种希望使他变得坚强，这个十岁的孩子开始面对世界，爸爸在他的记忆里是那么的睿智和温和，他接受了爸爸留给他的东西，那就是一个诚实的名字。

20　火炉边

　　十月霜冻来临，大壁炉里燃起了欢快的火焰。德米的松木片帮助丹的橡木疙瘩熊熊地燃烧，发出快乐的声音，烟火顺着烟囱往上蹿，夜晚变得越来越长，大家都乐意围在壁炉前玩游戏、读书，或制定冬天的计划。然而他们最喜欢的娱乐活动便是讲故事，巴尔先生和巴尔夫人随时都准备着大量的有趣故事。有时，他们的故事讲完了，男孩们就发挥自己的聪明才智，但总是不成功。鬼魂聚会的游戏风靡一时，因为这游戏的乐趣就在于吹灭灯，熄灭炉火，然后坐在黑暗中，讲述他们能发明出来的最可怕的故事，这样就导致男孩们产生了各种各样的恐怖感，汤米在睡梦中走到了棚屋的顶上，小孩子们十分紧张，战战兢兢，于是这种游戏被禁止了，他们重新开展有益无害的娱乐活动。

　　一天晚上，小男孩们都舒服地上床睡了，大一点的孩子们在教室里的壁炉前闲荡，他们正在想着该干些什么，这时，德米提议了一个解决问题的新办法。

　　他抓起刷壁炉的刷子，在教室里前前后后走来走去，一边说道："排队，排队，排队。"男孩们又笑又推站成了一排，他又说："现在，我给你们两分钟时间来想一个游戏。"弗朗茨在写东西，埃米尔在读《纳尔逊勋爵的生平》，他们两人都没加入那个队列。但是其他的人都在苦苦思索着。时间到了时，他们准备好了答案。

　　"好了，汤米！"拿着刷子的人轻轻地在他头上敲了一下。

"捉迷藏。"

"杰克。"

"经商。一个不错的回合游戏，用分币做赌注。"

"姨父禁止我们玩用钱的游戏。丹，你想干什么?"

"我们玩希腊人和罗马人打仗吧。"

"阿呆?"

"烤苹果，爆玉米花，敲坚果。"

"好哇! 好哇!"好几个人叫了起来。投票结果，阿呆的提议获得通过。

一些人去地下室拿苹果，一些人去阁楼拿坚果，其余的人去找爆玉米花的器具和玉米。

"我们最好邀请女孩们一起参加，好不好?"德米说，他突然想起要讲究一下礼节。

"黛西的坚果剥得棒极了。"纳特插嘴道，他想让他的小朋友分享这个乐趣。

"南能爆出一流的玉米花。我们得让她参加。"汤米补充道。

"那就把你们的心上人找来吧，我们不在乎。"杰克说，他在笑这些小孩子们相互之间天真无邪的感情。

"你不能把我妹妹叫成心上人，傻帽儿!"德米叫道，他那样子让杰克笑了起来。

"她是纳特的宝贝，是不是，爱叫的鸟儿?"

"是的，如果德米不介意的话，我禁不住要喜欢她，她对我那么好。"纳特羞怯又真诚地回答，杰克的粗话让他有些不安。

"南是我的心上人，大概一年后我就要娶她。所以，你们任何人都不要碍事。"汤米坚决地说道。他和南已经以孩子的方式决定了他们的未来，他们要住在那棵柳树上，放下一个篮子获取食物，还要做其他一些迷人的，却不可能做到的事情。

班斯的决定使德米闭上了嘴，班斯挽起他的胳膊，带着他去找女士们，南和黛西正与乔姨在一起，为卡尼夫人新出生的婴儿缝制一些小衣服。

"夫人，请您将女孩们让给我们一小会儿，行吗？我们会非常小心地待她们的。"汤米说道，他眨着一只眼暗示苹果，捻着手指表示爆玉米花，叩着牙齿传递敲坚果的想法。

女孩们立刻理解了这个哑剧，乔姨还没有判定汤米是在抽风，还是在酝酿某个非同寻常的恶作剧，女孩们已经开始脱下顶针。德米细致详尽地作了解释，乔姨欣然同意，于是男孩们带着他们的俘获者离开了。

"你别和杰克说话了。"汤米和南沿着大厅走着，去拿刺苹果的叉子，他对南低声说道。

"为什么呢？"

"他笑话我，所以我不希望你和他有什么关系。"

"如果我愿意，我就和他说。"南回答，她的小丈夫提前对她要权威，她即刻感到厌恶。

"那我就不要你当心上人了。"

"我不在乎。"

"嗨，南，我还以为你喜欢我！"汤米的声音里充满了温柔的责备。

"如果你在意杰克的嘲笑，我就一点儿也不喜欢你了。"

"那么，你可以收回你的破戒指，我再也不戴它了。"汤米取下了一个马毛做的爱情信物，这个信物是她为了那个龙虾须做的戒指回报给他的。

"我要把它送给内德。"这便是她残酷的回答，内德喜欢活泼夫人，他为她做的衣夹、盒子和线轴足够她用来料理家务了。

汤米说道："好啊！"他的发泄消除了他此刻受压抑的痛苦。

他甩开南的胳膊，一怒之下走了，丢下她自己去拿叉子，让淘气的南受到了冷遇，因为她开始用忌妒去刺他的心，仿佛那是另一种苹果。

炉台打扫干净了，红苹果放下来烘烤。一把铁铲被加热了，栗子在铁铲上欢快地跳着舞蹈，玉米在那铁丝监狱里发狂地爆裂着。丹剥着他那最好的胡桃，每个人都又说又笑，此时雨敲打着窗户玻璃，寒风在房子四周呼啸。

"为什么比利像这只坚果？"埃米尔问，恶毒的谜语常常让他很有兴趣。

"因为他需要被敲打。"内德回答。

"这不公平，你不能取笑比利，因为他不会反击。这样做卑鄙。"丹一边叫着，一边愤怒地敲着一只坚果。

"布莱克属于哪一类的昆虫？"和事佬弗朗茨问，他看到埃米尔满脸羞涩，丹愤愤不平。

"蠓虫儿。"杰克回答。

"为什么黛西像蜜蜂？"纳特叫道，他已经思索了好几分钟。

"因为她是蜂群的王后。"丹说。

"不对。"

"因为她甜。"

"蜜蜂可并不甜。"

"猜不到了。"

"因为她烹制甜东西，总是忙忙碌碌，而且喜欢花儿。"纳特说，他说了许多男孩子气十足的赞美话儿，直把黛西羞得满面通红，像蔷薇草一样。

"南为什么像只大黄蜂？"汤米怒视着她问道，他没给别人时间回答便补充道，"因为她不甜，无事却嗡嗡乱叫，而且疯狂地蜇人。"

"汤米发怒了，我真高兴。"内德大叫。这时，南抬起头，马上回答：

"汤米像瓷器柜里的什么东西?"

"胡椒罐。"内德回答。他逗趣地笑着递给南一个坚果仁，汤米觉着自己好像要和一只热栗子一样蹦起来，要去打谁一下。

弗朗茨看出，他们使用的妙语有限，而怒气上升了，他又一次出来平息事端。

"我们来订个规则吧，第一个进屋来的人得给我们讲一个故事。不管他是谁，都必须这么做，可得看是谁先来，这一定是很好玩的。"

大家都同意了，他们没等多久，大厅里传来了笨重的脚步声，塞拉斯抱着一大抱柴火出现了，迎接他的是一阵大叫声。

他站在那里目不转睛地看着大家，咧嘴笑着，红红的大脸膛上露出迷惑不解的神情，后来弗朗茨向他解释了这个玩笑。

"哦哟，我不会讲故事。"他说着，放下柴就准备离开屋子。可是男孩们向他冲了过去，迫使他坐在一个位子上，把他控制在那里，他们笑着，闹着要他讲故事，把这好脾气的巨人弄得毫无办法。

"我只知道一个故事，那是讲一匹马的。"他说，他对这样的接待感到受宠若惊。

"讲讲它吧！讲讲它吧！"男孩们叫道。

"唔。"塞拉斯把椅子往后靠在了墙上，两只大拇指插进背心袖孔里，开口说了起来，"战争时，我加入了一支骑兵团，看到过好多场大战，我的马，梅杰，是一匹一流的马，我喜欢它，好像它是一个人，它并不漂亮，但它是我所见过的最温驯，最干净，最可爱的牲口。我们参加第一场战斗，它就给我上了一堂课，那是不会立即被忘掉的。我来告诉你们那是怎么回事，那种战争的喧嚣、混乱，以及恐怖的景象，没有必要向你们这些小家伙们描述。因为我没有多少文化，所以讲不出来，可是我承认，我初次参战，有点迷糊，心烦意乱，不知该干些啥。我们接到命令发起冲锋，像勇敢的军人那样冲在前面，根本不能停下来去寻找那些混战中倒下的人们，我的胳膊挨了一枪，不知怎么回事，我从马鞍上栽了下来，我和其他两三个人一起落在了后面，有的死了，有的受伤了，别的人继续往前冲，我想是这样。嗯，我爬了起来，四处找梅杰，我感觉那一阵我已经打够了，我四处都找不见马，便拖着受伤的身体往营地走，突然听到了马的叫声，我回头望去，梅杰在离我很远的地方等着我，看上去它好像不明白我怎么在后面闲荡，我打了个口哨，它小跑着来到我身边，我这样驯过它。我左臂流着血，费劲地蹬上马，打算继续往营地走。因为，我说，我觉得自己很难受，像个女人似的全身无力，人们第一次打仗时常这样。可是，不，先生！我们两个当中，梅杰是最勇敢的，它不肯走，一步也不动，它只是竖起前腿，跳着，打着响鼻，好像是火药味和战场的喧嚷声使它几乎要发疯了，我尽了最大的力气，可是它不肯让步，所以我只好由它，你们猜那勇敢的畜生干了什么！它猛的一转身，像一阵旋风似的往回跑去，一直冲到战斗最激烈的地方。"

"它太棒了。"丹激动地大叫，而其他的男孩兴致勃勃，竟忘了吃苹果和坚果仁。

"我真羞愧得要死。"塞拉斯继续说道，对那一天的回忆使他兴奋起来，"我像只大黄蜂似的发起狂来，我忘了伤口，冲进战场，愤怒地战斗起来，直到我们中间落下一枚炮弹，炮弹炸倒了许多人，我昏迷了有一段时间，等我醒过来时，战斗已经结束了，我发现自己在一段墙壁下和可怜的梅杰躺在一起，它的伤比我的重，我的腿炸断了，肩膀还中了一弹，可是它呢，可怜的老家伙！一块弹片将它的半边身子炸得血肉横飞。"

"哦，塞拉斯！你怎么做的?"南叫道，她挤过来靠近他，一脸的渴望，充满了同情和兴趣。

"我拖着受伤的身体向它靠近了一些，我用一只手尽力从我身上撕下一块布条，想给它止血，可是没有用处，它躺在那儿，剧烈的疼痛使它呻吟不止，它那充满爱意的眼睛看着我，我想我真忍受不住了。我尽我的力量去帮助它，可是太阳越来越热了，它开始伸出了舌头，我试图爬到小溪边，但还有很长一段路，我做不到，因为我的身体僵硬，虚弱无力，于是我放弃了这个念头，用我的帽子为它扇凉。现在，你们仔细听，当你们听见人们诅咒南军士兵①时，你们只记得他们都做了什么不好的事，而且觉得很可信。离我不远处躺着一个穿灰军装的可怜家伙，他的肺部中了弹，很快就要死了，我把我的手帕给了他，让他盖在脸上遮太阳，他很友好地感谢我，因为在那时候人们并不会停下来想自己站在哪一方，而只是尽全力互相帮助，他看到我在为梅杰伤心，尽量减轻它的痛苦，便抬头看着我，他痛得脸色苍白，流着虚汗，他说：'我水壶里有水，拿去吧，因为它现在也救不了我了。'他把水壶扔了过来，如果不是我口袋里的酒瓶里连一点白兰地都没有了，我就不会接受他的水壶了，我让梅杰喝了它，它好受些了，我也同样振作起来，好像我自己喝了一样，这种小东西有时对人们的好处真是令人惊奇。"塞拉斯住了口，那时他和他的敌人忘记了他们的争斗，像兄弟一

---

① 美国南北战争中的南军士兵。美国南北战争是 1861 年 4 月至 1865 年 4 月，美国南方与北方之间进行的战争，又称美国内战。北方领导战争的是资产阶级，战斗力量是广大工人、农民和黑人。在南方，坚持战争的只是种植场奴隶主，他们进行战争的目的是要把奴隶制度扩大到全国，北方的目的则在于打败南方，以恢复全国统一。

样地相互帮助，他似乎再次感受到那一时刻得到的安慰。

"讲讲梅杰吧。"男孩们叫着，他们急切要听那灾难的结局。

"我把水倒在那可怜家伙痛苦的舌头上，要是不会说话的畜生能表现出感激的话，它当时就这么做了，可还是没用，那可怕的伤口不断地折磨着它，我再也忍不住了，那样做很艰难，可我是出于怜悯才做的，我知道它会原谅我。"

"你做了什么？"埃米尔问，塞拉斯突然停了下来，高声地"嗨"了一声，粗糙的脸上现出的神情让黛西走过来站在了他的身边，小手放在了他的膝上：

"我开枪打死了它。"

塞拉斯的话在听众中间引起了强烈的震动，因为梅杰似乎成了他们眼中的英雄，它的悲剧结果引起了他们的同情。

"是的，我开枪打死了它，使它脱离了痛苦。我先是拍着它，和它说了'再见'，然后轻轻地把它的头放在草地上，最后看了看它那充满爱意的眼睛，对着它的脑袋开了一枪，它几乎没有动一下，我瞄得那么准，我看到它完全安静了下来，不再呻吟，也没有了痛苦，我感到高兴。然而——唔，我不知道是不是应该感到羞愧——我只是用胳膊搂住了它的脖子，像个大孩子似的呜呜哭了起来。喔哟！我真不知道我那么傻！"塞拉斯用袖子擦着眼睛，黛西的哭泣以及对忠实的梅杰的回忆，都深深地打动了他。

过了一会儿，谁也没说话，因为男孩们和心肠软的黛西一样，很快就感受到了这个小故事的悲伤，虽然他们不会哭着来表达这样悲伤的心情。

"我想有一匹像它那样的马。"丹压低声音说。

"那个南军士兵也死了吗？"南着急地询问。

"当时没死，我们在那里躺了一整天，到了夜里，我们的一些人寻找失踪的人，他们自然想先带我走，可是我知道，我还能等，可是那个南军士兵也许只有一次机会了，所以我让他们立刻把他抬走，他使出了全身的力气向我伸出手，说道，'谢谢，伙计！'那就是他说的最后一句话，因为他被送到医院的帐篷里，一个小时后便死了。"

"你对他表示友好，你一定感到非常高兴！"德米说，故事深深地打动了他。

"噢，我的头枕着梅杰的脖子，独自躺在那儿过了好几个小时，看着月亮升起来，想到这一点，我确实感到安慰，我想把这个可怜的牲口体面地埋掉，可是不可能，所以我割下了它的一小撮鬃毛，从那以后我一直保留着，想看看吗？小姑娘？"

"哦，想看，请给我们看看吧。"黛西回答，她擦去眼泪去看那马的鬃毛。

塞拉斯拿出一个他叫作"皮夹子"的旧钱包，从里面取出一小块牛皮纸，纸里面包有一缕粗糙的白色马毛。马毛放在他宽阔的手心里，孩子们默不作声地看着它，塞拉斯这么爱他的好马梅杰，没有人觉得有什么好笑。

"这是一个美妙的故事，虽然它真的让我哭了，我还是喜欢它。非常感谢你，塞。"黛西帮着他把这个小纪念物包好放起来，而南往他的口袋里塞了一把玉米花。男孩们高声地说喜欢他的故事，他们觉得故事里有两位英雄。

塞拉斯走了，这种荣誉让他感动，小阴谋家们一边谈论着这个故事，一边等待着下一个送上门的人，原来是乔姨，她正在为南做几件围裙，过来量她的尺寸。他们等她进了屋，然后冲向她，把规则告诉她，请她讲故事，乔姨感到这个新的圈套非常有意思，于是立刻就同意了，因为刚才欢快的笑声一直传到大厅，让人感到那么的愉快，所以她也渴望加入到他们当中，让自己暂时忘掉对梅格妹妹的担心。

"我是不是你们捉住的第一只老鼠，藏在靴子里的狡猾的小猫咪们?"她问道，她被请到一张大椅子上，又提供给她一些吃的东西。然后，一群满脸快乐的听众们包围了她。

他们告诉了她有关塞拉斯的事以及他讲的故事，她绝望地拍着额头，因为这样出乎意料地要求她讲一个新的故事，她真的还一下子讲不出来。

"我该讲些什么呢?"她问。

"男孩们。"这是一致的回答。

"要有聚会的。"黛西说。

"还要有好吃的东西。"阿呆补充道。

"这使我想起一个故事，那是一位亲爱的老太太几年前写的，我以前很喜欢这个故事，我想你们也会喜欢它的，因为里面既有男孩子，也有'好吃的东西'。"

"故事叫什么名字?"德米问。

"《受到怀疑的男孩》。"

纳特正要去拿坚果，这时停下来抬头看，乔姨对他笑了，她猜到了他脑袋瓜里在想什么。

"克兰小姐在一个安静的小镇上开办了一所男孩学校，那是一所很不错的老式学校。六个男孩在她的房子里生活着，后来从镇上又来了四五个男孩，和她生活在一起的这些男孩中间有一个孩子名叫刘易斯·怀特。刘易斯并不是坏孩子，但他很胆怯，不时会说谎。一天，一个邻居送给克兰小姐一篮子醋栗。醋栗不够分，而仁慈的克兰小姐喜欢让她的男孩们高兴，于是她着手干起活来，做了十二个精巧的小醋栗馅饼。"

"我想试着做些醋栗馅饼，不知道是不是像我做草莓馅饼那样做。"黛西说道，最近她恢复了对做饭的兴趣。

"嘘。"纳特说，他将一个鼓胀的玉米花塞进了她的嘴里，让她安静下来，因为他对这个故事产生了一种特殊的兴趣，认为故事的开头就很吸引人。

"馅饼做好后，克兰小姐将它们放进了客厅最好的橱柜里，她一个字也没有说，她想吃茶时给男孩们一个惊喜，到了时间，大家都坐在餐桌边，她去拿馅饼，可是一脸不安地回来了，你们可以想象到底发生了什么事？"

"有人把它们偷走了！"内德叫道。

"不，它们在那儿，可是，有人已经偷走了馅饼里所有的水果，他揭开馅饼皮，刮掉醋栗后，又把馅饼皮盖上。"

"多么卑鄙的诡计！"南看了看汤米，仿佛暗示他也会做这同样的事。

"当她给男孩们讲了她的计划，给他们看那些可怜的没有了甜味的小馅饼时，男孩们都非常难过与失望。所有的人都宣称自己对这事一无所知。'也许是老鼠干的。'刘易斯说，他是那些声音中叫得最大声的，否认知道馅饼这事的孩子中的一个。'不，老鼠们会把馅饼皮和所有的东西都吃掉，绝不可能揭开馅饼皮，刮走里面的水果，是人的手干的。'克兰小姐说，一定有人说了谎，她对这点比失去馅饼更感到烦恼。嗯，他们吃了晚饭，上床睡觉了，可是到了夜里，克兰小姐听到有人在呻吟，她上去看是谁在呻吟，她发现刘易斯肚子痛得正厉害，显然他吃了什么让他不适的东西，他那样不舒服，克兰小姐恐慌起来，正打算去请医生，刘易斯呻吟着说，'是那些醋栗，我吃了它们，我死前必须讲出来。'因为一想到医生他就害怕。'如果是那样，我就给你吃些催吐药，你很快就会好的。'克兰小姐说。于是刘易斯吃了一剂药，到早晨时就好了。'哦，别把这事告诉男孩们，他们会一个劲儿地笑我。'病人恳求道，善良的克兰小姐答应了他的请求。可是女仆莎莉把这事讲了出去，好长时间，可怜的刘易斯都不得安宁，他的玩伴叫他'老醋栗'，不厌其烦地问他馅饼的代价。"

"活该。"埃米尔说。

"坏事总会查出来的。"德米很有道德观念地补充道。

"不，不是这样。"杰克嘟囔着，他专心致志地烤着苹果，这样就可以将背对着其他的人，也好解释他脸红的原因。

"故事完了吗?"

"没有，那只是故事的一部分，第二部分更有趣，这事过了一些时间以后，一天来了一个小商贩，他停下来给男孩们看他的货物，一些男孩买了袖珍梳子、口琴，以及各种各样的小玩意儿。那些小刀当中，有一把带着白色刀柄的小折刀，刘易斯非常想要它，可是他的零花钱已经用完了，谁也没钱可以借给他，他把刀子拿在手里欣赏着，渴望得到它，直到那人清理货物要走，他才极不情愿地放下了刀，商贩走了。然而，第二天，小贩回来说，他说找不到那把小刀，而且认为小刀一定是丢在克兰小姐的学校里了。那是一把手柄上镶着珍珠的小刀，非常的漂亮，他确实不能丢。每个人都看了，每个人都声明不知道此事。'最后是这位年轻人拿着刀的，似乎非常想要，你肯定把刀放回去了吗?'那人对刘易斯说道，刘易斯对丢刀一事感到非常烦恼，他一遍又一遍地发誓说他还了刀，然而，他的否认似乎没有用处，因为每个人都确信他拿了刀。一阵骚乱之后，克兰小姐付了钱，商贩愤愤不平地走了。"

"刘易斯拿了刀吗?"纳特叫道，他非常激动。

"你会明白的。可怜的刘易斯得忍受另一种磨难了，因为男孩们不断地说，'醋栗，把你那把手柄上镶着珍珠的小刀借给我吧'，以及诸如此类的话。刘易斯感到非常难受，他请求送他回家，克兰小姐尽力使男孩们保持沉默，可是却很困难，因为他们要逗他，而她又不可能始终和他们在一起，那是最难以教会男孩们做的一件事情，虽然他们不会像他们说的那样'趁火打劫'，但是他们会以小小的方式折磨他，直到他宁愿用武力来解决问题。"

"这我懂。"丹说。

"我也懂。"纳特轻轻地补充道。

杰克一言没发，却十分同意，因为他知道，大男孩们就为同样的原因轻视他，不理睬他。

"再接着讲可怜的刘易斯吧，乔姨，我不相信他拿了刀，可是我想弄清楚。"黛西非常焦急地说。

"哦，一个又一个星期过去，事情仍然没有弄清楚，男孩们避开刘易斯，可怜的家伙，他被自己招来的麻烦快要弄出病来了。他下决心再也不撒谎了，他做出了那么大的努力，克兰小姐对他产生了同情并且帮助他，她逐渐相信他没有拿那把刀。距离商贩第一次来访的两个月之后，那个商贩又来了，他说的第一句话便是：

"'哎呀，夫人，我到底找到了那把刀，它滑落到我的旅行包的夹层里了，前些天我往包里放新货物时它掉了出来，我想我得来让你知道这件事，因为你付了钱，也许想要它，所以，给你吧。'

"男孩子们都围在旁边，听到这些话，他们都感到非常惭愧，他们诚恳请求刘易斯原谅，他无法拒绝他们，克兰小姐把小刀送给他，他将它保存了许多年，以提醒自己那个带给他许多苦恼的毛病。"

"我弄不懂，偷着吃东西会伤人，而在桌边吃东西又不会有事。"阿呆若有所思地说。

"也许你的良心影响了胃。"乔姨说，她觉得他的话很有趣。

"他在想着那些黄瓜呢。"内德的话引来一阵欢笑，因为阿呆最近遭遇的不幸非常可笑。

他私下里吃了两根大黄瓜，感到很不舒服，于是他就把他的痛苦告诉了内德，求他帮忙做点什么。内德好意地建议他抹芥末硬膏，用热熨斗烫脚，可他在使用这些疗法时把事情弄颠倒了，他把芥末硬膏抹在了脚上，熨斗放在了胃上，结果人们在仓房发现了可怜的阿呆，他脚底起了水泡，夹克衫被烤焦了。

"你再给我们讲个故事吧，那个故事多么有趣。"当笑声平息下来，纳特说。

乔姨还没来得及拒绝这些贪得无厌的奥利佛·特维斯特们①，罗布身后拖着他的小床单走了进来，他径直向妈妈走去，因为那是一个可靠的庇护所，他说话时，脸上的表情非常可爱。

"我听到了好大的声音，我想，也许发生了什么可怕的事，所以我来看看。"

"你想我会忘了你吗，淘气鬼？"妈妈问他，她想做出严厉的样子。

"不会，可是我以为，你现在看到我会感到好一些。"小家伙讨好地回答。

"我宁愿在床上看见你，所以赶快回到床上去，罗布。"

"每个进来的人都得讲故事，可是你不会讲，所以你最好赶快跑了。"埃米尔说。

"不，我会讲故事，我给泰迪讲了好多故事，都是有关熊、月亮，还有嗡嗡说话的小苍蝇们。"罗布辩解道，他要不惜一切代价留下来。

"那么，你现在就讲一个吧。"丹说。他准备驮着他，把他送走。

"嗯，我讲，让我想一分钟。"罗布爬上了妈妈的膝盖，妈妈搂着他说：

---

① 英国作家狄更斯的《雾都孤儿》一书中的主人公。

"在不合适的时候下床是我们家里的一个毛病，德米以前常这么干，至于我嘛，我整夜跳上跳下，梅格总以为屋子着了火，让我下去看，我便待在下面玩个痛快，就像你打算做的那样，我的坏儿子。"

"我现在想起来了。"罗布轻松地说道，他急切地想获得允许加入这个讨人喜欢的圈子。

罗布坐在妈妈腿上，裹着色彩鲜艳的床单，讲起了下面这个简短而又悲伤的故事，他认真的神情显得非常滑稽，每个人都忍着笑，看着他，听他讲故事：

"从前，有一个太太有百万个孩子，其中有一个可爱的小男孩，她上楼对他说，'你不能到院子里去。'可是他去了，结果掉进水泵里，被淹死了。"

"完了吗？"弗朗茨问，罗布的开头就令人吃惊，他气喘吁吁地停住了。

"没完，还有另一部分呢。"罗布皱起柔和的眉毛，试图再找到一个灵感。

"他掉进了水泵时，那太太做了什么？"妈妈问他，帮他继续讲。

"噢，她用水泵把他抽上来，包在报纸里，放在一个架子上晾干作为种子。"

这个令人吃惊的结尾引起一阵哄堂大笑，乔姨拍着他的鬈发脑袋严肃地说道：

"我的儿子，你继承了你妈讲故事的才能，朝那儿努力，荣耀在等着你。"

"现在我能留下来，是不是？那故事好听吗？"罗布叫道，成功让他情绪高涨。

"你吃完这十二个玉米花之前可以留在这儿。"妈妈说，她期望看见玉米花一口就消失了。

罗布是一个精明的小家伙，他一个一个地慢慢吃着玉米花，充分地享受着每一分钟的乐趣。

"你等他的时候，最好再讲个故事，好吗？"德米说，他分秒必争。

"我真没什么可讲的了，除了一个有关木柴箱的小故事。"乔姨说，她看到罗布仍然还有七个玉米花没吃完。

"故事里有男孩吗？"

"全是男孩。"

"是真的吗？"德米问。

"千真万确。"

"太好了！请讲吧。"

"詹姆斯·斯诺和他妈妈住在新罕布什尔的一座小房子里，他们很穷，詹姆斯不得不帮妈妈干活，可是他太喜爱读书了，以致讨厌起干活来，他只想整天坐着学习。"

"他怎能那样！我讨厌看书，喜欢干活。"丹说，故事刚开始他就反对詹姆斯。

"世界是由各种各样的人组成的，有劳动者，也有学生，他们都有自己发展的空间。可是我认为，劳动者应该学习，如果有必要的话，学生也应该知道怎样劳动。"乔姨回答，她带着意味深长的表情看看丹，又看看德米。

"我肯定，我干了活。"德米自豪地展示出小巴掌上的三个小硬点。

"我也肯定，我学习了。"丹接着说，他哼了一声，向黑板点了点头，黑板上写满了整齐的数字。

"瞧詹姆斯做了些什么事吧，他并不想成为一个自私的人，可他的妈妈为他骄傲，让他自行其是，她自己不停地干活，这样他就有书读，也有时间读。一年秋天，詹姆斯想去上学，他去找牧师，看牧师是否愿意帮助他，给他提供得体的衣服和书籍。牧师已经听人议论过詹姆斯的懒惰，他认为这个男孩不管母亲，让她为自己当奴隶，这样的孩子即便上了学也不可能有出息，因此不想帮他太多的忙，可是当这个好人发现詹姆斯态度非常认真时，他感到更有兴趣了，他是个很古怪的人，他向这男孩提出了下面这个建议，来检验他的真诚。

"'詹姆斯，我会给你衣服和书本的，不过有个条件。'

"'什么条件，先生？'男孩子立刻露出了喜色。

"'你要让你妈妈的木柴箱整个一冬都装满柴火，而且要自己去做，如果做不到，就不能上学。'这古怪的条件让詹姆斯感到好笑，他认为这非常容易，便欣然同意了。

"他开始上学了，一段时间里，他把木柴箱照顾得非常好，因为那是秋天，有大量的木片条和树枝，他早上和晚上都要跑出去，把篮子装满，或者砍下小柴枝，为小炉子生火用，因为他的妈妈精打细算，节约用柴，他就很容易地完成了这个任务。然而到了十一月，冰霜降临，日子既枯燥又寒冷，柴消耗很快。他的妈妈用自己挣来的钱买了一捆柴，可是柴似乎在不断地熔化，詹姆斯还未想起他该去弄下一捆柴时，柴几乎就烧完了。斯诺太太患有风湿病，身体虚弱，腿又瘸，不能像以前那样干活了，所以詹姆斯只好放下书本，去看看他能做些什么。

"这很难做到，因为他学习好，对功课有兴趣，除了吃饭睡觉，他不愿停下学习。可是，他知道牧师会遵守诺言，于是詹姆斯非常违心地开始利用业余时间挣钱，以免木柴箱空了。他干各种各样的活，给人家跑腿，为邻居照看母牛，星期天帮老教堂司事打扫灰尘，给教堂供暖。他用这样的方式挣到了足以能买少量柴火的钱。可是，活很累人，白天的日子很短，冬天又特别寒冷，宝贵的时间很快就过去了，而那些可爱的书又是那样吸引人，丢开它们去干那些似乎永远也做不完的无聊的活真是令人难过。

"牧师静静地观察着他，见他态度认真，便在暗中帮助他。他常常遇见他驾着拉柴的雪橇从森林里出来，男人们在森林里砍柴，詹姆斯一边迈着沉重的脚步走在缓缓而行的老牛旁，一边读着书或学习着，他急于利用每一分钟时间。'这孩子值得帮助，这门功课对他有好处，等他学会了这一门课，我要教他一种较为轻松的。'牧师自言自语地说，到了圣诞节前夜，一大捆上好的木柴静悄悄地放在那间小房子的门口，还有一把新锯子和一张纸条，纸条上只写了一句话：

"'主帮助那些自助的人。'

"可怜的詹姆斯并不期待得到什么，可是那个寒冷的圣诞节早晨，当他醒来时，发现了一双暖和的手套，那是他妈妈用她僵硬疼痛的手指为他织的。这个礼物使他感到高兴，然后，妈妈叫他是她的'好儿子'，亲吻他，亲切地看着他，这些更让他高兴。你们看，他试图让妈妈保持着温暖，也温暖了他自己的心，他填满了木柴箱，也用至真至诚履行的职责填充了那几个月的时间，他开始明白，还有比书本更好的东西，除了老师布置的功课，他要努力学习上帝安排给他的功课。

"当他看见房门边那一大堆橡树和松树柴，读了小纸条时，他知道那是谁送来的，他理解了牧师的计划并感谢他，他开始竭尽全力干活，那一天别的孩子都在玩耍，詹姆斯却在锯木头。我想，镇上所有的孩子中，这个戴着新手套，像只画眉鸟一样吹着口哨，为妈妈的木柴箱装柴的孩子感到最幸福。"

"这个故事一流水平！"丹叫道，与最好的童话故事比较，他更喜欢简单的实事求是的故事，"毕竟我还是喜欢那个家伙的。"

"乔姨，我可以为你锯木头呀！"德米说，这个故事好像给他提示了一种为他妈妈挣钱的新方法。

"讲个坏男孩的故事吧。我最喜欢听那样的故事。"南说。

"你最好讲一个脾气暴躁的淘气女孩的故事。"汤米说。整个晚上，南的不友好让他很扫兴，使他感到苹果发苦，玉米花乏味，坚果难以敲开。看着内德和南坐在一条板凳上，他觉得生活成了负担。

然而，乔姨不再讲故事了，因为她低头一看，发现罗布已经睡得很熟，那只胖手还紧紧抓着最后一颗玉米花。他的妈妈用床单把他裹住，抱走了。她给他掖好被子，不再担心他跳下床来了。

"现在我们看看下一个谁会来。"埃米尔说，他让门诱人地半掩着。

先是玛丽·安经过门口，他向她叫着，可是塞拉斯已经警告过她了，她只是笑了笑，不理睬他们的诱惑，匆忙地走开了。过了一会儿，一扇门打开了，只听到大厅里一个大嗓门儿在哼着调子：

"Ich weiss micht was sol les bedeuten

Dass ich so trauryg bin"

"是弗里茨舅舅，我们全都大声笑起来，他肯定会进来的。"埃米尔说。

于是大家一阵大笑，弗里茨舅舅走了进来，他问道："孩子们，是什么笑话呀？"

"抓住啦！抓住啦！你不讲个故事就不能出去。"男孩们叫着，砰的一声，关上了屋门。

"原来是这样！就是讲个笑话吗？好吧，我也不想走，这里这么令人愉快，我马上接受处罚。"他立即坐下来开始讲故事：

"很久以前，德米，你的爷爷到一个大市镇上去讲演。一些好心人正在为孤儿建一座孤儿院，他希望能为孤儿院募到一些钱。讲演很成功，他把募到的一大笔钱装进口袋里，感到非常高兴。黄昏时分，当他驾着一辆马车去另一个镇时，来到了一条有些偏僻的道路上，他正想着这是一个盗贼出没的好地方，突然看到一个面貌凶恶的人从他前面的树林里走了出来，那人慢慢地往前走着，仿佛要等他走近。爷爷想到了钱，心中十分焦急，开始他想掉头，驾车离开这里，可是，马儿已经疲乏了，而且当时他又不想怀疑那个人，于是他继续往前驶去，他走得更近一些时，发现那个陌生人看上去又穷，又病，衣衫褴褛，良心责备着他，于是他停了下来，亲切地说道：

"'朋友，你看上去很累，我来捎你走吧。'那人似乎吃了一惊，他犹豫了片刻，然后上了车，他好像不愿谈话，但是爷爷不停地谈着话，他的话语充满了智慧，让人非常愉快。他谈到这一年多么的艰辛，穷人怎样遭罪，有时候日子多么难过，那人慢慢地放松了一些，爷爷友好的谈话赢得了他的信任，他开始说起自己的事：他如何一直在生着病，得不到工作，有一群孩子要养活，几乎已经绝望了。爷爷对他充满了同情，便忘记了害怕，他问起那人的姓名，说他要试着为他在另一个镇上找到工作，因为他在那儿有些朋友。爷爷想拿出铅笔和纸来写下地址，便拿出了他那鼓满的钱包，他刚拿出了钱包，那人的眼睛便盯在了上面，这时，爷爷想起了钱包里的东西，想到那些钱他都要发抖了，可是他却平静地说道：

"'是的，我这里有一小笔给一些贫穷孤儿的钱，但愿这钱是我的，那样我就很乐意地给你一些钱，我并不是有钱人，但是我了解穷人们的许多艰难，这五美元是我的，我想送给你，为你的孩子们买些什么吧。'当那个人接过这些钱时，先前那种凶狠的，渴望的目光变了，露出了感激的眼神，爷爷慷慨地把自己的钱给他，却没有碰孤儿们的钱。他和爷爷驾车向前驶去，他们到了镇上，那人要求下车，爷爷和他握了握手，正要继续赶路，突然那人说起话来，好像有什么东西促使他这么说：'我们相遇时我正感到绝望，我打算抢劫你，可是你对我太好了，我不能这样做，上帝保佑你，先生，因为你避免了我去行劫！'"

"爷爷再见到过他吗？"黛西急切地问。

"没有，但是，我相信那人找到了工作，不再试图行劫了。"

"对待他的那种方式真奇妙，要是我，会把他打倒的。"丹说。

"仁慈总会胜于武力，试试看吧。"巴尔先生说着站起身来。

"请再讲一个吧。"黛西叫道。

"你必须再讲一个，乔姨就是这么做的。"德米补充道。

"那我当然不会再讲了，把别的故事留到下一次，太多的故事和太多的糖果同样有害，我已经受了罚，我走了。"巴尔先生逃命似的逃跑了，一群孩子在后面猛追，然而，他先跑，所以平安地逃进了他的书房，男孩们便吵吵闹闹地又回到了教室。

这次追赶让孩子们活跃起来，他们不可能保持先前那样的安静了，于是他们玩起了欢快的捉迷藏游戏，游戏中，汤米表现出他已经把最后一个故事的寓意记在了心里，当他捉住南时，他悄悄地对她说："我说了你脾气暴躁，对不起。"

在表示友好方面，南是不会让别人超过自己的，所以，当他们玩"纽扣、纽扣、谁拿了纽扣？"这个游戏，轮到她绕圈时，她那样友好地笑着对汤米说："抓紧我给你的东西。"他发现放在他手心里的不是纽扣，而是那枚马毛戒指，但他并不感到惊奇，只是对着她笑。当他们去睡觉时，他把他的最后一个苹果递给南，让她咬一大口，南看到他那又短又粗的小指上戴着那只戒指，便接受了这一口，于是宣布和平。两个人都为那暂时的冷淡感到抱歉，都大方地给对方说，"我错了，原谅我！"就这样，两个孩子的友谊继续保持了下去，他们在柳树上的家持续了很长一段时间，那是一个令人愉快的空中小城堡。

21　感恩节

　　在梅园，每年的感恩节总是保持着传统方式，任何事情都不能打搅节日的活动。很多天之前，小女孩们便在贮藏室和厨房里帮着阿西娅和乔姨干活，她们烤馅饼、做布丁、拣水果、擦盘子，非常忙碌，非常了不起。男孩们在禁区外转来转去，闻着空气中的香味，偷偷地看屋里神秘的行动，偶尔得到允许品尝一点在准备过程中的美味。

　　今年他们似乎在进行一件非同寻常的事情，因为女孩们无论是在楼上，还是在楼下，都同样忙碌，男孩们，在教室里或者在谷仓里，也在干活，整个房子到处都是一派忙碌的气氛。他们到处寻找着旧绸带和华丽的饰物，剪贴着金箔纸，还有一大批引人注目的稻草、灰棉布、法兰绒，以及黑色的大念珠，这些东西是弗里茨和乔姨要使用的。内德在作坊里一些奇怪的机器旁忙碌着，德米和汤米嘴里念着词四处走动，仿佛在背诵什么，埃米尔的屋里不时传来可怕的喧闹声，儿童室里传出银铃般的笑声，因为罗布和泰迪被送到儿童室，藏在那里几个小时不见人影。然而，最让巴尔先生感到迷惑不解的就是罗布的大南瓜，南瓜被人得意扬扬地搬进了厨房，很快便做出了十几个金灿灿的馅饼，可是这些馅饼用了不到这个庞大的南瓜的四分之一，那么剩下的南瓜在哪儿？它消失了，罗布好像根本不在乎，当问到这件事时，他只咯咯咯地笑，让他的爸爸"等着瞧"，因为整个事情的乐趣就是一点不要让巴尔爸爸知道将要发生的事情，最后给他个惊喜。

为了顺孩子们的意，巴尔爸爸得闭上眼睛，捂住耳朵，还得管住嘴，尽量不去看那些显而易见的东西，不去听空气中那些泄露秘密的声音，不去弄明白他身边正在发生的神秘事情，尽管它们是那么的明显。作为一个德国人，他喜爱这些平常的家庭节日，他竭力鼓励它们，因为这些活动使家庭变得非常快乐，男孩们也不再想着去别的地方寻找乐趣。

这一天终于来到了，男孩们出去散了很长时间的步，这样，吃晚饭时他们就会胃口大开，好像他们竟然需要散步才会有好胃口一样！女孩们留在家里帮着摆桌子，为各种事务做最后的准备，那些事情装满了她们的小脑袋，让她们焦急不安。头一天晚上教室便关门了，禁止巴尔先生入内。泰迪像一条小龙似的守卫在门口，如果他要进去，泰迪就会拦住他，虽然泰迪很想说出这件事，可是爸爸很有英雄气概，他克制着自己不去听它，这就阻止了泰迪泄露出这个大秘密。

"一切都准备好了，真是棒极了！"南终于得意扬扬地走出了教室。

"进展可顺利了，现在塞拉斯知道该怎么做。"黛西补充道，说不出的成就感让她高兴得跳起来。

"天哪，那是我见过的最可爱的事了，特别是那些牲口们。"塞拉斯说，他们让他参与了这个秘密，他像个大孩子似的笑着走了。

"他们要来了，我听到了埃米尔在号叫'旱鸭子们躺在下面'，我们得去换衣服了。"南叫道。于是她们急匆匆地跑上楼去了。

男孩们成群结队回家来了，他们食欲大增，那只大火鸡可再也不会感到恐惧了，不然它会吓得发抖的。男孩们也去换衣服，他们洗呀，刷呀，打扮了半个小时，任何一位爱干净的女士都会乐意看到这种情形。铃响了，一群容光焕发的男孩子鱼贯进入餐厅，他们的头发闪亮，戴着干净的领结，穿着他们最好的夹克衫，乔姨坐在餐桌的一头，她穿着她唯一一件黑丝绸衣，胸前别着她最喜爱的那朵白菊花，"看上去华丽极了"，每当她打扮起来，男孩们就会这么说。黛西和南穿上她们的新冬装，系着亮丽的腰带，头发上扎着绸带，两人都像花儿一样鲜艳，泰迪看上去光彩夺目，他身穿深红色的美利奴羊毛衫，脚上穿着他最好的带纽扣的靴子，这双靴子使他着迷，就像小号让吹号的先生着迷一样。

桌子两边坐着满脸幸福的孩子们，巴尔先生和巴尔夫人在长餐桌两头，他们相互看了一眼，然后大家做了一小会儿感恩的祷告，夫妻俩没有说话，但是他们的心在交流：

"我们的工作有了成效，让我们感谢主，继续干吧。"

刀叉的碰撞声让大家有几分钟都没怎么说话，玛丽·安给大家递盘子，舀肉汁，她的头发上系着令人称羡的粉红色蝴蝶结，轻快地"四周飞舞"。几乎每个人都为宴席做出了贡献，所以对这些享用者来说，这顿饭特别有趣，他们不时地停下来谈论自己的丰收成果。

"如果这些土豆不好，我就再没见过好的土豆了。"杰克说着，一边接过第四块很软很粉的大土豆。

"火鸡填料里有我的一些药草，这就是为什么这么好吃的原因。"南说，她心满意足地大大咬了一口。

"不管怎么说，我的鸭子是最好的，阿西娅说她从来没煮过这么肥的鸭子。"汤米接着说。

"嗯，我们的胡萝卜味道鲜美，是不是？等我们的白萝卜挖出来时，还会这样好的。"迪克插嘴道。多利正在啃骨头，他含糊不清地表示同意。

"馅饼是用我的南瓜做的。"罗布叫道，他笑了起来，突然停下来，退回去捧起了杯子。

"我也摘了一些做苹果酒用的苹果。"德米说。

"我拣了做调味汁的越橘。"纳特叫道。

"我弄来的坚果。"丹接过话来，就这样，谈话绕着桌子继续下去。

"是谁制定了感恩节？"罗布问。他提到了夹克衫和长裤的问题，他对国家的体制产生了一种新的男子气概的兴趣。

"看谁能回答那个问题。"巴尔先生向他的一两个历史学得最好的学生点了点头。

"我知道，"德米说，"是清教徒。"

"我忘了。"德米安静下来。

"为什么呢？"罗布问，他并没有等着了解谁是清教徒。

"我想，那是因为他们曾经挨过饿，所以当他们获得大丰收时，他们说，'我们要为此感谢上帝，'他们确定了一个日子，把它叫做'感恩节'。"丹说。他喜欢这个故事，故事里那些人为了信念高尚地忍受着苦难。

"好哇！我还以为除了自然史，你不会记住别的什么事。"巴尔先生轻轻敲着桌子，作为对他的学生的赞扬。

丹显得非常高兴，乔姨对儿子说："罗布，现在懂了吗？"

"不，我不懂，我还以为清教徒是一种生活在岩石上的大鸟，我在德米的图书上看到过它们的画。"

"他是指企鹅，哦，他真是个小笨蛋！"德米向后靠在椅子上，大声笑了起来。

"别笑话他，如果你会讲，就讲给他听吧。"巴尔夫人说，罗布的错误，引起满堂大笑，妈妈给他添了一些越橘酱，安慰他。

"好吧，我来讲。"德米停了一会儿，整理了思路，然后讲述了下面的有关清教徒祖先的简要概况，那些严肃的清教徒先生们如果听到这些话，也会被逗笑的。

"你知道，罗布，英国的一些人不喜欢国王，或什么的，于是他们便上船，航行到了这个国家，这里全是印第安人，狗熊，还有其他野兽，他们住在堡垒里，过着恐惧的日子。"

"狗熊？"罗布有趣地问。

"不，是清教徒，因为印第安骚扰他们，他们没有足够的食物吃，他们带着枪上教堂做礼拜，那么多人都死了。他们下了船，登上了一块岩石，那叫移民石。乔姨见过它还摸过它，清教徒杀死了所有的印第安人，这样就变富了，他们还吊死了巫师，他们的日子好起来了，我们的一些老祖宗们就是坐那些船来的，有一条船叫着'五月花号'，他们制定了感恩节，我们就老是过这个节了，我喜欢它，请再给我拿些火鸡。"

"我看，德米将成为一个历史学家，他把那些事件叙述得既有条理，又清楚。"弗里茨姨父一边为这个清教徒的后代夹了第三块火鸡肉，一边看着乔姨笑了。

"我以为感恩节这一天一定要和平时吃得一样多。可是弗朗茨说不能这样吃。"阿呆的神情好像是听到了坏消息。

"弗朗茨说得对，所以注意你的刀叉，节制一点，不然过一会儿，你就不能帮着做那件令人惊喜的事了。"乔姨说。

"我会小心的，可是，每个人都在大吃，我宁可多吃，不愿意节制。"阿呆说，他倾向于流行的看法，感恩节一定要尽可能地大吃大喝，不怕中风，直到消化不良或头疼为止。

"好了，我的'清教徒们'，自己安静地玩到吃茶时吧，今晚会让你们激动够的。"乔姨说。他们又坐了一会儿，然后从桌边站起身来，大家用苹果酒为每个人的健康干杯，结束了宴会。

"我看，我驾车把所有的孩子带出去兜风，那非常愉快，你就可以休息了，亲爱的，不然的话，你今晚会累坏的。"巴尔先生接着说，孩子们穿上外衣，戴上帽子，那辆大车被挤得满满的，他们快快乐乐地乘车外出游玩，留下乔姨休息，安心地处理各种琐碎事务。

他们又梳了头，洗了手，提前吃了清淡的茶点，然后孩子们便焦急地等待着一大群人的到来，都只是家里人，因为这些小小的狂欢完全是家庭活动，在这种情形下，不能允许流露出忧伤的情绪，让眼前的节日笼罩着悲哀的气氛。所有的人都来了，马奇夫妇与梅格阿姨，梅格尽管穿着黑色的衣服，恬静的脸躲在小小的寡妇帽里，她看上去依然甜美动人。泰迪叔叔和艾米姨妈带着公主，她穿着天蓝色的连衣裙，手捧一大束鲜花，看上去比以前更像仙女了，她把花儿分给了男孩们，给每个人的纽扣里插上一朵，让他们感到特别的优雅和喜庆。这时，一张陌生的面孔出现了，泰迪叔叔将一位大家不认识的先生领到巴尔夫妇面前，说：

"这是海德先生，他一直在询问丹的事。今晚，我大胆把他带来了，这样他就可以看到那男孩有多大的进步了。"

因为丹的缘故，巴尔夫妇诚恳地欢迎他，他们很高兴他还记着这孩子。然而，交谈了几分钟后，海德先生本人让他们非常高兴认识他，因为他是那样和蔼可亲、淳朴、风趣。丹一看到他的朋友，脸上便泛起了光彩，真令人感到愉快。更令人高兴的是，丹的言谈举止的变化让海德先生感到惊喜和满意，而最令人感到愉快的便是，两人坐在屋角，忘记了他们的年龄、文化和地位的差异，谈论着两人都感兴趣的同一个话题，男人和男孩为各自的笔记交换意见，讲述着他们夏日生活的故事。

"必须尽快开始表演，不然，演员们要睡觉了。"刚见面的寒暄结束后，乔姨说。

于是大家进了教室，在一个用两块床罩做成的幕布前坐了下来，孩子们已经消失不见了，但是，压抑的笑声和滑稽的小声尖叫从大幕后面传了出来，因而暴露了他们的行踪，娱乐活动在弗朗茨带领的体操表演中开始了，六个大男孩身着蓝裤子、红衬衫，合着音乐的节拍，用哑铃、球棒和铅球展示着健美的肌肉，乔姨在场外弹着钢琴为他们伴奏。丹在表演中显示出那样旺盛的精力，差点撞倒挨着他的男孩们，或是把他的豆子袋在观众中弄得沙沙响，因为海德先生的出现使他很激动，他有一种强烈的愿望，为他的老师们增添荣誉。

"他是一个很优秀，很强壮的男孩，一两年内，如果我继续去南美旅行，我很想请你将他借给我，巴尔先生。"海德先生说，他刚刚听到有关丹的情况介绍，更增添了他对丹的兴趣。

"你可以带他去，别客气，尽管我们会非常想念我们年轻的赫尔克里斯①。但那对他是大有好处的，我确信他会忠实地为他的朋友服务的。"

这个问题和回答丹都听见了，想到和海德先生一起在一个新的国家旅行，他兴奋得心都要跳出来了，对他们的称赞充满感激，他努力去做一个朋友们愿意见到的人，如今得到了回报。

体操表演后，德米和汤米表演了课本上的古老对白："有钱能使鬼推磨。"德米演得很好，而汤米也将那老农夫演得很逼真，他十分滑稽地模仿着塞拉斯，观众们笑得前仰后合。塞拉斯本人也笑弯了腰，阿西娅只得拍着他的后背，他俩站在大厅

---

① 希腊神话和罗马神话中的大力士。

里观看表演，对这一滑稽场面欣赏不已。

　　然后，埃米尔平静下来，他身穿演出服装唱起了水手之歌，歌词里有许多的"暴风雨"，"下风岸"，还有激动人心的合唱："转舵，水手们，转舵！"歌声在屋子里回荡。在这之后，内德跳起了一段滑稽的中国舞，他头戴塔形帽，像一只大青蛙似的跳着，由于这是梅园举行的唯一一次公开表演，所以还有几道快速数学计算题，拼写和阅读的比赛，杰克在黑板上运算题目，速度之快，使大家十分惊讶，汤米赢了拼写比赛，德米朗读了一则法语小寓言，他读得非常好，让泰迪叔叔陶醉不已。

　　"其他的孩子在哪儿呢？"大幕落下了，小些的孩子一个也没有露面，这时每个人都这样问。

　　"哎呀！那可是一个意外的惊喜，太美了。我真同情你们，因为你们不知道。"德米说，他走到他的妈妈面前让她吻了一下，然后在她身边解释这个神秘的惊喜，这时也到了揭开秘密的时候了。

　　金发姑娘已经被乔姨带走了，这让她的爸爸非常惊奇，他比巴尔先生表现得更吃惊，更怀疑，急不可待地要知道"将会发生什么事"。

　　最后，在一阵的窸窣声、锤子敲击声，以及舞台监督发出的观众都能听得见的指示之后，伴随着柔和的音乐，大幕终于拉开了，贝丝坐在用牛皮纸做的壁炉旁边的凳子上，再也看不到比她更可爱的小灰姑娘了，那件灰袍子非常破烂，小鞋子完全磨破了，金发下面的那张脸蛋如此漂亮，表情如此痛苦，使得那些充满溺爱，注视着这个宝宝演员的眼睛涌出了泪水，脸上却挂着笑容。她静静地坐在那里，直到响起一个轻轻的声音："开始！"于是她滑稽地叹了一声："哦，但愿我能去参加舞会！"她演得那样自然，她的爸爸使劲鼓起掌来，妈妈叫了出来："我的小宝贝！"这样表达感情完全不合时宜，让灰姑娘忘记了身份，她对他们摇着头，责备地说道："你们不能和我说话。"

立刻是一片沉默，这时墙上传来三声敲击声，灰姑娘惊慌起来，可是她还没记起来说"这是怎么回事"，牛皮纸壁炉的后面便像一扇门似的打开了，仙女和她的尖帽子，从中间钻了出来，那是南，她身披红色斗篷，头戴帽子，手执魔杖，她挥着魔杖，果断地说：

"亲爱的，你可以去参加舞会。"

"现在你得帮我扯下旧衣服，展现我的漂亮衣服。"灰姑娘回答，一边拽着她的褐色的袍子。

"不，不，你必须说，'我穿着这破衣服怎么能去舞会呢？'"仙女用她自己平时的声音说。

"哦，是的，我得这么说。"公主便这样说了，她一点儿也不为她的记性感到不安。

"我来把你的破衣服变成漂亮的衣服，因为你是好姑娘。"仙女用舞台腔调说道，她不慌不忙地解开了灰姑娘的灰围裙，绚丽的衣服展现在大家眼前。

小公主真美啊，足以让许多小王子们为之倾倒，她的妈妈将她打扮得像一个宫廷小贵妇，她穿着有缎子衬裙的粉红色丝绸拖裙，裙子上饰着一些花束，看上去非常可爱！仙女将一个王冠放在她的头上，王冠上往下垂着一些粉红色和白色的羽毛，还给了她一双银纸做的拖鞋，她穿上鞋，站了起来，提着裙子让观众看鞋子，自豪地说："这是我的水晶鞋，漂亮吗？"

鞋子使她那样陶醉，结果好不容易才让她记起了她的角色，她说：

"可是我没有车，仙女。"

"看哪！"南将魔杖用力一挥，差点儿碰掉了公主的王冠。

于是，精彩的一幕出现了，观众看到一根绳子拍打着地面，接着绳子被拉紧了，听到埃米尔的声音在叫："用力拉，喂！"然后是塞拉斯的粗嗓音在回应："稳住，嗨，稳住！"接着爆发了一阵大笑，因为舞台上出现了四只巨大的灰老鼠，他们的腿打着战，拖着古怪的尾巴，然而头却装扮得不错，头上的黑念珠闪闪发光，栩栩如生，他们拉着，或者说假装拉着一辆华丽的马车，马车是用那半个巨型南瓜做成的，南瓜放在泰迪的车轮上，车轮漆成黄色，以便和鲜艳的南瓜车厢的颜色一致。坐在马车前面座位上的是一个快活的小车夫，他戴着用棉花羊毛做的白色假发，头戴三角帽，身穿红马裤和镶有花边的外套，他长长地甩了一个响鞭，用力地扯着红色的缰绳，使得那些灰马乖乖地竖起了前腿。这车夫就是泰迪，他很友好地向大家笑着，大家给了他一阵喝彩，劳里叔叔说："要是我能发现像他那样认真的马车夫，我肯定会当场雇用的。"马车停下来，仙女将公主抱起来放进车里，车子载着她驶离舞台，她向观众抛着飞吻，水晶鞋伸在车前，粉红色的裙裾在身后的地面上拖着，因为，虽然马车很精致，但我很遗憾地说，公主殿下坐在里面挤得很紧。

接下来的场景便是舞会了。这里，南和黛西穿着艳丽的衣服像开屏孔雀，南扮着高傲的姐姐，演得特别好，她拖着裙裾在宫殿里四下走动，击败了许多想象中的女士们。而那王子孤独地坐在一个不太稳的宝座上，头戴堂皇的王冠，眼睛四下打量着，一边玩着他的剑，欣赏着他鞋上的玫瑰花结，灰姑娘一进来，他便一跃而起，与其说是优雅倒不如说是热情，他叫起来：

"我的天哪！那是谁呀！"他立即领着灰姑娘跳起了舞，而两个姐姐在屋角满脸不高兴，翘起了鼻子。这一对小人儿跳起了庄重的吉格舞，样子非常可爱，因为他们孩子气的脸上神情那么认真，服装那么鲜艳，舞步那样奇特，这使他们看上去就像是华托①画在扇子上的精巧而又古雅的人物。公主的裙裾相当碍事，罗布王子的剑好几次差点将自己绊倒，但是他们非常出色地克服了这些障碍，考虑到他们两人都不知道对方要怎么跳，他们的舞跳得还是相当优雅，有活力。

"丢下你的鞋子。"当女士正打算坐下来时，传来了乔姨很低的声音。

"哦，我忘了。"于是灰姑娘脱下一只银光闪闪的舞鞋，将它小心翼翼地放在舞台中央，对罗布说道："现在，你必须想法捉住我了。"说完，她便跑开了，而王子拾起了那只鞋，顺从地尾随她小跑而去。

正如大家所知，第三场是传令官前来让人试穿鞋。泰迪仍旧穿着马车夫的服装，走上场用一把锡制小号吹起了美妙的调子，高傲的姐姐们都试图穿上那水晶舞鞋，南坚持要假装用切刀割掉她的脚指头，她装得那么像，传令官感到十分惊恐，恳求她割的时候要"非常小心"。然后，灰姑娘被叫来了，她穿着尚未系好的围裙上场，脚迅速地穿进了舞鞋，然后满意地宣布：

"我就是公主。"

黛西哭了，她请求原谅，可是南喜欢悲剧，便改进了故事，她突然一阵晕厥倒在了地上，舒服地躺在那里欣赏着这出戏的剩余部分，但时间不长，因为王子跑了出来，跪倒在地，热情洋溢地亲吻着金发姑娘的手，传令官吹奏起小号，几乎把观众的耳朵震聋了。大幕没有机会落下来，因为公主直接从舞台上向她的爸爸跑去，一边叫着："我演得好不好？"而王子与传令

---

① 法国画家。

官却用锡号和木剑进行击剑比赛。

"太美了!"每个人都这么说,欢呼声稍稍平息下来,纳特便手持提琴,出场了。

"嘘!嘘!"所有的孩子都叫了起来,接着大家就安静了,因为那男孩害羞的样子与恳求的眼神里有着某种东西,使得每个人都友好地倾听他的琴声。

巴尔夫妇以为他会拉一些他熟悉的乐曲,可是,使他们惊奇的是,他们听到了一首新的美妙的曲子,他拉得那样委婉动听,他们几乎不能相信这会是纳特拉的,那是一首动人心弦的无字之歌,唱出了所有温柔亲切的希望与欢乐,人们听着它简单的音乐得到了安慰和鼓舞,梅格阿姨将头靠在德米肩上,奶奶擦着眼睛,乔姨抬头看着劳里先生,声音哽咽着低声地说:

"是你谱的曲?"

"我想让你的男孩向你表示敬意,以自己的方式感谢你。"劳里屈身回答她。

当纳特鞠了躬,打算退场时,大家鼓着掌欢迎他再拉一曲,他只得又拉了起来,他那样幸福地拉着琴,沉浸在无比的快乐之中,他全身心为他们演奏起一些熟悉而欢快的乐曲,大家的脚开始踏起了舞步,不可能再保持安静了。

"清理一下地板。"埃米尔叫道,一会儿时间,椅子就被推到了后边,年长者被请到屋中的角落里安顿下来。孩子们集中在舞台上。

"表现出礼貌来!"埃米尔喊道,于是男孩们昂首阔步地来到大大小小的女士们面前,彬彬有礼地邀请她们"跳起花步",就像可爱的迪克·斯维伍勒先生所说的那样。小男孩们争先恐后地要和金发姑娘跳,可是她选择了迪克,她像一个善良的小贵妇,让他自豪地将她领到场地上。乔姨无论受谁邀请都是不能拒绝的，艾米姨妈则拒绝了弗朗茨的邀请，接受了丹，使丹高兴得无以言表，当然，南和汤米，纳特和黛西结成了两对，而泰迪叔叔走过去邀请了阿西娅，她正渴望"吉格舞一下"，这让她有一点受宠若惊，塞拉斯和玛丽·安却在大厅里单独跳了起来，梅园沉浸在一片欢乐的海洋之中。

晚会以所有孩子的大散步结束，队伍由南瓜车领头，公主与车夫坐在车内，还有那几只老鼠欢蹦乱跳着。

当孩子们在享受着这最后一场嬉闹的乐趣时，年长的人们坐在客厅里看着他们，一边带着父母和朋友式的兴致谈论着这些小人儿。

"乔姐，你这样满脸高兴地，在想些什么呀？"劳里问，他在她身旁的沙发上坐下来。

"想我夏天的工作，泰迪，想象着我的男孩们的未来，让自己高兴。"她笑着回答，一边为他让出地方。

"我想，他们都会成为诗人、画家、政治家、士兵，甚至也会成富商。"

"不，我不像以前那样有追求了，如果他们能成为诚实的人，我就会心满意足了，不过，我承认，我确实期望他们当中一些人飞黄腾达，前程远大。德米是一个不寻常的孩子，我想，从严格的意义来说，他会成为一个杰出的人才的，我希望，其他的孩子也会发展良好，特别是最后两个男孩，因为今晚听了纳特的演奏，我真认为他是天才。"

"这样说为时尚早，当然他有才能，而且毫无疑问，那孩子很快就能通过做他热爱的事为自己挣来面包，再培养他一两年，然后我就从你手中把他接过来，适当地安排他。"

"对可怜的纳特来说这是一个很美好的前景，六个月前他来到我这儿时，没有朋友，孤苦伶仃。丹的未来我已经看得很清楚了，海德先生不久就需要他了，我打算给他这个勇敢忠诚的小仆人。丹是这样一种人，如果以爱和信任为报酬，他就能尽心尽职。而且他有能力用他自己的方式开拓他的未来，是的，我们对这两个孩子的成功感到非常幸福，一个那样虚弱，一个那样粗野，现在两个人都大有进步，那样充满希望。"

"你用了什么魔法，乔？"

"我只是爱他们，让他们明白这一点，弗里茨做了其他的事。"

"我的老天！有时候，从你的神态看，仿佛'只是爱'是件相当艰难的工作。"劳里抚摩着她瘦削的面颊说，他满脸敬意，她还是个姑娘时，他就那么的崇拜她，现在对她的敬佩之情更是充满了关心与体贴。

"我是一个弱不禁风的老太婆了，但却是一个非常幸福的女人，所以别可怜我，泰迪。"她环视着屋内，眼神里充满着由衷的满足。

"是的，每一年你的计划似乎进行得越来越好。"他说着，朝面前欢乐的场面用力地点了点头，表示赞同。

"我从你们大家那儿得到这么多的帮助，它怎么能不成功呢？"乔姨回答，她充满感激地看着这个非常慷慨的赞助人。

"你的学校和它的成功是我们家庭最大的快乐，它和我们为你的将来制定的计划截然不同，然而，它毕竟那么适合你，乔，那真的是备受鼓舞。"劳里说，他像往常一样回避着她的感谢。

"噢！可是开头时你还笑话它来着，而且仍拿我的计划开各种各样的玩笑，你难道不是预言，将女孩和男孩一起培养会证明是完全的失败吗？现在你看这计划实行得多么好。"她指着那一群幸福的男孩女孩们，他们正在一起跳着、唱着、交流着，是那么的友好亲切。

"我认输了，等我的金发姑娘到了适当年龄，我就将她送来交给你，我还有什么话可说呢?"

"你把你的小宝贝托付给我，我将感到非常骄傲。可是说真的，泰迪，这些姑娘们产生的影响是非常大的，我知道你会笑话我的，可是我不在乎，我已经习惯被你笑了。所以，我要告诉你，我最喜爱的幻想之一便是将我的家庭看作是一个小世界，以观察我的小男孩们的进步，最近，便是看着我的小女孩们对他们起到了什么样的好作用。黛西是一个操持家庭生活的内行，男孩们都感受到了她女性恬静举止的魅力。南却生性好动，精力充沛，意志坚强，男孩们赞赏她的勇气，他们看出她不仅有力气，也有同情心，有能力在他们的小世界做许多事，便给了她公平的机会，按照她的意愿做事。你的贝丝是一个淑女，温柔、优雅而漂亮，她不知不觉地让男孩们变得优雅起来，她像任何一位可爱的女人那样占据着她的位置，用她温和的影响力来改变男孩们，让他们脱离生活中粗俗的东西，用这个古老字眼的最佳意义来解释，就是让他们成为绅士。"

"并不总是淑女们做得最好，乔。有时候，勇敢坚强的妇女会激励男孩子，使他成为一个男子汉。"劳里意味深长地笑着向她鞠一躬。

"不，我想，是因为这个男孩所娶的优雅淑女，她为他做的，比他年轻时那位南一样的野姑娘做的要多，或者更好地说，那个慈母般的聪明女人，就像黛西关照德米那样关照着这个男孩，她为他做了很多的事，才让他成为现在的样子。"乔转向她的母亲，她和梅格一起坐在离他们不远的地方，看上去那样的雍容华贵，有着年长者的成熟之美，劳里带着崇敬与爱意孝顺地看了她一眼，严肃认真而又热切地回答道:

"三个都为他做了许多，所以我能理解，这些女孩们给你的男孩们带来了多大的帮助。"

"男孩们对她们的帮助还更多，帮助是相互的，我向你保证，纳特的音乐给黛西带来了快乐，丹比我们任何一个人都能更好地约束南，德米能不费力地教你的金发姑娘，并且很有成效，弗里茨竟把他们称着罗杰·阿斯克姆和简·格雷。喂！如果男人们和女人们能像我的孩子们那样，相互信任，相互理解，相互帮助，这个世界将会是一个多么美好的地方！"乔姨的眼睛闪烁着光芒，仿佛看到了一个迷人的新社会，在那儿，人们就像梅园里的孩子们一样，过着幸福纯真的生活。

"亲爱的，你在尽力迎接美好的时光，继续相信这一点，并且为之努力，用你成功的小试验去证实这是可能做到的。"马奇先生经过这里，停下来说了一句鼓励的话，这个好人从未对博爱失去过信任，他仍然希望见到地球上充满和平、友爱与幸福。

"我没有那么大的雄心，爸爸。我只想给这些孩子提供一个家，在这个家里，可以教他们学会一些简单的知识，等他们离开家去奋斗他们的人生时，这些知识有助于他们的生活，减少一些困苦。诚实、勇敢、勤勉、相信上帝、相信人类、相信自己，这些就是我尽量要教给孩子们的。"

"这就是所有的东西。给他们这些帮助，然后让他们作为男人和女人去开拓自己的人生，今后无论他们是成功还是失败，我想，他们都会记住并感激你做出的努力，我的好儿子，好女儿。"

教授已经加入了他们父女的谈话，马奇先生说着将双手分别递给他俩，然后带着祝福他们的神情离开了，乔和她的丈夫站在一起安静地谈了一会儿，他们觉得，得到了爸爸的赞许，说明他们夏天的工作是做得很不错的。劳里先生溜进了大厅，对孩子们说了一句话，于是，整个一群孩子突然欢跃着进了房间，他们手拉手围着巴尔爸爸和巴尔妈妈跳起了舞，一边愉快地唱起儿歌：

> 夏天的日子已结束，
> 夏天的活儿已完成，
> 所有的庄稼已收获，
> 一个又一个的欢乐；
> 此刻晚宴已结束，
> 快乐的游戏已落幕，
> 有一个仪式还留着
> 那就是我们的感恩节。
> 亲爱的上帝看见了，
> 世上最好的收成，
> 便是今夜的孩子们，
> 幸福地留在家里，
> 满怀感激唱颂歌，
> 感谢歌儿献给你，
> 我们理应感谢的人，
> 爸爸、妈妈，献给你们。

　　唱完最后一句，圆圈缩小了，许多胳膊把好教授和他的妻子紧紧地围起来，孩子们年轻的脸上绽放出的笑容，就像是一束束的花朵，教授和他的妻子被包围在中间几乎不见了身影，这情景证明了所有的小园地里都有一种作物生了根，开出了美丽的花儿，因为，爱是一种在任何的土壤中都能生长的花，它创造着美好的奇迹，无论是秋霜还是冬雪都无法摧残它，芳香四溢，一年四季不败，祝福着那些奉献爱心的人们，也祝福那些得到爱的人们。